U0886935

知音动漫图书 · 漫客小说绘
ZHI YIN COMIC BOOK 以梦想之名 点燃阅读

漫客小说绘

Illustrated by Abi 小怪

饕餮记

壹

殷羽 著

中国致公出版社　知音动漫

知音动漫图书 •漫客小说绘出品

献给亲爱的兔子公主。

从此我便是那个断绝了一切希望的人，

那个没有回音的词。

那个丧失了所有，同时也拥有一切的人。

我最后的渴求紧抓住你如同紧抓住最后的绳索。

在我贫瘠的土地上你是最终的玫瑰。

—— 聂鲁达《白色的蜂》

自爱羽sama

饕餮记

壹

殷羽 著

目录

第一章 鲛人绘

·零·

一抬头，便看见了莲心塔。

石质佛塔共有七层，六道棱边，不见一丝接缝，连同莲花形状的底座，都像是由同一块巨石雕刻而成。每一处飞檐下面都挂着一只莲花形状的风铃。佛塔浸在夏末明晃晃的阳光里，安静得仿佛是浸在透明的冰水中一般，让高琮不由得打了个寒战，低头缩脖，招呼身后四个扛着一只青花大瓮的苦力再走快一点。

望见佛塔时，可遇天香楼。高琮停下脚步，给苦力们打了个手势。在他们面前是覆着青瓦的三层木楼，一层临街，大门紧闭，旁边的乌木窗格上雕着团云和仙鹤，二楼的圆窗正对着莲心塔，窗棂上没有按照常规雕着八仙或瑞兽，反而雕着两枝盛开的重瓣山桃。一位披着石青色直裰的少年背对着他们蹲在窗台上，手持狼毫朱笔，正在给桃花上色。

他将笔悬在半空，凝神思考，喃喃自语，忽然落下一笔，再缓缓地将笔提起来。一瞬间，所有桃花都丰满起来，旋转着打开花瓣，再颤动着一片片凋落。

高琮惊得往后退了半步，但眨眼间，幻觉便消失了，留在原地的是实打实的木雕山桃，只是多了些灼灼的颜色。衬着一旁的月白色暗金盘纹厚绢窗帘，越发显得鲜艳无比。

“落笔如生，常青公子果真好画技……”

“天香楼今日不营业。”那人连头都没有回，低头在一只小碟里蘸朱砂，“朱姑娘外出取材了。”

高琮咬牙：“但是朱字灯笼还挂在二楼。”

天香楼没有挂牌匾，只挑着只斗大的、写着“朱”字的圆形白纸灯笼。如果有谁能有天大的面子，在自家府里待客的时候请得动朱姑娘出马，这灯笼就会高挂在这家的门口，而每一次，这家门口都会被围观的民众挤得水泄不通。

“啊——”常青毫不羞愧地改口，“她还在午睡，况且，你也看见了，月白色窗帘也挂在二楼。”

月白色窗帘意味着天香楼的朱姑娘“心情不好”，所有来天香楼的食客都只能吃闭门羹。经营方式如此古怪竟然还没有倒闭，只因朱姑娘的厨艺过于惊艳，这才有恃无恐。如果高琮仅是个普通的食客，他大可就此回头，等挂出绣了桃花的窗帘再来。但他不是。

“不过，这一次，月白色窗帘挂出的时间未免太长了些？据小生看来，足足有一旬？”

常青总算是转过头，用眼角打量着他，似乎还翕动了两下鼻翼。

“小生听说，天香楼的朱姑娘苦于没有少见的新鲜食材，而无法下厨。”

高琮把手探到怀里，握住一块刻有鱼尾纹饰的玉玦，紧紧地攥在手心。今天早上，这块玉玦还藏在阿姣的枕头下面，是她的至宝，此刻他浑浑噩噩地握着它，仿佛还能感觉到她的体温。他定了定心魂，朝常青举起手中的玉玦。

“在下这里，正好有一味世间少有的珍稀食材，想要献给朱姑娘品鉴。若常兄愿意代为引见，感激不尽，愿以此珏相赠。”

他一揖到底。这是明目张胆的贿赂，但常青与朱成碧不同，就高琮探听得知，他欠了天香楼三百两银子，不得已才卖身给朱姑娘。非常地，缺钱。

这世上，万物都有价钱，只看你是否付得起。

一截绣着柳枝的腰带晃动着出现在他的视野里，他一抬头，那清秀的少年公子就站在跟前，笑得眯缝了眼，一面伸着手，像是要扶他的样子，却巧妙地没有碰到他的衣袖。他本就生得俊俏，这样一来，更是让人如沐春风。高琮只觉得指尖一松，玉玦就已经到了他的手上。

“何必如此客气。”常青从袖子里抽出一块手绢，将玉玦擦了又擦，又对着阳光看了看成色。

“刚才居然忘记自我介绍，真是失礼。不才乃扬州‘汤包常’第十七代传人，现忝居天香楼账房兼跑堂，这位公子，幸会了。”

他动了动手腕，玉玦就此消失在他的袖子里。

·一·

虽说时日是夏末，天香楼的一楼厅堂内依然透着一股沁人心脾的凉气，还混合着隐约的熏香。高琮跟在常青后面，踏上了通向二楼的楼梯。四个苦力扛着沉重的大瓮亦步亦趋，水曲柳木的楼板发出轻微的吱呀声。就在这时，一声女子的呻吟如一缕柳絮，从他们头顶飘落：“好饿啊——”

这声音娇媚无比，令人魂魄顿失。高琮脚下一个不稳，差点踩空，身后的苦力们被他这么一阻，脚步纷纷趔趄起来，险些打翻大瓮，连带着泼出不少瓮中之水，难以抑制的海腥味四散而出。高琮狼狈地重新站好，狠狠地瞪了苦力们一眼，又回过头去看常青的脸色。他倒是面色如常，仿佛毫无察觉般继续往上走，到了楼梯顶端，径自推开旁边一扇门就走了进去，从里面传来的熏香味越发强烈了。高琮自幼锦衣玉食，对熏香并不陌生，但却无从分辨，只觉得一时如芙蓉花，一时又如龙井茶，一时却如新出炉的糕饼一般，一层层纷至沓来，竟引得他腹中隐约“咕噜”一声。

“好饿啊……”

娇媚的女声沿着高琮的脊梁而下，仿佛无数双抚摸的手。他不由得汗毛直竖，朝门内探了探身。他在楼下时望见的那扇挂月白色窗帘的圆窗就在眼前，只要一掀开，便能望见莲心塔。室内的地面装饰着软垫，上面随意甩着四五只红漆烫金的食盒，其中一只的盖子跌落，露出里面毛茸茸的兔子形状的糕饼。整整三排形状奇特的器具系着红绳，分门别类地挂在对面的墙上，其中的一半都是各式各样的刀，在暗中幽幽地发着光。一道半透明的纱帘隔开了整个房间，其上浮动着手绣的桃花。

那娇媚的女声就是从帘幕后面传来的。

常青站在帘幕前面，几乎是敷衍地略微拱手，便直起身来不慌不忙地回答：“饿了就吃。”

“没有东西可吃！我要饿死了，汤包——”

常青朝被扔在地上的兔子饼偏了偏头。

“这可是寻芳斋的玫瑰酥，一日内只售十二只，要卖一两银子一个。”

提到银子两个字的时候，他隐隐磨牙。

“你们都被骗了！做馅儿用的玫瑰不是在子时采下的，我一尝就知道，露水味不足！”

“你亲手制的糟鹌鹑呢？”

“那是要准备留到冬天吃的啊，红泥小火炉，天雪配鹌鹑，汤包你根本一点意境都不讲！”

常青深深地吸了一口气，再缓缓地吐了出来：“我说，任性也要有个限度。天香楼有整整半个月没有开门了，客人们都在楼下等着呢！这样下去，怎么能赚到钱在云珑城开分店？”

“都说过很多次了，没有想吃的新鲜食物出现啊！饮食者，乃是吸纳天地，顺应四时，与日月共生的大事，一粥一饭都不能敷衍，必须是命中注定，独一无二的想吃之物啊！在那之前，我都不会再次动手的！”

“您老人家可以等下去，我还要给我妹妹小梨攒嫁妆呢！”

“小梨小梨！”原本在撒娇的女声忽然微妙地转了调子，“汤包是个大笨蛋，我宁可饿死！”

帘幕后面传出更多的女子嬉笑声，听起来似乎不止一人。

“你不用饿死，至少今天不用。”他朝高琮的方向招了招手。四个露出一脸呆傻表情的苦力将大瓮抬了进去，放下后，再一个接一个地走下楼去，竟然连酬劳都忘记跟高琮要。高琮心底生寒，但眼见大瓮已被抬入人家内室，不得不进了门，隐约见有身量娇小的女子卧在帘幕之后，两名婢女随侍在侧。他赶紧垂眼束手，站在常青身边。

“这位是城南望族，高家第二十六代排行第十八位的公子，名琮，字子玉。自幼惫懒厌学，斗鸡走马却无所不能。半年前因为闹着要娶一名来历不明的贫家女，被当家的高老太太扫地出门了。”

高琮的冷汗当时就下来了。自己跟阿姣的事情，可算是瞒得隐秘，只有三五个知己知道。无夏城里绝大多数人见了他，还是得照样称呼一声十八公子。天香楼才开了区区几个月，怎么会……

不，不对。他皱起眉来，圆形朱字灯笼在他还是个孩子的时候便曾经悬挂在琅琊王府的门外，但天香楼开业的典礼却千真万确就发生在三个月前，无夏城里的芙蓉开得正盛的时候。

但那是今年吗，那是哪一年？

角落里，一只饕餮形状的熏香炉睁着双祖母绿的眼珠，缓缓吞吐着紫色的轻烟。他的记忆仿佛被谁活生生撕裂了，再被吞噬得一干二净。

“不过这瓮里的‘新鲜食材’，说不定你会想要试着一吃。”

女子的目光落在一人来高的青花大瓮上。从它被放下的那一刻起，她便起了身，缓缓坐直。那对婢女得了她的示意从帘中出来，是对双生子，分别披着桃红和青葱色的褙子，朝常青行礼过后，开始慢慢卷帘。

高琮咽了口唾沫，知道自己即将看到朱成碧——天香楼神秘莫测的女掌柜的真面目。无夏城中，只有总共不到二十个人见过她的面，而且每一个人事后都讳莫如深，只说朱姑娘是位绝顶的美人。他紧盯着帘幕一点点升起来的下端，那里正在缓慢地露出笼着薄纱的茜色襦裙，结着兽形金环的束腰，绘着牡丹的轻罗小扇，还有垂着发带的双髻。

双髻？高琮瞠目结舌地看着朱成碧站起来，径直走到大瓮面前。他只知道她身量娇小，现在才得以看清，原来发出那么娇媚女声的，不过是一个看起来尚未及笄的小姑娘，顶多有十三四岁，稚气未脱的脸还有些残留的婴儿肥。一双大眼漆黑至极，却有些缺乏神采，仿佛没有星星的寒冬深夜，只因眼角微微翘起，才稍微带了点儿娇俏。

穿青葱色褙子的婢女捂嘴轻笑，另一个则恼怒地瞪了高琮一眼，他才意识到自己死盯着人家姑娘看，实在是失礼。但朱成碧毫不在意，她的全部注意力都在那只大瓮上面，绕着它缓慢地踱着步子，转了整整一圈，接着翘起嘴唇，露出有些发尖的虎牙，心满意足地笑了起来。

“蟹粉！”她开口唤道，“这个好吃，这个好吃！快取我的弯刀来！春韭，将我的白梅醋也开一瓶！”

两位婢女齐齐地望着常青，说不出来的愁苦。他轻叹一口气：“你这乱给人取绰号的脾性什么时候能改？”

所谓的弯刀，是一对儿长不过两寸的小尖刀，刀柄各自挂了枚金铃。朱成碧将其执在手中，双臂略展，凝神屏气，面上再无一丝嬉笑之色。旁边翠烟已经摆出了一张乌木小几，放了三只龙泉窑的碎青小碟，又捧出一只琉璃罐，将里面琥珀色的醋挨个儿倒进碟中。那醋味甘甜微酸，萦绕悠长，高琮站在一旁，被这醋味一冲，觉得五脏六腑都像是被洗净了一般地舒畅，因为熏香而昏沉沉的脑子也忽然清醒过来。

这时候，朱成碧已经朝着大瓮一步一步地走了过去，眼看着就要将手放在瓮盖上，高琮猛然朝前一步，拦住了她："姑娘厨艺冠绝天下，这瓮中之物本该送给姑娘，但这食材却也不是凭空得来的。"

"要换啥？"

高琮被这直白噎得差点说不下去了，朱成碧只是睁着双青白无神的眼睛望着他。

"小生……小生有一事相求——有位贵客，要在八月十五月圆之时路过无夏，恳请朱姑娘出马，将这千年难遇的珍稀食材，做与他吃。"

她一笑："我说怎有人平白无故拿这等好吃的来。你所求的倒也不是什么难事，只是你这食材，倒未必是千年难遇。常青，你猜这里面装的是何物？"

一直沉默旁观的常青吸了吸鼻子。

"海水、铁锈、含硫黄的砂岩、浓郁的鱼腥。钱塘江口的四平镇，每年这个季节都能捕上来胭脂色的海鲈鱼，个头最大的，恐怕也当得起这只大瓮。海鲈堪称人间珍馔，但要说千年难遇，却是言过其实了。"

不对！高琮还没来得及反驳，只听朱成碧说："你这猜测对了一半，却错了另一半。胭脂鲈的味道，跟今日这鱼腥又有不同，你若仔细分辨，还有另外一种奇异的味道，便像是将珍珠磨成粉，再与海盐和龙涎细细调和。也难怪，你自幼便在神州大陆，未曾出过海。这种鱼，原先在蓬莱周边的海域最多，蓬莱人误以为食之能令人长生，争相捕捞，将沿海的都捞得绝了踪迹，现在就算有族群，也要往深海里去找了。能抓到活的，确实难得。"

她走上前，也不知道哪里来的那么大的力气，将整个瓮盖朝上一翻。一双被铁链捆缚、紧贴在盖子内侧的手被一起拉了上来，纤细的手指间生着蹼，还在淋淋漓漓地滴落着海水。

"鲛人脍！"

朱成碧转过头来，欢喜至极地舔着嘴唇，忽然又是那个天真的小姑娘了："汤包，我太饿了，现在就做来吃好不好？”

许是听了她的言语，那鲛人露出头来，丑陋的脸上颧骨突起，张开了两侧的鳃板，口中只是喝喝作响，却无人能听懂它在说些什么。

高琮面露惧色，朱成碧却接着解说：“《太平广记》中有言：‘作鲈鱼鲙，须八九月霜下之时，收鲈鱼三尺以下者，作干鲙。浸渍讫，布裹沥水令尽，散置盘内。取香柔花叶，相间细切，和鲙拨令调匀。霜后鲈鱼，肉白如雪，不腥。所谓金齑玉鲙，东南之佳味也。’而鲛人鲙的做法，又与鲈鱼有所不同，需得在活生生的时候，便自海水中割下——”

“吃鲛人时，蓬莱人惯用青芥，却不知青芥辛辣有余，将鲜味杀得七零八落，最是暴殄天物。鲛人这物在海内长途迁徙，以脊背上的肉质最佳，需得取肋骨之下第七节脊骨上不到三寸大小的一块，用纯金盘盛了，加上头年的白梅经雪压冻过的醋渍好，再取香柔花叶，切细了拌匀。可算值得一吃。”

她每说一句，便转动一次手中的弯刀，铃声停止的时候，看起来还是完整的那块鱼肉忽然一下就在她掌心散开了。她就像是托着一朵盛开的白芙蓉。

朱成碧拈起一片来，直接放入口中，陶醉地说：“不过，直接生吃也别有一番风味。”

高琮的心跳猛地加速了，眼前浮现出阿姣坐在床沿给他缝衣扣的样子，一只手战战兢兢地抬起来，就要喊出住手两个字。朱成碧却忽然脸色一变，“呸”一声将那块肉吐了出来。

“可惜了，可惜了！”她接住常青递上来的茶，连饮了好几口，眼睛却一直盯着地上那块肉，“如此细滑的鲛肉，偏偏缺少一味重要的滋味。”

高琮脑子里嗡的一声。

“怎会……这么新鲜……您再看看，是活生生切的……”

“新鲜倒是新鲜。”朱成碧转眼看他，“但她被囚瓮中，不得自由，自是愁苦。被人生切，又加惊惧悲痛，如此一来，连血肉都是苦的，哪里还能有什么好味道。需得再加一味佐料，好让她虽身遭千斩万切，却无怨无悔，方能入口。”

“那是什么？”

朱成碧招手：“你过来，我且说给你听。”

他迟疑着靠近。此刻，他已经分不清哪些是现实，哪些是虚妄，眼前只有朱成碧将半边脸都藏在罗扇后面，露出一双似笑非笑的眼睛，眼角上翘，像是怜悯，又像是嘲讽。

“那一味叫作——爱情。”

·二·

高琮落荒而逃。

事后回想，他根本不记得自己是如何连滚带爬地下了天香楼，也不记得自己曾经怎样失魂落魄地在街头奔走，身后是那双眼角上翘的媚眼，和如影随形的嘲笑声。待回过神来，他已独自在空荡荡的庭院当中徘徊许久，身上已被夜风吹得凉透了，袖子上还残留有些许熏香，三两点寒星在头顶闪烁，一旁池塘里的残荷瑟瑟发抖。

他只记得自己上了天香楼，见过了朱成碧，但她的相貌却如同笼罩在迷雾当中。他记得遭到了拒绝，但阿姣，他忽然想起来，阿姣何在？

一瞬间，他只觉得一颗心被高高悬起，还好低头便发现了地面上残留的水渍，跟着一路进了内室，望见了那端端正正被放在床头的青花大瓮。他这才松了一口气，缓缓坐下，一探手摸到搭在床头的一件布裳。是他扯松了扣子，阿姣拿去缝补的那件，上面的针脚还是歪歪扭扭的。

一开始是再简单不过的故事，闲来无事海边游玩的世家公子哥儿，遇上了不谙世事的渔家姑娘。那时阿姣穿了身粗麻小褂，戴了斗笠，挽了裤脚站在齐膝深的海水里。高琮打马经过的时候，她正将一只一掌来长的黄花鱼从网上解下来，露出尖尖的牙齿，一口咬在鱼背上。鱼儿甩着尾巴，水珠四溅，她黑盈盈的眼睛漾着一天一地的水光，白藕一般的手臂露在外头。高琮看得出了神，竟从马背上直直地滑了下去，栽在海水里。姑娘奔过来，完全不顾男女大防，伸手便拽他起来。随后，她像是觉得他一身淋漓的样子分外有趣般，同时将两只食指并拢了放在唇前，再一起朝外，画出道上扬的弧线——是一个笑容。

他很快打听到姑娘的名字，是四平镇上一对打鱼的老夫妻在海边捡来的女孩儿，不会说话，手势倒是会做一些，面上的表情很少，似乎总有些呆呆出神的样子。但他的魂魄已经不全了，似乎姑娘的手指从他的掌心滑过之时，便连同他五脏六腑的一部分也一起带走了。

阿姣一开始对他并无好感，但他日复一日地站在海水里，看她打鱼、看她织网、学她的手势，甚至不惜三番五次故意栽倒在海水里，终于再次博得她一笑。

高家乃是传承数百年的名门望族，现今当家的高老太太是高琮的祖母，个性强硬刚烈，眼睛里从来揉不得沙子。她知道了他跟阿姣的事情，大为恼怒，以将他轰出家门为要挟，要求他跟阿姣断绝往来。高琮的父亲并非高老太太亲生，再加上高琮本身顽劣惫懒，平日里本就没少受气，仗着有几分积蓄在身，干脆从高家搬了出来，在两三好友的帮助下置了一处安静的小宅院，过起小日子来。

那时院子里的池塘还没枯，一池碧水，正逢夏季，莲花开得高过了人头。他在窗前画莲花，一抬头就望见她坐在池边，将两只白嫩嫩的脚泡在池水里，花色锦鲤就在她的小腿旁边游来游去。兴致来时，高琮也教她写字，在宣纸上一笔一画地写他的字——子玉。

阿姣虽口不能言，但却异常温柔，他俩缠绵过后，他昏昏欲睡，常能感觉到她的手指在锦被上一笔一笔地画——子玉，子玉。

那样的日子，终究没有过得长久。很快，能借到钱的朋友都挨个儿被借了一遍，高琮身边值钱的东西也都被典当得差不多了，不得不遣散了仆人，阿姣开始操持家务。他这才发现，虽然她身为贫家女，却不会生火，反而会被火吓得手忙脚乱；做出来的粥完全难以下咽；连一根针都拿不好，给他缝补衣服，针脚粗大得根本不能见人。

那一日，高琮去跟旧友借钱，一个下午都枯坐在人家的厅里，将一杯茶喝到寡淡无味，终于有个下仆出来拖着长声说，公子不必等了，少爷今晚不回来了。但他分明听到这位少爷正跟歌姬调笑，唱的还是他俩一起抱着歌姬在怀的时候唱的那首歌，连韵调都一模一样。他气得发抖，又兼腹中饥饿，回到家中，看着庭院里丛生的杂草，厅堂里遍布的蛛网，自己衣服上不成样子的粗大针脚。正好阿姣欢喜地捧了杯茶上来，他入口，只觉苦涩至极，这本来就是一文钱三两的茶末，哪里是他从小喝惯了的碧螺春。

他忽然就发起火来，将茶盏掼到地上，摔得四分五裂：“旁人家的歌姬能唱多少曲子啊，啊？你看你，什么都做不好，还是个哑巴！”

阿姣的脸当时就白了，绞着衣角，口中嚯嚯作响，随后扭头便跑了出去。

高琮的火还没有消，却听得庭院中传来扑通一声。池塘是早就枯了的，不光是锦鲤，连莲藕都被挖出来吃了个干净。但这声响从何而来？

他追出去，却看见一波一波的清水溢满了池塘，漫过了石砌的边缘，还在不停地朝外流出。蓝盈盈的波光交织着映在四面墙上，一条长长的鱼尾从残荷之中伸出来，正在死命地扑打着，甩出咸腥的水沫，星星点点地落在他的脸上。他茫然地绕过池子去看，那鱼尾上拴着块玉玦，缠住了残荷的根部，正是阿姣随身常戴的那块。

阿姣一直将其视若珍宝，便是三餐不继，也没有同意让他拿去换米。现在听得他靠近，鱼尾的挣扎更加激烈起来。

高琮只觉得腿软，缓缓跌坐在地上。五百年前黑麒麟降世，以麒麟血开通天引，无数妖兽蜂拥而至，于浓雾中择人而噬，却终被莲灯和尚所降。大部分的妖兽都与黑麒麟一起遭到封印，压在莲心塔下，但仍有不少残留人间，鲛人就是其中的一族。

传说中，滴泪成珠，价值连城。

心中念头百转千回，最后转惊为喜，哈哈大笑起来：“有了你，还愁什么！”

听到笑声，鲛人不再挣扎，高琮过去，将那刻有鱼尾纹饰的玉玦轻轻从她尾上解开。它绕湖环游，抬起上身，半是迟疑、半是惊惧地靠近。

真是丑陋啊，高琮生平第一次见识到。鲛人的脸颧骨突起，如同骷髅，青白的唇薄而且小，根本无法做出任何表情，原本应该是女子头发的地方是一圈湿漉漉的鱼鳍，连双臂上都布满了鳞片。跟自己同床共枕的时候，带着无比的留恋所抚摸过的，竟然是这样的手臂，高琮胸中一阵恶心，但他忍住了。

“阿姣，是我啊，我是子玉。”他将玉　托在掌心，朝她展示。它犹豫地靠近，猛地抓过了玉玦，一头扎进水中。

他保持着原来的姿势耐心等待，待她再度冒出水面，伸了根指甲尖利的手指在他摊开的掌心轻轻地画。

“你不怕？”

“我为何要怕？只要是你。”他一把抓住那只爪子，满意地感觉到它在他手中一点一点褪去了鱼鳞，再度恢复成当初在海面滑过他掌心的绵软手指。

“阿姣，为了我哭一个，好不好？”

终究却是妄想。任他死磨硬泡，反复解说，阿姣却只是不懂，愣愣地看着他。待他发起脾气来，将屋里本来就不多的物什摔了个干净，她闷声不响地站在角落里，咬着嘴唇，眼角却是一滴眼泪也无。

高琮迫于无奈，只得朝她面上甩了一巴掌，力道不大，却也让她白皙脸庞上渐渐浮现出红肿的印子来。她张口欲言，发出的却是嗷嗷声响，终于在眼角有些湿润的影子。

高琮大喜过望地扑过去，伸手欲接，那半滴眼泪却在他手心里化掉了。除了带些海腥味之外，与常人的眼泪并无区别。

这下，高家公子可谓是失望至极。家中已不再有半件值钱的事物，迫于无奈，他开始在城门口支个小摊，卖些字画，但常常是一日到头都无人光顾。

没料到有一天一场午后的暴雨，将他的字画摊淋了个七零八落，人也淋成落汤鸡一样，他一面哆嗦着，一面往回走。

经过琅琊王府时，已经是上灯时分，王府门口湿漉漉的两只石狮子，头顶各亮起了一盏红灯笼。一旁的侧门前蹲着黑压压的一群乞儿。高琮缩着脖子经过，正遇上侧门吱呀一声开了，伸出一只手来，将整整一桶肉面倒在了地上。乞儿们蜂拥而上，高琮夹在中间被撞得团团转，又被误以为是竞争对手，平白无故地挨了好几脚。他忍着痛楚挣脱出来，看着他们争抢成一团，脑中却只是那些香味扑鼻的面条，在泥水当中，在乞儿的指尖，如此的美味诱人——从清晨直到现在，他还没有尝过一滴水米呢。

好想吃啊，一个歇斯底里的声音在嘶叫着。太美味了，好想现在就全部吞下去！

“高公子，这不是十八公子吗？”

这声音惊动了他，他朝旁边挪了挪，以免有人要抢他手中好不容易得来的美食。

“我乃苍梧山谢燕，高兄，你可还认得在下？”

说话的人立在红灯下面，襆头上一颗鸽子眼睛大小的珍珠被照得熠熠生光，一匹通体漆黑的骏马正在王府门口等着他，不耐烦地喷着鼻息。高琮恍然意识到自己现在的模样，他摊开手，让混合着泥水的面条从手指间根根滑落，这才觉出了里面的馊味儿。

昔日的高十八公子用袖子捂着脸呜呜哭了起来。

·三·

谢燕好好地款待了他一回。他俩曾同在一处游学，纵马欢歌，青楼酒肆，谢燕没有少花高琮的银两。后来高琮要回无夏，两人一年多未通音讯，现在意外相逢，才知道他也在无夏，竟已是琅琊王面前的红人。这顿饭设在熙春楼，虽然比不上天香楼，却也是分量十足，谢燕像是知道他多日未进酒肉，故意多要肉食，好让他一次过瘾。

他好久不曾这样畅快吃喝，更何况席间所配的酒还是难得喝到的酴醾香，很快便醉了个七八分。

“难怪我去高家递名帖，却说没有你这个人。恕我冒昧，一别经年，兄台看起来像是遭遇坎坷？”

他一腔苦水，全都变成了絮絮叨叨的言语，将阿姣的事情告诉了谢燕。“谁，谁说鲛人的眼泪能化成珍珠？骗子，全都是些骗子！”

那谢燕听了，却是眉飞色舞，站起身来朝他一揖。

“啊呀，高兄，小弟这里要跟你道喜了！”

他苦笑：“眼下我这个样子，喜从何来？”

谢燕凑在他耳边，细细道：“你可听说过南巡节度使贾大人？那可是皇上身边的红人，他家长女去年刚入的宫，上个月封为贵妃了。这次说是奉旨巡查，出了云珑，一路由苏州、经无夏、向泉州而去，其实就是皇上体恤，给老国舅一个机会，好让他吃遍江南美食，游山玩水罢了。”

高琮醉得有些模糊了，但还是恍惚记得是有这么一位贾大人。

“贾大人何等人物，什么山珍海味没见识过？这一路上总有人献上各种珍品，想借此换个官儿做，却没有一样讨得他老人家的欢喜。我多方打听，才晓得他最喜食鱼脍，尤其喜欢生食。天下各种鱼脍，都叫他吃得差不多了，再难有什么新鲜可言。不过……”

“不过？”高琮趴在桌上，哆嗦着手将一杯酴醾香灌进嘴里，同时泼了一半在下巴上。

“要论起珍稀鱼脍来，高兄家里，不是现成的有一条？”

“你胡说什么！”高琮惊得坐直了，瞬间酒醒了一半，桌上的筷子叫他的袖子一带，哗啦啦掉了一地。

谢燕慢条斯理地给他捡着筷子：“要做这道鲛人鲙，一般的厨子是不行的，恐怕只有请天香楼的朱掌柜出马。但她最近不知为何，连续十多日都不曾亲自动手操办，恐怕是难得请动她了！”

他看到高琮的脸色，拍着他的肩膀，哈哈大笑起来：“你看你，一看就是当真了！不过是说笑，阿姣姑娘是你的心头肉，哪儿那么容易就割舍与人。”

他一面往杯里续酒，一面不经意地提醒着：“不过，贾大人八月十五就要经过无夏了，你可得早做打算啊。”

从酒席上归来之后，高琮便大病了一场。他的肠胃多日来只得野菜粗粮果腹，哪里经得住忽然的大鱼大肉，又喝了那么些酒，加上心中苦楚、风寒交加，猛然间便高烧起来。阿姣连续几晚都未曾合眼，一直在床边细心照料。他在高烧中，眼前幻境交错，一时间是阿姣在被人一刀刀地割，一时间是自己又重新过上了锦衣玉食、娇妻美眷的日子，说不出的畅快。等他神志终于清醒，第一眼望见的便是阿姣坐在床头，抓着她给他缝补扣子的那件衣服正在垂泪。香味奇异的眼泪一滴滴落在衣襟上，像是海盐，又像是龙涎。

他恍惚回忆起自己在病中的胡言乱语，心下惶恐。

“我说了些什么，阿姣？”

她却只顾垂泪。香味越发弥漫。

“为何你在哭？”

她抿嘴、摇头。两手各伸出一根手指，在唇前合拢，再朝两侧分开，描画出笑容。

我不曾哭——你看，我在笑呢。

她垂下一根手指来，在他手心里一笔一画地写。是他教会她识字，是他曾握住她的手，在锦被上一笔一画教会她写字。这一次，她却写得万分艰难。

“但、随、君、意。”

“阿姣！”他的眼泪霎时就下来了，“这是你说的！你可真是我的好娘子！”

·四·

高琮愣愣地坐在床沿，往事一桩桩地浮现出来，就像是在昨日。

他回想起阿姣写下“但随君意”四个字的情形，正和当下一模一样，连高琮坐在床沿的姿势都相同，包括他抓在手里的衣服，都是同一件。不同的是，那一刻他握的是阿姣的手，胸中热血翻涌，而现在，却真真切切是万念俱灰。他呆坐了一阵，直到手脚尽都冰冷，方才长叹了一声，起身去那大瓮前面，用力翻开了盖子，解去了盖子上盘缚着的层层铁链。

鲛人从瓮中探出头来，翕动着青白的口唇，歪着头看他。他靠近，见那口中利齿密布，朝自己一寸寸靠过来。

“阿姣，你是不是想吃了我？”

他跪下，一掌掌打在自己脸上：“我背信弃义！我禽兽不如！来吃啊，你来吃了我啊！”

鲛人将两手撑在瓮沿上，从水中滑出来，动作快如鬼魅，一口咬在他的手上。他不为所动，闭目承受。自手背上传来隐隐疼痛，却并非是血肉撕裂感。他等待许久，再度睁眼，跪在一地海水当中不甘地咬着他的，又是当初生吃黄花的渔家女，一双大眼中噙着泪，她背上血痕仍在，尖细的牙却不曾咬破他的皮肤。

高琮一把抱住了她：“我的好娘子，我们重新开始！若我再负你，就叫我葬身鱼腹！”

自那之后，高琮开始跟阿姣一心一意地过起了日子。他将最后留着充场面的几件衣裳都拿去当了，换了钱米；修整了庭院，开辟出七八分大小的一块地来，准备来年开春种些蔬菜。他甚至还学着劈柴、生火，竟然亲手熬出一碗粥来，里面放的是几条自山涧里钓上来的小鱼。他将粥喜滋滋地端去给阿姣，她不接，只顾着指他的脸，一面用袖子掩着口。他不解地去擦，擦下来半手的烟灰，不禁也乐了起来。

到了夜间，他俩一起并肩躺在床上，高琮讲着未来：孩子嘛，最好是生四个，若能两男两女，再好不过。到时就在屋旁边再起两间大瓦房，儿子娶媳妇的时候，他跟她就在堂上坐着，听人家喊，参拜高堂——

但阿姣能够安睡的时间，却越来越少了。她本就娇小，现在更是日日清减，如同随时都能融化一般。深夜里，高琮从莫名的梦境中惊醒，竟见她就盘在他的头端，呼吸冰冷，喷在他赤裸的脖颈上，虽说是在暗中，双眼却灼灼放光。他猛然想起鲛人那张原本恐怖犹如骷髅的脸，细口中尖牙如星辰密布，不由得脊背生寒。

“阿姣。”他温言相劝，“睡吧。”

她乖巧地背对他躺下。高琮睁着眼，一直到天明。窗户纸上渐渐透出鱼肚般的白色，窗外的枫树叶子已经开始染上酡红，窗下的石砖上结了一层薄霜。西侧的天空中，一弯月牙正悄然无声地消融在晨光里。

离八月十五不到十日了。

睁眼时，身侧空无一人。

被单已经凉透了，像是从未有人躺过的样子，他急急起身下了床，连鞋都来不及穿，光着脚踏在地上，心里想的只是：莫非阿姣逃了？她丢下他一人，就此逃了。

奔到前厅，出了门，却一脚踏入了海浪。他将那只湿淋淋的光脚提了起来，也顾不上去擦脚底沾的沙子，只顾着张大了嘴看着。屋子前面是一望无际的碧浪起伏，天上悬着巨大的圆月，竟占据了半个天空，金灿灿的，朝人头顶压迫下来。月光在万千朵浪尖上起伏，如同海面上挤挤挨挨聚满了银光闪闪的鱼群一般。

忽然，水声哗然，自海水中，有一巨物高高跃起，于月光之下舒展着身姿。鱼尾，虹翅，人臂，细腰。

阿姣。他想唤，却噎住一般无法出口。阿姣却对他视若无物，只顾着翻转身躯，一次一次从海中跃向空中。她的眼中只有这天、这月、这无边无际的辽阔的大海。如此自由。

“很美味吧？”

高琮霎时间冒出了密密麻麻的冷汗。他认得这声音，但他不敢回头。

“很想要吃掉吧？”一只纤软的女子的手轻轻落在了他的肩膀上，衣袖当中带着浓郁的芙蓉熏香。

“我知道那滋味，那永远无法得到饱足的饥渴，我知道日日守着美味却无法入口的煎熬。如果你想吃，我可以帮你。”

最终他还是一点点转过僵硬的脖颈。从眼角的一瞥当中，他看见了朱成碧，依然是梳着双髻的小姑娘，身后却拖出浓重黏滞的阴影。她双目含笑，只望着阿姣，渐渐地，眼眉抽长，嘴角咧动，开始显露出野兽的形貌来。背后黏稠的阴影中有无数形态未明之物，正在滚滚蠕动。

当它们猛然睁开的时候，他才看清那全都是各式各样的眼睛。他惊叫，却没有听见任何声音，一下子挣得猛了，翻身坐了起来，却发现原来是在自己床上，已经是汗出如浆，止不住地喘着气。黑暗中冷不丁一只女子的手放到他肩上，他吓得一哆嗦，朝后退缩。

却是阿姣。

“无妨。”原来是梦，“只是魇着了。”

阿姣抬起头来望他，满面的忧虑，忽然就开始在枕席底下翻找，紧接着在他的身上摸索起来。

“怎么了？在找什么？”

她在被上一笔一画地写，却是个玉字。

“我在此处啊！”

她摇头，急得张着嘴，嗷嗷作声，又在空中画着鱼尾形状。高琮恍然，你是说那玉玦。他握着她的手，引着她在自己的亵衣胸口摸索——衣襟之下，一处硬硬的突起，隐约是那玉玦的形状。

“你给的，我自是随身带着。”

阿姣久久看着他，眼中波光闪动，仿佛是在月光遍洒的大海上，她正高高跃起时眼中的闪光。她凑近来，双臂交在他的颈后，呜咽着咬住他的嘴。那一夜抵死缠绵，她的手臂和双腿尽都缠住他不放，便像是要就此拖着他一同朝黑暗的深渊底处缓缓沉下去。

欢情浓时，她一口咬上了高琮的喉管，只要再深一寸，便能立刻要了他的性命。他不挣也不动，心想不如这样也不错。她却终究还是退后了，只在他的喉咙处留下了些许红印。

那一夜，是八月十四。

·五·

八月十五那天，过得很是风平浪静。

阿姣一听到鸡鸣便起了身，将几间屋子都洒上了水，细细地扫了，又打了一盆水，将本来就不多的几样家具都擦洗干净。高琮坐在一旁，看她叠好床铺，将床单掸了又掸，又将他仅剩的衣服都拿出来，一件件重新叠好。他不作声地看着。到了午时，寻些粗茶淡饭来吃。

到了黄昏时分，他像是来了兴致，开始给阿姣梳头，在她的发髻上插了些自家院子里的桂花，又找出些胭脂色的纸来剪出花朵，贴在她两颊和眉心。阿姣的唇本就无色，这么一映，倒像是重新又恢复了血色。

高琮左看右看，甚是满意：“走，出去赏月。”

临出门前，阿姣站在院子里，左右打量，十分不舍。他催促：“一会儿就回来了，哪里有这许多不舍。”

二人走在街上。两侧的酒楼早已被赏月的人租下，摆好了一桌桌的果品和瓜子点心，只等着天色尽黑、月亮上来的时分。一侧挂着的灯笼接二连三地亮了起来，上面写着各家的名称：和乐楼，风清月白楼，熙春楼。高琮一路走，一路望着远处的佛塔，却迟迟没有望见塔边天香楼的朱字灯笼。他缩了缩头，回身催促阿姣再走快些。

那时他俩正好站在一座五孔石桥上面，身边走着的有头上戴满翠玉粉钗的盛装歌姬，有拎着兔子灯笼奔跑的总角孩童。一个卖糕饼的老头子将摊子挑在一副骆驼担子上，正在桥旁边歇息。河道里漂满了人们放下的河灯，以莲花形状居多，从上游一路向着下游浩浩荡荡而去了。

“卖字饼了哎——”

高琮摸索了半天，找出二文钱，跟老头子买了块字饼。想要掰开，又舍不得，于是整个都塞给了阿姣，她哪里肯独吞，悄悄塞回来给他。两个人站在桥上，不作声地互相推让，结果裹着酥皮的饼碎在了两人手里，正好一人一半。一张卷着的小字条落了出来。

阿姣弯了眼眉在笑，他心魂飘荡，拿起来要读。

“那上面写的是——回头是岸。”

这一声，令高琮全身如遭电击。猛地抬头四处搜寻，在正对着他们的桥底，人群中站着一身纯黑锦缎长袍的常青。俊俏的少年脸色严肃，怀中抱着一幅卷起来的画卷，肩膀上挂着褡裢，插着支画笔。

金银交织的丝线绣出一只腾着云雾的、生了双角的雪白狮子，就盘踞在他的胸前。

高琮与他对视，随即不由得垂下视线。若要去他想去之处，便不得不经过常青身边。他咬了咬牙，朝他一步一步地走过去，抑制着想要夺路而逃的冲动。

在与他擦肩而过的瞬间，高琮紧紧地闭上了眼睛，心跳如鼓。但当他再睁眼，却发现常青已经消失不见。原地空无一物，就像他直接融化在黑暗里。

只有阿姣站在桥面上，双手绞着衣角，面色凄惶。

“你怎么了？走快些！”

她点头，碎步跟上来，将手放在他手里。

钱塘江口每逢节日都停着几艘画舫，有官家造的，也有富商自己造的，都是两到三层的小楼，雕梁画栋，绿瓦红门。十几根漆得油光水滑的长桨从船沿伸出来，插在水中。舱中铺满了一层层木芙蓉和玉簪花的花瓣，晚香玉在暗中散发着芬芳。一串串剔透的琉璃灯垂在船头，随着海浪上下起伏，映在水中，像是一个又一个不愿醒过来的美梦。

一根长桨从天而降，将水中的梦影击了个粉碎——这些船里头最大、也最气派的一艘，正在缓缓转动着船桨，准备出发。一块不到一尺宽的船板却还没有收，旁边站了个东张西望的仆役。

高琮带阿姣上前的时候，仆役两手环抱，看也不看地问："就是这个？"

高琮点头，一面牵着阿姣，踩着船板上了船，一面细声细气地跟她解释。

"我有个旧识，如今在这船上做事。今日有贵人租了整个画舫，要到海面上去赏月。我央我那旧识偷放我俩也上船。我知道你必定爱海，我们也去你最喜欢的地方赏月，好不好？"

他无意中一抬眼，望见船头挂着的圆形灯笼，上面的字如针一般扎人的眼。他急急搂过阿姣，带着她低头进了船舱。

他俩一直躲在舱室之中不敢作声，只听得头顶隐约有人走动，船身摇晃不已。待到"哗啦"一声下锚的动静传来，又闻得一阵阵的丝竹之声响起，料想贵人已经开始对月赏曲、饮酒作乐，两人这才打开了一扇圆形的小窗。

面前果然是碧波万顷，海风迎面而来，涤荡胸怀。如墨的夜空中圆月高悬，如一只俯瞰下来的清冷无情的眼。一时间，两人都不作声，只呆呆地望着。

梦境中，阿姣自由自在地跳跃的，正是这片海。他想着她跃动时鳞片上的闪光，想着她展开的、带虹彩的鱼鳍，一瞬间，心都碎了。

"跟我在一起很辛苦吧……"

阿姣没有作声。

"不能在海面上乘风跳跃，不得不分开的尾骨，干燥得随时要裂开的皮肤，难以下咽的古怪食物，还有可怕的火……为了化为人形跟我在一起，一直以来，你都在忍受这些。阿姣，娘子……是我对你不起……"

他膝盖一软，跪倒在地。

阿姣要扶他起来，他不肯，只抓住她两肩，急急地说："我对不起你，我骗了你！这便是那姓贾的高官的船！他租了画舫要到海面赏月，他还要拿知县的位子跟我换了你去！船头上的朱字灯笼都挂好了，那天香楼的朱掌柜就在这里，万事俱备，连刀都准备好了，就只差你——”

他的话语忽然止住了，阿姣在对面望着他，一双眼瞳映着两轮明月，无悲无喜。

“……但我悔了。”他的指甲抓破了身下的楼板，手指上流出血来。阿姣蹲下来，抓起他的手，伸出舌头来，将那血舔得一干二净。

“我悔了。”他补充道，“刚刚才晓得，在这世上，我只有你，而你也只有我。若连你都卖了，我有何颜面继续苟活于世？死后又有何颜面去见高家列祖列宗？”

一声重击砸在一旁的门板上，阿姣吓得一抖，他赶紧抱她在怀里。

“不怕。”他轻声细语，“想是那高官久候我不至，来寻我们的。我们躲在此处，任他们找去。实在不行，便是拼得这条性命，我也得保全你。”

他将嘴唇抵在她的耳边，发着誓言：“苍天在上，明月为证，今日便是我们的大喜之日。阿姣，从今往后你就是我的妻子，咱俩永远不分离……”

他重复着这些话语，直到阿姣紧闭双眼，在他怀中甜蜜昏睡，嘴角似乎还带着笑意。他呆呆地坐着，舱室内，芙蓉花般的香气氤氲蔓延。那个穿桃红褙子的婢女，唤作樱桃的，悄无声息地自角落中走了出来，双手中捧着饕餮形状的香炉，还在冒着青烟。

“这迷香的分量可给足了？可别让她……再又醒来……”

“姑娘说，足够了。”

“替我谢过朱掌柜。”

她无言地向他行礼，重又退后。

高琮将怀里的人抱得更紧了些，仿佛要将她就此搓揉入骨。他紧紧地箍着她，感觉到她在自己怀里并拢了双腿，生出了背鳍，她的长尾甩在甲板上，鳞片四溅，一旁的衣裙委顿在地。又是那个面目狰狞的怪物的样子了。

这样再好不过，他想，然后喊：“在这里！”

起初声音较小，几不可闻，到后来却是声嘶力竭：“你们要找的鲛人，在这里！”

·六·

从一开始，高琮便谋划着眼下的场景。半醒半睡的懵懂之时、高烧未退的蒙眬状态，他都曾越过笼罩在眼前的迷雾，隐隐约约地看见过这样的未来——红木长桌上摆满了绘着十二花神的珍贵彩瓷，碗中盛着晶莹剔透的雕花蜜饯、砌香果子、煨牡蛎、莲花鸭签，旁边的碗里卧着花炊鹌子、润鸡、荔枝白腰子，下酒的小盏里是奶房签、三脆羹……

是的，他曾隐约望见过今日，他望见过坐在首座的大腹便便、身着紫衫的老者，他须发花白，脑门油光水亮。他甚至还听见过他的声音："……如今圣上有令，所有离京官员，一概不得接受吃请，否则以收受贿赂论处，今日这，可万万算不得宴席。"

"算不得，算不得！这不过是些寻常下酒小菜。"一旁的谢燕赔笑，"不过是贾公路过无夏，请了些亲朋好友，中秋相聚，这一点点微薄酒费，便算是在下暂时借给贾公，哪日我上云珑，贾公再还给我便是了。"

众多陪席者中，附和之声不绝。紫衫老者拈起须来，眼神朝席上抛了抛，咳嗽了一声。

谢燕立刻反应过来："之前提起过的珍稀鱼脍，已经让席下去备了，一时三刻就能上来……"

他的话音还没有落，那摆满珍馐的木桌从中间分开，平平地朝两侧移了过去，底下竟是一处通向下面舱室的暗道，现在自下方缓缓升起来另一处平台——乌木制成的案几之上，纯金的大盘中铺满切碎了的苋菜、香葱和嫩姜，一只鲛人闭了双眼睡在中央，双手和尾部都被红绳所缚，分别衔在盘口的四只虬龙口中。被压抑的惊呼声四起，紫衫老者脸上猛然间被点亮了，喉咙上下起伏，喜不自胜地咽下了一口唾沫。

跪坐在案几旁边，跟金盘一起升起来的，还有一身素白的朱成碧。只是，她看起来不太像是高琮曾经在天香楼里见过的那个双髻少女了。她束起了头发，眉间点着一朵艳丽的桃花，用银光闪闪的襻子将两袖束了，手中各执一柄小巧的弯刀，面上严肃至极。

这样的场景，高琮曾经在幻觉中见过，设想过无数次。每次他都以为自己会痛彻心扉，会捶胸顿足，然而当这一切真的发生时，他的心中却只是一片茫然。

“还不快切？”

朱成碧略一行礼，手中的弯刀高举，最后那一刻，她似乎朝高琮的方向微微眯了眯眼睛。高琮瑟缩了一下，以为那刀就要生生地落到自己身上，以为就要撕心裂肺地疼起来，却是毫无感觉。

朱成碧手中的刀运作如风，为了今日，她特意在金铃上各系了一尺来长的火红流苏，眼下只听铃声络绎不绝，流苏飞舞。不到一刻，身边的金盘上便堆满了雪白的鱼肉，已经切成半透明的薄片，还在微微颤动。鲛人的身上，渐渐露出了白骨。

高琮的背心渗透着冷汗。刚才有一刻，他的眼前出现了幻象，还以为阿姣会醒过来——

猛然间，非人的尖啸声响了起来。他摔倒在地，捂着耳朵，身旁倒了一地辗转呻吟的食客。但是忽然之间，那啸声又消失了，他哆嗦着四肢爬了起来，望见在金盘的中央，赫然坐着那一梦醒来，竟发现自己半身都化为白骨的鲛人，它目眦尽裂，张口呼喊，那是他从未听闻过的凄厉喊声：“子……玉……子……玉……”

鲛人拼命挣扎，几个上前去的仆从都按不住她，身上四根红绳都被绷到了极限，眼看就要被挣脱开来。

“阿姣，阿姣。”他喃喃，也不知怎地就走上前一步，“你且忍一忍，忍一忍便过去了！”

于是她望见了他。丑陋至极的怪物，半身都是淋漓的鲜血和白骨，忽然就停了所有的挣扎，只是昂着头，愣愣地瞪眼望着他。

她眼里的光，一点一点地灭下去了。

接着，整座画舫上的人们都听见了鲛歌。

那歌声绝非人间的寻常歌姬所能比拟，明明只有一个单音，却千回百转、哀婉欲绝，到了后来，竟如同一丝越扯越细的银线，直朝海天之间而去。待那歌声终于断绝，鲛人颓然而倒，再无一丝动静。

"快，快把切好的鱼脍端上来！"

朱成碧却站了起来："鱼脍要腌渍片刻方才入味，在那之前，我有一问，诸位大人是否曾按小女子的吩咐，沐浴、斋戒、更衣、熏香？"

食客们纷纷点头，有的人还在嗅袖子上的味道。窗外，一轮明净透彻的圆月正在朝他们的头顶逼近，变得越来越大，直到占据了半个天空。只有高琮一个人注意到了这种景象，但他却发不出声音来。

"紫苏、萱草、艾叶，可是用这样的水沐浴过？"

朱成碧在人群中间走动，得到的尽是肯定的答复。她站到了窗前，满意地露齿而笑。

"那好。诸位，宴席已经齐备，可以尽情享用了！"

享用什么？人们面面相觑。

但他们还没有来得及收回目光，朱成碧背后雕着八仙的木窗便炸裂了，一条狰狞巨物扭转着身体扑了进来，直奔坐在首座的贾大人而去。转眼之间，贾大人的身体便只剩下了下半截，还端坐在位子上，摇晃了一阵，才倒向一侧。那怪物扭过头来，脊背上战旗一般的鱼鳍威风凛凛地张开着，咬合的利齿之间，鲜血正在缓缓滴落。

是一只雄性的鲛人。它抬了抬下巴，咕咚一声，将贾大人的上半截咽下去了。

"啊呀！"

食客们惊慌起来，互相推挤着，想要开出一条逃生的路。但更多的鲛人冲破了四面的花窗，落在了舱室中央，甩动着长尾在人群之中自如来去，惨叫声顿时四起。

高琮被踩踏在地，正好倒在两具被吃剩的尸体中间，他拼命地想要用尸体遮挡住自己，一样物事咕咚一声滚过来，靠在他脚边。那是谢燕的半边头颅，他不由得叫出声来，两腿之间有温热的液体流下。

一旁传来娇媚的女声，叫人毛骨悚然："真好吃啊——"

朱成碧跪在躺着鲛人的案几旁边，眼半闭，头微仰，手中翘着一双朱红镶金的筷子，正在用心品尝。

"夫鲛人者，乃南海妖兽，雌性貌美，雄性好斗。《白泽精怪图》上曾有描绘，这种鲛族歌声美妙，肉质嘛，加上爱情的甘甜之后，才算值得一吃。”

唯有她身边三尺之地，未受到鲛人的任何惊扰。

“至于人类，肉质本就粗，又带土腥，偏偏你们又嗜吃这一口。罢罢罢，这下加上贪婪、痛苦、绝望，诸多味道，吃起来可还顺口？”

她在对着桌上躺着的阿姣说话——这一幕恐怖至极，高琮寒毛倒竖，却忽然想起阿姣来。他连滚带爬地站起来，朝朱成碧身边扑过去，一只鲛人斜地里扑过来，将他按住张口就咬，他拼命踢打，竟然挣脱了。

“阿姣，救我啊，阿姣！”

他涕泪纵横，爬上案几，解开红绳。鲛人翻起身，一双还带着蹼的手冰凉刺骨，在他身前身后摸，终于将当日他亵衣里藏的硬物取了出来，却是块随处可见的鹅卵石。她捏紧手掌，卵石在她掌中碎成了粉末。

“可是在找这个？”朱成碧举在高琮眼前的，正是那块刻有鱼尾纹饰的小小玉玦，“这可不是翡翠，乃是海底一种特殊的砗磲所制，其味儿辛辣刺鼻，寻常人闻不到，鲛人却一闻便知，退避三舍。你本来可以活，高公子，如果你不是为了上天香楼，把它给了常青。”

世间万物，果然都有价格，只看你是否偿付得起。

高琮瞪着那枚玉玦，简直要瞪出血来。他只觉得身上渐渐寒冷起来，视线也模糊了，只遥遥地听着朱成碧在说：“这等美味，日夜放在枕边，白白养了那么久，你还是舍不得吃掉，如今她却是要吃掉你了。常青还特地跑到河边，最后一劝，你也不听——”

“别，别听她胡说！”他拼尽力气，抓住阿姣的胳膊，“你能救我……”

她们二人沉默着，齐齐看着他的下半身，他也随了她们的视线往下一看——是一地的血，从腰部以下，竟然不知去向！他恍然想起刚才扑住自己的鲛人，退却的时候，似乎啃走了什么，却没想到是整整半个身体。这一惊之下，剧痛袭来，顿时就要昏厥过去。

“别，别让他们吃了我。求你，求你……”

女子纤细的手指，抚摸着他的脸颊，带着奇异香味的泪珠纷纷落在他的脸上。

“哎呀呀，可别浪费了！”

朱成碧举了只小瓶过来。阿姣却全然不顾，只痴痴地望着他。她将两只食指放在唇上，朝外缓缓勾画出一个笑容。随着这个动作，她原本细小的口朝两侧裂开来，露出里面数不胜数的细小牙齿，密密麻麻地，朝他的头顶笼罩下来。

但随君意。

这美味，一口也不会与他人共享。

·七·

细软的白沙铺满海边，一层层的浪花带着残破的花窗、衣袖的碎片，一两只鞋子翻卷上来，又再化为泡沫，哗哗地退下去了。常青站在一块齐胸高的礁石旁边，面前铺展开的，是当初抱在怀里的那幅画卷的一部分，画着一只手持骨矛、须发偾张的雄性鲛人，只是不知为何，在尾部总是缺了那么几笔。翠烟站在他身后，正在望着海面。

那个方向，不知怎地，像是笼罩在一团浓稠黝黑的云雾当中。

“够了吗？”常青问。

“似乎还没有吃饱……”

他叹口气，将画笔抽了出来，看似无意地朝画卷上落了几下，鲛人的尾部终于得以完整，忽然就活灵活现起来，有如神助一般膨胀了体积，生出了血肉，从画卷上直接跳入了海中，朝着海面上那团云雾而去了。再看画卷之上，还是原来那只缺了几笔的鲛人。

“等撑坏了肚子，又要回来趴在桌子上哭了！”

“姑娘最近好久不曾进食，就让她一次吃饱吧。”

常青扫了她一眼：“也不想想是谁画出了你们两个，这会儿倒帮她说起话来！吃是那么容易的事情吗？你当她就只是吃？”

黑衣少年站在海风中，不知怎地就威严起来：“吃乃是造杀孽，任何理由都无法掩盖这个事实。”

海面上那团云雾在风中盘卷起来，层层浓缩，最终成为一团黝黑黏稠的阴影，生出几根纤细伶仃的肢体，踩在海水里，一脚深一脚浅地朝着他俩这个方向走了过来。阴影当中，无数的眼睛争相蠕动，一个接着一个地睁开。

“更何况，她每吞噬一只妖兽，也便是将其罪孽统统继承下来，再背负着活下去。”

阴影已经上了岸，尾部还沉重地拖在海水中，朝他俩气势汹汹而来。翠烟半伏在地，将头埋在沙土间一动不动。常青却神情自若，一面说教着，一面转动手腕，在画卷上空白的地方挑了三笔，一团活生生的火焰立时就自画卷中脱离出。他抓过火团，朝面前那团黏稠的东西一举，光芒之下，它竟如同阳光下的雪团一般，嘶嘶作响地开始蒸发。

他举着那光焰，如同举着一把锋利的匕首，割开浓重的黑暗，一步步朝阴影的中心而去。待他终于止步，面前的双髻少女面色疲惫，眼下有深重的黑色。

“……我回来了，嗝！”

黑暗在他们周围嘶嘶蒸发，他回以全世界最温柔的笑：“想要的东西，可有拿到？”

“嗯。”她给他看手中小瓶，“鲛人之泪，晒而为盐，价值连城，有异香，可肉白骨、起死生。高子玉空怀宝山，却始终没有醒悟。”

“这下可吃到饱？”

“啊，”她懒洋洋地回答，“算是一偿夙愿，下次再找什么新的妖兽来吃呢？春韭，啊不，翠烟，去看看《白泽精怪图》上接下来还画了些啥？”

“这图居然落在你手里，也不知道是幸还是不幸……”

“不过，据我所知，现存的鲛人部族都躲到了深海，今日竟然如此之巧，正好一群鲛人在浅海经过。”

常青眯起眼睛来：“是啊，好巧。”

朱成碧鼓起面颊，却忽然叫起来，在原地团团转：“糟了，糟了！光顾着吃得高兴，忘记留一个人付咱们银两了！”

常青咳嗽一声，从怀里掏出一张银票：“要是靠你，咱们全都得喝西北风。幸好我之前收了预付款。”

“常大人英明神武！”朱成碧笑眯眯地晃过来，一把抽走银票，“公款没收！”

“喂喂！”他扑过去抓，没抓住，“你再这样，我要请辞！”

“等你攒够三百两银子再说吧！”

大梁崇安六年仲秋，南巡纠察使贾书柏率众出海，遇风船覆，无人幸免。时逢怪云罩海，盘桓半夜，渔民尽皆叩拜。

第二章 胡眼蜂

·零·

锵，锵，锵，是金锣相击，足有三声。

那并非普通的金锣，仅有弹丸大小。一只拳头般大的蜂将它系在细腰上，不时用腿儿拨动着。徐若虚之前从未见过这样的蜂：胸腹皆覆着绒毛，一对儿大眼湛蓝剔透，如同琉璃。它悬停在半空与他对视，翅膀嗡嗡作响，然后往旁边一闪，径直飞走了。

徐若虚按捺不住地跟了上去，那只小小的金锣在空中闪光，悬悬停停，倒像是一路引着他。父亲唤他的声音紧随身后，他也顾不上回头，只紧紧地跟着那只蜂。直走到一处巷道，七层六棱的莲心佛塔朝巷道中投下清凉的阴影，飞檐下莲花形状的风铃缓缓转动。佛塔对面是一栋三层木楼，二楼的圆形大窗上雕着两枝开得正盛的山桃，窗外挑着只斗大的圆滚滚的“朱”字灯笼。原来已经到了天香楼。

佛塔本是清静之地，天香楼虽说是无夏城中最出名的食府，却常常几个月也难得开门一次。但如今，楼前却挤满了闲人，围作一圈，个个伸长了脖子，朝圈内望去。那只蜂往人缝里一钻，顷刻便失了踪迹。从圈内却传来了更加响亮的锣声。今日徐若虚特地戴了翠纱帽，穿着新制的曲裾黑缘的深衣，好叫自己跟在父亲身后时，看起来能有个满腹诗书的书生样子。但他毕竟只有十三岁，此刻又心急如焚，干脆仗着个子小，提起衣摆来一猫腰，顺着人缝挤了进去。

一个裹着麻布斗篷的老头子站在人群中央，面上除了皱纹，连眼睛鼻子都分辨不清，只剩两道雪白翘起的长眉，脊背往后高高隆起，胸前却凭空凸出来一块，怪异至极。老头慢吞吞地伸出一只手，腕上挂了一圈细小的金铃。那只敲响金锣的蜂再次出现，飞过去停在他的手掌上。他慢条斯理地取下了那只锣，指尖变出一面红黄相间的令旗，不过方寸大小。那只蜂得了令旗，再度飞起来，绕着老头转了几圈，悬停在人群围成的空地最上方，将小旗子猛地向下一挥。

蜂群顿时汹涌而出，一时间，竟遮蔽了天日。

它们究竟从何而来？徐若虚跟着众人一起用袖子捂住脸，暗自揣测。这老头是将蜂群藏在了他的驼背里，还是斗篷下面？蜂群在人群的上空布起了阵，一左一右分成了泾渭分明的两拨，腰间皆系有筷子粗细的绸条：一拨是蓝色，一拨是红色。

父亲也挤进了人群，站在徐若虚的身侧，将一只手放在他的肩头。他的手掌温热，却在轻轻抖动：“妖兽玄蜂，原本只听蜂王号令，如今也被驯服了吗？”

“诸位看官！”那老头嗓音虽然嘶哑，音量却不小，“眼下两军对垒，势同水火，各位要不要下上一注，看是蓝军胜，还是红军胜？”

话音未落，两拨蜂群已经扑向了彼此，铺天盖地的嗡嗡声中，巨大的蜂团在人们头顶旋转起伏，如同已经成形的风暴。很快便有负伤的蜂从其间簌簌而落，摔在地上，翅膀破碎，身躯弯折，或是已经断了头，腿脚还兀自颤动着。一只蜂掉在徐若虚脚边，他蹲下去小心地戳了戳。起初他以为这是场幻术，它随时都会翻身再起。可它腿脚抽搐了一阵，终于绞作一团，再无动静。眼珠晶亮如同黑石，还直直地盯着他。

“以命相搏！”徐若虚拽着父亲的袖子，“同族相残，就只是为了一场杂耍？”

“这是妖兽的命，崎儿。”父亲轻轻唤他小名，“对有的人来说，还不如一场杂耍。那小老头手上的金铃，其中一枚铃铛黝黑发青，那便是蜂王的头颅制成的。靠着这个便能操纵玄蜂，让他们彼此残杀。”

父亲面沉如水，严肃至极：“无论如何，也得将这蜂从他手底下救出来。崎儿，你要记得今日。”

捏了捏他的肩，父亲迈步进入了空地，朝那老头走去，朗声道：“尊驾还请住手！”

蜂团间的撕咬骤然停止了，像是得到了什么无声的号令，齐齐朝父亲转身，无数双黑石般的眼睛轮流闪动。而那老头脸上皱纹耸动，漩涡般层层开放，做出一个诡异的笑容：“来者可是徐学士？翰林学士院的直学士，前不久刚刚奉旨借调无夏巡猎司的？”

“正是在下。尊驾既然认得徐某，便该晓得，光天化日之下如此作践妖兽，徐某是无法坐视不理的。”

蜂群却重新开始骚动，不再互相攻击，反而在父亲身前身后交错纷飞。徐若虚无法靠近，只远远地看见，父亲身边凭空出现了一个高个子的少年，梳着发辫，窄袖盘领，是典型的北狄人装扮。那人朝父亲走去，面无表情，抬起一只手，眼中有奇异的蓝光闪过。

北狄的奸细？徐若虚朝后退了一步，左右四顾，只见身边的人们视若无睹，面上甚至还带着几分期待。饶是他江湖经验浅薄，此刻心头也涌上来莫大的不祥预感。他朝前冲去，却被几条胳膊推挤得越来越远。

“爹！”他大喊。然后是漆黑的闪光，快如闪电。他看见父亲愣了一下，直直朝后摔倒。

·一·

清早，无夏城巡猎司总教头鲁鹰就进了天香楼。他在一楼的厅堂当中最大的八仙圆桌旁找了个位子，一直坐到了午饭时分。

正午的阳光透过雕花的门扇，明晃晃地洒了鲁教头一身，颇有些热辣。他头上却依旧是一滴汗都没有，皂色的官家制服更是穿得笔挺，连衣袖上的扣子都没有松脱半分，腰带上垂着块黑沉沉的木牌，是一个“羿”字，眼神锐利，面色如冰，再加上一道伤疤从左侧眼角一直延伸到嘴角，成功地冷冻了天香楼。他本人对此似乎毫无察觉，只是悠哉地半闭了眼睛，弯起来的两根手指嗒嗒地敲着桌面，直到身边响起了脚步声。

“我道是谁，原来是鲁教头。”来人一字一顿，每个字都像是从牙缝中蹦出来，“这可吹的是什么风？”

鲁鹰拱了拱手：“常青公子。”

常青根本没有回礼，直接坐在鲁鹰对面，两手揣在了袖子里，面上还是一贯的温文笑容，只是嘴角略微有些发僵。他在天香楼身兼数职，既是账房，也是跑堂，甚至还得打扫店铺。但仅就外表而言，他看起来只是个俊俏的少年公子，石青色的直裰边缘绣着精致的柳枝。他一口气说：“今日的两桌宴席早就订出去了，明日的也订出去了，直到下个月、下下个月的都订光了。朱姑娘最近也不开外席，鲁教头还是请回吧。”

“天香楼的朱成碧掌柜，她的外席除非是琅琊王，否则无夏城中还有谁请得起？”鲁鹰慢条斯理地说，“我来这里，自然是因为别的事情。听说朱姑娘原本在二楼挂了月白色窗帘，要出游半个月，近日却突然重新开了业，说是新得了某几样新鲜食材，做了一样小吃。这小吃我见过，类似馄饨，却个儿更小，面皮轻薄，汤色透明，在碗内起伏的时候，便如飞舞的蜂子一般，名唤‘胡眼儿蜂’。汤内不知道加了什么，喝下去舌尖上刺痛发麻，却甘美无比。”

“听鲁教头这口气，也想吃一碗？”常青的语气明摆着是调笑，鲁鹰却当作是认真一般地点点头，“倒是想请教请教。”

“不卖，阁下请回吧。”常青起身要走，却被他伸手拦下，“都这么久了，还计较当初我误伤你那一箭？”

“误伤？”常青指着左眼冷笑，“教头好记性，你那时明明是口口声声咬定了我便是你追捕多年的妖兽白泽，差一丁点儿，这只眼睛就要保不住了！”

“可我已经道过歉了。”鲁鹰冷冰冰地回答。

常青几乎气结，又听得他在对面说：“既然如此，只好封楼了。”他将腰带上的那枚羿字木牌往桌面上一放，“朱姑娘但凡琢磨出来什么新的吃食，总是要先供大家尝上三日，了解食客们的评判。眼下才刚到第二日，这个节骨眼儿上封楼，难保她不会大发脾气吧？”

常青默默地咬了咬牙，最后还是开口唤道：“翠烟！有‘贵客’，赶紧楼上看茶！”

鲁鹰被迎入了二楼的一间雅室看茶。摆放在他面前的茶盏和茶匙虽然精致，却都带有细微的缺口；用茶末抹出的茶膏一看便是便宜货，色泽可疑，沸水泡开时一股烟火味儿，恨不得能呛死人。

鲁教头四平八稳地端了茶盏咽了一口，面上纹丝不动地道：“翰林院的徐疏影学士前些日子被当街刺杀，就在天香楼外，公子必是知道的了？”

“我还以为这事儿该归按检司管，什么时候轮到专门负责妖兽事务的巡猎司？”

鲁鹰对常青的嘲讽毫不在意：“若是被普通人刺杀，自然该归按检司。徐学士虽然并非羿师，但他毕竟是我巡猎司一员。光天化日之下于闹市中被刺，若不追查到底，鲁鹰有何面目去见孤儿寡母？”

他沉着一张脸继续道："更何况，这次跟妖兽也脱不了干系，徐学士身上的伤口……"

"如何？"

鲁鹰却不慌不忙，将杯里的茶汤慢条斯理地一点点咽了，直等得常青额头青筋直冒，才开口道："我为何要告诉你？"

常青冷哼了一声："是由某种细小尖锐、几不可见的武器造成的吧。一招致命，恐怕是在后脑，伤口边缘发黑，带有剧毒——该不会是某种蜂？"

鲁鹰面上没有任何变化，随意地将一只手搭在随身的那张弓上，姿势如同爱抚。那弓制式普通，裹着层层的牛筋，弓背上雕刻着毫不起眼的浮雕，勉强能看出是自云纹中托出的一轮太阳。"你如何得知？"

"徐学士遭到刺杀之时正在观赏街头艺人表演的驯蜂杂耍，此事早就被这两天的食客们传了八百遍了。"常青冷笑，"你该去找那驯蜂的老头子才是。"

"你怎知我没有去找？"鲁鹰从弓背上收回了手。

·二·

鲁鹰的判断其实相当准确，他盘查了当时的围观人等，果然有人认得那驯蜂的驼背老人，还知晓他的临时住处。但他还是晚去了一步，无夏城的东南城区当天燃起了一场大火，吞噬了足足有十余户人家。鲁鹰赶到之时，火已经尽皆灭了，幸存者们收拾了剩余的家什去别处避难，就连围观的闲人都已悻悻地散了。

他不肯死心，在冒着青烟的废墟和折断的焦黑木梁之间寻找，终于发现了一样奇异之物：一只足有半间屋子大小的蜂巢，虽也被烧毁，却还保持了大部分的形状。焦炭一般的蜂尸散落一地，巢穴内尽是些未能及时爬出的幼蜂和虫卵。无一幸存。

就在那一刻，他忽然听到了细微的振翅声，回身喝道："谁？"青烟散开，废墟中呆坐着面无表情的蓝眼少年，一副北狄人装扮，正朝他僵硬地一点一点转动着脖颈。鲁鹰逼近，将箭尖顶到他的额头。那双眼睛里却还是什么都没有。既无战意，也无仇恨。

“你是谁？你的名字叫什么？”

没有回答，没有任何反应。漆黑的毒针悄然无息地自他手中出现，差点便激得鲁鹰松开了手中的弓弦，但他只是呆呆地拿着那针。鲁教头身经百战，那一刻却不禁毛骨悚然。他忍不住想，这一箭真射下去，也未尝不是仁慈之举。他的身后却响起了呼唤：“零！”

鲁鹰罕见地吃了一惊，一则这声音他竟然认得，二则对面这张犹如面具般的脸，瞬间便活了过来，因着那声呼唤，出现了犹豫和恐惧，终于有些人的样子。

紧接着便有呼呼的风声自后方袭来，他立刻转身，瞬间射出手中的箭，却贯穿了一只葫芦。

“葫芦？”

“没错，等我回过头来。扔葫芦的那小子已经扯上蓝眼的家伙跑了。”

“这可不像你。”常青评论，“以你的功力，回过头来再射他俩也绰绰有余。若是不忍心，射腿便是了。”

“事情果真如此简单便好了。”鲁鹰在茶几上轻叩手指，“我不是说后面这人我认得吗？那是徐学士的小儿子，小名崎儿，大名为若虚。”

“教头是说，徐疏影的儿子救了那个北狄少年？”

“救了那只刺死他父亲的蜂。”

“也未必是那只蜂的错。”常青声音柔和，却有令人无法拒绝的意味，“驯化他，驱使他，利用他，最后弃若敝屣的，难道不是人类？”

鲁鹰哈哈大笑起来：“徐学士如果还活着，你一定会是他的至交好友。常公子是否读过坊间流传的一本话本，叫作《神州妖事录》？”

“疏星楼主所著？”

“没错，那便是徐疏影的笔名。书里收集了近百年来神州大陆上妖兽与人类相交之事，徐学士在书中批注：兽既能作人言，化人形，则与人无异，皆为万物灵长。而人有情，兽岂能无情乎？”他摇了摇头道，“要我说，这简直是一派胡言！妖兽之类，从来都是害人的玩意儿。对付他们，只需要一支足够快的箭就够了——就像这样！”

霎时间，风声呼啸。几乎是在呼吸之间，鲁鹰便已经五箭齐发，直直朝着常青的胸口射去。这一下事起突然，常青避无可避，只得朝屏风退去。他的指尖刚触到屏风，其上的山桃立刻开始凶猛生长，片片绿叶穿透纸面而出，枝叶交错，将他严严实实地护在其中，鲁鹰射出的箭矢撞在枝干上，纷纷掉落了。

“‘妙笔生花’！”鲁鹰感叹，“公子又有精进。”

“比鲁教头的追日弓还是差些……”不对！常青嘴上谦虚着，却猛然领悟过来。只有四支箭落地，且自追日弓射出的箭，不该如此轻松便被挡下。掉落在地上的四支，是为了掩护最后射出的那一支，它现在已经无声无息地贯穿了纸面，深深地扎入屏风之后。

插入之处，墨色的液体氤氲而出，染上了纸面。

鲁鹰朝那个方向走过去，步履缓慢：“两天前，我手底下的羿师来报，道看似那北狄少年的人进入了天香楼。就在同一天，朱掌柜忽然开业，推出了一款崭新的吃食，所用的调料前所未见。不会这么巧吧。”

话未说完，他已经来到屏风前面，伸手要拔那支箭。常青抢先一步抓住了他的手腕：“这几日姑娘新出的小吃正是免费品尝的时候，进出我天香楼的人，没有一万也有几千，你要查，便自己去一一排查。”

鲁鹰回头看他，略带惊讶，轻声说：“那妖兽身负剧毒，且已杀了一人。常公子确定要挺身相护？”

两人只是眼神交错，再无更多言语，最后终究是鲁鹰后退一步：“也罢。常公子要护便得护到底。我会让羿师们日夜在外等候，他一旦冒出头就杀无赦！”

鲁鹰掉头走后，常青缓缓坐下，看着那支兀自颤动的箭，长长地叹了口气：“出来吧，你们两个！”

屏风后立刻扑出来一个戴翠纱帽的小书生，揪着常青的袖子，大眼睛里几乎立时要流下泪来：“阿零受伤了！常公子，怎么办啊！都是我的错，我知道不该随意走动，可面不够了我……”

蓝眼的高个子少年跟着也从屏风后面转了出来，捂着手臂，依旧面无表情，半侧脸上都沾着面粉。

常青从一个看到另一个："你俩究竟是谁，现在可以告诉我了吧？"

·三·

他究竟是谁呢？

这个问题实在是叫人难以回答，就在不久之前，这世上还根本没有他。有的只是它，或者说，它们。

最初，它们是莽莽深山中野生的玄蜂，白日里呼啸而出捕猎。这种蜂惯于将猎物团团围住，待其中毒而死，将血肉都吸了，入夜方归。它们虽有成千上万，行动却犹如一人，一心一意地修缮母巢、储存粮食、孵化幼蜂。每一年新春来临，都有新的一批幼蜂成形，唯有最强健或最精明者，方可加入族群。

它们的族群。后来，是它的族群。

自蜂群之中，终于诞生了一个"我"。这个意识存在有多长时间了呢？它本身并无概念，只知道随着斗转星移，秋冬寒暑，它的巢穴已经越结越大，几乎要将整棵老树包裹在其中。而它捕猎的，也从野猪改成了水牛，甚至还捕猎过一只倒霉的老虎。若它能有现在的智慧，便会从此多加小心，因为过于张扬往往会招惹来祸端。但那时它是初生牛犊，自幼生在山中，对外界，尤其是对人类的存在一无所知。因此，当陌生的蜂王出现时，它完全没有把对方放在眼里。

这来自山下的蜂王紧紧依附着它的人类坐骑，这人身材干瘪，气味难闻，背后高高突起，脖子上缠绕着死去狐狸的尾巴，丑陋无比。但陌生蜂王发出的挑战宣言明白无误，那种振翅的嗡嗡声在说：胜者将占据母巢；而败者，任凭驱使。

强者为王，弱者被弃，这本来就是玄蜂的生存方式。它只是没有想到自己会输，没想到陌生蜂王的坐骑能将一只畸形分叉的爪子伸向天空，召唤来灼热闪亮的电流。那一次对它的打击太大了。它损失了绝大部分的兄弟，连母巢中脆弱的卵室以及珍贵的姐妹们，都被小心地取出。新蜂王的坐骑露出牙齿。很久之后它学会，那是他们表示愉悦的方式。

跟我来。新的蜂王宣布了对它的控制权之后，命令道，我带你去人类的城市。

它进入了一处比自己的巢穴更加复杂和精细的城市，遇到了更多和那只坐骑一样的人类。在没有蜂王命令的时候，攻击他们会导致严厉的惩罚。但有时它也会被释放出来，在覆盖着金色琉璃瓦的宫墙之内尽情地飞腾和蔓延，将蜂王指定的猎物捕捉缠绕，一点点噬尽血肉。这总会令它怀念起山野间的自由时光。

一个凉爽的夜晚，蜂王在人类坐骑的手臂上鸣响着双翅，召唤它飞去。那人类盘着腿，在膝盖前放了一只盛满清水的铜盆，前后摇晃着身体，如同喝醉了一般吟唱着。水面上，映出一座它前所未见的小城市：黑瓦白墙，碧水小桥，桥头一株盛开的桃花。

这里有一个危险的人类，他会烧掉我们整个族群，包括巢里还没有孵化的卵和那些柔弱的姐妹们。萨满大人从星星运行方式的改变中得到了启示：不出五年，他就将引来浓烟和火焰。

“你是伟大的战士，”蜂王说，“去杀掉这个家伙。”

但这个据说穷凶极恶的人类未免有些过于好杀了。它所做的只是走过去，用针贯穿他的后脑，从头到尾没有遭遇到任何反抗。它看见人类眼中的亮光瞬间暗淡，朝后摔倒，面上是凝固了的惊愕表情。

那时，它的兄弟都在彼此厮杀。它数着它们一个接一个熄灭的意识火光，体会着一波波传递过来的痛楚和坠落时的眩晕。为了吸引其余人类的注意，这是必须要付出的代价，只要能回到母巢，就能有新的兄弟补充进来。相比之下，它的另一个举动显得更加冒险：它将绝大部分意识收拢，灌注在最强健的那只蜂身上。正是它负责了敲响金锣，引来刺杀对象。它是这年春天最先孵化出来的一只，个头也最大，有奇异的蓝眼。它甚至还有一个被蜂王赐予的名字——零。

意外发生在它收回了针刺的那一瞬间。每次捕猎都意味着和猎物不可避免的接触，而濒死的猎物总是会传递一些零碎的影像过来。对玄蜂来说，这是体会世界的独有的方式。这个衣着寒酸的人类身上迸发出强烈的情感，一名幼年人类的面孔被推到眼前。

它愣了一下。它认得这张脸，认得白皙脸颊上的酒窝，还有扑扇着长睫毛的大眼睛。在敲响金锣的时候，它曾经与他有短暂的对视。

崎儿……若虚……人类的意识已经开始消散，但那强烈情感却始终挥之不去。它倍感困惑，最后决定压下去，回巢之后再与其余的兄弟分享。没错，等它重新具有群体的智慧之后，它或许能明白这是什么。

它鼓动着翅膀，等待着蜂王的下一步指令，但毫无回应。它就像被笼罩在一片静寂的水域里，无论是蜂王，还是它的坐骑，都从它所能感应到的范围内消失了。它茫然四顾，随后低头：那人类的尸体还躺在它脚边，眼睛甚至还是睁开着的。一些人类正惊恐地退开，又再满怀着愤怒拥挤上来。

“徐大人，是北狄的奸细！北狄奸细杀人了！”

让自己被困在单一的躯体里，这是他犯的最大的错误。丧失了众多的耳目，还有源源不断、可以补充的兄弟们，他几乎是靠着本能意识到继续留在原地的危险，当即生出翅膀来，在众目睽睽之下飞上了天空。等到了偏僻之处，又寻了一个跟自己身量相仿的过路人，将其击倒之后，改换了穿着。

接下来，他有些茫然。要如何重新寻到蜂王和它的人类坐骑，这是个难题。他至今都无法区别人类，他们看起来如此相似。如今在他的脑子里，唯有一张鲜明的、属于那个人类孩子的脸，还有那个名字。

虽说如此，他也没有想到能这么快就再次看到那张脸。经过某处少人经过的巷口的时候，巷道中几个小混混模样的人类正在揍一个明显更年幼的孩子。那孩子被按在地上，弓起背来，护着怀里的某样东西，还在嘴硬：“光天化日，你们便这样作践生灵……哎哟……徐某肯定不会坐视不理的！”

这句话听起来有些耳熟。所以他停了下来，略一思考，便朝他们走过去。揍人的家伙看了看他的脸色，慌慌张张地逃走了。那孩子翻身坐起来，脸上蹭得都是泥，怀里露出一只幼年的三眼猞猁，白耳双尾。

他站着，审视着眼前这张脸，忽然俯下身去，伸手将那上面的泥都擦了。嗯，这样看起来跟他记忆中的脸比较像了，还有那个与之相应的名字。

“徐若虚。”

“正是在下。哎，你如何知道？”他眨着眼睛。

他盯着那只猞猁：“妖兽。”

“那又如何？”徐若虚一梗脖子，“上天有好生之德，总不能要我眼睁睁地看它被扯断尾巴。哎哟！”

徐若虚原是打算要摸小猞猁的头，却叫了一声，松开了手。猞猁跳开，威胁性地朝他露了露牙，蹿上了房顶。他沉默，看着徐若虚手背上的三道血印。奇特的、如同焖烧的炉火一般绵长的感情又出现了，在他耳边反复地念着：“这是重要的东西，需要保护。”

他目不转睛地望着那流出来的鲜血。不知道尝起来是什么味道？所以他单膝跪下，抬起他的手背，舔了舔他的血：“……不好吃。”

“当然不好吃了！”徐若虚看起来整个都炸毛了，“你谁啊？”

“……零。”说完这个字，他站起来走开了。

他必须找到母巢。只有回到母巢，他才能休养生息，替换掉这副身体，才能重新拥有无数的眼睛和翅膀，才能理解这种奇特的，令人不安的情绪。

但母巢却被毁了。他越走越近，越发感知到被烧焦的味道，致命的呛人浓烟，还有早已熄灭的、如今只剩余火闪烁的兄弟们的生命。虽然他完成了任务，却依旧没有改变命运。

无一幸存。他努力消化这个词的含义。再也没有族群了，他将永远困在这个单一的躯壳里，一旦遭到损毁，就将彻底地死去。这样的未来让他眩晕。他还不习惯用单一的脑子来判断这样重大的问题，即使有箭顶上额头，他也丝毫没有反应。现在死去，或者困在这个躯壳里一点点死去，有什么区别？

但徐若虚忽然出现，将他从那羿师的箭下拖走，还带着他一路穿过七扭八拐的街道。一旦察觉到身后并无追兵，零就停了下来。即使只有单一的一只脑子，他也知道这是冒险的举动：“为何？”

“你先救的我。圣人云：‘四海之内皆——兄——弟——’，我们从此便是兄弟了。”徐若虚摇头晃脑地念，接着拍着胸脯豪爽地说。

兄弟？他习惯性地振翅，但眼前这人并无共鸣传来。他又疑惑地伸出感官触碰，但他也毫无反应。不是兄弟，不是他所习惯了的同一个巢里孵化出来、头顶着头、翅膀相交的兄弟。没什么用的人类，他对自己说，而且也不好吃。

肚里传来咕噜一响，这个时候他才真正地意识到自己的处境。他陷落在一个跟故乡完全不同的城市中，这里人群沸腾，充满陌生的味道和声音。尤其是眼下这股，从附近一栋挂着圆形灯笼、圆窗上雕着木刻山桃的小楼里飘来的奇异香气，简直令他饥饿难耐。

徐若虚顺着看过去，脸上露出了酒窝，拽住他的手：“你饿了？我知道哪里有好吃的，跟我来！”

短短一日，他杀了一人，巢穴被焚，失去了全部的兄弟。但他现在又拥有了一个，或许并不坏。

·四·

常青一手扶着下巴点头：“那日天香楼本没有营业，你们循着香味找到二楼，只能找到一鼎类似馄饨的小吃。那是朱姑娘这段时间以来一直在捣鼓的试验品，尚未完成，就进了你们两个的肚子。”

徐若虚正在给零包扎，那箭伤了零的手臂，所幸并不深。“我俩当时太饿，实在是情非得已。”徐若虚脸上有点儿发红，“不告而取，是为盗。掌柜的要我们再做一模一样的出来赔给她，于情于理都是应该的。”

常青靠着椅子靠背，略微有点儿出神：“在那之前，你俩都得受她压榨，拼命干活……”

“常公子，你面色不佳，没事儿吧？”

“没事。”他打了个冷战，喃喃道，“只是想起了一些悲惨的往事而已。三百两银子啊！”他站起身来，“不过你俩，现在包胡眼儿蜂是越来越熟练了。眼下阿零受了伤，你就得多加努力，楼下的食客还等着呢。”

徐若虚包扎的动作停了：“公子不赶我们出去？”

“赶你们出去做什么？你没听见刚才那个冷冰冰的大叔说的，外面都是羿师？你跟你捡回来的这只……兄弟……先安心待在这里吧。”

“多谢公子！”徐若虚面露喜色，悄悄撞了撞零的肩膀。那家伙不情不愿地开口，低声道：“谢谢。”

常青注视了他一会儿，才再度开口，却是对着徐若虚：“他所犯何事，自己未必清楚，你却是知道的。为何还要护他？”

“我爹他……想将阿零从那老头手里救出来。”徐若虚低头，但很快又再度抬起，“在下虽然不才，毕竟也姓徐，这心愿，总得替他完成才是！”

常青看他微红的眼眶，叹了一声：“罢了！倒是你家兄弟的真实身份，得跟朱姑娘说一下才是。”

“从、从我们进来的第一日，朱掌柜就知道的。”徐若虚比划着，“她发现煮馄饨的鼎空了，当时就咆哮起来，那个可怕啊，整栋天香楼都在抖……阿零为了护我，手中生出根漆黑的针来，指着她的咽喉。结果她反倒吸了吸鼻子，舔了一下那根针。说来也奇怪，被舔过之后，那针竟然不是漆黑的了，她还说……”

“味道不错。”常青跟他同时脱口而出，然后捂住了眼睛，“我算是知道胡眼儿蜂的汤里加了什么了！”

“为什么不能加？”朱成碧无辜地问。她斜倚在一张湘妃斑竹制成的美人榻上，整个人都懒得没了正形。“每碗胡眼儿蜂里若加一厘玄蜂毒，只是汤味寡淡；加两厘，便可甘美异常；加到三厘，食客们就要舌头发麻，呼吸停止。美味与丧命之间，只有薄如丝线的一段距离。是不是很有趣？”

“一旦传出去，会吓跑所有客人的！”

“正好相反。你可知每年死于河豚毒的人有多少？为何还是有更多的人趋之若鹜，赌上性命也要尝试？”她眼眉上翘，笑得像只狐狸，“这世间越是冒甚高的风险方能得到的东西，才越是让人着迷。例如馄饨，形如鸡卵，颇似天地混沌之象，从汉朝至今，长盛不衰，常会惹人误解，以为不过是一样普通的小吃。喂，小书呆，告诉汤包，这馅料是用什么做的？”

她转眼去看另外两个人，徐若虚正在笨手笨脚地练习包胡眼儿蜂。零在一旁看着，手臂上还缠着绷带。

“姑娘之前教过我的。”徐若虚规规矩矩地回答，“是蛋黄、鱼肉和虾皮。”

她朝常青转过头来，靠近他的耳边，轻声道：“你可记得我们在海上捉住的那只山一般大小的红鳐？它沉睡太久，背上都生出了山石树木。为了捕捉它，我花了三天三夜，却只取了它腹部的一段膏腴，总共不过十斤左右，做了馅料。如此殚精竭虑，怎能叫这些人白白享用？得叫他们晓得，这每一口吞噬的都是活生生的生命，是海上沉浮的月光和无数的岁月，这是在品尝世界，不冒一点点风险怎么能行？”

“这完全是歪理！”

“能尝出来。”零忽然闷闷地说，其余的人转头去看他，“世界什么的，咳。”他有一点尴尬，但面上还是毫无表情。

“是吧，是吧！”朱成碧笑起来，见一旁常青还是沉着脸，伸手拽了拽他的衣袖，“总之你且信我，绝不会有人因胡眼儿蜂而死。我亲口尝过，这种毒虽烈，却常常只是令人晕厥，不至于真正死去。”

常青正待开口，徐若虚鼓起掌来：“阿零好厉害！”原来零为了掩饰尴尬，干脆坐下来替徐若虚包馄饨。他仅有单手能动，却手法飞快，令人眼花缭乱。徐若虚惊叹不已，只顾着鼓掌。零受了表扬，面上略有得色，连咳了两声，竭力保持着平静的样子。

“也罢。”常青叹气，“现在看来不管她教了你们些什么歪理，至少将来饿不死。”

·五·

徐若虚曾经以为，这样的日子可以一直持续下去。

天香楼里各类食材层出不穷，他一样样都取了来，教零辨识各种滋味，也带他将室内的物件一样样地摸过去，同时说着各种器物的名称：杯、碗、桌、椅。

零学得很认真。徐若虚摸过的东西，他往往都要用指尖再确认一遍形状和质地，同时重复：杯、碗、桌、椅，还有徐若虚。

“呃，最后那个词可以不用再说了。”

零却露出诧异的表情，朝他走过来，仔细地摸着他的脸，确认着：“徐若虚。”

徐若虚莫名地有些脸红，挣又挣脱不掉，恰好朱成碧进来，身上穿着常青的衫子：“来来来，猜我是谁？”

“……”

“果然，这么些日子以来，还是只认得你一人。”

话虽如此，零对味道的辨认度却很高。他从西湖新摘的莲子中辨认着苦味，也尝过了生姜的辛辣。他很不情愿吃酸的东西，如果徐若虚坚持，他也会咽下去，但事后常常会露出思考很久的表情。与此同时，他却嗜甜如命，几乎要吃光天香楼内的存货，朱成碧忍无可忍，将仅剩的存蜜糖的罐子全都锁进了她的卧房。对此，零的脸上首次流露出了孩子般失望的表情。

“阿零，你别这样。”徐若虚满头大汗地哄他，“明儿我们出去，我带你出去买糖吃！”

话一出口，徐若虚就后悔了。但阿零的眼睛瞬间便亮了起来，又让他觉得值得。第二日他俩便瞒过朱成碧和常青，出了天香楼。还未来得及逛上多久，徐若虚望见街对面，有人扛着一个草人，上面插了满身红艳艳的冰糖葫芦。这吃食外层裹的是透明冰甜的糖衣，咬破之后却是酸极的山楂。要是给零吃到，不知道会露出怎样的复杂表情来。

他寻了一处人少些的街角，嘱咐零站在原地等着，自己从往来如织的人群中钻了过去。买了一串，待要举着回去，怕糖衣沾了行人的衣袖，一时竟不能顺畅地挤过人群。他又怕零等得急了，踮着脚张望着。

有一瞬间，人群露出了缝隙，他望见零还站在他们分开的地方，他环抱着双手，低垂着头，连站立的姿势都没有丝毫改变。零在等他，零只认得他，如果他不回来，零就会一直这样等下去。徐若虚鼻子有点儿发酸，他举起手里的糖葫芦挥了挥：“零——”

零听见他的声音，转过脸来，却是徐若虚前所未见的凶狠表情，一双蓝眼朝两侧拉长，几乎要露出牙齿来咆哮。徐若虚心里一寒，一回头，脸上带伤疤的大叔已经开满了弓，虚握的右手中，一柄完全透明的箭正被他自空无一物中拉扯成形。徐若虚急了，侧身一肘撞在他持弓的手臂上：“零！快跑！”

零的身影忽然从原地消失了，徐若虚刚松过一口气，零却出现在了他们身边，手中的针恢复漆黑。利器连连相击，紧接着，徐若虚耳边响起了嗡嗡声响，双肩便被人拽着，脚离了地。零带着他飞了起来。

徐若虚惊魂初定，指着远处雾气缭绕中的莲心塔："去那边……"他的话被一只紧贴着他的脸擦过去的箭给打断了。那大叔不知何时也赶了过来，站在屋顶之上，还保持着举弓的姿势。徐若虚自己不觉得如何，但零的反应却异常激烈，他抱着徐若虚的胳膊都在颤抖，连振翅声都发生了变化，开始高亢起来。

徐若虚一把抓住他的手背："回天香楼！"

零缓慢地朝他低下头，有那么一小会儿，徐若虚绝望地担心着零丧失了理智，要连他都辨认不出。幸好他重新振了振翅膀，带着他朝一侧飞走。四五只透明的箭矢在空中画出弧线，紧随在他们身后。徐若虚闭了眼，耳畔只听得风声呼啸，不时有砖瓦碎裂之声，近在咫尺。

但是风声忽然停止了，他们静止在空中，徐若虚睁开眼，看见的是挂着莲花形状风铃的石质飞檐——他们已经到了佛塔旁边，只差几丈，便能跃入天香楼二楼的圆窗。但零却停滞了所有动作，只俯下身来，紧紧地抱住他，将他托举向上方。

"徐若虚。"他轻轻地说。他们随即开始了坠落。

徐若虚觉得自己是天字第一号的大笨蛋。只因零所流露出的表情越来越多，学会的词汇也与日俱增，他便对一些明显的征兆视而不见。例如颤抖的手、经常发作的失神。这并不是零第一次失去运动能力，但却是他见过最厉害的一次。即使如此，零依然将徐若虚护得很好。他们撞上了佛塔的层层飞檐，在风铃叮当作响声中一路坠落，但徐若虚竟然连擦伤都没有，一落地便翻身爬起来，去看零的状况。

零四肢僵硬，对他的呼唤毫无反应。而这个时候，那冷冰冰大叔的靴子，已经踩在了一旁的碎瓦当中。

徐若虚站了起来："鲁教头，好久不见。"

鲁鹰点头："眼下并非叙旧之时，还请让开。"

"零是妖兽，"徐若虚面朝着鲁鹰伸开了双臂，挡在零的前面，"但我是人类。"

鲁鹰皱眉："你可知他杀了你爹？"

徐若虚浑身一颤，却听得耳畔响起了常青的声音："鲁教头，佛塔前面杀生，恐怕不妥吧？更何况，你也能看出来，那只蜂根本也活不了多久了。"

“玄蜂向来群居，从未有人养活过单独一只。离了群的蜂会失去全部感官的感受能力，慢慢死去。你已经养得够好了，但他仍然在衰竭，这一点毫无办法。”

“……零是我兄弟。”

“你还当他是兄弟？事到如今，他连一个‘我’字都未能说出。”娇媚的声线，说话的人是朱成碧。

“你可要想好了，他可能永远都没有办法回应你，更别说像个真正的朋友。而且，他眼看就要死了。”她一字一句地重复着，“这个状态的蜂，还是扔掉比较好。咱们之前商定的事，就此作罢吧。”

零独自坐在桌前，听着这些高高低低的言语，隔着墙传过来。如今他的视野边缘发黑，越发逼仄，但听觉依旧敏锐，能听到徐若虚特有的脚步声接近，衣襟摩擦作响，听到他关上房门，过来问他——“饿不饿？”

他没有答话。徐若虚也不再说话，只自顾自地忙碌，渐渐地传来锅中的水沸腾的声响，他们亲手包的胡眼儿蜂被一个接一个地扔到水里。

零的视野里出现了另一只手——徐若虚将一双朱红镶金的木筷子塞到他的手里。零很努力地想要握紧它们，但筷子在他指间打滑，最终还是掉落了。他俩一起陷入了沉默，望着他颤抖的手指。

会被抛弃掉，他想着。这是对的，从来都是如此，唯有强者能够生存，一旦成为残疾，就不再有用了。但为何他的胸口如此疼痛紧缩，几乎不能呼吸？

他想得出了神，意识到有温暖的身体靠近，条件反射般想要后退，嘴里却被塞了一只胡眼儿蜂。他细细地品尝着，一点一点辨识着。

忽然间，他在带盐腥味的海水间沉浮，露出头来望见雪一般冰冷雪白的月光。忽然间，他的脊背上沉积出了山石，长出了树林，他甚至还做了一个梦，梦到山林之间有人类来往，熙熙攘攘，喧哗无比。他以前从未尝过、从未见识过的——世界的味道。

因为待在这个人的身边、所品尝到的味道。

“喜欢吗？”

“……喜欢。”

“要说，我，”徐若虚的语调没有任何变化，就和之前无数次想要教会他说“我”

这个字的时候一样，“我很喜欢。”

“我。”他将一手放在胸口，直视着徐若虚。不知从何时开始，胸口的紧缩被一点点化开，那滋味远胜过蜜糖。他找不到合适的词语形容，但他想要传达，想让徐若虚知道，拜他所赐，此刻他尝到的一切。

于是他学着之前看过的人类，将嘴角朝两侧扯开，露出一个缓慢绽开的笑容。

徐若虚手中的筷子啪嗒一声掉下来：“我，我现在就跟朱掌柜告假去！明天我们去吃遍无夏城！”

·六·

徐若虚兑现了他的承诺。他们扫荡了整整两条食街，一路吃过桐皮熟脍面、满麻烧饼、薄皮春茧包子、灌浆馒头，又买了些雕花金橘、蜜冬瓜鱼儿、荔枝甘露饼等等的甜食，足够正常人家一年的食用。徐若虚拿着预支的工钱，花起钱来眼睛都不眨一下。

两人在酒肆里沽了两角酒出来，装在皮囊里随身带着。等逛到中街，见一旁搭起的瓦肆里正演着戏，人群挤了两三层的时候，两人都有了些醉意。徐若虚想往里挤，零却牵了他，往旁边一株柳树走。他飞上枝头，再拎了徐若虚，放在自己身旁。徐若虚被他拎习惯了，乐呵呵地没有反抗，脸上还有饮酒后的红晕。

戏台上正演着一个涂了大花脸的老头子和一个画着白脸的年轻后生，插了一身的花旗子，手中各拿两柄枪，你来我往地战了四五个回合。老头子忽然露了一个破绽，被那后生朝胸口刺了一枪，立刻仰面朝天，直挺挺地倒了下去。

零看不懂剧情，但他看得懂徐若虚的脸色：他面上所有的血色都褪下去了，薄薄的一层冷汗。

另一个年轻的后生上台来，在那老者身边跪下，扶尸痛哭，喊着：“爹——”

“没意思。”徐若虚干巴巴地开口，“我们走吧。”

“徐若虚，”零开口唤他，“那人类说我杀了你爹。”

台上的戏唱得越发激烈，年轻后生在唱，大仇必报云云。零仔细地听了，然后转眼看他，婴儿一般无辜地问："那你为何不杀我？"

徐若虚纵有再多的酒意，此刻也散得一干二净。他苦笑着，伸手抓住零的手："走，我带你去一个地方。"

他俩到驿站租了两匹高头大马，一路骑着出了无夏城。一路上徐若虚沉着张脸，心事重重的样子。零跟在后面，一时也找不到什么话来打破僵局。徐若虚最后停了马，翻身下去。他们面前立着块漆黑的方形石头，后面是一堆隆起的新土。

"爹，我带阿零来看你。"徐若虚嘟囔着，忽然就像是失了力气，一点点地蹲了下去，"阿零，你那天在天香楼外杀的那人，便是我爹。我爹一直有一个天真的梦想，希望总有一日，这世间所有生灵都可以和平共处。他总是相信，既然妖兽能化成人类，能说人类的言语，总能找到一条法子，能跟他们做朋友的。"

"那一天……那一天，我是察觉到了危险的，但是太晚了。我爹是不是也察觉到了呢？否则他就不会叫我记住了。记住他是怎么死的，也记住他的梦想。"徐若虚用衣袖擦着脸，声调变得很奇特，但他很快重新振作起来，"所以我想跟阿零做朋友、做兄弟！爹是为了将阿零从那老头手底下救出来才死的，我也想，我也想救阿零，可我不知道该怎么做……"

他又在哭了。零有些失措，走过去想要安慰，放了一只手在徐若虚的肩膀上，徐若虚埋头不理。他又看了看自己的另外一只手，犹豫着，也放到他的另一只肩膀上。这几乎能算得上是一个拥抱了。

然而他却在刹那之间，被汹涌而至的痛楚所湮灭。有如被烈焰烧灼的痛苦，被活生生挖掉内脏一般的痛苦，重要之物，无可替代的重要之物，就此永远地失去了。他一个趔趄，朝后退去。徐若虚抬起头来，被他的面色吓了一跳，想过来扶他，却被他侧身躲过了。

"好痛。"他咬着牙，指着心口，"这里，好痛。所以这就是，我对你做的事情了。"他望着双手，仿佛那上面还有着血，"如今我才知道这滋味，真恨不得从来便没有活过——"

就在此时，他俩却同时听见了金铃作响，时而遥远，时而贴近。

"零！"徐若虚脸上的泪痕都还是新的，"别去，别听那声音！"但零只看了他一眼，便朝后退去，终于生出翅膀来，飞走了。

徐若虚在原处等了半日，眼见得天色一点点暗了，只得牵了马，无精打采地回了天香楼。他坐在桌前发愣，到四更天，终于还是熬不住，趴在桌上沉沉睡了。

这一下也不知道睡了多久，梦中隐约有嗡嗡振翅的声响，他迷迷糊糊揉眼一看，就见坐在桌子对面、面无表情地盯着自个儿的那家伙，不是零，又是谁？

他惊喜交加，却看出他脸色很差，肩膀僵硬，眼神发直。“又发作得更厉害了吗？”他靠过去，捏着零的手臂，一面担忧地问他，“可还记得我是谁？”

他往下摸着，直到摸到零的手掌，却忽然停止了动作：在零手中，是一根崭新的、漆黑的毒针。

“暗杀任务对象更改。”零忽然念道，“五年后会坏我北狄大事的无夏城的双宣学士，不是徐疏影。”

徐若虚觉得心都要从嗓子里跳出来了。他嗓音嘶哑，双手发抖地问：“那是谁，你真正要杀的人是谁？”

“他的儿子。”零愣愣地回答，声调中毫无起伏。

徐若虚撑着桌子站了起来，吸了吸鼻子。“你饿不饿？”他低低地说，“我给你煮馄饨吃。”

零坐在原地，一直看着他，略带疑惑地看着徐若虚，看他窸窸窣窣地洗了锅，烧了水，再将胡眼儿蜂一个接一个地扔进去。零忽然开口叫他：“徐若虚。”

“哎，是我。”徐若虚平静地回答。他背对着他，正盛了一勺胡眼儿蜂，在尝熟了没有，不小心却叫汤给烫了嘴唇。他捂住嘴，双肩抖动，眼泪一滴滴地滴进锅里。在他身后，零已经站了起来，致命的毒针就悬在他的后颈。

一场豪赌。徐若虚吸了口气，转身朝零的手里塞了双筷子。零面露惊讶，盯着那双朱红镶金的筷子认了半天。徐若虚朝一旁的凳子伸了伸下巴，零默默地拖过凳子来，坐在桌子边，一手握着一根筷子。

徐若虚盛了一碗给他，热气腾腾，他却一口一个地咽下去了。恐怕已经连味觉都已经彻底消失了吧。徐若虚目不转睛地看着：“好吃吗？”

零露出思索的表情，点了点头，又伸出舌头来舔了舔嘴唇：“很好吃。”他笃定地回答，“我很喜欢。徐若虚，我很喜欢。”

·七·

这片枞树必有古怪。

鲁鹰千真万确地记着，昨日这里还只是一处洼地，如今却成了一整片繁茂的树林。更为诡异的是，越往里走，视野外围的树枝便显得越模糊，唯有近在咫尺的地方能被看清。但鲁鹰没有多余的时间用来犹豫，因为他所跟踪的对象，已经先他一步，进入了树林。

这一日的丑时，他安排在天香楼外监视的羿师传来消息：徐若虚和毒蜂趁着黑夜，偷偷地溜出了天香楼，朝无夏城西南城门的方向而去了。对鲁鹰来说，这简直是将那毒蜂捉拿归案的天赐良机。他独自一人出马，遥遥地跟在他俩后面，一路出了城。那毒蜂不知为何，冷着一张脸，徐若虚背了个包裹，急急地跟在他后面，落下好远，他也没有回头看上一眼。

眼下，他俩干脆开始了争吵，断续的语句从枝叶间隙中传过来。鲁鹰抬头环顾了一下身边的几棵树，纵身上了其中最粗的一棵。他伏身在枝叶间，悄无声息地将追日弓摆在身前，从树叶间隙望过去——两人站在一处林间空地里，开始了对那包裹的拉扯。

不妙！鲁鹰就要将箭矢召唤成形时，耳边却响起了无数振翅之声，铺天盖地。他一惊，手中刚成形的箭消散了。短短一瞬，那毒蜂却已经生出毒针来，朝前迈了一步，往徐若虚的脖子上一割。徐若虚朝后一歪，仰天倒在地上，一双大眼还是不甘地睁着的。

鲁鹰大怒。他右掌紧握，召唤出三枚全由寒冰凝聚成形的短箭，拉弓开箭，就要射出去。一只三眼白耳的小猞猁却突然跳了出来，自他的箭前一闪而过。

一下，两下，金铃作响。林间的振翅声更响了，一个老迈嘶哑的声音响起：“干得好，你果真是最强的战士。回来吧，回到族群中来，你的兄弟姐妹在等你。”

“你并没全部烧掉他们？”毒蜂的声调毫无起伏。

“我怎么会舍得？为何不回来？”

“任务尚未结束。”他注视着徐若虚的尸体，“你不过来检查一下，以确保他真的死去了吗？”

在他们头顶，墨色的乌云开始翻滚。它们聚集的速度如此之快，叫人疑心是被人用了无形的巨笔，一笔一笔地添画上去的。鲁鹰望见空地的边缘，忽然就站了一个驼背人，罩在一件破旧的麻布斗篷当中，看不清相貌，唯有两道白眉异常醒目。

“这次放你独自跟人类待的时间不短，看样子你学会了不少东西。”驼背人一面说，一面谨慎地靠近，“没错，这些梁人可是刁滑得很，没准便有什么阴谋。”

他立在徐若虚旁边，俯下身去盯着他，伸出一只手，眼看就要够到徐若虚的脖颈，却忽然朝旁边一闪，消散了身形。只剩那件破烂的斗篷留在原地，一枚寒冰质地的利箭贯穿了它，将它牢牢钉在了地上。

“好妖兽！”鲁鹰跳下地来，破口大骂，“小书呆子如何待你，你居然下得去手？”

“确实是好妖兽。”老头子的声音自遥远的林间飘过来，“现在连反噬主人都学会了。”

隐约作响的振翅声忽然停止，自无数片树叶的阴影之下，一双双黑石般的眼睛露了出来，自四面八方注视着空地中毫无遮挡的他们。不计其数的玄蜂。

“冷冰冰大叔。”身后的毒蜂少年两手环抱在胸前，瞪着鲁鹰，“你搞砸了。”

谁是冷冰冰大叔！鲁鹰想要反驳，却见原本伸直了腿儿已经断气的徐若虚长出一口气，揉了揉脸，从地上爬了起来：“没错，这下只好更改作战方案了。”

金铃作响。猛然间，所有的玄蜂都从藏身之处扑了出来，朝他们汹汹而至，如同风暴。但它们并没有直接攻击，而是绕着一处中心团团飞舞，一层一层地重叠起来，渐渐地出现了人的形体。

“你俩究竟卖的什么药？”鲁鹰脸色铁青地问。

“啊，阿零说，那怪老头子一定不会放弃杀我的，若他不肯杀，就会派别的蜂来，很可能会再产生一个新的蜂王。”盘绕在一起的蜂群退散，露出一名面无表情、双眼湛蓝的少年，从相貌到穿着都跟零一模一样。零沉默着走上前站定，他们注视着彼此，看起来宛如镜像。徐若虚紧张地看着他俩同时生出了翅膀，悬空飞起，“蜂群只能有一位蜂王，阿零会向它提出挑战。”

“剩下的就是我们的任务了，冷冰冰大叔，你得把那老头子赶到我刚才倒下之处，这一点至关重要！剩下的蜂会掩护他，”徐若虚低头寻找掉落的枯叶，“也会攻击我们，所以得想个法子。这些蜂大部分兄弟姐妹丧生火海，正是惊弓之鸟，得生个火……”

鲁鹰掌心向上，一枚通体燃烧的火焰组成的利箭缓缓旋转，“你刚才是不是提到过‘火’字？”

有什么地方不对劲。新生的蜂王疑惑地摩擦着翅膀，将对方再次击落。这根本就是一具早就该被抛弃的躯体，难以置信，这样的身体里还能有完整的意识存在，还能一次又一次重新飞起拦在他的面前。最后他干脆扯断了对方的翅膀，将他抛进了树丛当中。他转过身，接下来只需要找到那个小人类——但他的脚踝，被一只从枝叶间伸出的手抓住了，力道虚弱无比。

难以置信的甜蜜暖流包裹了他。一瞬间，他身在一间人类的巢穴里，那只暗杀对象，正在将什么东西喂给他。那是什么？为何尝起来令他战栗、令他目眩？

“那是什么？”他降落下去，逼问着他曾经的兄弟。那张跟他一模一样的脸上露出了牙齿，他抬起一只手来，搭在他的肩膀上，“你可以自己尝尝。”

比火焰烧灼还可怕的痛楚升腾而起，将新蜂王团团围绕，他惨叫出声，蜷缩成团，在痛楚中燃烧殆尽。

驯蜂人蹲在枞树林中的阴影里等了一会儿，开始尝试着摇动腕上的金铃，却没有响应的振翅声传来。反倒是面前的树丛响动，钻出一只三眼白耳的小猞猁，朝他耸动背毛，吠叫着。他还没来得及站起，就有人从背后扑了上来，叫着：“原来在这里！”

他定睛一看，不由得冷笑连连。却是那个手无缚鸡之力的小书呆子，伸长了手想抢他腕上的金铃。他一翻身，将他压在下面，勒住了他的脖子：“既然如此，小老儿我就亲自动手……”

他的话顿住了，一样坚硬寒冷之物顶在了他脑后。

“你最好乖一点。”鲁鹰愤愤，“老子今天居然被两个毛头小子给耍了，心里正窝着火呢！”

徐若虚在林间奔走，手中举着那金铃，心急如焚。终于远远地望见折断枝叶的枞树间，站着那个高个子的少年，正朝脚底的某样东西垂着头。那是谁？徐若虚越接近，越觉得心跳如鼓。那少年听得有人接近，朝他转过脸来，动作僵硬，冷冰冰的一双蓝眼。

“住手！”徐若虚倒吸了一口凉气，他举起手中金铃，“你得听我号令，放开……他……”他终于看清了对方脚底下阿零一动不动的身体。

徐若虚，我很喜欢徐若虚。

徐若虚跪到地上，全身的力气都像是被抽走了。他望见那驼背的老头从林间奔出朝自己逼近，手中一枚利刃闪光，但却像是和他毫不相干。阿零死了。他只是疯狂地想着这个念头。死了，被活活地撕裂了。

千钧一发之际，一道眩目的紫色电光从雨云中贯出，顺着老头高举的手臂一直穿入地下。几乎在同时，一枚箭矢贯穿了他的胸口。徐若虚呆呆地看到那老头踩在自己假死时倒下之处，浑身冒着青烟，晃了两晃，一头栽倒。他知道自己死里逃生，却没有半分欢喜。

“阿零。”他喃喃，仰面朝天。雨云当中，有冰冷的液体滴落下来，落在他的脸上。

“主人。”一个陌生的声音却给了他应和，是那新的蜂王，他将手放在胸口，朝他单膝下拜，低着头。

徐若虚站了起来，一把将金铃从手腕上摘了下来，像被烫着了一般：“谁，谁稀罕做你的主人？！”

那新蜂王不回答，站起来，一步步朝他逼近。徐若虚眼见那对冷冰冰的蓝眼越来越近，转身想逃，却被抓住手腕，从背后抱住了。

“徐若虚。”蜂王将脸埋在他的肩膀上，闷闷地喊。

“……阿零？！”

“啊。”他放了他，又伸出手来，将他脸上的泥一点点都擦了，“是我在这里。”

这是你从未尝过的滋味。

你就跟之前的我一样，从出生就在蜂巢。不知道美酒的甘甜，不知道醋糜的酸。你不曾活过、微笑过、被人守护过，不知道不离不弃意味着什么。

你永远无法抵抗的。当我将这一切灌进你的感官，当我的身躯被摧毁，我的记忆却将被保留，还有我想要守护他的心愿。这是重要的、值得去守护之物。

替我记得他的名字，记得他的脸。

·八·

“……我说怎会聚云落雷，却原来是常公子搞的鬼！连这整片树林，都是你画出来的吧？”

“若不是鲁教头干涉，那俩孩子早就把驯蜂人引入落雷区，也不会有后面这些事端。”

“你若肯早点告诉我……也罢，想也知道你绝不会告诉我的。那么，你将他们连人带画送去了哪里？”

常青眯起了眼睛：“这个嘛，我为何要告诉你？”

一旁装饰精美的牛车中传来女子的嬉笑。

“还请公子转告朱姑娘：那毒蜂涉嫌刺杀翰林院学士，无论如何，鲁某都会追查到底！”

牛车的车帘掀开，徐疏影带着几分不好意思的表情下了车：“鲁教头，好久不见了。劳烦你担心。”

“都说了，那点蜂毒只能让人麻痹，根本不能杀人的。”朱成碧跪坐在一张乌木描金的案几之后，面前摊开着一幅画卷，“我一直想知道那蜂毒的味道，刺杀就发生在天香楼外，上哪里去找这么好的时机！”

鲁鹰回忆着当日，因为天气炎热，朱成碧还特意派了翠烟下楼，将天香楼的厅堂提供给他放置徐学士的遗体，当时他只道她是好心，甚至不避讳死人影响将来的生意。“原来你调了包！”

“什么调包，我可是救了徐学士呢！”

“是，要多谢朱掌柜，还帮助徐某完成心愿，如今心愿已了，徐某感激不尽。”徐学士朝帘内长揖到地。

“对外假称徐学士已死，好让北狄人罢手，那玄蜂也能得到自由。没想到那蜂仅剩一只，养了多日，却日渐衰竭。”朱成碧两手支在下巴下面，碎碎念道，“我本来打算扔了，结果小书呆子养出感情来了死不肯放手。于是我就想，借此钓出那驯蜂人来，要是能得到那金铃，岂不是想要多少蜂毒都可以……”

“咳咳！”常青在一侧咳嗽起来。

朱成碧忽然就泄了气，趴在案几之上：“好嘛，好嘛！从今往后再不用这么危险的调料就是了嘛！可惜到最后，那金铃也没有到手，却给了小书呆子……”

徐疏影站在一旁捻着胡须，温和的面上难掩得意。鲁鹰瞪着眼，自他们脸上一个个看过去。

“这原来是个局！”

大梁崇安七年，无夏城外西南十五里，晴空落雷，耀数十里，村人有围观者，皆言山林被焚，虫鸟死伤无数，翌日竟丝毫无损，不亦奇事乎。

第三章
掌间珠

·零·

风暴忽然停止了。

死里逃生的人们惊魂未定地抬头。之前在风暴中，他们死死抱住横木、帆索、折断的船舷，连手被割破了也不敢放，现在终于犹豫地松手，尝试着在倾斜了的甲板上走动，朝四周张望。笼罩着他们的是彻底的死寂，之前呼啸的狂风和愤怒的海浪便如同一场噩梦。在他们头顶，布满墨囊一般的巨大黑云，唯有一侧的天穹出现了缺口，露出陌生的星座和晴朗的夜空。

“得救了，我们得救了！”领头的水手喊道。

其余的水手纷纷响应，唯有两个人不曾应答。一个是这艘“承远号”的船老大，正是他率先发现了逼近的风暴，指挥着大家卷起了帆索，扣好帆角，夹紧船桅，钉上船舱的扣板。也正是他将自己绑在了舵盘上，带着众人在铺天盖地砸下来的雨水中一路闯到了这里。此刻他却像疯了一般挣开绳子，扑在罗盘上。木制的航海罗盘上立着个黄杨木雕的铁拐李，笑眯眯地朝前伸直了一只手臂，它原本应该替大家指出南方，现在却喝醉了一般在原地打着转。

“别庆幸得太早了！”船老大大喊，“我们在风暴眼里，唯有在这里是宁静的，但风暴还在！”

一道道紫铜色的闪电不时在墨云之间出现，照亮造型狰狞的云团。狂风低吼着，如同不怀好意的野兽，它暂时退了下去，却从四面八方围困着这艘船。水手们都沉默了，回想着刚才在风暴中的一路颠簸。已经残破的船，还能再闯得出一条活路吗?

另一个一直保持沉默的人，却在这时站了起来。这是个邋里邋遢的流浪汉，头发盘结，身上衣物油腻发亮。当风暴降临，水手们都在为了活命而前后奔忙时，他却一直在甲板上盘腿旁观。“承远号”上运的是无夏城凤和楼的青梅酒，要从海上运到泉州去的，被风暴一袭，绝大部分都跌入了海中。其中一桶从高处摔了下来，正好砸碎在这流浪汉身边，他索性将脑袋都埋入了酒桶中，将那剩余的青梅酒混同着雨水海水，喝了个痛快。饶是如此，他也没有挪动过一分。

现在他却站了起来，带着股喝醉了的人所特有的蛮勇，朝着笼罩在他们头顶的云团喊："来啊！再来追我啊！"

黑暗之中无人应答。水手们对他怒目而视，他却自顾自地嗤笑起来："这下你可找不到我了。我周广萍就是死、死在海上，你也休想再抓我回去了！"

这个"死"字一出口，水手们顿时变了脸色，一把揪住了流浪汉的衣领，举起了拳头就要揍他。

"哎呀呀呀！"一声娇媚的女声打破了笼罩着他们的死寂，"真是可惜了这些好酒。"

船老大急忙回身，见船头附近的海面上，浮着一只浑身雪白的鲸鲨，头顶一根数尺长的独角。正有两个人立于鲸鲨背上，一个看起来是个年轻的公子哥儿，另一个却不过是个十三四岁的小姑娘。

"凤和楼的'雨中'。"那小姑娘微微闭了眼，竟像是在品尝，"酸香绵长，该是用了糖渍过的桂花。"

"可惜涩了些，在地下埋的时间还是太短。"

"要的就是这酸涩味道，否则再埋上两年，便不该叫作'雨中'，怕是要叫作'熟秋'了。"

那两人神色自若，言谈间也只是说些品酒的话，但配上此刻情形，却无比诡异。船老大只觉得背心中一点点冒出冷汗来，自遇上这风暴之后，"承远号"完全迷失了方向，现在根本不知道陷落在哪个海域。这二人如何能够穿越围困他们的风暴云团，突然出现，衣衫上甚至连一滴海水都没有？莫非，莫非……

"妈祖娘娘！"船老大一带头，水手们也乒乒乓乓地跟着跪在了甲板上，"求娘娘救命啊！"

周广萍非但没有跪，还从鼻孔里冷哼一声："别跪了！他们哪里是什么海神！"

"没错，我们可不是海神，自有人来救你们。"

自那两人身后，正有层层叠叠的新的云团破开了墨云升腾起来，朝凡人展现着庞大的身姿。在月光下，那些美丽的云纹呈现出银白色，使它看上去如同一只斑斓猛虎。两处旋转的小小风暴点缀在虎眼之处，其下的云层开裂，背后闪耀的星子便如同利齿反射的光。裂口中刮出温热的罡风，露出蕴藏在深处的细小闪电，猛虎耸起了背毛，压低了身体，喉咙里滚过咆哮。

"虎风团！"

船老大一把拽住周广萍："我是不是跟你提过虎风团？我们有救了，我们有救了！"

周广萍抽动着嘴角，露出一个苦涩的笑容。他叉开两腿站在船头，面朝着猛虎紧紧地闭上了眼睛。灼热的风刮过他的脸，一波波海浪哗哗地砸碎在甲板上。它们争先恐后地高高跃起，抓向他的衣袖、他的脖子、他的脚，如同成千上万只不甘心的手。

终究还是逃不过吗？

·一·

就在短短的十九个月之前，周广萍还是人称"鼎酱周"的江陵周氏唯一的嫡系继承人。

江陵周氏乃是江南最大的制酱商，他家所制之物，无论是豆瓣酱、蒜茸酱、黄豆酱，还是肉酱，都有种浓郁甘美的奇异香气，封存数年亦不散。更为难得的是，周家制酱的速度奇快，前一日刚订了货，后一日便能做出品质一流的成品。因此，周家的生意越做越大，最红火时，江陵有整整一条街都是周家的酱铺。到周广萍出生时，周家已传了十五代，却血脉单薄，只得他这一个嫡子，是名正言顺的家族继承人。

而这位继承人的人生，过得也如同一出戏一般。三四岁时，父亲携全家回母亲在云珑的娘家省亲，途经无夏却遭遇了事故，不幸身亡。母亲独自一人带着"受惊过度，年幼体弱"的他，却也没有再回云珑，在无夏城中悄悄地买下了四璟园，就此住了下来。

若说当时的他年幼体弱，却是真的。周广萍自己也隐约记得，家中的药炉上一年四季都煲着又苦又黑的药，从未间断。自己则是风吹不得、日晒不得，卧房里连窗户都不敢开，饶是如此，还是易生风寒。七岁那年他因攀爬冬园中的太湖石，落入了池塘，引发了一场持续了四个晚上的高烧，性命垂危，几乎不治。

但自那以后，他的身体却奇迹般地好了起来，越来越壮实，能举重物，攀岩走壁如履平地，十五岁时便考取了武状元，惊动了整个无夏城，名噪一时。

也该是他命运多舛，这一年的浴佛节陪同母亲去寺庙烧香的时候，遇上位年轻貌美的小娘子，只一眼便相思入骨。奈何佳人出身王氏，乃是钟鸣鼎食的大家望族，平素最瞧不上的便是周家这样的暴发商人。

周广萍打听清楚后心知无望，回家后也绝口不提此事，只茶饭不思，一日日地消瘦下去，直到瘫卧在床，一身的功夫也都散尽了。

迷蒙中，母亲坐在他的床沿，握着他的手，眼泪一滴滴落在他的被上："我儿，你这是何苦。你想要的，说一声，为娘替你操办便是。"

事情果真出现了转机。原来这位王家娘子的父亲在周广萍考取武状元时曾担任过他的考官，对他颇为赞赏，面相师傅也称此子有封侯之相，这门婚事很快就定了下来。不出半年，佳人便吹吹打打地抬进了四璟园，嫁妆摆满了园外整整一条长街。

若是照此下去，这多半是出喜剧，瓦肆间惯常唱的那种，才子佳人花好月圆。但不到三个月，他新到手的嫁妆还是滚烫的，新妇却在花园里摔了一跤，血崩不止，带着他还没有成形的孩子一起去了。

那之后，周广萍又陆陆续续娶了三任夫人，却一个接一个地离奇死去，有在元宵节吃元宵活生生噎死的，有在半夜里莫名就投了池塘的。如此一来，无夏城中再没有人敢把女儿嫁给他，他也不敢再娶。

到如今，他快满二十周岁，却还是同母亲一起居住在四璟园中。他日常所居之地，是四璟园中央最大的兰桂堂，他常站在院中，一站就是半日。头顶枝叶繁茂交错，日光稀薄，除了隐约的蝉鸣间断传来，简直静如山林。镂空雕花的砖墙上爬山虎悄悄滋生，阴影嘶嘶作响，全都交织在他的心上。

他只觉得喘不过气来。就算他足不出户，无夏城中的传言还是能溜进他的耳朵，人们窃窃私语，都说四璟园的风水不好。甚至有人活灵活现地形容：冬园中那尊雪白的太湖石，难道不是形若白虎？正是它克死了一任又一任的周少夫人！

白……虎……吗？

周广萍站在父亲的牌位前，望着侧墙上挂的一幅湘绣，不由得露出了一丝苦笑。这绣品针法细致，半透明的丝绢之上一只栩栩如生的白虎，正将一只前爪按着山岩，傲然回顾，九条威风凛凛的长尾甩在身后。但这畜生却少了一只前掌。周广萍不由得低头看去：那干瘪残缺的虎掌此刻被放在一只三足铜鼎内，供奉在父亲的灵牌之前。鼎脚上塑着方形云纹，鼎身却让层层铜绿覆盖了，看不清原本的图样。

别的不说，白虎这里却是有一只的。他默默想着，一边取出一炷香来，在烛上点燃了，朝父亲拜了三拜。

身后的门忽然开了，室内风声呼啸盘旋，香烛岌岌可危地颤动起来，他手中的香倏忽之间便熄灭了。

来人正是周广萍的母亲周夫人。她虽是五十岁上下的人，但保养得宜，肌肤光滑，眼角一丝皱纹也无，看起来竟如同只有三十多岁。饱满的面容上一双凤眼，配着剑眉更显英气逼人。满头黑发被挽成了同心髻，插满珠翠步摇，两颗鸽子眼睛大小的北珠湛湛生光。两个瘦小的婢子一左一右地扶着她，左边的那个万分小心地托着她的左手——竟然是只通体用银子打造的假手。她在堂内站定，也不说话，只朝左右望了一眼，见了他，这才喜笑颜开地道："我儿，原来你在这里！你为何叹气？"

周广萍虽身材高大，此刻却如同孩童一般，也不敢回身，只低着头犹犹豫豫地说："舒世叔又来函，说是在江陵替我寻了份差事，出任武县尉……"

"不行！"周夫人一口回绝了，"那边离无夏太远，路途上又有蚊虫，盗匪猖獗，你身子精贵，万一染了病，身边无人照应。"

"娘，"他有些急了，"孩儿怎么说，也算是个挂着名的武状元，总这么在家里闲着也不像话。江陵还有祖父祖母在，却连一面都没有见过。以前还能上街上走走，如今却是连门都不能出——"

周广萍忽然住了口，他的后背上升腾起冰冷的触感，是周夫人在用那只银手缓慢抚摸。

"你是娘的命根子。"她柔声细语，声调里却充满威严，"一天看不到你，娘就吃不下睡不好。这世上到处都是危险，你叫娘怎么放心让你出门？"

"娘！"他心一横，转过头发狠地说，"眼前这幅，真的就只是一幅湘绣吗？"

有一个瞬间，他与她双目对视，周夫人的眼中，隐约露出狠色，那一对儿北珠在她头顶流动光泽，犹如暗中闪烁的虎眼。他终究还是败下阵来，狼狈地移开了视线。他娘厉声喊起来：“跪下！”

他的膝盖自己就软了，扑通一声跪下去。

“你是周家一家之主，怎能如此任性？无论如何都想要出去？如今你长大了，翅膀也硬了，就敢如此忤逆我？”

“孩、孩儿不敢。”

“当着你父亲的面，我且问你，当初是谁用这只手，从虎口中换来你的性命？”

周夫人右手抚着胸口，气也喘不上来，将那只银手直直戳到他面前，几乎就在他鼻子下面。他不敢再看，紧闭了眼。

“是，是，是，娘，娘，娘。”

他又开始结巴了，就像之前无数次和娘抗争时一样。周广萍直挺挺地跪着，心里一片冷冷的绝望。周老夫人喘了一阵，又过来整理他的衣领，语气也缓和了许多：“娘知道，自从芳华死后，你便一直不开心。”

娘的语调一软，他的心也软了，这些年来孤儿寡母相依为命，无论如何，母亲始终对他倾心付出，毫无保留。园中命案接二连三地发生，想必也并非她所愿意看到的。念及此，他不由得哽咽起来，回道：“瑞芳，她的名字是瑞芳。”

“我知道。”她挥挥手，像挥走一只苍蝇，“什么瑞芳啦，瑞雪啦，都一样。总之，你就是因为身边无人，才总是活手活脚地待不住，老想往外跑。这一点娘早想到了。鹂语？”

一直帮她托着银手的婢子应声朝前走了一步。

“从今以后，鹂语便是你的妾室了。虽说是妾室，但你也需得看我一两分薄面，善待于她。”

周广萍如五雷轰顶，一时竟说不出话来。鹂语得了这个时机，乖巧地过来肩并肩跪在他旁边。周夫人喜滋滋地看着他们两个：“今日且先圆房，过几日，我给你俩办正正经经的喜宴！”

·二·

圆房之事是万万不可的，周广萍在自个儿卧房门前徘徊多时，终于打定了主意，到时候便推说自己身体不适。这个婢女他之前从未正眼瞧过，只知道她身材瘦小、眉眼纤细、手腕骨节突出、沉默寡言，并无过人之姿，就算自己明言嫌弃，料想她也不敢作声。

推了门进去，屋里却没有掌灯，隐约见有人坐在床边，低了头，一副含羞带怯的样子。他整了整衣裳，朝前迈了一步，作揖道："鹂语姑娘，我——"

斜地里一样坚硬的物事瞬间刺来，生生顶在他的喉咙上，他的胳膊被人顺势一扭，整个人朝前撞去。挂着层层帐幕的雕花红木大床吱呀一声。

"啊呀，公子轻些！"制伏他的那人发出响亮的娇媚之声，却是鹂语。也不知道她哪里来的那么大的力气，他关节被制，一时不得脱，抬头去看那坐在床边的人，却也是鹂语，正垂着一双眼，笑吟吟地看他。

怎么回事！他大惊之下，便要挣扎，身后的鹂语凑过来，在他耳边轻声说了四个字："你娘在听。"

这四字一出，周广萍立刻就安静了，鹂语见他不再反抗，也放了他，两人翻身坐起，俱在帐幕之中，几乎呼吸相闻。周广萍看不清她容貌，只听得她放声说道："鹂语本为婢女，自知难配公子，如今既已成事，还请公子怜惜……"

与此同时，鹂语将原本顶在他喉咙上之物握在了手里，黑暗中有细小宝石闪烁，却原来是根发钗。她手持发钗，用尖端在他掌中写下一个字："逃！"

自周广萍成年之后，这个字时刻在他心中盘绕，却从未被任何人亲口说出过。他半是惊喜半是疑惑，想要握住她的手，却扑了个空，只有那个字的灼痛还在他手心烧着。

"鹂语告退。"她轻声细语，"今夜，便由这床头的人偶陪伴公子吧。"

那夜过后，鹂语改换了发式，梳起了少妇式样的发髻，却还是如往日般沉默寡言。那日忽然出现在他卧房的替身人偶，天亮时也自动消失了，就像从未存在过一般。虽已圆房，但并未举办喜宴，所以鹂语还跟以前一样，住在婢女们的下房里。周广萍却总是按捺不住，要寻各种由头去找她。

接连有十多天，整个周家都在为了即将到来的喜宴做准备，所有的婢子都被发动起来，刷洗的刷洗，采买的采买。库房也都被打开，一批一批的锦缎、珠宝、花瓶、家具，都被运了出来，好在宴上使用。他去的时候，鹂语正跟其他婢女用海盐擦着几只铜壶，见他来了，也不理，别的婢女都向他行礼，唯有她低头坐在那里，扭了身只顾着擦手里的壶。

周广萍也不以为忤，主动跑过去坐她身旁。

"别擦了。"他凑她耳边，吹气在她耳朵上，"再擦，这壶就能当镜子用了。"

鹂语没作声，只缩了缩脖子。倒是旁边的几个婢女笑开了。

"罢罢罢！我们几个若再不走开，未免也太不识情知趣了。"

"从未见公子如此性急过，这几日都耐不得？"

打趣归打趣，婢女们倒是真的出了房，临走还体贴地带上了房门。周广萍待得那些脚步声尽都远去，又小心地贴着门缝听了听，确定无人在外面，这才松了口气。一回头，鹂语已经抬起头来，细长眼睛中笑意闪烁，哪里还有半点平日里唯唯诺诺的样子。

"你究竟是谁？"周广萍逼近一步，低声问道。

鹂语却比画出三根手指来："三日后便是八月初八，喜宴当晚，广玉兰树下有人接应，银两和马车都已备好，公子跟他走便是。"

"你是谁？"

"公子困在此地，如龙困浅水，已经十六年有余，如今是唯一逃出生天的机会，公子应是不应？"

周广萍在室内踱了一圈，再次回到鹂语面前："我自是想逃，但仍知不可轻信于人。你若不说清……"

他的话语被打断了，只因鹂语忽然拥住了他。软玉温香在怀，他一阵失神，鹂语却似笑非笑，伸手指了指屋顶。周广萍屏住呼吸，听得屋顶的瓦上隐约有细微的声响。就在此时，鹂语却将一枚小小的木牌偷偷塞进了他的手里。他一面维持着跟她的亲密姿势，一面去摸那上面的字——羿。

"巡猎司？"他在她耳边急急道，"那不是朝廷专门捕杀妖兽的官衙吗？我周家做了什么能让你巡猎司的羿师盯上？”

她没有答话，却下意识地将目光移向窗外的院落。院落中央的石桌上，正摆放着那只锈迹斑斑的小鼎。亲口定下了他和鹂语的亲事之后，周夫人就将这只鼎从他父亲的灵堂中移了出来，盛满泉水，就这么露天放着，也不许任何人接近。

周广萍恍然大悟，反手抓住她的手腕，力道极大，能听见骨节咯咯作响，而她咬住下唇，竟不作声。

“神农鼎在周家传了两百年，便是朝廷想要，也没那么容易。就算巡猎司绑了我，也未必能换得到。”

鹂语额上略有冷汗，却微启薄唇，笑了起来：“公子放宽心。若真跟这四璟园里潜藏着的东西比起来，那神农鼎，派我来的那位尊者还未必放在眼里。”

周广萍松开手，这句话像是抽掉了他全身的力气。

“难道你们也听说了白虎的事？”他自语，“不，那不可能是真的！”

“那是真的。”

“可那只是幅湘绣！”他声音略大了些，却听见头顶瓦上一阵稀里哗啦作响，像是有什么重物沿着屋檐一路滚了下来，掉进了院子里。

他跟鹂语对望了一眼，都在对方眼中见到惊疑不定。他冲出房门，只见院中翠竹纷纷折损，放着神农鼎的野石旁却面朝下躺了个梳双髻的小姑娘。周广萍见她一动不动，吓了一跳，正待出声唤人，那小姑娘却毫发无伤地爬了起来，趴在地上，双目发光地绕着神农鼎嗅来嗅去。

“好东西，好东西！”她喃喃道。

周广萍能肯定自己之前从未见过她，但是当她转过头来，朝他莫名微笑的时候，忽然有奇异的薰香如同芙蓉花一般层层绽开。一瞬间，他好像已经身在湖底，隔着摇曳的水面，看着同样的面孔朝他低下身来，一双圆润大眼含着笑意，眼角带着诡异的红妆。

啊——就是为了这小子吗——

他后退几步，薰香的味道方才淡了些。就在此时，周夫人也进了夏园的门，身后跟着位穿柳青色衫子的少年公子，此人模样俊俏，温文尔雅，正将两手都藏在袖子里，眯了眼笑着。

“我儿！”周老夫人唤他，“可巧你也在这里！这位是天香楼的常青公子。”

常青向他施礼：“周公子。”

“这位乃是天香楼的朱成碧朱掌柜，平日里难得露面的，这次肯为了你的喜宴亲自出马，算是卖给为娘一个天大的面子。”

天香楼乃无夏城内的顶级食府，连终日躲在园中的周广萍都听说过，这位朱掌柜脾气古怪，轻易不肯动手制作菜肴，而且她的外席可非同寻常，便是琅琊王也只请到过一两次。朱成碧在无夏城成名已久，他只当她该是个四五十岁的厨娘，如今见了，却只是个小姑娘，不由得小小地吃了一惊。

那朱成碧却浑然就当没见到他们母子二人，只冲着常青嚷嚷：“好东西！汤包，我想要这个！用来烫火锅正合适！”

“失礼了。”常青朝他略一拱手，迅速地站过去伸手拽住她的后衣领，“那是人家的家传至宝！”

“买下来！”朱成碧鼓着脸，“多少钱？”

“你不能看见什么都想要——”

“知道了。”她忽然没精打采起来，低下头，将绣了牡丹的腰带在手指上绕来绕去，“你当然要省钱的嘛。你还要给小梨攒嫁妆的嘛！”

“朱掌柜果然好眼光。”周夫人朝那二人缓缓踱去，“周家先祖原先在江陵开了家小小的粥铺，有一乞子蓬头垢面，奇丑无比，每日俱来店内乞讨。旁人都避之唯恐不及，唯有先祖以粥饭相济，十余年无间断。谁曾想一日锅漏粥洒，无以接济，这乞丐便将他乞讨所用的器皿拿了出来，赠予先祖，便是这只鼎。”

她站在石边，指着鼎内的清水。周广萍这才注意到，短短几日之内，清水已经化为乳白，犹如牛乳。

“此鼎名为神农鼎，相传为炎帝遍尝百草时，熬煮药汤所用。鼎内若放入瓜果，可永保不腐，若放入生豆和清水，则可自动成酱，香味奇异，舀之不绝。周家便是靠着这个发家的。对天底下任何一家食府而言，这都是梦寐以求的神器。”

她转身朝向朱成碧，郑重其事地敛衣施礼：“若是朱掌柜答应我一件事，这神农鼎就送给你。”

“娘？！”周广萍喊。

“什么事？”

“我儿定于八月初八的喜宴上，为他再做一次‘掌间煨明珠’，然后保证他吃下。”

“第三次？”

“第三次。”

朱成碧意味深长地笑起来，露出两侧尖细的虎牙。

“我以为那虎掌没剩下多少了，你可得想好了。”

“确实剩得不多。”

他们在说些什么？周广萍隐约觉得此事与自己有莫大的关系，却猜不透其中的关窍所在。

一旁的常青不赞成地皱起了眉头，正待开口阻止，朱成碧却抢先一步，一口答应下来：“好！”

·三·

这个朱成碧完全是个装神弄鬼的大骗子。

四璟园中有那么多的房子她不选，偏偏选中了灵堂对面的几间。召了工匠来，现搭了灶台，又开始提出各种匪夷所思的要求：要十二只刚好三岁的黑毛公鸡，不能有一根杂毛；又要二十只母羊，还得是终日在向阳的山坡上放养的。种种食材流水一般被送进去，又流水一般送了出来。葱只用一截中心的葱白，羊也只用脸上的一块肉，剩下的尽都丢弃了。

周广萍简直疑心她根本就是为了糟践周家的钱财才来的。但到了黄昏时分，确有前所未闻的香味从那紧闭的房门内传来，闻者无不食指大动。

而朱成碧再次出现在众人面前，又提出了新的要求：要两个年轻娇美的处子专门负责扇火，灶里的火必须日夜持续，不可间断。

“处子即可，何必非得年轻貌美？”周广萍咬牙问她。

她只眨了眨眼睛："美人在侧，可保我心情良好。"

但到了深夜，她却打发两个处子也去睡了，独自留在房内。即便过了子时，那房内的灯火依旧不熄，门缝中泄露出来的香气越发浓厚，既有羊汤的鲜美淋漓，又有鸡汤的甘香醇厚。那香味带着雾气在院落中缭绕不断，整个四璟园内的人们都在梦中辗转反侧，口水将枕头都湿透了。

周广萍始终无法入眠，那奇异香气便如同一只无形的温柔的手，在他胸口撩拨着。

这与我无关，他反复告诉自己，只要再忍耐一个晚上，明日便是八月初八，我远走高飞，今生今世再不回返。但想到周家的至宝从此落入外人手中，他内心确实不舍。更何况，"第三次"又是何意?

他思来想去，到了四更天更是睡不着，终于一咬牙，披了件外衣便出了门，进了父亲灵堂所在的秋园，远远地便望见纸窗上映出的朱成碧的影子，正执着只小瓶，往一只瓦罐形状的器皿里洒着。

他正待推门进去，门内却传来轰然一声，他赶紧趴在门缝里朝里望，只见罐口升腾起大片晶莹的雪白粉末，如同散落的雪花，组成一只鲛人的身影。它朝空中高高跃起，甩着尾巴，却在下一个瞬间消散了。

朱成碧将一只木勺伸入罐中，取了一点汤出来。

"这是鲛人泪做成的盐。"她一边说，一边尝了一口，赞许地点点头，"刚刚好。呐，记住了，要做掌间明珠，这可是秘诀之一。"

"掌间明珠可不是一般的菜肴，姑娘就这么说了出来，不怕我偷学了去？"自他望不到的角落里传来应答，却是鹂语的声音。

"无妨，便是告诉你，你也弄不到这道菜的主料。"

"不过是虎掌，又有什么难得？"

"虎掌并不难得，难得的是这只虎心甘情愿。"

"周公子早就见过你。"鹂语的声调咄咄逼人，"他七岁坠入池塘，命中注定该高烧而死，但你为他制作了掌间明珠，生生地将他从死亡当中扯了回来；他今生福薄，注定无妻无子，又是你在他十六岁的时候为他再次制作这道菜，从那之后他连娶四个老婆，可算是大大地交上了桃花运。"

周广萍再次嗅到了那芙蓉花一般的熏香，恍惚记起当年他为佳人憔悴，母亲执手垂泪时，似乎曾有过同样相貌的小姑娘，似笑非笑地从母亲的身后探出头来。双髻，大眼，诡异的红妆。

这次还是为了这小子？你也真舍得——

但那是她吗？为何经过数年时光，她并未长大，连身量和外形都没有一丝变化？

烟雾缭绕中，朱成碧微笑着，眼角微微上翘。

“喔？你确定他当年见过的真是我？”

鹂语冷笑连连：“把你的跟班也叫出来吧，别躲在黑暗里了。”

“我是账房，不是什么跟班。”常青不满的声音加了进来。

“没想到，有生之年能见到传说中可修改命格的菜肴。”鹂语啧啧，“但姑娘这样一而再、再而三地为同一个人修改命格，便是那位尊者，也看不下去了。据我所知，这菜肴需得以制作者的寿命相抵，姑娘虽长生，却未必不死，这又是何苦？”

“‘那位尊者’——不过便是赵家小子吧。”她懒散地回答。

“你看你。”常青却念起来，“连个外人都能看出来，你也太任性了。看见一样就要一样，那个鼎就真的那么好？”

“有了那鼎，便可做一样真真正正令天地变色、鬼神皆惊的珍品，与之相比，今日这修改命格的掌间明珠，不过是道家常菜罢了。”

朱成碧语调严肃，连带着常青的脸上也出现严肃之色：“真的？”

她却嫣然一笑：“假的！我要烫火锅！”

“……”

“这一次的围猎我们谋划多时，眼看将要成功，姑娘却突然造访四璟园，来蹚这场浑水，却是为何？”

鹂语走上前来，正好将后背对着周广萍，他望见她摘下了头上那根发钗，迎风一晃，钗身竟然越长越大，朝两侧如鸟翼般展开，生成了一柄小弩，其上架着银光闪闪的小箭。

“朱姑娘盘踞无夏多年，琅琊王顾及黎民百姓，也要让你三分。我却不过是个无名小卒。我知道你是谁，或者说，你是什么。我并不怕你。”

“啊，汤包——”朱成碧拖长了声音，如同撒娇，“这么说，我们这里果真有一个暗羿呢！”

话音未落，弓弦作响，那小箭离弦而出，在朱常二人面前却如同遇到了透明的阻碍，减缓了速度，生生悬在空中，但箭势不绝，仍在寸寸逼近。自那箭离弦的同时，常青从怀中迅速抽出了一支画笔。仓促之间，他只来得及在空中绘出双耳圆目，前额王字，却是半只虎头。饶是形体不全，它还是怒目圆睁，咆哮而出，朝鹂语射出的小箭扑了过去，将其生生吞噬。

虎啸之声顿时灌满了室内，周广萍只觉门缝内风势凶猛，侧身躲避了一阵，再看时，无论是虎头还是小箭都消散无踪。常青挡在朱成碧身前，而她兴致勃勃地趴在他肩膀上。

“‘妙笔生花’？区区一个人类，如何能——”

常青打断了她：“你们想要什么，便自己去拿，与我们无关。掌柜的只是来做这道菜，算完账我们就走。”他居然真的从袖子里掏出只珊瑚珠子的小算盘来，劈劈啪啪地算着，“人工费、柴火费、服装费、车马费，还有刚才被你惊吓的精神损失费，一共是五百两银子。”

他转过算盘，朝鹂语展示着，再次强调：“拿完银子我们就走。”

朱成碧在一旁拽着他的袖子。他皱眉转过去看她，她眨巴着眼睛，露出泪汪汪的委屈的脸。

“好……吧……好吧！还得带上那只鼎！”

周广萍贴着门扇滑下来，坐倒在地。

满天尖锐的星光在他头顶默默旋转，仿佛随时都能掉落下来。琅琊王、巡猎司，还有神秘莫测的朱成碧。他知道眼前就有一张网，遍布刀刃，就在头顶张开，立时就要笼罩下来。而他只是案板上的一条鱼，甩动着尾巴，鱼鳞四溅，总是不肯就死。

怎么肯就死呢？他一点点攥紧拳头。总归是要搏一搏，看看是鱼死，还是网破，方才甘心。

·四·

洞房花烛，金榜题名，乃人生乐事。只是，这洞房花烛若是连续经历过四次，只怕再也难令人提起什么兴致。周广萍任由司礼官在身上撒了喜豆，牵着鹂语拜了周老夫人，又饮过了交杯酒。夜色渐深，身边伺候的奴婢们也撤了，他自婚床下拽出一个小小的包裹，开了门便要走。院子里月朗星疏，浓荫匝地，远远望见广玉兰树下有人影晃动，似是在等待。

他心中五味杂陈，既有对园外自由天地迫不及待的向往，也有对园内这诸多谜团的不解，甚至还有对园内人事的一丝怀念。尤其是鹂语，这女子坚定果决，行事迅速，是他前所未见。又念及当日拥她在怀，望见她细长媚眼中笑意满满，不由得心中一动，转身道："鹂语，不如你与我同去？"

鹂语顶着大红盖头坐在床沿，不言不语。他胸中激荡，走过去牵她的手："鹂语，我——"

她却咕咚一声倒了，摔在床下，胸口处生生一个血洞，之前被盖头掩了，此刻再也掩饰不住。周广萍怔怔地看着大红喜服中伸出来的一只苍白的手，其下的血泊正在缓慢扩大。

这么些年来，但凡他动过心的女子，无一能逃脱惨死的命运。他朝下看，望见血泊当中，伸出来更多的手。发肿僵直的，属于失足落水的高瑞芳，捞上来的时候，她脖子上几道爪印还是新的；旁边一只手戴着翡翠镯子，手指细长却绵软无力，是怀有身孕却意外流产的王家小姐——他赶到时，她已经神志不清了，只顾抓着他的衣襟喊："白虎，这园子里有白虎！"

周广萍一点点蹲了下去，双手抓着头发，跪在那血泊之中。身后响起了推门声，接着是婢女的尖叫，一盏银耳燕窝砸在地上。他一动不动，心里疯狂地念着一句话："够了没有！你到底够了没有！"

更多的人声从门外涌进来。交错的脚步停止在他身边，许多双手伸出来拽他的肩膀，却都叫他挣脱了。直到一个火辣辣的巴掌抽到他的脸上，力道不大，却叫他清醒了几分，一抬眼望着抽了他一巴掌那人，正是他娘。虽已将近亥时，他娘却还是妆容未卸，连发丝都不曾乱上一分，头上两只白玉簪子，北珠灼灼，站在人群中只朝四周那么一望，众人便纷纷闭了嘴，移开了视线。

“不过是个婢子，你这样成何体统！”

周广萍的手抖了起来，他望着她，眼珠中有了血丝：“够了没有……”

“你说什么？”他娘的眉毛竖了起来，巴掌一扬就要落下来。周广萍喃喃着后退，慌不择路地朝人群中伸手，想要寻一个支持，却有另一只有力的手紧紧地抓住了他的手腕。那是个精瘦的中年男人，花白的胡须在胸前根根四散，双目炯炯有光：“弟妹，萍儿受了惊吓，你这样，岂不是要将他吓得更厉害？”

“舒世叔！”周广萍抓住那人，几乎要落下泪来。

舒酉是他父亲的远亲，这些年在无夏，周广萍没少受他关照，当初考武状元的主意，便是他出的。更重要的是，舒酉是巡猎司的羿师。此刻他将腰间一只黑沉沉的木牌取了下来，朝众人展示了一圈：“在下乃无夏城巡猎司巡检，如今喜事变成了命案，且如此蹊跷，少不得要盘查一番。萍儿莫慌，有你世叔在此，总要将凶手捉拿归案，还你一个公道。”

说这些话时，他望的是周夫人。她一声冷哼：“你们还敢进我四璟园盘查不成？”

“之前的桩桩，都可算是意外，算是我侄儿媳妇们运气太差，享不了做少奶奶的福。如今这件却不同以往，手段如此狠辣，必是有凶手在此！”

“没错。”周夫人闭了眼，长出了一口气，“凶手便在此屋内。”此话一出，众人哗然，不由得面面相觑，周夫人抬了一只手——正是那只银光闪闪的假手，朝人群中指去，“是那二位所为。”

银手所指之处，是面色严肃的常青，还有拽着他袖子、正在东张西望的朱成碧。

“昨晚我儿起夜，经过秋园，亲耳听见他俩和鹂语争吵，甚至还动手打了起来。我儿报与我知，我心想二位毕竟是我请来的贵客，在无夏城中也算有头面的人物，故而隐忍下来，却没想到能有今日。”周夫人突然转过头来，问向周广萍：“你说，是不是？”

周广萍嗫嚅起来。眼前是那两只北珠，灼灼逼人，犹如半空中俯视下来的虎眼。他想起鹂语胸前的血洞，自己也当胸一凉：“是……是有这么回事情……”

“怎么可能。”朱成碧扑哧一声笑了出来，“我们要鹂语的心做什么？”

“朱掌柜的厨艺冠绝天下，天香楼的菜品，有多少是前所未见，也尝不出原料的？朱掌柜拿鹂语的心，自然有用处。”

“人心不好吃。”朱成碧干脆利落地说，“求不得、憎怨会、爱别离，诸多苦楚，全都蕴藏于其中，如何好吃得了？这其中最苦的，莫过于你至爱之人，偏偏对你厌弃至深，你待他再好，他却一味想着逃离。周老夫人，你说是也不是？”

周广萍看见母亲的眼角抽动，那只银手微微发抖。

“舒巡检！”她扭头对舒酉喊道，“如今嫌犯在此，还不赶紧命人拿下？”

“舒巡检，”一直沉默的常青此刻开口，“巡猎司行事，讲的是证据。退一万步讲，就算我俩与鹂语姑娘确有争执，那也不能断定命案是我俩所为。这伤口如此狰狞，非猛兽利爪不能为之，我二人身无长物，如何能挖心剜骨？”

舒酉捻着胡须点了点头：“也有道理。不过，二位嫌疑仍在，今日喜宴后出入四璟园内的每一个人，也都有嫌疑，我这就调拨人马，封园盘查。诸位，也只好委屈一下了。”

周广萍正听得出神，忽然一样寒冷沉重之物就落到了脖颈之后，便如抓小鸡一般将他揪了起来。

“我儿，瞧你这一身的冷汗。你们几个，都吓傻了吗？还不赶紧给公子更衣！”

“我，我不需更衣……”

他头皮发麻，朝舒酉递过去求救的眼神，舒酉正欲开口，却被他母亲给顶了回去：“我儿不过是要沐浴更衣，难不成还能长了翅膀飞出这个院子？”

周广萍赤身坐在木桶中，泡在温水里。

水温恰到好处，水面上还漂着蔷薇花瓣，一阵阵花香随着水汽蒸腾。他却控制不住寒战，起了一身鸡皮疙瘩。屏息等待了半晌，终于待得门被吱呀一声推开，他熟悉的脚步声由远及近，接着是身边水声作响，一样略带粗糙的凉爽之物擦在他的后背上。

他也不作声，只默默忍耐着。自他年幼起，他娘便惯于用丝瓜瓤子亲自给他洗澡，如今他快要二十周岁了，这习惯竟然还没有改掉。

身边水声响动，夹杂着他娘慢条斯理的数落：“你如今也是大了，越来越不把为娘的放在眼里，居然想要偷偷溜走？你们是真以为，后院里备下了马匹银两，我又聋又瞎，全不知情？一个是这样，两个也是这样，这一个还没娶进门呢，就鼓动着你逃跑了！”

银质的手搅在温水中，触摸着他的肌肤，一阵是温热，一阵又是彻骨的冰凉。

“瑞芳也是，兰黛也是，养儿子就是这样，只要娶了媳妇就忘了娘！”

周广萍再也忍耐不住，睁开眼，正对着周夫人一双威严的凤眼，面上尽是肃杀之气。

“这一个尤其过分，亏得还是我一手调教出来的。以为有她在你身边，这下总算能放心，谁知那小蹄子胆大包天，居然想在我的茶里下药，好让我浑身绵软无力？好急的心啊！就不能等个两三天吗？”

周广萍紧紧抠住木桶边缘，哀求道：“你放过我吧！巡猎司的人就要来了，到时候四璟园被围，就再也出不去了。你还是走吧，之前种种，我们再也不提……”

“走自然是要走的，却不是现在。”她冷哼，语调却转为柔和，“娘知道你心急，想去看看园外的世界是何模样。如今娘已经引了那朱成碧过来，掌间明珠已在灶上，明日便能煨好，娘亲自喂你吃下。这一次，一定要好好地为你改一回命格。从今往后，就只有我们两个，永远都只有我们两个。”

银质的手指在他的肌肤上徘徊着，沿着肩胛、脊背，一路向下。那温柔让他舒服得只想闭眼睡去。

“不好吗？就像你小时候那样？娘抱你在怀里，给你唱歌儿，哄你睡觉？”

“娘！我快二十了，娘！”

“你还是个孩子，什么都不懂，娘懂。凡事听娘的，总没有错！”

他低头，望见她那只完好的手，就在他赤裸的胸口徘徊，指甲尖利，所处正是心脏的位置。

“我若是不听呢？”他心中一片空茫，“你会把我的心挖出来吗？像对鹂语一样？”

周夫人的动作停滞了一刻，随即绽开一个温煦的笑容，她本就生得美，这一笑，竟是媚态横生。

“说什么傻话呢，娘的宝贝。”她张开怀抱，将他的头靠过去放在胸口，缓缓抚摸他的鬓角。周广萍绝望闭眼。风声呼啸，盘绕着穿过室内，兰桂堂中玉兰树枝叶摇曳，沙沙作响，光影明暗交错，连同那些枝蔓不尽的爬山虎，如海潮一般朝他涌了上来。

网罗已成，他再也无法逃出生天。

·五·

巡猎司的效率果然惊人。第二日天未明，四璟园便被巡猎司的羿师所围困，个个素黑制服，身负长弓。羿师均是与妖兽周旋多年的神射手，传说巡猎司的鲁鹰教头所持有的追日弓更是神器，可凭空唤出箭矢，源源不绝。但这一次，因为忙于调查城中几起诡异的纵火案，鲁鹰并未亲自出马。

周广萍一夜无眠，从黎明起便枯坐在房中，提心吊胆地等待。但羿师们并未进园搜查，也未招人问询。整个四璟园一片沉寂，唯有秋园传来的香气继续缭绕，甚至越发浓郁，几乎要形成肉眼所能见的浓雾。

周广萍直等到午时，方有一年轻的羿师敲他房门，说舒巡检已经得知了真凶，正待当众宣布。周广萍一路跟着他进了秋园，见枫树下摆了张太师椅，舒西翘着条腿坐在里面，持着只陶质的茶壶，对着嘴儿慢悠悠地在品。常青和周夫人各自站得远远地对峙，周广萍朝四周望了望，不见朱成碧，却见六七个羿师围在人群之外，箭筒中露出的鲜红羽毛分外惹眼。

“今日叫大家来这里，是想让大家做个见证。”舒巡检将手中的茶壶放下，咳嗽了一声。正在这时，一侧的灶房却开了门，朱成碧急急地迈出了门槛：“快点宣布！掌间珠就要成了，我不能离开太久！”

舒巡检脸上相当挂不住，但他涵养极好，泰然自若地继续往下说：“昨日我连夜请了仵作，检查了鹂语姑娘的尸首，果然是被猛兽所袭击，是被活活挖心而死，并无人类作案痕迹。而且，那猛兽如今还在园中。”

此话一出，唏嘘声四起。

“各位不用担忧，此兽虽凶猛，但未必没有克制之法。它嗜吃人肉，潜伏在无夏城中多年，老夫追踪它的痕迹，也已经多年了。”他双目炯炯，紧盯着站到常青身边的朱成碧。

而朱成碧只一笑，感慨道：“真是愚蠢的猛兽啊。人肉是真真的不好吃。可见也不是多么聪明的家伙。”

“嘘！”常青制止了她继续说下去。周广萍望见他的站姿与平日不同，一手藏在身后，想必已经将那支画笔持在手中，随时可能发难。“舒巡检。”他一字一顿地说，“今日所说，可有凭证？”

周夫人却冷笑着在旁边催促：“究竟凶手是谁，巡检大人还是赶紧宣布吧。”

舒酉呵呵一笑，丢下茶壶便从椅子上站了起来，伸出一只瘦骨嶙峋的手，直指前方：“就是它！”

周广萍的脑子嗡嗡作响，只听得母亲在一旁抗议：“舒巡检，那里可是先夫的灵堂！”

“没错，便是灵堂中悬挂的那只白虎！是它埋伏在花园中，惊吓了王氏，之后谢氏噎死、高氏落水，也跟它脱不了干系。它在这四璟园里盘踞了十六年。十六年前，也是它吞噬了你的母亲，你父亲与它拼死搏斗，摔下山崖，却也砍断了它的一只前掌！”

“巡检大人，您在说什么啊？”周广萍望见母亲的眉毛一点点地竖了起来，眼中隐约有银白色的光泽出现，仿佛小小的风暴团。但她表面上还是平静的，甚至还笑着道：“我这不是好好地在这里？”

众人七嘴八舌地喧闹起来，舒酉却只看着周广萍，只对着他说道：“这些年来，你也有所察觉吧？凡事都无法自己做主，老婆一个接一个地惨死。你是不是也想过逃走？这些年来，我一直想要救你出去。”他眼中竟然隐然有泪，“这些年来，与虎为伴，苦了你了，萍儿！我不是舒酉，我是你爹周树友啊！”

“爹？！”

“是爹对不起你，你还记得吗？当日你在山道旁边捡到一只虎崽，闹着要养着玩儿，是爹一时糊涂贪图那虎皮，给你做了顶帽子，才有了今日这种种祸端。”

“不，我不记得……”舒酉一步步朝他走过来，周广萍只晓得摇头后退。

“巡检大人怕是失心疯了吧？”周夫人抢先一步，拦在舒酉身前，“这可是我家儿子，全无夏城都知道我是他母亲。光天化日，您这是要强抢别人家的儿子吗？还有没有王法了？”

就在这时，周广萍却望见了鹂语。

那却又不太像是鹂语了，她站在人群之后，身着羿师的制服，束起了长发，细长的媚眼遥遥地望着他，却再也没有当日的情意流动。周广萍欲开口唤她，却见她抬起手中弩箭，箭头正对他胸口，骤然间弓弦响动，伴随着破空之声。

他闭了眼，只道自己是死定了，脑海中出现的却是曾经以为的未来。他看见白发苍苍的自己，依旧被困在四璟园中，背已经驼了，正扶着爬满藤蔓的砖墙，一步一步地朝前挪着，嘴里还喊着：娘？我娘呢？

那样的未来不会成真。他一阵轻松。

但刺穿胸口的疼痛迟迟未至。他疑惑地睁眼，见那支银箭悬在自己面前，被一股小小的旋风所缠绕。周夫人脸上浮现出了银白色的纹路，她的衣袍渐渐升腾起来，更多的云团出现在她身后，当她张口咆哮之时，隐约有闪电从云团中划过。

“别碰我儿！”

“那根本不是你的儿子！”舒酉回答，“你的虎崽早就死了，十六年前就被我杀了！”

“住口！”

“你下山来找到的，是戴着虎皮帽子的萍儿！”

“住口！”

·六·

虎风团。

周广萍跌坐在地，望着院中升腾起来的银白色云团，它裹挟着狂风，几乎接连天地。下人们惊呼着，以袖子遮面，纷纷夺路而逃。屋顶上的瓦当哗啦啦地落了一地，连院中的枫树都被连根拔起。

人要如何与这样的力量抗衡？周广萍真是佩服舒酉手下的羿师们。虎风团一出现，舒酉一声令下，他们就改换了站立的方位，在风团的四周站成了内外三层，举起了手中的长弓，鲜红羽毛的箭已经搭在弦上，却迟迟不发。他们在等待什么？

“我儿……我儿……你在哪里……”

风团当中，一双由旋风构成的双眼俯瞰下来。周广萍一哆嗦，连忙朝旁边爬过去，不留神撞在了旁人的身上，他还未来得及抬头，便被人从身后制住了，胳膊被朝后扭着，脸贴在了地面上。

这姿势未免过于熟悉了些。

“鹂，鹂语！”他先是一喜，接着又想起那毫不留情的一箭，肩膀往回缩了缩，“你没死在我娘手里？”

“她倒是想！”鹂语干脆坐在了他的背上，“当日我在广玉兰树下等你，早将人偶盖了盖头坐在床前替我。若不是如此，被挖出心来的就该是我了。”

她低头拍了拍他的脸。

“这次围猎，还得多谢你配合，肯乖乖地娶我。之前夫人们的死虽然蹊跷，但四璟园中如果在喜宴上不发生点儿真的命案，巡猎司如何能正大光明地布下这阵法？”

“那你，你可曾对我……”周广萍不甘地挣扎着想要求证，还未来得及说出一句完整的话来，鹂语已拔出一枚银光闪闪的小箭，钉在了他脸侧的泥土里。

“眼下再无时间慢慢询问了，你只需立刻告诉我，她的皮在哪里？”

“什么？”

“虎皮！她要化为人形，自然要脱下虎皮，此物一毁，她便再也无法乘风——在哪里？”

周广萍深吸一口气，紧紧地闭上了眼睛。他忆起年幼时对母亲依恋，总是不肯一个人睡，非得要抓着母亲的一根手指，要她给自己不间断地扇着扇子，才能勉强合眼。有一回他故意装睡，看母亲又累又困，守在床头，手里的扇子一下子掉落下来。她惊醒了，两眼都是迷蒙的，看不清楚，却用两只手在床上摸索着，话音都急得变了调子——我儿，我儿呢？

围困着风团的羿师们已经射出了鲜红羽毛的箭，均是向着高高的空中。众多箭矢呼啸而出，彼此交错，鲜红的羽毛随之层层展开，原来是数根鲜红的长索，按照乾坤八卦的方位伸展，立刻便形成一张大网。

周广萍听见舒酉的声音："捆仙索，缚！"

网罗顷刻间便收紧了，但却扑了个空。银白色的云团从绳索的空隙中钻了出来。她本就不具有形体，如何能用绳索捆住？她在半空咯咯地笑着，一时是癫狂，一时又是痛恨："果真是你，杀了我儿……不，不对，我儿明明还在，我还给它喂过奶……"

鹂语见状，再不肯跟周广萍客气，将他脸旁的箭镞一拔，逼近他的喉咙："她的皮在哪儿？"

周广萍不应。如今他满眼俱是那银白色风团，她已朝出声暴露了方位的舒酉扑去，将他团团围在中间，露出的九尾紧紧缠绕在他的脖子上。

"谁也别想夺走我儿！"

周广萍浑身一个激灵。

"那湘绣就是虎皮！"

顷刻间，九根虎尾放开了舒酉，从风团中甩了出来，又来抓鹂语，但她轻巧转身，竟然躲过了。周广萍见她翻身跃入秋园一侧的灵堂，紧接着丝帛撕裂之声传来。在院中盘旋的虎风团先是一滞，继而散了，舒酉见状，大喊一声："坎位，缚！"

鲜红的罗网又起，这一回落下时，罩住的是一只毛皮不全、狼狈不堪的白虎，一只前掌早已不知去向。她在网中撑起四肢，还要挣扎，被羿师们将绳索一收，又再重重地摔倒在地。

周广萍长长地出了一口气，这才觉得浑身的劲都松了，倒在地上连爬都爬不起来。正在此时，灶房的门却开了，涌出了团团烟雾，其间光芒四射，隐约有金玉相击之声。朱成碧从门内迈了出来，手里捧着只天蓝釉窑变玫瑰紫的钧窑盖碗，笑吟吟地露着一对儿虎牙。

"成了！"她喜不自胜，"这一次的掌间珠，味道比上两次都要好，来尝尝吧！"

她将盖碗伸到他面前，掀开了盖子。一阵轻雾缭绕，之前闻过的奇异浓香迎面而来。碗内汤色透明，一枚黄玉般温润的珠子静卧其中，旁边是两片做陪的菜叶，依旧保持着青翠欲滴的本色。

“虎掌本无味，这是经过了三次泉水煮过，三次羊汤炖过，再用鸡汤煨上足足十六个时辰，一点点地将鲜味炖进去，才会有如今的色泽。你也一样，是她掌心上煎熬着的明珠。她捧着你、珍爱你，却如同烈火一般一点点地煎熬你。来，尝一尝吧！”

“我、我为什么还要吃这个？”

“她用自己的血肉为你改了两次命格，让你脱胎换骨，得到了强健体魄，又加娇妻美眷。可叹世事仍不圆满，还要拼着最后这一点儿虎掌，再做第三次。煎熬虎掌，便如煎熬她自身。巡猎司想必也知道，所以选了这个好时机。否则，他们会那么容易得手？”

“我不吃！”

“我答应过。”她顿了顿，朝一侧偏了偏头，“做出来，让你吃下去，拿走鼎。我答应过，就要做到。”

朱成碧微微笑着，嘴角露出的虎牙开始悄无声息地一点点延长。周广萍望见她身后拖出了浓郁的阴影，无数的野兽面孔一个接一个地从阴影当中翻了出来，个个的眼珠子都是一片空白。周广萍大惊之下，不由得想要呼救，一吸气，却被她袖子里浓郁的芙蓉熏香一噎，只剩下几声猛烈的咳嗽。

朱成碧拿了双象牙筷子，挑了那明珠自个儿先尝了尝，眯着眼睛前后晃了晃脑袋，又夹了一筷子给他，他只是抿嘴不接。

“尝一口吧。我的厨艺有那么差吗？”那女声娇媚，却有蛊惑之力，周广萍身不由己地张开了嘴。哪里有什么美味，初一入口还能觉出鲜味，再咬却腥臊无比，一入肚腹便如一股热流，在四肢百骸间流转，像是要生生地融化他的筋骨。他想叫，却发不出声音来，只得咬紧牙关默默忍耐，有如身受酷刑。

“好了！这次要选什么样的命格？”朱成碧朝院中被捆缚的白虎喊，“你随便挑！要个百依百顺的乖儿子吗？一个永远不会逃开、不会背叛你的儿子？”

“不。”那只白虎温柔地看着他，下巴枕在前爪曾经在的地方，“从今往后，许你自由。”

当年，他们的车队在山路中途，遇到了九尾猛虎。母亲受惊摔下了山崖，父亲大怒，砍下了老虎的前掌，却也被甩下了山。那猛虎仍不肯罢休，朝四周望了望，便朝他这个乳臭未干的小孩子扑过来，一扑未中，他却饥饿难忍，钻到她肚腹下面，一口叼住她的奶头，嘴里含混地叫：“娘，娘！”

猛虎疑惑，嗅他头顶的帽子。血盆大口就在他的耳边，生满倒刺的舌头伸出来，又收回去，又伸出来，不知道该舔舐还是撕咬。他吸饱了奶，沉沉睡去，醒来时，却已经在娘的怀抱中，一双手紧紧地抱着他，贴在他胸口。

我儿不哭。

周广萍站了起来，只觉得忽然之间浑身轻松，四肢都飘飘然起来，回想起四璟园中种种前尘往事，恍如隔世。他整了整衣裳，朝院中被缚的白虎磕了一个头，又再起身，朝舒酉的方向恭恭敬敬地磕了三个响头。接着仰天大笑，头也不回地出园去了。

万丈红尘迎面而来，世间再无周家唯一的继承人。

·七·

那一日出逃后，周广萍在江南一带游走，一路上去了云珑、徽州、绍兴，以及周氏所在的江陵。在他出生却毫无印象的周氏祖屋门外，默默地站立了半日，终于还是扭头走开了。若迈进去，便又是和前半生一般的鲜花着锦、烈火烹油的盛景，可倘若如此，他又为何要逃出四璟园？这一路上，他做过苦力，打过短工，当过跑堂，甚至还做过乞丐。前半生未能见识过的种种风土人情、世间冷暖，如今却是尝了个遍。

可他从未悔过。

十多天前，他在市井之间听说了一条不得了的消息：无夏城中羁押的妖兽白虎，不知怎地竟然越了狱，牢中只剩一只用炭笔画在墙上的大猫，形神兼备，所用却只有寥寥数笔，极尽嘲讽之意。他当即被吓得魂飞魄散，直奔最近的港口，倾尽身上仅有的钱物，哄得船老大答应载他一程。原以为离了大陆，那虎就再也嗅不到他的味道，不至于一路追来。

却原来，终究还是逃不过么？

周广萍紧闭双眼，那温热的风迎面扑来，却堪堪与他擦肩而过。他错愕回头，那银白色的虎风团扑向了围困住他们的墨色风团，风中隐隐传来野兽低吼一般的风声，不时有九条长尾从云团中若隐若现。

那一番争斗，足足持续了两三个时辰，待天地恢复清明，晴朗的夜空中一缕云彩也没有剩下。无论是围困他们的墨云，还是后来的虎风团，尽都消散了。

周广萍怔怔地立在船头，最终说出来的一句话万分苦涩，船老大却没能听懂。

"最后还是你赢了……"

"命格可改，福报仍薄，周广萍前半生所享受的荣华，要由这场风暴来抵，这原本是极其公平的事情，偏偏你又要写信告诉他娘，这才放出了虎风团……"

"信是我写的，助她逃狱的人却是你。若你不为她绘制新的虎皮，她如何能变形？只可惜真皮已毁，便是有了假虎皮，这次变形也无法恢复原状，结局不过是白白地随风消散而已。"

"她向我求救……"

"你就不能置之不理？"

常青苦笑起来："若真的能置之不理便好了。"

"算了，你心实在是太软。我担心你总是如此，哪一天做了赔本买卖，将自己搭了进去。"

"怎么会？我可是账房，凡事都算得一清二楚。"

"怕只怕到了危难关头，头一个想牺牲掉的便是自己。过刚易折，情深不寿，我只忧心……"朱成碧忽然间意识到自己说错话，立刻改口，"我、我只是忧心我那三百两银子无人还，才、才不是担心你——"

"是是是。"常青眯了眼，一迭声地附和着。眼见她转过脸去，悔得咬住了衣袖，露出的一截耳尖都红了，只觉得分外可爱，不由得想要上前，轻声在她耳边说，你且宽心，总之无论如何，我便一直陪在你身边可好？

但他还未来得及开口，便有一只海鸥自云层中飞来，翎羽散乱，眼神惊惶，用唯有他能听懂的语言一声声冲他叫着：“南海诸郡，尽皆覆灭。公子，公子，麒麟血何时能到手？”

那一夜，云消雾散，海浪起伏，他们在雪白的鲸鲨背上，望见漫天繁星，犹如伸手可及。

他没能够出口的那句话，终究还是随风飘散，自那之后，再也没有机会说出。

那一个瞬间的心动，唯有星星知道罢了。

大梁崇安九年三月十二日夜，有船运风和青梅酒出海，行至泉州港外，为风暴所困，不知去向。众人皆道终不得脱，翌日却平安归港，酒皆坠海，船员二十四人安然无恙，问之，言为海神所救矣。

第四章 天地春

·零·

有这么一座通向深山的石桥。

时至今日，在无夏城附近，例如城西南的苍梧山，或者城北的嵬嶷山中，还有着很多这样的石桥，通常都架设在山涧之上，有时旁边有着银练飞溅的瀑布，桥下还有水潭，碧绿如玉，深不可测。石桥的两侧往往有着辟邪或者狮子形状的石雕，年代久远，俱已面目模糊，脊背上爬满青苔。没错，我们要说的故事，就发生在这样一座石桥上。

唐贞观年间，一个姓梅的书生要到京城科举，于夜间路过此桥。那晚月圆如镜，他因走得乏了，在桥上坐下来休息，靠着栏杆，感叹道："好圆的月亮。"

"确实是如此。"另一个声音回应。

梅生愕然。月光澄澈，照得他身旁亮如白昼，视野中所见，不过是荒野树林，碧潭中一注白水，草丛中虫声呜咽，却并不见那应话之人。这梅生素来胆大，不信鬼神，此刻竟然继续感叹了下去："如此望来，却好似个椰丝糯米的糕饼。"

那声音也言道："不错，只是阴影斑驳，恐怕是豆沙馅儿的。"

梅生哈哈大笑起来。此刻他已经听出，那声音不是来自别处，而是从桥底传来。

"实不相瞒，小生家传的，便是这做豆沙馅儿椰丝糯米饼的手艺，不曾想，在这荒郊野外，也能遇到知己！来来来，相逢有缘，兄台可愿饮上一杯？"

他取下腰间的酒囊，朝桥下的潭中倒去。说来也奇怪，那酒水并没有流入潭中，而是到了半空便消失了，梅生朝桥下望去，依旧是空无一物。只是"啧啧"饮酒之声不绝。

"好香，好香的米酒！可有名号？"

"是小生自家新下的糯米酿的。"

梅生就此跟那声音攀谈起来。两人由酒及诗、由诗及画，由画又再聊回吃过的各种点心，越发有千里会知己之感。酒囊里的酒，更是毫不怜惜地倒入了水潭，到后来，那桥下的声音也透出三分醉意来。

"如此美酒如此月，清凉彻骨，却叫我思念起当年在西王母的宴席上，吃到的一款点心，那滋味令人终生难忘。"那桥底的声音咂嘴不已，想来是在回味，"可惜，可惜，从那之后，有五百年的岁月不曾吃到过了。”

“哦？”一听到这里，梅生的眼睛亮了起来，“却是一款怎样的点心？叫什么名字？如何做得？”

那声音呵呵笑起来。

“何必如此着急？我不仅尝过，还知道做法。受你美酒相赠，便是将方子告诉你，又有何妨？不过，仙家的方子，材料特殊，凡间能否找得齐，另当别论。不过首先你须得记住了，这一款糕点，名字叫作‘天地同春’。”

在民间流传着的《梅生遇仙记》的不同版本里，故事在这里发生了分歧。有人说，梅生据此做出了天地同春，吃下之后脱胎换骨，进京赶考，竟然做了状元，就此飞黄腾达；而另一个版本里，梅生终生都没能找齐材料，白白耗费了一生的时光，而真正的天地同春的方子，也在后来的战乱之中丢失了。

大梁时期疏星楼主所著的《神州妖事录》里也收录了这个故事，但结局与前两个都不同。他写道：梅生在桥边修建起了石屋，住了下来，尝试着用凡间的材料替代仙家的材料。但他做出的，总是差了些许味道。有一日他问，这其中第三层馅料，是用薄荷代替，还是用香蒲代替更好？没想到那神秘的声音也被难住了。第二日梅生便背起了包裹，对桥底的声音说：“我先回乡问我父母，若他们也不知，我便寻访京城中的糕点师傅，总是要找一种恰到好处的材料来做这天地同春。我一定会带回真正的天地同春给你。你且等我回来。”

这一去，便是五百年的时光。

那个人再也没有回来过。

·一·

卯时刚至，石奕武就再也睡不着了，一睁眼就从木板床上弹了起来。

首要的事情是洗手，这可马虎不得。他在桥底下的流水里净手时，河面上还飘浮着晨雾。整个无夏城都睡着，唯有他醒着。他来无夏的时日尚短，搭在这五虹桥桥头的，不过是间简陋的棚子，里面只有一张八仙桌、两把凳子，土灶上也仅有一套笼屉，所卖的，也只是应节的青团。但他还是起了个大早。

要做早点师傅，便要成为醒得最早的人。当初在苍梧山中，师傅便是这样教导他的。

石奕武架起案板来，将一袋雪白的糯米粉朝案板上那么一撒。绿苎头是前几天便采下的，取的是最嫩的那处尖儿，加了石灰水在罐子里泡着。他取了罐子来，打开封口，闻了那么一闻，接着将糯米粉堆成的小堆从正中挖出一个坑来，将麻汁儿小心地倒了下去。

这就是要开始揉粉了，整个过程中，这是最耗力气的一步，却也是石奕武最喜欢的一步。单单是这个揉粉，他就练了三年，方才满足了师傅的要求。

外刚内柔，蕴巧于中。他默念着师傅留下的口诀，手指在粉团上使力，粉团吃了苎麻汁儿的绿色，一点点变得清透碧绿起来，叫他扯成一个个的团子。豆沙馅儿是早就备下的，用的红小豆、猪油和蜜糖，他取了一点儿来，按在团子中央，再一点点将皮揉了上去。

他揉得专注，额前渐渐渗出细密的汗珠也顾不上擦。耳边隐约听得有人走入了棚子，又挪开了木凳，坐在唯一那张桌子旁边。

他只道是那位每日必起大早来光顾的小姑娘，也没有回头，直愍愍地说："今日来得早了些，我刚将蒸屉放上灶，且等透上第一口气——"

"石头。"来人唤他。

他的背立刻就挺直了，一边擦着圆脑袋上的汗，一面规规矩矩地应道："文珍师姐。"

第一眼望去，他差点要认不出师姐来。眼前这个遍身绫罗、满头珠翠的姬文珍，比起在山上时，可是富态了许多，竟连双下巴也生了出来。只是这斜睨着他的眼神，依旧熟悉得很。她并不着急开口，只坐在那里，慢条斯理地转着右手中指上的海蓝宝戒指，将他上下打量了一番："什么时候到的无夏？"

"有十来天了。"

"既然来了，为何不来找师姐？"

石奕武听师姐的语气，似有埋怨之意，连忙解释："本来是打算直接上府上拜访的，但无夏城里人人都说师姐现今生意越做越大，今年的尝春会又轮到师姐张罗，我想着师姐该是没空，不便打搅……”

姬文珍听到这里，哼了一声，将一只外表极为普通的木盒扔到了桌上。

“你自己倒是不便打搅，却派了别的人来。”

石奕武丈二和尚摸不着头脑。他打开木盒，里面只有一枚绿豆糕，样式普通，印着朵迎春花。

“前几日，可有个瘦瘦小小如猴儿一般，眼睛却挺大的小丫头来过？那是我新收的徒儿，名字叫作鹤菡。”姬文珍往后靠了靠，取出块手绢来擦着戒指上的宝石，“她家里穷，她爹娘准备把她卖到平乐坊，你师姐我一时心软，就把她收了下来。谁知道是块榆木疙瘩，比你当年还不如，就一样绿豆糕，教了一个月，竟是不会！”

她摇了摇头，接着道：“我跟她讲了，再做不出来，便撵了出去。谁知道她哭着出门，也不知道去哪里转了一圈，回来之后竟就做了个这个。”

石奕武想起来了，是有这么一回事。他见那小丫头站在五虹桥上出神，嘴里念念叨叨，怕她一时想不开跳了河，便过去询问。她只说是不知道为何，蒸出来的绿豆糕总是发黄。

“那有何难？”他不解地回答，“你只用凉水和粉就是了。”

原来却是师姐的徒弟？他将那绿豆糕取出来，咬了一口，只觉得清香扑鼻，淡淡的甜味在口齿间缭绕。

“这绿豆糕叫她做糟了？”他不解地问。

“那倒不是，这绿豆糕做得极好——”他家师姐忽然住了口，用眼刀恨恨地剜了他一下，过来劈手便将糕点夺了过去，“总之，她痛哭流涕地说，是个‘浓眉大眼的小师傅，年纪绝超不过十五，圆脑袋，身板敦实，看起来傻傻的’，我一下就想到了你。”

姬文珍注视着他，放在桌上的手指一点点扣紧：“如今你来也来了，怎么不见师傅他老人家？”

石奕武脸上的笑消失了：“师傅没了。”

“什么？”姬文珍站起来一半，想想又坐回去了，“什么时候的事情？”

“六年前没的。就在……师姐你下山后不久。”

姬文珍眉尖颤动，眼角发红，石奕武见状赶紧补充：“师傅他老人家不怪你。”

姬文珍将手绢拽在手里，去擦眼角那点若有若无的泪，一边哽咽着问：“师傅……他老人家最后可有说些什么？”

“师傅说，山下的世界热闹，师姐愿意去闯荡闯荡也好。至于那本祖师爷传下来的《寻芳谱》，按本门规矩，本就是要传给大弟子的，师姐拿了去也好……”

轻轻巧巧的一个“拿”字，便将姬文珍这五六年来心头始终缠绕的心结化于无形。她一下子觉得胸口的大石落了地，却听得师弟还在絮絮叨叨，将那烦人老头子的语气学了个七八成：“你师姐聪颖过人，凡事都非得寻个法子，叫自个儿占尽了天时地利不可。这《寻芳谱》在她手中，未必是件幸事……”

姬文珍一掌拍在桌上，连石奕武放在上面的青团都震得抖了三抖。她胸口起伏，直喘粗气，过了好一会儿才又开口：“罢了，如今我也不再受他那些闲气了。石头你既已见到了师姐，知道我平安无事，师姐便不再留你，过几日便回山里去吧。”

石奕武却低了头，露出不好意思的样子：“还不能即刻便走——师姐，能否让我瞧上一眼《寻芳谱》？”

姬文珍横眉瞪他，旋即却笑起来：“怎么？那上面可是记载有一千一百种糕点的制作法子，便是我现在就将《寻芳谱》送给你，短短的几日你也记不住。便是全都记住了，以你的天资，连一样青团都要学上三年，更不可能全都学会了。”

石奕武却丝毫不恼：“我也不多看，就看一样。”

“哪一样？”

“天地同春。”

姬文珍面色凝固，犹如覆盖了一层寒冰。“天地同春的方子，师傅只传给了你、一、个。”她缓慢地吐出最后几个字，每一个都放在牙齿上咬过。

这话听到石奕武耳朵里，不知怎地却成了师姐对他的赞扬，他颇有些得意地咧了咧嘴：“话虽如此，但师傅他去了的这几年，每年的惊蛰祭祀，我都按照他教的法子做，可从桥头扔下去的，没有一次被龙神吃掉过。我便想，或许是某个细处出了岔子——”

“也就你信！《寻芳谱》上有天地同春的仙家方子，桥底下住着传说中的龙神！”姬文珍越说越激动，语气也痛心起来，“傻师弟，这么些年了，你都未曾看透吗？什么天地同春，那都是假的！老头子就是想将我俩都困在那山沟里，一辈子替他做牛做马，白白磨粗了手！”

她朝两侧摊开了双手，这一双手如今光滑细嫩，指上宝石戒指闪烁。

“要不是当初我拿了《寻芳谱》，自己一个人逃下山来，哪里知道这山外的世界竟如此快活！”她转念，又露出亲和的笑容，“不如你也留下来？我这寻芳斋，如今可是无夏城中头一份儿的糕点铺子，年年尝春会都拔得头筹。别说是商会的薛头领、衙门里的许知府，便是琅琊王，也吃的是印着‘姬’字的点心。你留下来，我也还养得起你一个糕点师傅。”

石奕武摇头：“惊蛰就要到了，我得赶紧准备今年的祭祀。”

“那桥下明明什么都没有！”

“那桥下有龙神。”

“你可亲眼见过？”她冷笑，“可有证据？”

“就知道师姐会这样问！”他一拍脑袋，回身便自蒸屉旁边的灶格里取出个粗布包裹，献宝一般拿来呈给姬文珍。姬文珍伸了根指甲，将那包裹一层层挑开——是一枚如同锅盖大小的圆形薄片，边缘是半透明的紫色，越到中央，越反射出层层的虹彩。

“我在河床上拣的，瞧着像个鳞片。这下师姐该信了吧？”

姬文珍像是没有听见，只顾着用手在那圆片上抚摸：“难道师傅说的竟是真的？这倒真是稀罕的妖兽，王爷正放出风声来要收……”

“师姐你说啥？”石奕武没听清她的自言自语，伸手来要收走包裹。姬文珍将整个包裹往自个儿怀里一捞，狠狠地瞪了她师弟一眼。多年养成的余威仍在，石奕武缩了缩脖子收回了手。

“怕什么。”抱着那包裹，她立时恢复了和颜悦色，笑道，“师姐喜欢，留我多玩儿两天，总会还给你的。要看《寻芳谱》，也不是不可，师姐问你，若你看过后，确实没有记载天地同春，你可愿乖乖回山里去？”

石奕武点点头。姬文珍轻叹，将右手大拇指上戴着的羊脂玉扳指取了下来，又从扳指的内圈往外一拨。一层薄如轻雾的纱罗飘了出来，她拽了那纱的一头，轻轻地旋转着扳指朝外扯，石奕武迫不及待地伸手想要来接，又被她瞪了回去。

扯了约摸有半炷香的时间，轻纱在桌上堆成一团，她用手掌慢慢地抚平了——在纱面上，竟有人用蝇头小楷写着密密麻麻的字，其间还配有插图。

“谁能想到咱家祖师爷，会用鲛绡来写这《寻芳谱》？”她一面说一面抚，一直到轻纱的末端，“这便是第一千零一百种，之后便是你想看的天地同春。”

石奕武凝神静气，缓慢地靠了过去，只见在鲛绡的末端，有人用浓黑的墨汁写了“天地同春”四个字，旁边画了一株梅花，枝干乌黑虬劲，花瓣色艳如血，除此之外，便是一片空白。

“怎、怎会如此？”

“这下你该死心了吧？”姬文珍冷笑，“什么梅生遇仙、天地同春，都是几百年前的传说！师傅不过是借来一用，当作收徒时的幌子罢了！”

不知道何时下起了雨。

石奕武呆坐在棚内。他所坐的位置离棚口很近，细如牛毛的春雨从棚外渗了进来，如同薄雾一般。他一侧肩膀尽都湿了，却浑然不觉，只反复念着：“怎么会，怎么会？”

一柄油纸伞从棚外探了进来，伞面上绘着一枝鲜艳如血的红梅，朝一侧倾了倾，露出一个梳着双髻的小姑娘，一双大眼带着笑意。她身上的襦裙用的是浅黄色的丝罗，头上簪着两簇新采下的杏花。靠得近了，能望见裙上也尽是杏花的花瓣，却不掉落——原来是被人细细地用笔绘出来的。

“小师傅！小师傅！”她一迭声地唤着，“今日的青团呢？”

石奕武只是不理。她嗅了嗅，一步迈到正冒着蒸汽的蒸屉旁边，伸手一把揭开了屉盖，紧接着烫得“哎呀”一声，将盖子甩了。

那持伞的人收了红梅伞，正在棚外将上面的雨水抖了又抖，听得她被烫，赶紧也进了棚，一把抓过她的手腕来，翻来覆去地看着：“偏就你这么心急！这都连续吃了几天了，还没吃够！”

那小姑娘全然不理，抽回手来，蹲在石奕武的旁边：“明明都已经揉好了青团，这笨蛋忘记放进蒸屉里了！”她鼓起脸颊，伸出一根手指头戳着石奕武的肩膀，“吃不到，不开心！快点起来做！”

石奕武被她戳得整个人都摇晃起来，却还在失魂落魄地说：“天地同春，怎会是假的？”

“谁说是假的？”那小姑娘一脸无辜，“我吃过，是真的。”

拿着红梅伞的人以一种缓慢的动作扶住了额头。

石奕武听了这话，原本石雕一样僵硬的眼珠子忽然转了起来，一点一点扭过来看她。

“你吃过天地同春？”石奕武忽然活了过来，扑过去便抓住她的手，“教我做！”

“她哪里会做糕点。”她身后那人眯起了眼睛，两手环抱在胸前，嘲讽道，“若是会做，就不会天天起大早，准时上你这里来要刚出笼的青团吃，也不会派我去排长队，买那贵得要死的寻芳斋玫瑰酥了！”

“谁说我不会！常青你是在质疑我的厨艺吗？”

常青扬了扬眉毛：“是吗？为何从未见你做过？连最简单的糯米团子都未见你捏上一个？”

“我只不过是不太会造型……”她嘟了嘴扭着衣角，忽然眼睛一亮，“如今有小师傅在这里，我跟他学还不成吗？说好了，你教我做青团，我便帮你做出真正的天地同春！”

·二·

常青把玩着手中精致耀眼的食盒。

那盒子不过成人的手掌大小，四面都镶嵌着贝壳，分别是麋鹿和仙鹤的图样，盒盖上镶着一轮圆月，月下盘绕的牡丹枝条间，一只身有卍字花样的雄鹿若隐若现。姬文珍说这是来自高丽的手工艺人的作品，倒是没有说错。常青打开盒盖，见鲜红丝绒衬底上绣着枝蔷薇。姬文珍还坐在对面，絮絮叨叨地解说着。

“这不是普通的贝壳，而是南海中吞吐雾气、可形成都市的蜃楼贝。这是取它最内层的壳，一片一片镶嵌而成的，价值连城。便是王爷府上，也未必有这样的好东西。”

常青“砰”的一声合上了盒盖，朝姬文珍扬了扬眉毛。

“姬老板这是何意……”他朝桌上其余的物件偏了偏头，眼里带着笑意，“在下却不明白了。”

“我家师弟蒙天香楼朱成碧掌柜照顾多日，这都是应该的。”

“在下要是没记错，寻芳斋在无夏开了也有五六年了吧？”常青放下漆盒，又取了一样雕着金蟾的砚台来把玩，“从未听说过姬老板师承何方，怎么会忽然多出来个师弟？”

“先师不愿扬名，宁愿隐居山野，也不许我们跟外人提起他的名号。我跟师弟俱是从小被他收养，教授手艺，朝夕相处，便如同亲生姐弟一般。我这次来也是觍着脸，想求朱掌柜和常公子帮我师弟一个忙。”

“什么忙？”

“我家师弟虽然已经成年，但心思单纯，如同孩童。朱掌柜若有兴趣，愿意陪他玩玩，也没有什么。只是，千万别教我家师弟真的做出什么天地同春来。”

“喔？”常青微笑起来，“这倒是有趣了。”

“我师傅哪里都好，但却坚信他总有一日，能做出真正的天地同春。明白人早就知道，乡野传说，做不得准。不然，为何梅生遇仙之后这几百年，从未有人做成？师傅上了年纪脑子糊涂，但小师弟年幼，居然也深信不疑。两人得空便钻研这天地同春的做法，也不知白白耗费了多少年的时光，却总是失败。”

“恕我多嘴，既然从未有人做成过天地同春，又如何知道这一次做出来的就不是正品？”

“常公子有所不知。”姬文珍叹了口气，“先师隐居之地，是苍梧山中一处枯了好几十年的河边，河上也正好有这么一座石桥，桥头雕的也是狮子，就跟那传说中的一样。他便非说这桥下便是龙神居所。每年的惊蛰，他都带着奕武在桥上举行祭祀，将他做得最好的‘天地同春’点上引子，投下桥去。”

“这又是为何？”

“据说如果是真的天地同春，会凭空消失，且能唤出龙神。”

“结果呢？”

“结果？”姬文珍忽然冷笑起来，眼角皱纹毕露，“不过是一年又一年地浪费粮食罢了。”

她也意识到自己露出的狰狞，赶紧收了收：“如今师傅已经去世，小师弟又对这说法深信不疑，若不断了他的念想，恐怕他也会跟师傅一样，将一辈子的时间都消耗在这上头。现如今他孤注一掷，将所有的希望都押在朱掌柜身上。也罢，就让朱掌柜随便编个法子，教我那师弟死了心就是了。”

“如此说来，姬老板此次来访，竟全然是为了你师弟？”

“正是。”

常青持着一把扇子，将那扇面随意开合着：“今年的尝春会，恐怕还是由姬老板主持吧？往年都是在无夏城内举行，今年是否准备换个山清水秀的地方？”

“真是什么也瞒不过常公子的眼睛。”姬文珍掩口笑，“不过，公子的事情，我也略知一二。人说公子有六只眼，四只生在腰侧，可观阴阳、测天象。也不知道是不是真的呢？”

常青将手中的扇子哗啦一声合上，站起了身：“既然如此，我便帮你跟朱掌柜说上一两句。不过，姬老板，”他停顿了一下，斜斜地睨着她，是居高临下的可怕眼神，“一个人若总是赢，恐怕也挺没意思的。”

姬文珍的掌心发凉，一点点渗出冷汗来，只觉得自己背地里所有的谋划和心思，都叫眼前这人看了个一清二楚。她心中的畏惧刚刚升起来，常青却忽然瞪大了眼睛，朝一侧略偏了偏头，立刻朝她走过来，伸手在她手臂下一扶，将她整个人从椅子上提了起来。

“常公子？”

“嘘！”他面色严肃，掀开一侧的月白色窗帘，便将姬文珍给推了出去。外面是天香楼二楼的窗台，对面即可望见莲心塔。姬文珍朝楼下探了探头，立刻目眩，赶紧抱住窗棂上木雕的桃树不敢撒手。

“不要发出任何声音，否则被吞掉的话我可不管。”在给出这样莫名其妙的威胁之后，常青放下了窗帘，又将桌子上的东西一股脑扫在地上，一样样地踢到窗帘后面去。

刚收拾停当，门就被撞开了。朱成碧端了张红木小几，鼻尖上沾满了糯米粉，喜不自胜地跑了进来："汤包，汤包，来尝尝！石奕武教我的青团，特地做给你吃的！"

小几上放有六只净白瓷碟，每一个上面都放有一只青团，这倒是不假。但全部青团都形状奇怪，指印明显，没有一只是浑圆的。更重要的是，每只上面都有一处牙痕崭新的缺口，露着内里的馅儿。

"……这果真是做给我吃的？"

"是啊。"

常青不说话，只盯着那缺口。

"我不先尝尝，怎么能知道好不好吃？"

常青叹了口气，伸手接过那红木小几，朝旁边的桌子一靠。朱成碧蹦到桌上坐着，悬了两只脚在空中前后甩动，一边抓过那些青团便吃。转眼间，常青怀里便只剩下两个，朱成碧还要再拿，他迅速出手，将两只全都抓在手里，赶紧往嘴里塞了一个。

嗯……味道居然还不错……

他捏着剩下那只，就要往嘴里放，朱成碧在一旁，目光灼灼地盯着他。他又叹了一口气，随手将团子朝侧面一扬。朱成碧立刻飞过来叼走了。

"你看看你这一脸。"朱成碧大嚼的时候，他还是没忍住洁癖本性，弯了手指去给她擦。手指下，她肌肤滑腻，犹如凝脂。他忽然间意识到，如此一来，两人便是视线相对，几乎呼吸相闻。他连耳尖都烧起来，心跳如鼓，狼狈地将手拿了下来："咳，那个，天地同春做得怎么样了？"

"啊，说起来还挺奇怪的。"朱成碧一边嚼着一边含混地说，"石奕武做的，明明就是真正的天地同春。"

就在此时，窗帘后面传来一阵稀里哗啦，接着是瓦片纷纷掉落的声音。朱成碧扭了头去看："那是啥？"

常青伸手把她的头扭回来："最近老有野猫在外面打架，怕是有打不过的，从二楼掉下去了。"

"喔。"朱成碧低头舔着手指。

“你刚才说，他明明已经做出了天地同春？”

“这几日，小师傅做的，和我记忆中的天地同春并无二致。天地同春是仙家的圣品，梅东璟也算聪明，用凡间的材料，竟能做出一模一样的味道来！”她点着头赞叹道，“延年益寿的功效自然是没有，但从味道上而言，确确实实便是天地同春。”

“那，为何仍没能得到龙神的认可？”

“问题该是出在引子上。”她叹口气，“当年我在西王母的宴席上尝——”

“是大摇大摆地闯进去，趴在人家桌子上吃完就走，连带着还打碎了一干锅盘碗盏吧。”

“这不叫尝？”她将眼睛横了过来。

“是，是，是，这确实叫尝。”

“哼。总之，这天地同春做出来之后，在吃之前还要在中央点上一点红引……”说到这里，朱成碧却不再往下说。常青等了一会儿，见她只是愣神，催促道：“那红引是何物？”

“……是血啊。”她叹息，“天地同春一共有四层不同的馅料，随着食用者的咀嚼，每一口都会产生不同的口感。再加上这用血点上的一点引子，又可以有千百种的味道变化。倘若龙神要的是这种天地同春，那可就难了。可惜我虽尝过，却始终想不起来，这究竟是什么妖兽的血的味道，明明很熟悉的……”

她又露出愣神的样子来。

“会不会，”常青慢条斯理地提醒，“是麒麟血？”

“你说得对！麒麟为圣兽，其血有千万种滋味，用它来做天地同春，说不定可行！”

她跳到屋子的中央，原地转了一圈，只听得哗啦一声，从那杏花罗裙下涌出来诸多黏稠黝黑的阴影，犹如海潮般汹涌流淌，在吞噬了屋内的家具之后，又开始朝四周的墙壁上攀爬。朱成碧伸出一手，掌心向下，所对之处的阴影忽然如沸水翻涌，一团耀眼的光芒从中升了起来。

常青不由得用袖子挡住眼睛。光芒减弱后，悬在她手心之下的，是一只静静旋转着的天青石瓶，正冷冷地泛着青光。

麒麟血。常青死死地盯着它，朝前走了一步，又一步。此刻他已经在朱成碧的身后，只要一伸手，他只要一伸手……

他双耳嗡嗡作响，嘴唇几乎要被咬出血来，却听得朱成碧说：“不、不行，现在还不是动用它的时候。”

阴影再度翻动，如巨蟒的长舌，转眼之间，又将那瓶子吞了回去，沉向下方，远到他目所不能及之处。

她转过头，抱歉地笑着：“我们想想别的办法吧！”

·三·

“我第一次听见龙神的声音，大概是在三四岁的时候吧。我记得自己独自一人站在那石桥边上，眼前便是桥头石狮残缺了一半的脸。我伸出手，轻轻地触摸狮子的鼻子，刚碰到就听见那声音，直接就在脑子里响起来。它说：‘你回来了吗？’”

石奕武抱着两只膝盖蹲在牛车里，随着车轮的颠簸摇晃着身体。拉车的是只浑身雪白的母牛，不紧不慢地在山道上走着，不时有路旁的花枝从半透明的帘幕中间探进来——一枝杏花，或者一枝梨花。

“也不是每一次跟它说话，都能得到回应。师傅说，他年轻的时候龙神回应得更多，近些年来却渐渐沉默了。说起来，究竟连那桥底下是不是龙神也未知，从来也没有人见过它的真面目，你说是吧？”

无人回应，因为他絮絮叨叨了半天，却是朝着车内小几上放着的那把画着梅花的纸伞。朱成碧卧在一侧，颇觉有趣地任凭他说下去。这牛车从外面看起来，不过一两榻的大小，内里却显得颇为宽敞，朱成碧身边还跪了两个婢女，也未显狭小。其中那个穿桃红色褙子，叫作樱桃的，半是调笑地过去递了他一碗茶。

“怎么？嫌我们几个陪你聊天解闷还不够，却跟伞说起话来？”

他不好意思地接了，连声道谢。

“嘿嘿，一个人在山里住久了，便会不知不觉地对着物件说起话来。这伞上的红梅瞧来眼熟，像是在哪里见过，便像是见到了熟人，不知不觉就话多起来。”

“小师傅记性不好，眼神却毒。”朱成碧懒散地评价道。

他们之所以会在这里，是因为姬文珍一纸烫金描花的邀请函。事实上，无夏城内但凡有头有脸的人物，无一例外都收到了同样的邀请函，邀请函上写着今年的尝春会准备在苍梧山中“先师故居”举行的消息。给石奕武的邀请函略有不同，还附了一封姬文珍的亲笔信。信里表达了她对曾经怀疑神龙真假的歉意，并且保证会将功补过，遵照师傅生前的心愿，将尝春会举办成一次声势浩大的惊蛰祭祀。因此，恳请小师弟“务必携真正的天地同春出席”。

对此，常青的评价是：“太有诚意，简直可疑。”

石奕武读完后再无二话，回头便将自己锁在了屋子里捣鼓，今早出发前他才出现，手里郑重其事地捧着那只用蜃楼贝镶嵌的盒子。

“师傅规矩，祭祀用品不比其他，要提前十二个时辰封盒，不得再打开。”他严肃地道，“常公子，多谢你借我这食盒。”

“幸好手边有现成的，否则一时半刻，上哪里去找有仙鹤跟麋鹿的食盒？”常青眯了眼，“我猜令师姐也是这样想的。”

这一路慢慢悠悠地走下来，到了天色将黑，还未到达目的地。这一次尝春会不晓得怎地，居然引起了琅琊王的注意。整个车队中，领头的正是琅琊王雕梁画栋的车辇。那车辇远望如一座小楼，却是由二十四个美貌的白衣婢女抬着的，个个头上都束有金环。连无夏城商会薛头领的车队都只能隔了一段距离，毕恭毕敬地遥遥跟在后头。

如此一来，队伍的行进速度当然慢得可以。还好明日才是惊蛰，大家各自安营扎寨，准备歇息。石奕武倚在车前，朝山下望去，只见这一路灯火逶迤，犹如游动的长龙。自琅琊王歇息之处，隐隐传来丝竹之声，有歌姬在唱：“才始送春归，又送君归去。若到江南赶上春，千万和春住。”

伴着那歌声，他渐渐地乏了，在车内小几上枕着手臂，头靠着那把红梅纸伞，怀里抱着那只珍贵的食盒。迷迷糊糊地要睡，却听得朱成碧在一旁轻声道：“只是为了当年跟路人的一句承诺，便守在山中数百年，蠢是不蠢？”

她的语气听起来，却又不像是在问，更像是在自言自语。石奕武头顶的纸伞簌簌地抖动起来，他蒙眬睁眼，望见一个半透明的身影浮现在纸伞之上，长衫束帽，是个书生模样，低了头，像是在说些什么。

朱成碧因此笑了起来："你说得对，我也是为了某人说的一句话，便守着莲心塔这么些年——我可没有说这句话的立场。"

她手枕着下巴趴在案几上，迷蒙了眼睛，也像是要睡："现在想起来，还是当年，我跟你，还有他，一起在长安城夜晚的街道上巡游、纵酒欢歌，来得快活。"

她嘴角噙有一丝凄凉笑意，说的话却语焉不详。那书生的鬼魂整了整袖子，朝她行礼。

那人是谁?

"你也不必道谢。小师傅跟我投缘，便不是你的后人，我也当帮上一帮的。再说，我还想再尝一次真正的天地同春呢。"

石奕武想要看个究竟，但车内隐约有馥郁的熏香升腾而起。他只觉眼皮重如千钧，沉沉下坠，四面皆有黑暗涌起，将他拖入无梦的安眠。

·四·

她潜入牛车之时，是在子时后半。

这个时候，车内的人皆沉沉睡着，连车外那只雪白的母牛都闭了眼在假寐。她全身都裹在黑色劲装里，身量纤细，便如同月光下的一道影子。阴暗中，那只镶嵌着珍贵贝壳的食盒暗自生光，被那小师傅紧紧地抱在怀里，她伸手握住食盒，悄悄地一点点往外抽，还差一点就要到手，旁边案几上的纸伞忽然立了起来，一下就打在她拿着盒子的手背上。

她差点就惊叫出声，终于强忍下来，几乎连牙都要咬掉，勉强出了牛车。

外面的月色正好，有一个人负了双手，站在齐膝深的野草中，正在等她。那人的前襟绣着只生着角的白狮，盘绕在云雾当中，分外显眼。

她忍着手上的痛，还是行礼：“常青公子。”

“鹤菡。”常青语气淡淡的，也听不出情绪，“怎么，琅琊王也想要天地同春？”

“区区一盒糕点，怎能入得了王爷的眼？”

“这么说，果然是为了那困在桥下之物。”他叹息，“我料想琅琊王会派人过来，却没想到来的人是你。鹤菡啊鹤菡，你本来可以一飞冲天，四海遨游，怎么偏就做起暗羿来？”

她神色渐渐凄惶：“若还能回家，谁愿意留在人间？莲心塔现，通天引绝，如今回是回不去了，只剩下被困在这里，慢慢地被人类绞杀一条路。所幸王爷不嫌弃，愿意收留我们这些失群之鸟，做羿师，或许还能多活些时日。”

他缓缓地摇头：“我确也听闻，琅琊王在收集与妖兽相关之物，同时也收留走投无路的妖兽。可就算如此，你也不该为虎作伥。”

他从袖中取出一幅画卷来，徐徐展开，那画卷自动飘浮在空中，露出其上描绘着的一只猛兽：状如赤豹，却有五尾一角，正无声咆哮——是一只狰。

“听我一句劝：琅琊王暗中必另有所图。放下盒子，逃生去吧。”

他手中画笔悬在空中，就要点上狰的眼睛。鹤菡一咬牙，整个人朝空中一扑，化作一只黑羽红顶的仙鹤，抓了那食盒想要飞走。狰却早已扑出了画卷，跟在她身后，一口咬在她的尾羽上。她奋力挣扎，但翅膀带伤，发力不及，终于被按在爪下。

常青踱过来，要拿那食盒。她瞪起眼来，质问道：“麒麟血何在？”

有一个刹那，常青的面上现出了迟疑，她没有错过这个机会，从狰爪下挣脱出来。

“取麒麟血，再开通天引。公子的承诺，如今都忘记了吗？”

那仙鹤抓着食盒在半空中盘旋，一声声地唳着，听在他耳朵里，却是这样一句话，字字都砸在他心口。

鹤菡未曾想到的是，翅膀上的伤比她料想的要严重。她虽勉强逃脱，却飞不多时，便连同那食盒一起坠入树丛。她在地上滚了滚，挣扎着起来，便听见那狰的鼻息咻咻不停，在附近寻找她的踪迹。她趴在原地再不敢动，悄悄化为人形，在地上一寸寸地朝食盒挪过去。斜地里突然伸出一只脚来，踏在食盒上。

“师、师傅！”

姬文珍没有理睬她，飞快地蹲下身来，将那盒子抱在怀里，用袖子将上面的泥仔细地都擦了，才满脸堆笑地过来摸她的头：“乖徒弟，知道师傅想要这个，所以特地去偷了来，准备孝敬师傅是不是？”

“是……”

“说的比唱的还好听！亏得我一直都在牛车旁边，听了个一清二楚。”姬文珍变了脸色，“原来你是琅琊王的探子，也想要这天地同春。谁知螳螂捕蝉，黄雀在后，倒是替我省了不少的麻烦。”

她站起来要走：“谢了，好徒弟。”

话音未落，鹤菡手中细刃闪动，朝姬文珍猛刺过去，但她毕竟有伤，失了准头，姬文珍朝旁边一闪，险险躲过。

“还给我……”鹤菡声音嘶哑，她原本就已经孤注一掷，眼下一击不中，手一松，细刃重新化为羽毛，散落一地。

“好哇，不识抬举！我还没有跟你算骗我的账呢！”

姬文珍气得手抖，耳畔听得野兽的鼻息越发接近，反手便拨开树丛，将鹤菡一把推了出去。撕咬跟惨叫声声传来，她未曾回头，只顾着怀抱那只盒子，急急地朝自家车队的方向赶。

山路湿滑，又是夜间，她深一脚浅一脚，眼看已经到达能望见马车的地方。她走得气喘吁吁，将手扶在树干上休憩片刻。

“这个盒子我认得的。”忽然有娇媚的女声，犹如鬼魅，从暗中响起。姬文珍被吓了一跳，手中的盒子落在地上，一路滚动着，直到撞上了那自黑暗中浮现出来的朱成碧的脚。她弯腰将盒子捡起来，托在掌上，做出思考的样子来：“这盒子，不是小师傅那只吗？”

“这是我的！是我亲手做的天地同春！”

朱成碧只望着她，姬文珍挺起胸来：“怎么了，石师弟做得，我也做得。这盒子，这盒子本来就有两个！我送了师弟一个，自己还留有一个。”

朱成碧注视她良久，忽然露齿一笑，细碎的牙齿反着光：“若这果真是您亲手做的，便拿回去吧。”

姬文珍壮了壮胆子，料想她一个小姑娘也不敢将自己怎样，走过去接那递过来的食盒，没想到盒子却像是被粘在了朱成碧的手心里，她使出浑身的力气往外拔，盒子还是纹丝不动。

浓郁的芙蓉熏香氤氲升腾，将她团团包围。

“姬老板，这是您自己选的，将来可不要后悔。”

姬文珍头上淌下汗来，奋力一拔，这回终于成功。她忙着将其揣进袖内，一回神，朱成碧已经不知去向。

林间，唯有月光静静地洒下来。

·五·

对姬文珍来说，这次的尝春不同以往，是她出山从业以来名副其实的大日子。

老头子念叨了这么多年的天地同春，她从来是不信的，翻遍了《寻芳谱》也没找到，更加肯定了她的判断。谁想到师弟拿出来的鳞片，却让她动摇起来。那日在天香楼听闻师弟居然已经抢先做出了天地同春，她给惊出了一身冷汗，回家之后转念一想，却寻出了其中的商机。为了今日，她特地定做了一身华丽长袍，双袖上绣着仙鹤，为的就是好配怀中那只珍贵无比的蜃楼贝食盒。

如今她坐在尝春会场上，朝四周望了一望。她身后彩旗招展，右手侧坐着担任评委的嘉宾，薛头领、许知府均在其中。左手侧便是那残破的石桥，桥头只剩了一只石狮子，缺了半张脸。

琅琊王本人并没有现身，只是遣了一个婢女过来，说这本是民间聚会，王爷低调旁观即可。话虽如此，但他随即派人在嘉宾席后方用朱红镶金的木柱搭起了大帐，垂下了白纱，其间隐隐可见人影。不得不坐在那帐外的许知府们，看起来都是满头大汗，如坐针毡。

姬文珍却是满心欢喜。此时无夏城中其余的糕点店铺都已经将今年的新品展示完毕，在她看来不过是些庸俗的点心，如此看来，寻芳斋是赢定了，当下便款款站起身来。

“诸位！文珍于无夏开设寻芳斋至今，蒙诸位关照，生意红火。诸君中曾有人问起过文珍师承，也有人问，今年的尝春为何要选在此处，文珍这就回禀诸位。此处便是传说中梅生遇仙之处，文珍的师傅，不是别人，正是梅东璟的嫡系传人，从前朝至今，已经是第十一代了。”

众人议论，姬文珍踌躇满志，面上的笑意更加深了：“各位从寻芳斋买去的，可不是普通点心，那都是按梅东璟亲笔所写的《寻芳谱》所制作的，均是仙家珍宝。”

她举起了手中的食盒，朗声道：“如今在这里装着的，便是传说中的天地同春！”

此话一出，便如朝池塘中扔出一枚巨石，将人群砸出一阵惊呼。一旁早有她的小徒弟过来，接过那礼盒，恭敬地献给了坐在主位上的薛头领，他接过来，也不敢怠慢，转手给了一旁的许知府。

“文珍便是要借此机会，向诸位宣布，天地同春终于降临人间，同时也告慰先师在天之灵。”姬文珍闭了眼，双手合十，但她意料中的赞叹之声却迟迟没有响起。她皱着眉头一睁眼，见那盒子正被知府拿在手里，盒盖已经打开，知府捻着胡须，只是不语。十岁的孙儿坐在他怀里，低头看了看盒子，不解地抬头：“爷爷，这不是万紫千红吗？”

“是，是！”薛头领凑过来，“这就是万紫千红！”

姬文珍瞬间变了脸色，几步迈过来，一把抢过食盒。这动作太大，里面的点心掉了出来——金黄的面点被精心地塑成一朵牡丹，花瓣繁复，足有四五层。

“没错，那是万紫千红。”说话之人语气淡然，她分开人群，也走上了尝春台。双髻，罗裙，却是朱成碧。姬文珍恍然大悟：“昨晚叫你调了包！”

“昨晚可是姬老板亲手选的，况且，这万紫千红，难道不是你五年前初到无夏时的成名作？”朱成碧似笑非笑，“我倒是忘记了，也难怪你不认得，如今你恐怕很少亲自制作点心，都是由徒弟们代劳了吧？”

“空、空口无凭！”

“还要什么凭证？”朱成碧环视众人，抬高了音量，“诸位！你们看她那一双精心保养的手，指甲上染了花红、描着金粉，哪里像是糕点师傅的手！”

姬文珍连忙将手藏进袖子里。她这半生以来，从未如此窘迫过，只觉汗如雨下，一转眼在人群中望见了石奕武，怀里也抱了个一模一样的食盒。

她急忙奔过去，一伸手将他捞了出来，赔着笑：“好石头，之前种种都是师姐的不是，你且救上一救——诸位，诸位！这位是我的师弟，刚才只是文珍给大家开了个玩笑，他怀里这个装的才是天地同春，自然也是寻芳斋的作品，现在就给大家——”

“不。”石奕武清晰地吐出了一个字，安静地看着他家师姐，“这是给神龙的，不给这世上任何人。”

“傻子！琅琊王就在帐内，荣华富贵唾手可得！”

“师姐，你摸摸这盒子。”石奕武将姬文珍的一只手掌放在上面，盒内隐隐传来波动，如同一颗袖珍的心脏，“龙神在桥底下等了五百年，梅祖师寻了一辈子，师傅守到白头。这盒子沉得很呢。”他摇摇头，“那个什么王爷，我怕他买不起。”

斜后方传出一阵哈哈大笑，却是“那个什么王爷”自帐内开了尊口。他声线低沉优雅，犹如玉石相击：“既然如此，便将它献给你的龙神吧。”

石奕武站在桥头，便如之前的每一个惊蛰，他跟随师傅所站立的位置一样。他将盒子高举过头，用两只拇指轻轻地推开盒盖。

“开封。”他念道，同时将盒子降到胸口，“天——地——清——明——万——物——同——生——”

少年一字一字，拖长了语音，围观的众人一片宁静。仿佛有风自桥底起，绕那少年左右，再一波一波地吹向他们。顷刻间，人们只觉得身心澄澈，触目皆是新鲜的、深浅不同的绿。

“请龙神。”他倾倒了盒子。一只通体透明的小球朝桥下干枯的河床坠了下去。却仅仅落到半空，便突然消失了。

他伸着脖子朝桥下张望了一阵，又等了一阵，还是不见那小球落地，这才举着手，又是狂喜又是抽泣地喊：“师傅，师傅！我成了，龙神吃掉了，龙神吃掉了！你看到了吗？天地同春，是真的天地同春……”

他趴在地上，沾了一额头的沙子，堂堂男儿却哭得如同孩童。然而就在此时，大地却震动起来，他几乎摔倒，一翻身，却被一样东西砸在了脸上——它顺着他的脸一路滚下来，咕噜噜地连滚好几圈。

是那只透明的小球。上面的牙印还是新的。

他呆滞地回头，石桥下方，血红色的烟雾正在聚集。烟雾中探出一条龙尾，其上的鳞片泛着彩虹光泽，却残缺不全。碎石飞射中，一张类似于人类，却是数倍于人类面孔大小，而且生着龙角，面带龙须的脸从桥底缓缓升了上来，一双空白的眼中却没有眼瞳。

这是第一次，石奕武与一只陪伴了他几乎一生的妖兽相见。满脑子里却只剩下一句话：

“果真是龙啊……”

·六·

“来得好！”

雪白的纱帐掀动，一只光洁优美的手伸了出来，持着把乌黑的纸扇，直直朝向石桥和神龙。

“众羿师听令！”

“诺！”

娇声相应的，竟然是那些负责抬辇的白衣婢女们，她们聚在了琅琊王的大帐前，排出了阵法，个个都摘下了头上的金环。那金环在风中晃了晃，迎风而长，尽都化为金光湛湛的长弩。

朱成碧皱起了眉头：“赵家小子，你待如何？”

龙神甫一现身，众人便纷纷逃了——自幼听说梅生遇仙，只道是件风雅无边的事情，谁知道这妖兽形貌狰狞、体型巨大，跟风雅哪里有半点关系！连颜面扫地的姬文珍，也狼狈地逃走了。如今场中剩下的除了琅琊王帐下的羿师们，便只有天香楼的朱常二人。

那纸扇抖了抖，几个婢女赶紧回身，将雪白纱帐的外层一点点卷了上去，只留下最内层一道半透明的薄纱。琅琊王赵珩斜靠在榻上，薄纱掩映之下，他红唇白肤，俊美如画，一双含情脉脉的桃花眼，整个人仿佛都在从内朝外放射着光泽。

“五百年前，黑麒麟降世，开通天引，引无数妖兽肆虐神州。幸得莲灯尊者以肉身化塔，将其镇压在莲心塔下。阁下可还记得当初的誓言？”

朱成碧面色微动，隐隐咬牙。

“你不必用他的名字来激我，我说过的话，自然记得。这五百年来，凡敢侵扰无夏，侵扰莲心塔者，无论妖兽人类，哪个不是被我吞吃殆尽？但这条鼓并非在无夏出没，如此赶尽杀绝，又是何必？”

赵珩张口想要回答，却被一阵咳嗽打断了，他将手掩在嘴上挡着：“苍梧山离无夏太近了，今日不在，未必明日不在。”他接着又咳了两声，将那纸扇漫不经心地朝下一挥，由飞矢组成的箭阵骤然升起。

一直袖着手的常青朝前踏了一步。他从袖内取出一支貌不惊人的笔，将笔尖向下，滴出一滴浓墨，那墨悬在空中，竟然不散。他转了转手腕，朝上引出一道道螺旋。顿时有无穷无尽的浓黑墨汁盘旋升腾，犹如暴风，将那箭阵阻截在半空，挡得七零八落。

“‘妙笔生花’，名不虚传。”赵珩在帐内拍着手，“不过，我这里有二十四支箭，七十二种变化，常公子能挡得住多少？”

常青还未来得及回答，自石桥的方向便传来一声非人类的长声哀嚎。那人面的龙神原本趴在桥上，睁着对雪白的盲眼只是疑惑地嗅着，如今发起狂来，在桥上只顾着甩脖子，也不管身上鳞片纷飞，连石狮子都被撞得粉碎。

一支长箭赫然插在它眼中，鲜红的血随着它的挣扎溅落。在它身旁，以溅落在地的龙血为中心，土壤开始龟裂。一圈圈的野草随之枯死，化为灰烟，树林迅速枯萎，更远处的飞鸟从空中掉落，连一声哀鸣都来不及发出。朱成碧吸了吸鼻子：“踏破铁鞋，却原来，是要用这种血做引。”

常青握紧了手中的笔，待要再挥起来时，却被她从后面拽住了袖子。再回头，朱成碧却朝他摇了摇头：“这类妖兽，其名为鼓，《白泽精怪图》中有记载，人面龙身，乃是蚩尤后裔，却胆小至极，常躲在桥下谷中，有人来时，只学对方说话。只要不被惊动，它们可以在此躲藏数百年。但这一只，既被唤出，又被所伤，从今往后，这方圆百里要有二十年的大旱。”

这番话，她一字一句，说给那白帐深处的王者。

“赵家小子，看你干的好事！”

·七·

石奕武最初的记忆，便是四岁那年，他蹒跚行走在这座石桥上，踮起脚尖，伸手触摸那残缺的石狮子的脸。那个时候，他第一次听见了龙神的声音。

“是你吗？”那个声音在问，“你回来了吗？——你可带回了天地同春？”

那一次他落荒而逃。

然后他去问了师傅，然后他知道了梅生遇仙的传说，他知道了在很久很久以前，就在这里，有一个人类经过，他跟龙神许下了承诺，然后就离开了。

从那之后，五百年的岁月如流水淌过，而这个声音还在这里。

“为何龙神不跟师姐说话？”他曾不解地问。

“你师姐心里装的东西太多了。”师傅摸着他的头顶说，“倒是你，心里只能装得下一样东西。”

十五岁的石奕武跪在桥头，他刚刚做出了一生当中最接近天地同春的作品，但那枚被他视作珍宝的小球被龙神吐了出来，甚至还因此激怒了龙神。

他眼前隐隐发黑，四周仿佛都笼罩在一片黑暗当中，笼罩在这可怕的惨败里，但他仍望见，只有四岁的自己，握着小小的拳头，朝师傅发下誓言：“我要做出天地同春！”

从那时起，他的心里，便只有这一个愿望：要是我能做出天地同春，这漫长的等待，就可以结束了吧。然后，那个声音，就可以不用那么寂寞了吧……

龙的血竟然是冰凉的，还带着甜香。他伸手接了几滴在手心中，被那味道所吸引，还闻了两下。

“是这个！是这个！”狂喜中，他站了起来，习惯性地回身一摸，想要寻找案板上放面粉的袋子，却摸了个空，才想起来，这荒郊野地，上哪里再寻材料，再搭笼屉，重做一遍天地同春？

“咳咳。”从他身侧传来了咳嗽声。他一回头，常青靠在只剩下一节残桩的石狮上，正耍着手中那支笔：“先说好，灶台这等灰扑扑的俗物，本公子是不画的。”

石奕武立刻便要哭出来，他见状急忙改口：“不、不过，笼屉和蒸汽是可以有的！”

那只鼓像是知道石奕武正在做什么，盘起了长长的身躯，将他和常青二人绕在里侧，外面的人只能望见缕缕蒸汽，从龙身缝隙中升腾出来。

与此同时，身穿白衣的女羿师们并没有停止射箭。但大部分的箭都叫龙鳞给弹开了。

“死到临头，却还是只想着吃？”

“吃很重要的。赵小子你不懂。”

赵珩爆发出更加猛烈的一阵咳嗽，朱成碧等着他平静下来，才说：“这是人类给妖兽许过的愿。那人类客死他乡，却将这愿望一辈辈地传了下去，徒子徒孙，永志不忘。你的猎杀不能等等吗？”

“不能。”他干脆地回应，“本王时日无多——来人啊！取我的龙鳞箭来！”

被放在他手中的，是一柄装饰着翠鸟羽毛的长弓。琅琊王将一枚长箭架在弦上，箭头尖利，闪射着虹彩的光泽。

“还得多谢姬老板献给本王的龙鳞，要不是她，本王也不知道它躲在这里。”

他终于掀开纱帐，显露出身形。白衣的女羿师们齐刷刷地跪了下去。只剩下朱成碧，与持箭的他对视。

“看是它的鳞片厉害，还是本王这由鳞片制成的箭头厉害？”

利箭破空的同时，朱成碧身侧的梅花纸伞忽然飞了起来，撑开了伞面，将那枚飞箭拦在空中一绞，纸做的伞面顿时粉碎。飞箭的去势也被大大延缓，最终只在鼓的人脸上蹭出了一个小小的伤口。

那只鼓原本捂着伤眼盘在桥上，被这么一打搅，气愤地举起了一只爪子，就要朝射箭的人挥下来。

那只爪子却停顿在了半空。

“是，是你吗？”

所有的人类都听到了那声音。它直接响起在脑海中，沙哑、冰冷、疲惫。

鼓盘绕的身体松开了，于是人们看到了被它环绕着的石奕武，他正全神贯注地守在一只笼屉旁边，圆脑袋上满是晶亮的汗水，对外面发生了什么事情浑然不觉。有一个半透明的身影站在半空中，俯下身在看他。那影子虽是书生装扮，面容却是模糊的。

“是你回来了吗？”

盲眼的鼓神急切地嗅着，可他看不到。而鬼魂，似乎也是没有味道的。他嗅了一阵，失望地垂下爪子，连胡须都缩了起来。

“做好了！”石奕武却在这时候跳了起来，他打开笼屉的盖子，欢天喜地地将里面透明的小球取了出来，完全没有察觉到，此刻，那个半透明的身影降了下来。他的手臂放到了他的手臂之上，肩膀融入了他的肩膀之中。他俩一起恭恭敬敬地跪了下去。

“梅氏糕点第十二代传人，见过龙神。”石奕武与那鬼魂一起朝鼓磕了一个头，然后举起了手中的点心，露出了灿烂的笑容，“呐，来尝尝吧！”

这一道天地同春，让你久等了。

经过了五百年的跋山涉水，如今终于赶来相见。

还有，我回来了。

“哈哈哈哈！就是这个味道，就是这个味道！”

几乎在同时，在场的所有人类脑子里猛然间灌满了这喊声。四周的山岭一点点重新泛出了绿色。草叶从重新变得湿润的土壤中钻出来，鸟儿惊醒过来，扑闪着翅膀飞入空中，一树树的杏花和桃花竞相开放。

春天重新降临。

那只盘绕在石桥上的龙神，此刻开始一点一点地鼓胀了身躯，它现在变得如此庞大，以至于从尾端开始，一点点地变得透明起来，就好像它本来就是由云雾所构成的。接着它朝空中伸长了脖子，飞了起来，就像一团影影绰绰的雾气。正因为这个缘故，人们很难判断，在它的脖子上，究竟是否骑有那个半透明的鬼魂。

他们只知道自己当时被震得东倒西歪，好不容易再爬起来时，龙神已经跟着雾气一起消散了。

·八·

“只是因为多年前许下的一句承诺，便任由自己被困在小小一隅，这样的行为在你看来，蠢是不蠢？”

夜雾弥漫，在他们身前身后，是一树树新开的桃花和李花，在雾气当中上下不一地飘浮着。朱成碧朝前迈了一步，一脚踏在干枯的河床上，却回过头来，问跟在她身后的常青。

他眨了眨眼。

“你今天这是怎么了——咳，说正经的，明知道城郭之外便有自由天地，却还是死守一处，只为了一个缥缈无形的诺言，这样的人……”他望着她，眼神极尽温柔，“简直是无药可救的大笨蛋。”

朱成碧却理也不理，扭头便朝雾气中奔了过去。他愣了愣，也随在其后，见她很快停了下来，朝衰草深处低了头，怔怔地站着。他跟过去，只见四周碧草掩映之下，唯有这一处的草依旧是枯的。

枯草正中，是一具巨大的骨骸，风吹雨淋，已经残破不堪，只有头颅还能看出来人形，乌黑的眼洞静静地沉默着。

“我原先在想，鼓须得在有水的地方方能生存，如今河流已干，它却还能守在此处，甚至还能有鲜血——这倒是前所未见。没想到……你说得对，确实是个大笨蛋！”朱成碧朝草丛里踢了一脚，“梅东璟那个家伙也是！明明只剩一魂一魄，只因他临死前心愿未了，一口血喷在那纸伞上，这才跟由血绘成的红梅一起留存至今。可他偏偏要飞出去挡那支箭！”

她越说越气，鼓起面颊来：“亏得我将那把伞保养得那么好！这下魂飞魄散了，可算趁了心愿了吧！”

常青默默地捂住了眼睛。

“我是有多蠢，才会以为你居然在自我反省？”

“算了！算了！但害得我没有吃到天地同春，这笔账总是要算的！”朱成碧蹲了下来，自荒草间捡起一根寸许长的雪白尾骨。

“你要干吗？”

“这根骨头回去磨一磨，做个喝火锅汤的勺子总是可以的！”

“真的要用上回那只神农鼎？暴殄天物啊！”

大梁崇安十年，惊蛰，苍梧山桃仙谷草木枯败，波及十余里，翌日即复。桃李同开，山杏芬芳，终年不谢。人奇之，掘谷底，得巨龙骨骸十余车。

第五章 芙蓉焰

·零·

他如约赶到时，天空中的一轮新月恰好被涌上来的云团所吞噬，只留下一角残余的光亮。

借着那点光，他一眼便望见了湖边等待的牛车。四周尽是白茫茫的芦花，在微风中起伏，牛车帘幕低垂，寂静无声，其间连盏灯火也未点。想起车内等待之人，他不禁欢喜起来，一路涉水过去，也顾不得弄湿了衣裳。

“婉儿？”

他在车窗外敲了敲，压低嗓子喊道。车内却依旧是一片沉默。

莫非，这是个圈套？他猛地警觉，立刻背靠着牛车凝神静气，朝四处张望。天幕低垂，四野静寂，唯有远处传来窸窸窣窣的草叶摩擦声，是那头被放开的拉车的牛，正在慢条斯理地咀嚼着。他松了一口气，又翻过身来，两根指头搭着车窗的边缘，朝里望去。

月光虽然模糊，却还是渗了些许进车内，映出端坐其间的妇人的剪影。他望见了绣有凤鸟纹样的腰带，再往上，是他曾经无比熟悉的下巴轮廓，还有胸口一段雪白肌肤。

“婉儿！”

他胸中激荡不已，伸手就要去掀那车帘，帘间却忽然现出一截利刃，直指他的心口。

“你这又是何必？我的为人，你还不清楚？”

“你的为人，我再清楚不过。”那妇人缓缓开口，“所以这把刀才在这里。”

他胸中纵然有再多的热血，此刻也凉了，苦笑道：“既然如此，你为何又前来赴约？”

“我想要个了断。”

“了断？”

一只锦缎制成的荷包被扔出了车帘，沉重地砸进芦花间的泥地。

“这里是十两黄金，拿了去，江陵、云珑，哪里不能开你的梳子铺？”

“这是要赶我走啊！”他慢慢地咧开了嘴，“是怕我跟琅琊王泄露了你的秘密？”

“王爷胸襟广阔，早知我出身贫贱，却仍旧是宠眷不衰。”

“是吗？他连你我二人之事，也尽知晓吗？”

他趁她露出一瞬间的失神，突然闯入帘中，握着她持刀的手腕朝旁边一扭。那刀哐当一声，掉在一旁。他再顺势一拉，将她整个拉入怀里，她的身子开始还僵硬，后来也慢慢地软了。

“婉儿……”他尽量柔声道，“我这次来，就是要带你走。今日是你的生日，我给你备了一件礼物。”

他将那物件从袖里取了出来，摊在手掌上，朝她递了过去。是一柄半圆形的发梳，梳身上刻着一只展翅欲飞的鸟，周围围着一圈细小的火焰。

“这些年我走遍神州，终于找到传说中的犀角，做得这件你最爱的插梳。你还记不记得小时候，你总是扎不好辫子，总要我替你梳头？我那时便说，这么笨的姑娘，倒不如嫁给我，我日日替你梳头。”

那贵妇人将那梳子捏在手里，紧贴在胸口。

“我记得，所以我在等。一个寒暑，又一个寒暑，陈泽，我等了你足足十年！你若肯早来，我心口还有一丝活气，到如今，只剩灰烬了！”她的声调哽咽，“更何况，王爷待我情深意重，我不能负他。”

“婉儿！”

“你的婉儿早就死了，你得称我琅琊王妃。”

他还要近前，她却操起一旁的刀，将刃放在自己脖子上。

“这些年来，我也想明白了。你我虽有情，却注定不得长相厮守，全都因当年一时贪图口舌之欢。天网恢恢，果真疏而不漏。”

“你胡说些什么！不过是吃了几个鸟蛋……”

怀中的身子忽然发起烫来，叫他不由自主地松开了她。她朝他抬起眼帘，一双眼瞳犹如融化的黄金，照得睫毛都根根通透。他哪里见过这等骇人的景象，朝后一退，撞在车壁上。一时间，车内光芒更盛，她寸寸肌肤都在龟裂，裂口中朝外透出光线，终于照亮了他曾经朝思暮想的容颜。

那妇人望向空中，表情似有所悟，竟渐渐露出喜色，红唇微张，吐出感慨：“没错，我还记得当年那蛋的味道。真美味啊……”

猛然间，有火焰自她体内炸裂，如巨蟒般将她层层包裹。他惊叫着，一下子滚出了牛车，落进池中。被冰冷的水一激，他清醒了几分，用衣襟兜了水，一兜兜地泼向牛车。

“婉儿，婉……”

他忽然愣住了，缓缓松手，手中湿透了的衣襟垂落在地。他的婉儿端坐在火焰中央，面上却没有丝毫的痛苦神色，只有诡异至极的平静微笑。他眼睁睁地看着她皮肤翻卷，五官融化，白骨炸裂，一点点化为灰烬。

在她身边，还掉落着那只描画着朱雀的插梳。

他再也忍耐不住，扭头狂奔起来。

· 一 ·

巡猎司在无夏的总部叫人给炸了。

爆炸发生的时候，云敦正在街口李大娘的包子摊上吃早饭。他才刚将一只梅干菜扣肉馅儿的包子塞到嘴里，便听得身后“轰隆”一声巨响，巡猎司门口的石狮子紧贴着他的后背就飞出去了，他一扭头，望见另一只在原地摇晃了一阵，也朝一侧倒了下去。

“我那时的反应那叫一个快，当时心里就转了好几个弯。”云敦事后跟人夸口，“巡猎司虽说只是捕猎妖兽，却也保不齐得罪了哪些乱臣贼子，要真有人存心滋事，埋伏在内，我若从正面冲进去，岂不是正好落入网中？幸亏我多了个心眼，绕到后门，爬上那棵歪脖子柳树——”

“嘴里还衔着包子吧？”

云敦不好意思地挠着脑袋。

“李大娘的手艺这么好，总不能浪费啊。”

云敦叼着包子趴在树梢，朝院子里张望。巡猎司的总部是处四合院，自从翰林院的徐疏影学士借调过来之后，总教头鲁鹰让羿师们将东厢房全部腾出，供徐学士摆放他那些沉得要死的古旧书简和不计其数的瓶瓶罐罐。现在，东厢整整一面墙都垮了，院子里一片狼藉，到处都倒着灰头土脸的羿师。云敦先是心中一紧，接着见他们尚在辗转呻吟，这才放下心来。他跳进去，将其中跟他相熟的先扶起来，帮着拍打身上的灰。

"谁干的？贼人在哪儿？"他咽下最后一口包子，摸着腰间的弩箭问。

那家伙有气无力地抬起一只手，指向东厢。那里烟气缭绕，尘埃飞腾，隐约显露出一个身影。云敦立刻以标准的姿势半蹲在地，举起了弩箭开始瞄准，但很快又疑惑地偏了偏头。这人的身材肥滚滚的，完全不是当刺客的材料，更可疑的是，他的动作未免也太过于笨拙了，几根断梁就差点将其绊倒。云敦眼看着他被灰尘呛得连连咳嗽，一路跌跌撞撞地摸索到了一道残墙，立刻趴了上去，露出一张熏得漆黑的脸。

这脸看起来颇为眼熟，如果添上胡子，再加上顶纱帽的话……

"徐学士？"云敦丢了弩箭，站起来喊。

"咳，刚才记到了哪里？"

羿师们就地找了张还算完整的椅子，徐疏影坐了上去，脸都没顾上擦，便唤着云敦过来赶紧拿笔记录。他原本就胖，如今脸上没了胡子，更显滑稽，云敦不敢看他，生怕自己一不留神便笑出声来，只凝了神去念自己刚才写下的字：

"朱雀羽通体金黄，顶端分四股或五股不等，可瞬间自燃。"

"嗯，再接着写，万不可将其放在硝石和硫黄附近。"

舒巡检正指挥着羿师们打扫院子，检查损失，听得他们这么一说，也凑了过来。他是个精瘦黝黑的中年人，颧骨突出，花白的胡须根根四散。

"这么说，昨晚的证物，徐学士分辨出来了？"

徐学士点着头，一面用帕子擦着脸。

"没错，没错！四股金羽，那就是朱雀！昨晚鲁教头带回来的时候，我还不敢相信。还记得十六年前盘云村闹过一次朱雀，之后世间再无人得见，我还以为它们就此灭绝了呢。如今看来，尚有希望！"他两眼发光，说得高兴，又转头四顾，"鲁教头呢？得禀告他才是。"

云敦身边所有人的动作都在同一时间出现了短暂而微妙的停顿。舒巡检颇不自在地低咳了一声。

“鲁大人去平乐坊了。”

对云敦来说，平乐坊是个完全陌生的词。他人生的头十六年，都是在无夏城北的嵬嶷山中，跟着当猎户的爷爷一起度过的，身上这件崭新的羿师制服才穿了十来天，摸起来甚至还有些烫手呢。但除他之外的所有人都知道这个词的含义，连平日里呆呆的徐学士都露出了了然的表情。

“又去，何时？”

“昨晚从芦花池边回来，将证物交给徐学士后便去了。”舒巡检回答。

“现如今天都亮了。”

“整整一晚？”

“唉唉，春宵苦短啊。”

“只怕要花掉半个月的俸禄了。”

羿师们压低了声音窃窃私语。

“你们究竟在说啥？”云敦好奇心大起，舒巡检却在一旁咳了咳：“打扫做完了，就都闲在这里？今日的五百次射靶练习完成了吗？”

此话一出，众人纷纷闭了嘴，挨个过来拍拍云敦的肩膀，在他央求的目光中摇了摇头，走开了。倒是舒巡捕停了片刻，问他：“听说你对鲁大人颇为敬仰？”

“是！”云敦挺起胸膛，“鲁教头在我们那里可出名了！天下第一神射！就是为了这个我才来无夏做羿师的！”

“那你去吩咐厨下给鲁教头炖点鸡汤补补吧。”

“为啥？”

“废话那么多，叫你去你就去！”

简直叫人无法容忍！云敦对鲁鹰的事迹可谓是滚瓜烂熟，从小便守着村里唯一的盲眼说书人，央他将鲁鹰的故事讲了一遍又一遍。鲁鹰不到十五岁便得到追日弓，接着战穷奇、斩巴蛇，少年英雄，一战成名，是何等的风光，却偏在此时发现挚友竟然是白泽所化，遭遇背叛，因此才一路追杀白泽到无夏——凡此种种，他闭着眼睛也能数得出来。但眼下，居然出现了新情况，所有人都知道，偏偏唯独他不知道!

徐疏影刚从椅子上抬起了半边屁股，云敦便扑过去，生生又将他按了回去。徐学士往右边躲，他也往右偏，往左边躲，又叫他挡住了。

“徐大人！”云敦努力做出这辈子最为可怜的表情，只差生出条尾巴来左右摇摆。

“咳，其实也没啥，平乐坊是无夏的歌姬坊，鲁大人去见曲焰姑娘了。”

“喔——”云敦恍然大悟，一手放在下巴上，点了点头，“我明白了。”

“你明白什么了？！”

照徐疏影的说法，鲁鹰乃是曲焰的知音。

与无夏城平乐坊中的其他歌姬不同，曲焰并非自幼便入了教坊，而是不请自来。大约一年前的一个雾气弥漫的清晨，她忽然出现在平乐坊的门口，背着一张十二弦的凤头箜篌，琴头用的是沉香描金的乌木。这半路入行的举动自然遭到了教坊里妈妈们的无情嘲笑。但当她从肩上取下箜篌，弹奏出第一个音符，妈妈们却纷纷变了脸色。一曲终了，四下里鸦雀无声。那可不是什么“杨柳岸晓风残月”的寻常温柔调，而是一首“风萧萧兮易水寒”的荆轲刺秦。

曲如其人，曲焰本人也是冷若冰霜，面上连脂粉都懒得施。如此特立独行，名声却一日盛过一日，连某位万万不能提起名字的贵人也特地从云珑城赶过来，想一睹芳容，竟被曲焰拒之门外，只能隔着厚厚的帘幕，望了一眼她的侧影。

“果真艳若桃李。”该贵人感叹。

某日，一只化蛇于闹市中现形伤人，巡猎司鲁教头带人一路追进了平乐坊，正遇上曲焰端坐于屏风之后，正在弹奏破阵曲。他听了片刻，竟张弓搭箭，一箭朝曲焰射去。屏风应声而倒，曲焰将指尖按在最后一根颤动的弦上，缓缓转过脸来看了他一眼。

以鲁教头的见多识广，竟也下意识地心中一顿。那一眼流光飞转、咄咄逼人，犹如当胸而来的巨石，避无可避。在她裙边，那只化蛇被一箭射穿了七寸，正在垂死挣扎。

“原来那妖兽挟持了曲焰，她无奈之下正以琴音求救，座下诸多风雅才子、达官贵人，却无一人听出她的琴意，唯独叫咱们鲁大人听了出来。”徐疏影拈着仅剩的几根胡子，“这正是高山流水，恰逢知音啊。只可惜，曲姑娘身为歌姬，又如此盛名在外，鲁大人纵有意，此事恐怕也难……”

云敦跟他一起皱着眉，连连点头。

“我、我这就让厨下给鲁大人炖鸡汤去，要乌鸡！”

·二·

晨光熹微。

东面的花窗中央是一对儿用整块乌木雕出来的鸳鸯，原本面目模糊，此刻也在晨光中一点点清晰起来。曲焰伸了手指，沿着那雄鸟的羽冠描绘着：它侧了头，正痴情地望着它的爱侣，雌鸟将脖子靠在它身上，在它们上方，垂着一片足以遮风挡雨的荷叶。

她出神地望了它们一阵，忽然惊醒一般缩回了手指，又回头去看那坐在她客室内整整一夜的人。

鲁鹰手中拿了一根筷子，盘腿坐着，正将几只龙泉窑的茶碗在地面上摆来摆去，对她的凝望丝毫没有察觉。

曲焰将她的凤头箜篌取了出来，抱在怀里，款款走过去，他也没有回头。直到她开始调弦，颀长的手指在弦上一根根地抹了过去，最终挑动最后一根，发出“铮”的一声。

鲁鹰抖了抖肩，略微抬头。

“思虑过多，恐走火入魔，鲁大人小心。”

“多谢。”他转过头来，眼神总算是落到了她身上，略有笑意，“姑娘今日在唇上涂了胭脂，之前倒是从未见过。”

曲焰移开视线，面颊微微发烫。

“不过是随意涂着玩儿罢了。”

鲁鹰又埋下头去，将那几个茶碗挪来挪去。

“昨晚分析了一夜，还是未想通？”

“此案有两处疑点，第一，若巡城兵士抓住的那个梳子匠所言不虚，是琅琊王妃约他在湖边相见，为何非要选在夜里，还要在如此偏僻之所？”

“这还不简单？”曲焰漫不经心地开始调下一根弦，“那人在撒谎。”

“我也疑心他有所隐瞒，但他连呼冤枉，说他甚至还尝试过泼水救人。从牛车上泥水的痕迹看起来，这点倒是所言非虚。现场既无灯油残留，也无火石痕迹，反倒是掉落了不少奇异的四股金羽。这案恐怕真的另有蹊跷。”

“和妖兽有关？”

“没错，我已经将羽毛给了我司的徐学士，他博闻强记，相信很快就能辨认出来。”

鲁鹰想得出神，拿起手中的茶碗就要喝，杯沿磕到了牙齿才反应过来——昨晚喝了一夜，茶早就喝干了。曲焰放下箜篌，膝行过来给他重新斟满，他看也不看便喝了一大口。

“还有便是第二了，凡被烧死之人，无一不是蜷缩成团，表情痛苦。但琅琊王妃的骨骸却是盘腿端坐，尽管肤如焦炭，面上却还残留着微笑。”

无论怎样想，都很难掩饰那笑容当中的诡异之处。鲁鹰想了一阵，仍无头绪。这边曲焰已经再度抱起箜篌，弹拨的是可定神明志的清心咒。往日里若他有案件，思虑不透时，她便弹这曲子给他，可纾解胸中烦闷，有时一曲未了，他便已经想出了头绪。

今日却与往日不同。鲁鹰听到一半，便开口问道：“曲姑娘，你有心事？”

“怎会？”

“我不过是个粗人，音律之事一概不懂，偏偏却能听出你的琴意。你今日颇为犹豫，若是想到什么，不妨直说。”

“奴家也没有想到什么。”曲焰垂着眼帘，“只是觉得奇怪，最近这样平白无故地就自己烧起来、却面带微笑的事情，像是出了不少。”

“没错，你这么一说，我也想起来了，城北布商，还有兴善街姓李的泼皮，若真算起来，琅琊王妃是第三人了。只是前两桩按检司都已经结案，说是意外事故。莫非这三人之间有什么关联？”

“这奴家倒是不知，奴家只是在想，这杀人方法如此古怪，那行凶之人，说不定也得先找人试验一番。”

“你说得对！这三桩案子，极有可能是同一人所为！曲姑娘，你果真是我的福星！”

鲁鹰一下子站了起来，却忘记盘久的腿已经麻了，差点摔倒。曲焰用袖子掩住嘴，唇边却没有笑意。

“瞧你欢喜的，跟个孩子似的。”

一抬头，他已经站在了她身边，眼神灼灼。

“曲……焰儿。”他低声言道，声音嘶哑，“这些日子来，我常想，你若笑起来，会是什么模样？”

她被那眼神望得有些受不了，只觉得皮肤灼热，觉得自己的血都要沸腾起来，烧出火焰来了，所以只是低了头，将那十二根弦数了又数。

“奴家早年遭逢变故，从那之后就不会笑了，也不会哭。”

有短暂的一刻，他略微加快的呼吸就在她耳边。她的心跳也跟着加快了。那些尚未被他召唤成形的言语，就在他们之间悬浮，她连它们的形状都能看得一清二楚。

但他终究还是退后，推门出去了。

曲焰又低眉弹拨了一阵，箜篌的调子却越来越高亢激烈，犹如大雪纷飞的破城之夜，黑暗中刀剑的光芒破空而来，鲜血与烈焰一起在她的指尖交织，却在到达最后的高潮之前，叫她自己生生地将全部琴弦都按住了。

她呆呆地望了一阵空中，忽然起身，将一扇靠墙绘着葵花和鹦鹉的屏风推向一侧，屏风后是一堵平常的墙壁，不知何人在上面用极粗略的笔法，随意描了几根墨线。就这寥寥的几笔，便勾勒出了远处悬浮在半空中的仙山，山上宫殿林立。一轮圆月被簇拥在卷云当中。

看得久了，便会觉得那卷云渐渐舒展，而自仙山之后，竟然飞出一样手掌大小的物什来。那是架孩童玩具般的牛车，拉车的是只雪白的狻猊，它四掌腾空，在空中如履平地，渐渐地越靠越近，车头上挂着的圆形灯笼左右晃动。

上面写着一个斗大的“朱”字。

曲焰整了整袖，规规矩矩地跪了下去，头顶紧贴着地面。狻猊停在她前方，左右甩了甩背毛。牛车前飘荡着半透明的车帘，上面浮动着手绣桃花。娇媚的女声响了起来。

“我来取这个月的份。”

曲焰默默起身去了内室，很快托了一只四角垂着流苏的软垫出来。垫子中央卧着枚小巧的蛋，闪着宝石一般的冰蓝磷光。她将垫子双手举过头顶，车里伸出一只女子的手，接了过去。

“怎么这次劳烦姑娘亲自来取？”

“我是来提醒你一句，最近这些时日来，蛋的味道发生了变化，连我的客人们都快要有所察觉了。”

曲焰却只是不语。

“你既动了情，却又为何不肯言明？依我看，他未必对你无情。”

“人妖殊途，奴家与他，所隔何止天堑。不过是徒增烦恼而已。”

“虽隔天堑，别忘了你身有双翼。”

“姑娘说得轻巧。”曲焰抬头，“姑娘身边，难道不也是一直带着个人类？既不敢轻易靠近，也不肯放他离去，踌躇至今？”

此话一出，帘幕后面立刻隐隐有深重的阴影弥漫，牛车的形状朝两侧胀鼓开来，仿佛有猛兽困在其中，正不甘地挣扎。娇媚的女声带上了回响，有如咆哮。

“与你无关！”

那咆哮带出了炽烈的风。曲焰在其中衣袂翻飞，却依旧面无表情。待风过之后，她略微行礼。

“是奴家僭越了。”

“罢了！我知你五十年之期将至，但绝不可波及莲心塔。”

“否则？”

“我会吞噬你。”

曲焰再次低伏在地。

“若有那一日，奴家欢喜不尽。”

·三·

“一别数载，无日不相思，今偶获珍宝，欲献与卿。新月夜，芦花池畔，再见故人。”

云敦手里的纸条只有寥寥数语，并无落款。它原本是被卷成细细的一小条，他颇费了一番工夫才将它展开，将上面的字念出。

鲁教头看也不看他，只朝他伸出一只手，云敦赶紧将字条递给他。他将字条放在桌上，压上两根指头，推了出去。

“陈师傅，这上面的字，你可认得？”

他们如今所在之处，是巡猎司临时关押疑犯的一间简陋囚室。室内只有一桌一椅，窗户和门上都落了锁，墙上尽是斑驳的霉迹。巡城士兵抓住的那个自称是梳子匠、叫作陈泽的男人就坐在唯一的那张椅子上。这是个四肢短小的矮个男子，颧骨突起，面色阴沉蜡黄，睁着两只浑圆的绿豆一般的小眼睛。

“我自然认得。那是我亲笔所写。”

“果真？陈师傅还是好好看过再说，这字条是从琅琊王妃的贴身婢女身上搜出来的。”

“王妃多年前曾托我替她寻一把用犀角做成的梳子，我费了些工夫，这才寻着。这些实情，之前我都说过多次了。”

“一把梳子，便值得朔夜相会？”

“大人，你可知那犀角有多珍贵？点而燃之，可通幽冥，便是死去多年的魂魄也可前来相会。”陈泽的小圆眼睛里跃动着烛火，“王妃于我有知遇之恩，我绝不可能加害于她，这一点也说过多次了。”

“我信你。”鲁鹰点了点头，他从怀里取出一样物件，正是那把绘着朱雀的插梳，问：“云敦，你管这叫什么？”

“哎？”云敦忽然被点名，愣了一下，“栉子？”

“陈师傅，你管这个叫什么？”

“……插栉。”

“若我现在问的是外面的任何一个人，他们都会管这个叫作插梳。整个无夏，不，整片江南，这样东西都会被叫作插梳。徐学士考究过，插栉是唐朝的叫法，到如今，只有一些深山里的村落因为交通不便，才残有插栉的叫法。陈师傅，你是哪里人？”

“嵬嶷山盘云村。”

“真巧啊。”鲁鹰若有所思地抚摸着脸上的伤疤，那道疤从左侧眼角一直延伸到嘴角，给他平添了几分煞气。

“我却还认得另外两位盘云村人：葛亮，城北布商，十年前迁居无夏。半月前与手下伙计发生争执，忽然身上起火，家人冲入施救，见火焰呈金黄色，遇水不灭，而他端坐火焰之中，狂笑而亡；李九增，原是兴善街上的泼皮，欺男霸女无所不为，七日前忽然销声匿迹。邻人疑惑，破门而入，见床榻尽皆烧毁，其间唯有灰烬而已。我手底下的羿师们探访了他的邻人，知道他平时里将梳子，也唤作栉子。”

“陈师傅，莫不成，这二人都与你有关？”

“凑巧而已。”陈泽面上毫无表情。

“好个凑巧。陈师傅，你可读过一本民间颇为流行的话本，叫作《神州妖事录》的？”

“啊，那书我知道！”谈话间出现了云敦熟悉的部分，他插话道，“疏星楼主写的嘛，我可爱看了。哎，里面也有关于我们盘云村的故事嘛，就是讲一对儿朱雀……”

忽然间，他想起徐疏影所说。四股金羽，这是朱雀的羽毛。

“一个身量短小的孤儿，在村中受尽欺凌，忽然有一日，竟叫他引来了朱雀，还是一对儿。盘云村几乎在火焰中毁于一旦，还是村长紧急向无夏求救，调派了羿师过去，杀了雄鸟，雌鸟却消失了踪迹。陈师傅，这故事听起来，是不是很耳熟？”

陈泽不发一语，他在桌下紧握着双手，身体前后摇晃。

鲁鹰叹了一口气。

“我派去盘云村的羿师刚刚飞鸽来报，葛亮是村长之子，李九增从小就是他的跟班。两人当初在村里时，没少干欺凌弱小的事情。据说他们二人最经常欺负的一名孤儿，竟然也姓陈。”鲁鹰在桌上轻扣着手指，“你如今既得了朱雀的帮助，想要报仇，也是人之常情……只是不知道琅琊王妃如何得罪于你，遭此横祸……”

“不！不是我做的！我也没有杀婉儿！”陈泽激动起来，张开两手，像是要朝前扑出。

“好大的胆子，敢直呼王妃闺名！”

云敦抢先一步绕到他背后，抽出随身的刀来用刀鞘将他压在桌上。他挣了一阵，动弹不得，却咯咯地怪笑起来。

“你笑什么？”

“我笑你，大错特错。我跟婉儿青梅竹马，情深意笃，陈某便是肝脑涂地，也不会伤她。”

“那也难说。”鲁鹰站起来，俯视着他，“琅琊王是何等神仙般俊逸出众的人物，既有王爷钟情，王妃怎么会依旧留情于你？她不肯从你，你激愤起来，索性让朱雀连她一起烧死，也是有的。”

“胡说！”

陈泽激烈地挣扎起来，他虽瘦小，力道却非常大。云敦一面奋力压住他，一面心里诧异。

“你们如此污蔑于我，我若有朱雀的火焰，第一个要烧死的就是你们！”陈泽偏过头来，小眼睛中闪着犹如野兽的光，“只可惜陈某有心无力。你们休想从我这里得知真相，慢慢摸索去吧！哈哈哈！”

云敦跟在鲁鹰后头出了囚室，往门上挂锁的时候，还能听见他在门后疯狂的笑声，正在颠三倒四地喊着：“我还要把你们也一起吞了！连着骨头一起嚼！从蛋里活生生拖出来！那味道美妙无比，你们永远也无法想象！”

鲁鹰行走在深夜的巷道之中。

青石板上湿漉漉的一层，地面洒满月光，除此之外，唯有他的脚步声在两侧的墙壁之间回荡。忽然间，眼前的月光被交织的翅膀所割裂，两只足有半人高的海东青一先一后地飞落在他面前，挡住了他的去路。其中一只磕了磕喙，朝一侧偏了偏头。

妖兽！鲁鹰紧紧地盯着它的眼睛，一面缓慢地伸手。在他背上，那柄式样普通的长弓微微地颤动起来，弓身上的纹路在暗中发光，正是被层层云纹托出来的一轮太阳。

有优雅的男声从他身后传来，低沉悦耳，犹如玉石相击。

“鲁教头不必紧张。这是我的暗羿。”

“王爷！”

鲁鹰正要下拜，那男声又说：“不必了，我从未来过此处，你也从未见过我，何必行礼。”

“属下明白。”

“听说你抓到了谋害王妃的凶手。”

“是有一名疑犯在押，但那人疯疯癫癫，言谈中可疑之处甚多，未必便是真凶。属下尚需探察……”

“婉儿虽只是侧妃，却一直受本王宠眷。”那男声轻缓，却有压迫感层层逼来，“只怕我这两只海东青，饿得紧了，等不到你查清楚，便想要吃人肉了。那人现在何处？”

鲁鹰抱拳：“王爷，属下的职责是追查真凶。此人一日没有定罪，便一日只是个普通百姓，滥杀百姓，于追查真凶并无益处……”

一阵激烈的咳嗽从他身后传来。平息下去后，那男声中平白添了阴霾。

“为了如此恶徒，你竟不惜违抗我？”

鲁鹰保持着抱拳的姿势，沉默不语。

“也罢！我只给你两日，两日后若是还找不到谋害婉儿的凶手，拿你的肉喂它们也是一样的。”

海东青蓝到几乎发黑的眼珠在对面转动着。

“恕属下冒昧，王妃可是嵬嶷山盘云村人？”

“不错。”

“属下斗胆再问一句，遇害当日，王爷可曾注意到她是否有什么异常举动？”

“当日是婉儿寿辰，本王特意在春来阁为她设宴祝寿，连天香楼的朱成碧这次也亲自操持，上的是近来风头正旺的那道‘芙蓉焰’。若说有什么不同寻常的地方……”琅琊王沉吟了一会儿，“婉儿向来不是饕餮之徒，那日吃下芙蓉焰后，却愣愣地坐了一阵，面上竟然还流下泪来，说：‘有生之年，没想到还能再吃到如此美味！’”

鲁鹰将牙咬得咯咯作响。

“果然又是天香楼！”

·四·

“简直是一派胡言！你是在告诉我，无夏城内凡是自焚而死者，均是因为吃了我天香楼的菜肴？”

鲁鹰眼前之人抬起一边的眉毛，不敢置信地问。这人是天香楼的账房，姓常名青，在旁人眼里，是名相貌出众的年轻公子哥儿，待人也温和有礼，经常笑眯眯的。但在鲁鹰看来，这人完全是只笑面狐狸，纯黑芝麻馅儿的汤圆。连他总是宣扬的“因为欠了天香楼朱掌柜的三百两银子才困在此处”的理由，听起来也万分可疑。

“我派人探察过，葛亮和李九增在死前确实都吃过天香楼的一道菜，跟琅琊王妃在那日的寿宴上所吃的菜相同。”

“什么菜？”

“芙蓉焰。”

常青朝一侧抬了抬嘴角。

“鲁大人，你平日里只知道练箭，对无夏城里其余的事务不甚关心吧？芙蓉焰不是新品，从第一次上市至今已经摆了将近一年。而且，朱掌柜这次做的可不仅仅是一道菜，而是包含着芙蓉焰在内的整整一桌宴席。”

他慢吞吞地将桌上的几叠账本，连同一只红珊瑚做算珠的算盘朝一旁挪了挪，从桌子底下拿出来一只签筒。

“这里的竹签，每一支价值一百两银子，出得起这个价钱的，才有资格把自己的名字写在签子上。这宴席每月只摆一次，每次都是朱掌柜本人亲自抽取，被抽中的人方可邀请另外七位宾客共同赴宴。”

“那芙蓉焰呢？”

“芙蓉焰虽原料难得，但不过是其中一道普通的菜肴而已，宴席上每人均可尝一勺，如此算起来，如今无夏城内，吃过我家这芙蓉焰的，怕不下百十人，偏偏他们三位燃起来，就叫你怪到我们头上！”

“若他们三位毫无关联，还可解释为意外，但三人均来自盘云村，这其中必有隐情。”

“鲁教头不是已经捉了嫌犯，何不直接去问他？”常青将手里的算盘一抖，“抱歉，今日事务繁多，无暇招待了。翠烟，送客！”

“且慢！常公子，下一个月的芙蓉焰何时开始抽签？”

常青重新抬头盯着他，忽然便露出公事公办的笑容来。

“鲁教头来得巧，今日便是。”

“我也要参与抽签。”

常青从袖子里伸出一根手指，晃了晃。

“一百两银子。看教头的样子也知道你钱不够，还是回去攒一阵再——”

鲁鹰将背上的长弓取了下来，甩在常青的账本上。木制的弓身上，云纹暗暗流动着光泽。

“押在此处。”

常青举起了双手，整个人朝后退去，脸色一阵白一阵红，只是不过来接。

“难不成，你在害怕它？”

“怎、怎么可能！”常青矢口否认，“再说了，换你试试看，差一点就被射瞎眼睛的人又不是你！”

“差一点而已，又没有真瞎。”鲁鹰理直气壮。

常青的额头上明显跳出了青筋。

“我忽然后悔了。芙蓉焰卖给别家都行，只是不卖给鲁教头。教头还是请回吧！”

两人四目相对，几乎要从空气里激出火花来，没曾想自鲁鹰身后闪出一个梳着双髻的小姑娘，伸手就捞走了签筒，回身往常青面前的桌上一坐。她看起来约摸只有十三四岁年纪，两侧眼角都画着诡异的红妆。

“我的账本！”

小姑娘眨着大眼，极其无辜地看着他，将一根签子举到常青眼前。

“看！鲁大人这次抽中了呢！”

“什么？这上面何时有过他的名字？”

“我说有就有！”小姑娘鼓起了面颊，“三百两银子哟！”

常青磨牙的声音连鲁鹰都听得一清二楚：“掌柜的……你究竟做何打算？”

“嘘！”天香楼的朱成碧掌柜将一只手指放在了唇上，悄悄朝他凑近，“一会儿有好戏给你看！”

锅是普通的黑铁锅，口大底小，虽比一般的锅厚些，但并无特殊之处，一旁早已经备下的肉末、豌豆、葱末，鲁鹰也一样样都查验过，俱是寻常物品。倒是那冰蓝色的鸟蛋很罕见。它表面布满了鳞片，有如镶了无数细小宝石，被端正地摆放在垂着四角流苏的软垫之上。

朱成碧正往手上套着一副灰黑色的皮手套，一面解说：“这是用火浣鼠的皮毛做的。做芙蓉焰，非得用它不可。”

“为何？”

朱成碧没有搭话，只将那卵取来在铁锅边缘一磕，瞬间便有光焰从中爆裂开来。鲁鹰不得不遮住眼睛，再睁眼时，金黄的火焰已经熄灭，安静地躺在铁锅中的，不过是外表普通的蛋液，一枚通红的卵黄正在微微晃动。

“这是差一点就可以成为生命的存在，每一枚都是，曾经蕴藏了无穷的憧憬和希望。只可惜雄鸟已死，仅存的雌鸟就算日复一日地下着蛋，也已经没有任何意义了。”

谈话间，朱成碧已经用筷子挑破了那卵黄，迅速地搅拌起来，又加了油盐和肉末，种种调料，动作快得鲁鹰几乎看不清楚。接着她取了只透明的小瓶来，将其中琥珀色的液体洒了一些在手套掌心，顷刻间，皮手套上燃起了青蓝色的火焰。

她用烧着火焰的手捧着铁锅，目不转睛地望着。

“火候是一等重要的事情。稍有不慎，便会产生气泡，口感全毁。非得亲手掌控不可。”

她将铁锅朝上颠了三下，每一次，锅内的蛋液都又涨出一分，表面生出一层金黄的焦痕，状如火焰。三次之后，蛋液已经到达了铁锅的边缘，三重火焰彼此重叠，正好是一朵盛开的芙蓉。

“还以为是怎样惊天动地的大菜。”鲁鹰双手环抱，“区区一道烧蛋羹而已。”

“嘘！”

常青的提醒来得太晚了，朱成碧的眉毛已经竖了起来。

“区、区？”她掌心的火焰已经熄灭了，此刻捧着整只铁锅，朝他逼了过来。

“你都没有尝过，不算数！”

“吃下去会被活活烧死，你当我是傻子吗？”

事情不妙。鲁鹰忽然意识到，自己将追日弓押在了常青的桌上，是件多么糟糕的事。朱成碧正在步步逼近，平日里圆睁的大眼此刻危险地眯了起来。四周的光线开始暗淡，甚至有阴影从她的裙下汹汹而出，贴着地板正朝他一寸寸地攀爬过来。

他后退，肩膀撞上了墙壁，却被粘住了——那绕到他身后的阴影，竟然犹如黏稠的浓浆，将他半只胳膊都吞了进去。他奋力朝外拽着，却有更多的野兽面孔，个个眼瞳都是空白，从那浓浆当中翻了出来，将他的两只胳膊衔在口里。

朱成碧已经舀了一勺蛋羹，放在了他的嘴边。

“不白吃，吃完是要付钱的，不然汤包又要念叨我了。”

第一口，唇齿之间却落了空，那蛋羹如此嫩滑，刚入口便融化掉了，他还来不及回味，第二口的鲜美已经激起了战栗。这就像是在嘴里衔了一团光焰，连舌头也被点燃，勺子退出去的时候，他竟然想要咬住那勺子不放，好将剩余的每一丁点儿都舔干净。

“怎样，”朱成碧得意洋洋地晃着勺子，“这味道，至少抵得上五十两吧？”

鲁鹰没有回答。虽只咽下去两口，他身上已经燥热难耐，胸前一会便尽都汗湿了，视线的边缘开始模糊。再加上朱成碧靠得太近，她袖间一阵阵奇异的熏香味道传来，他只觉得晕头转向。不知何时，衔着他四肢的兽口已经松了，他沿着墙软软地滑下来，瘫倒在地。

难不成真的要跟那富商、跟琅琊王妃一样，活生生烧死在这里？倒不如拼死一搏，说不定能有条活路——虽是这样想，他身上却没有一丝力气，只得睁着眼睛，瞪着墙上的一幅画。

那画原本就挂在此处，只是鲁鹰之前未曾在意，如今仔细看来，画的是一株茂盛的桃树，一辆牛车靠在树下，垂着绣了桃花的帘幕。渐渐地，那牛车在他眼前越来越大，半透明的帘幕也飞了出来，拂在他脸上。他闭了闭眼，再睁开时，已躺在了牛车里，依旧是浑身灼热，动弹不得。透过帘幕的缝隙，能望见一轮大得占据了半边天空的月亮。不时有卷云从牛车旁边掠过，又急速地被远远抛在了后头。

“你这又是为何？”他听见一人不解地问。

“算我好事做到底。”另一人回答。

又过了一阵，他迷迷糊糊地感觉到牛车停住了，眼前的帘幕被卷起，下方竟然是一处宫阙，被卷云簇拥。殿前的长阶上，正有一人回首眺望。隔得远了，鲁鹰只能望见她身披艳丽的朱袍，头顶是高耸的头冠，犹如翎羽。

焰儿，他想。却有只手抵在了他的后心，将他整个人都托了起来，轻巧地朝外一推。

“有人跟我说，人妖殊途，如隔天堑。我倒想看看他到底是会活活摔死，还是干脆生出双翼来。”

鲁鹰撞上了台阶，却并没有特别的痛楚。他只觉得越发燥热，浑身犹如沐浴在火焰之中，伸手在胸前抓着，恨不得能将衣衫尽都扯成碎片。那原本在台阶上眺望之人朝他靠近，他迷蒙抬眼，眼前不是焰儿，却又是谁？她俯身过来，却叫他一把抓住了手。

那只手冰凉彻骨，摸上去如此舒服。

“焰儿，焰儿！”

他再也舍不得放开，沿着那手臂一寸寸地摸上了她的肩膀，抚摸着她的脖子，还有她的脸。她浑身颤抖，呼吸急促，却没有将他推开。他索性起身，将滚烫的脸也贴上了她的脸，嗅着她颈项间的香气。这下子真的是耳鬓厮磨。

她抖得更厉害了。

“好烫，焰儿……我就要烧死了。没想到，死前还能在幻觉里再见你一面。”他笑起来，“我算是知道，为何那些死者全都面带微笑，却原来，可以见到朝思暮想之人。”

“我一直想跟你说的话，眼下却再没有机会了。焰儿，我……”

他的话语生生中断了，只望着自己的手，手背上每一寸皮肤都在爆裂，从内里绽放出金黄色的光焰。

最后的意识里残留着她依旧木然的脸，还有眼角一滴晶莹闪烁的眼泪，朝他的额头缓慢地坠落下来。

瞬间便摔得粉碎。

·五·

再醒时，却是一人睡在床上。

鲁鹰眨了眨眼，失去意识前的种种情形开始倒灌回脑海，他一个挺身便翻坐起来，在自个儿身上摸来摸去。非但没有烧灼的痕迹，衣衫上连一处破损都没有。一场梦？但自己所躺的又分明是雕着双凤呈祥的红木大床，垂着桃红的纱帐，花窗上雕刻着鸳鸯戏水——这里是平乐坊里曲焰的居所。

昨日一切究竟是真是假？

他环顾室内，没有见到曲焰，却只听到外间隐约有调弦之声，过不多时，便传来连续不断的箜篌声，声声凄厉无比，犹如秋风肆虐，残叶飞卷。

鲁鹰认得这首破阵曲，他第一次见到曲焰，射死化蛇之时，她便正在弹奏此曲。他向来能听懂她的琴音，如今这曲调貌似愤懑，实则忧虑重重。

她在忧虑些什么？

他一起身，却自床头的缝隙中望见一丝宝蓝色的闪光。他伸一只手进去，将那物件一点点勾出来，才刚来得及抓入手心，耳边的箜篌声就没了。

“刚想起来，这么些日子来，都没有请你喝过一次酒。”

曲焰已经无声无息地出现在了内室，手里捧着只小案，上面摆着只描了青花的长颈瓶，配着只雪白的瓷酒杯。她竟破天荒地描了眉毛，涂了粉，还在眉间贴了花钿，形状是一枚黄金质地的小小火焰。

“昨日我可有对你说过什么？”他将那物件紧扣在手心，问。

“昨日你在天香楼吃醉了，嚷嚷着非上奴家这里来，一进门就倒在地上睡了。什么都没有说。”

她将一只杯子捧给他，他凑在鼻尖闻了闻。

“‘潋滟’？”

“还加了些青梅。”

“难怪我觉得略有酸味。”他举在手里，作势要喝，忽然又停下了，将那杯子在手里转着。

“焰儿，我是不是从来没有跟你说过我脸上这道伤疤的来历？”

曲焰没有回答。

“是有五六年了吧。那时候我年轻，仗着有几分本事，在绍兴一带走镖，看走了眼，竟将一只能化作人形的白泽当成了至交好友，反叫他在脸上砍了一刀。”

他用大拇指摩挲着贯穿整个左脸的伤疤。

“那一趟不仅弄丢了本该押送的货物，还折损了三十多个兄弟。妖兽不可信呐。为至亲之人所叛的滋味，最是痛心不过。”

鲁鹰将手中的杯子举了起来，直直地望着曲焰。

“还好我有你。”

他一仰头，便将酒液灌入喉中，曲焰深吸一口气，手中长袖如蛇般卷过来，缠住他手中酒杯朝墙上一甩。酒液洒在地上，竟嘶嘶作响，酸味四散。鲁鹰怀中藏着的那件物什也被带了出来，掉落在他俩之间。

一枚冰蓝色的蛋壳碎片，细小的鳞片正如宝石闪光。

“明知有毒，为何还要喝？”

“你给的，我什么时候会不喝？”

他望着她：“你为何要误导我，好让我以为陈泽才是元凶？”

曲焰不作声，任凭他分析下去："一直以来，是你在供应朱成碧做芙蓉焰的原料，也是你，用这道菜让三个人自燃而死。但我不明白，你是如何做到的？吃下芙蓉焰的人那么多，如何能保证只烧死他们三个？"

"他们三个自是不同。"她只吐出一句话，"只要吃过一次，便终生忘不了那味道。"

陈泽狂笑的样子闪过鲁鹰的脑海。我要活生生地吞了你们！他舔着嘴唇笑道。从蛋里拖出来，连着骨头一起嚼。那滋味如此美好，你们绝对无法想象！

鲁鹰站了起来。他方才已经咽了一口毒酒，如今脚下虚浮，只觉得四周都在打转。

"你去哪里？"

"那姓陈的梳子匠若是现在还没有烧起来，只怕也差不远了。"

他朝前勉强迈出一步，又一步。

"不可！他是最后一人！我必杀他！"

与曲焰的喊声同时响起的，是外间那架凤头箜篌，上面的琴弦同时铮鸣作响，一根根地绷断了。它们在空中卷曲，如有生命般射入了内室，缠绕在他的四肢上，生生勒入血肉。

墙上有一处霉斑，每日的形状都在悄然变化。

陈泽死盯着那堵墙。他被羁押在巡猎司已有几日，除了那日鲁鹰跟云敦前来审讯过，便再无人探访。这几日来，他闲极无聊，连桌腿上的节疤都摸得光滑了。他能肯定，那处霉斑确实与众不同，每一次他眨动眼睛，它都好像变得更大了一些。

不仅如此，起初它不过是聚集在墙上一处，如同溅上去的墨点。渐渐地，墨汁开始在墙上缓慢朝下流淌，勾画出线条。连同它旁边的霉斑，也被吸引着，一点点朝它靠拢。陈泽不敢再眨眼了，他抱着腿，躲在离那块污渍最远的角落。它的形状如今就快要完成，能看出来发髻高耸、细腰丰肩——却是个女子的剪影。

万万不可眨眼！陈泽虽在心中反复提醒自己，却终究控制不住，眼皮直往下坠。转眼间，室内立刻多了个穿桃红色褙子的婢女，长着鹅蛋形的圆脸，说话声音还脆生生的。

“奴婢是天香楼朱掌柜家的，唤作樱桃。”

她手里拎了个食盒，大方地走过来，将其放在陈泽身侧。他正在惊疑不定，一会儿看她，一会儿看她身后那堵已经空空如也的白墙。

“掌柜的叫我给您捎样菜来。”

她自食盒中取出一口式样普通的黑色铁锅，朝他捧了过来，微笑道：“掌柜的还说，需得趁热吃，凉了，可就不是这个味道了。”

·六·

琴弦振动起来，竟然还在奏出乐音，每振动一次，便会更深地割入血肉。

但鲁鹰还在朝门口迈着步子，一步接着一步。他咬着牙，不发一语，整个背都弓起来，缠绕在身上的琴弦被他绷得紧紧的。

“我们夫妻二人见那孤儿遭人欺辱，实在可怜，才收留他过夜，未曾想他知晓了我们的真实身份，盗走了我尚在孵化中的一窝五只宝贝。先夫去寻，一路追到盘云村，却叫羿师给捕杀了！”

更多的鲜血沿着弦掉落在地上。

“鲁大人，你如今要救的这个人，是个背信弃义的禽兽之辈，可怜奴家尚未睁眼的孩儿，一个不剩，被他敲碎了壳，拖出来活生生地吃了！”

他喘息着，转过头去。眼前的形体，已经不再单纯是个女人的形状。在那之上，又加上了由火焰组成的一双翅膀，头顶招展着火红的翎羽。

“奴家身为妖兽，便该遭此横祸？只因他是个人类，便值得你如此相护？”

从那口锅出现的一刻起，他就知道里面是什么。

不，确切地说，还要更早一点，从他还只是个瘦小的孩子，站在用枯枝和树叶装饰的房间里，望见那五枚冰蓝色的鸟蛋的时候起，他就知道那里面是什么。那香味如同铁钩，深深地扎入了他的后脑。好想吃啊，哪怕是死，哪怕是现在就死去。

他逃走了，怀里抱着鸟蛋。从那一刻起，他的生活就只剩下了逃亡，但他从来没有后悔过。虽然葛亮和李九增，那两个混蛋从他手里抢走了两只，一路奔逃的时候，又有一只掉进了路边草丛，但他终于还是将剩余的两只带给了婉儿，而她，也终于因为这令人惊艳的美味，朝他绽开了笑容。

如果不是这鸟蛋，婉儿怎么可能会朝他微笑？像他这样一个丑陋、渺小、一无所有的家伙？陈泽跪在囚室的稻草堆上，头顶抵着地面，嘿嘿地笑了起来，直笑得流出泪来。

吃下朱雀蛋者，就算逃到天涯海角，也将终生被那渴望所狩猎。他们无法忘记那味道，只要一口，便会融化在血脉当中。

那日婉儿端坐在火焰当中，脸上是迷醉的笑容，她所说的是什么？哪怕烈焰焚身，她却还在说："真美味啊——"

如今这美味也找上了他。陈泽颤抖着手，缓慢靠近铁锅，一点点掀开锅盖，却又猛地爆发起来，将陶质的锅盖朝地上一摔，锅盖顿时四分五裂，他捡了尖锐的碎片，朝自己的手背深深地扎了进去。

"让你贪吃，让你贪吃！"

他抬起头，声嘶力竭地笑起来。

"想要我死，没那么容易！"

"先夫去了这十六年，奴家已经心如死灰，没曾想到了这一年，却如期生起蛋来。"

曲焰捡起了那枚碎掉的蛋壳，将其捧在手臂上，轻轻地摇晃着。她的眼神如此温柔，如同怀抱婴孩。

"每个月，都会有一只宝贝出生，奴家孵啊，孵啊，可是总也听不见里面有啄壳的声音传出来。每次奴家都以为这一次总能成功，上天眷顾，奴家还能做母亲，却一次又一次地绝望，发起疯来将蛋啄碎了了事。幸好遇到朱掌柜，劝我拿了去做芙蓉焰，给了我这报仇雪恨的机会。"

"焰儿……你还年轻……未必不能再遇良人……"

"再遇？鲁大人，奴家与先夫，是通天引断绝后神州大陆上最后的两只朱雀。

幸得朱掌柜提醒，教我知道，既无雄鸟，从今往后我族便就此灭亡了。”曲焰怀抱着碎掉的蛋壳，身周的火焰越发炽热了，连眼中都透出光线来。

“鲁大人，你来评判，灭人一族，该当何罪？”

陈泽在囚室的地面上急速地摸索着，将能抓到的一切都塞到口中，生生地咽了下去。

泥土和稻草从他开合的唇齿间掉落，但他再也顾不上了。被抑制了十多年的渴望冲破了阻挡，在他的体内呼啸倒灌过来，将理智和恐惧都淹没得一干二净，只剩下反复咂嘴品味。

“是这个……是这个味道！”

他的脸上出现了狂喜，以及与那天晚上的琅琊王妃一模一样的迷醉，他朝两侧伸开了手臂，仰天大喊起来。

忽然间，对面的空墙轰然开裂，盛装的婉儿自其中款款而出，还是她嫁给琅琊王之前，不顾一切奔出来找他，求他带她一起逃走时候的样子。她笑颜如花，眼角没有一丝皱纹，朝他张开了怀抱。

陈泽也朝她伸出了手。

“砰”的一声，火焰开始燃烧。

在火光照耀之下，墙面上的那处霉斑又开始变幻起来，勾画出一只头上生角的赤豹。它在墙上左右冲突着，形体尚且不全便穿透了墙面，直扑向陈泽，连同他身上的火焰也一起吞噬了。

同时响起的还有骨头碎裂的声音。

“哎呀呀，连着骨头一起嚼，口感果然不同。”

娇媚的女声这样感慨着。残余的金黄色火焰从赤豹齿间掉落，落向地面上的稻草，剧烈地燃烧起来。

鲁鹰喘息着，伸手扣住割入肩膀的琴弦。

“这首清心咒，后面还有三节。你若奏出，我必死无疑，为何不奏？”

“鲁大人虽无追日弓在身，但右手此刻便有三枚寒冰凝成的箭矢，要取奴家性命，手到擒来——你为何不射？”

两人四目相对，却是曲焰先转开了视线。

“冤冤相报，何时是尽头，焰儿，罢手吧……”

曲焰吸了一口气，还未来得及开口，便被爆炸声打断了。

他俩同时转头，只见窗外延绵不绝的青瓦之间升起了滚滚的浓烟，就方位看来，是巡猎司无疑。

“来不及了。”她缓缓道，“那人已死。”

她松了一口气，闭上了眼睛，鲁鹰身上的全部琴弦纷纷掉落。

“鲁大人，奴家如今，任你处置。”

曲焰紧紧地闭着眼睛，她能听到他忍着疼痛的喘息，听到他跪行着，一点点地朝自己靠近。他的手放到了她的肩膀上，掌心灼热滚烫。

“你遇到我之前所做之事……都可以不再追究，但既然遇到我，之后……”

“之前如何？之后又如何？”

淡淡的血腥从他身上传来。

“之后，有我和你。”

曲焰猛地睁眼。在她耳边，顷刻间便有无数破空之声，铺天盖地朝她扑来。她曾对此畏惧万分，此刻竟动弹不得，叫他在肩上一拽，整个人滚在一旁。再睁眼时，却是鲁鹰跪在原地，咬着牙，正拔着手臂上一枚白羽的箭。

“休叫杀害王妃的凶手逃了！”

更多的箭矢如雨而下，将纸窗撕得粉碎，箭雨过后，扑进来两只尖齿利爪的海东青，每个都足有半人高。鲁鹰朝曲焰望去，正好她也朝他望过来。

电光石火之间，他意识到她心中打算，叫起来：“不可！”

但曲焰已经不见了，空中多了只纤细的鸟儿，金羽长翎。它展开翅膀，灵活地与那两头巨鹰擦肩而过，穿过了碎窗，头也不回地掠空而去。

“鲁教头，这次抓捕凶犯，你立下了大功。”

琅琊王的声音遥遥传来——

“之后的事情，就交给我的海东青吧。”

·七·

“报王爷！朱雀焰水土无效，无法扑灭，福庆街以东五十多户均成焦土！”

“报王爷！火势蔓延，城南望族高氏、王氏均受波及，损失惨重！”

“啊啊，先不用着急，先欣赏一下燃烧中的无夏吧，”隔着半透明的纱帐，琅琊王赵珩陶醉地摊开了双手，“某个曾经承诺过要守护无夏的家伙，此刻该坐不住了吧？”

琅琊王话音未落，大地便开始了震动。自无夏城的另一端，挂着“朱”字灯笼的天香楼的背后，有庞大的阴影如同愤怒的乌云般缓缓升腾起来。

“那、那是什么？”

远远望去，那更加类似于由黏稠的黑色液体所组成的不固定的形体，头端层层翻涌，竟翻出了一张铜目巨口的兽脸，双眼灼灼，犹如燃烧着火焰。它张开血盆巨口，无声地咆哮着，六根长短不一的巨腿从身侧冒了出来。

“怪物啊！”

那怪物挥动着腿，开始在层层屋檐之上爬行，朝着火光冲天之处扑了过去，一口便将还在着火的屋舍吞吃殆尽，只余下还冒着缕缕青烟的大坑。

“那个？一只被彻底惹怒了的饕餮而已。”琅琊王的嘴角弯了起来，将手中乌黑的纸扇漫不经意地朝下一挥，身侧的婢女立刻举起手中的哨子，吹了起来。

那哨子并没有发出任何声音，但说来也怪，原本飞在空中，只见两个若隐若现的黑点的那两只海东青，立刻改变了飞行的姿态，它们原本紧跟着那只全身披着火焰的朱雀，此刻却前后夹击，眼看着将朱雀逼向了莲心塔，一头扎进了佛塔的六楼。

佛塔笼罩在火焰之中。

鲁鹰寻到曲焰时，她正倚着莲心塔六楼的窗户，俯瞰着燃烧中的无夏城。远处，那只庞然怪物已经横扫过整片无夏，生生吃出了一整块隔离区域，将失火之处和尚未受到波及的城区分隔开来。

“你为何会在此？”

她没有回头，问。

“为求曲姑娘一滴泪。”鲁鹰抱拳，“徐学士刚刚告知在下，朱雀焰非寻常火焰，无法扑灭，只有朱雀的眼泪冰寒无比，可救无夏。”

“奴家早就说过了。奴家既不会笑，也不会哭。”曲焰转过去看他，“更何况，你们人类全都是坏种，全部死有余辜！”

“也包括我吗？”

鲁鹰持着追日弓，脸色却是苍白的，他本来就失血过多，又加手臂受伤，任谁都能看出，此刻只是勉强站立。

“你以为我会烧死时，分明是有落泪的。”

“……”

“焰儿，我们还有将来……”他朝前一步，她却向后退，连连摇头。

“奴家如今大仇已报，只求一死。鲁大人，若要奴家性命，动手便是。若要眼泪，却是没有。”

他们沉默地对峙。远远的，风中传来木柴和血肉燃烧的味道，还有隐约的哭喊。她终于听见他沉稳地说：“好。”

利箭破空而来，而她不闪不避，任由剧痛撕裂肩膀，整个人瞬间失了重心，一下子便朝窗外翻了出去。

鲜血四溅。

“云大爷！我的乖囡还在里面，我的乖囡！求云大爷救命啊……”

云敦放低了重心，想要托住那抱着他的腰哀哭的包子铺李大娘，却没有成功，连带着他自己也一并跪在了地上。十六岁的初级羿师抬眼望去，他面前是一片熊熊燃烧中的屋顶，房梁被火焰舔舐着，正在根根爆裂。而他腰间，只有一柄袖珍得可笑的弩箭。

而在这些嘈杂当中，他偏偏听得到，火焰包围中一声声细嫩的哭喊，仿佛随时可能断绝。

他的拳头越攥越紧，终于一咬牙从地上蹦了起来，将李大娘朝旁边一推，扎向了火海。

灼浪当中，他用袖子掩了脸，伏在地上，寻着那哭声一点点摸索过去，竟叫他在碎瓦和断梁间摸到个软软的小身体，他大喜过望，抱起来便想要回身。

两三段房梁紧接着掉落，将他的退路堵得严严实实。四周尽是火焰，再无出路。他内心一片荒凉绝望，只得将那孩子牢牢地护在怀中。

金黄色的火焰扑了上来，将他完全吞没。

鲜血四溅，她颓然而落。

却被一双手臂紧紧地抱住了，便如同千百次，她曾经在梦中梦到过，却从来不允许自己去想的场景——他紧紧地抱着她，对她说："但求同死。"

曲焰猛然睁眼，鲁鹰正在跟她一起急速坠落，地面已经近在咫尺，饶是她迅速展开翅膀，奋力拍动，才在最后一刻将他们两人生生地又拉上了天空。

"傻子！"她骂着，只觉得眼角发烫，视线模糊，"我摔不死的，你忘了我是鸟吗？"

"人类欠你的，便由我来还，如何？"

她的视线越来越模糊，只觉得心乱如麻，身后却响起了雷鸣般的咆哮声。那只吞噬火焰的青铜兽头从半空中探了出来，气势汹汹地俯瞰着他们。

"殃及佛塔，汝可知罪？"

那火焰抚摸着他，如同母亲温柔的手。

云敦完全不明白发生了什么，他只知道那金黄色的火焰在他周身流动，却没有伤害他分毫。它们就像是钻入了他的皮肤里面，让他觉得浑身轻飘飘暖洋洋的，好像随时能生出翅膀飞起来。

这个念头刚刚从脑海里冒出来，他的双脚就离了地，自己竟然真的飞了起来！惊喜交加之余，他将李大娘的孙女抱在怀里，还不忘回头确认了一下——在他的身后，竟有一双由火焰组成的翅膀！

这下子舒巡检他们要对他刮目相看了！

那怪物是什么？鲁鹰与那双燃烧的兽眼两两相对，满心疑惑。无夏城中，竟然还潜伏着这等妖兽？却只听得怀里的曲焰朗声回答："曲焰知罪，谢姑娘成全！"

成全什么？他还没有来得及问出口，怀里只是一空，自己已经被甩向了莲心塔。幸好他尚有一臂可用，抓着佛塔的飞檐，抬头望去。

那只朱雀已经飞得很高很高了，是纤细的火红影子，直直投向那只怪物张开的巨口。

但在最后被吞噬之前，它却停顿了一下，朝无夏城的东面扭转了长长的脖颈。

自那个方位，却有另一双一模一样的翅膀升起来。

"莫非……宝贝！"

鲁鹰最后一次听到曲焰的声音，略带哽咽。下一个瞬间，那庞然巨兽张开了大口，将朱雀整个吞噬了。

但自怪兽的齿缝间，已有一粒晶莹闪烁的细小冰凌，缓缓飘落。鲁鹰望着它落向燃烧中的无夏，就像是在那个晚上，它落向他的额头一般。

瞬间便碎裂了。

"唉唉，连朱雀的火焰也不行吗？"

飘荡着纱帐的车辇停在高处，纱帐内美貌的王者俯瞰着眼前的景象：一片焦土当中，唯有莲心塔依然屹立不倒。

"如此看来，要再开通天引，非得要麒麟血不可了。"

乌黑的纸扇一下下磕在下巴上。

"有意思……我也看够了，回去吧。"

·八·

无夏城的这次走水，巡猎司首当其冲，被烧了个干干净净，司里全部的羿师们倾巢出动参与救火，或多或少都得到了表彰。尤其是云敦，他成功地救出了李大娘的孙女，肩膀都差点被前辈羿师们拍到脱臼。但"我生出了对翅膀哦"的说法，毫无意外地遭到了羿师们的集体鄙视，认为他肯定是被烧坏了脑子。唯一能够解释清楚这是为什么的徐学士在听完他的叙述后露出了意味深长的笑容，却连半句解释都没有给他。

云敦为此消沉了几日，但不到五日，他又重新振作起来了，还拎了只罩着蓝布罩子的鸟笼，在巡猎司的临时据点里逢人便炫耀。正巧鲁鹰教头因在救火中受了重伤，休养了几日，此刻刚好前来述职，说是伤好得差不多了。可他臂上缠着绷带，脸上烧伤未愈，面色更是阴沉得能拧出水来。这副尊容往巡猎司里一坐，无一人敢上前寒暄，只有云敦依旧毫无察觉，仍是将那鸟笼拿去献宝。

“云敦，你这鸟儿在哪儿买的？”

“不是买的，失火那天晚上在火场里捡的。”

鲁鹰捧着鸟笼转来转去地看。笼里的鸟儿羽毛零落，蜷作一团，见鲁鹰在看，索性把屁股转过来对着他。

云敦也凑过来。

“捡到时就这样，我猜是让火把羽毛给燎了，丑是丑点儿……”

“别瞎说！现在还是雏鸟，成鸟我见过，可漂亮了。”

鲁鹰伸了一根指头进笼子里，那鸟张开了翅膀直后退，他耐心等待着，终于等到它试探着靠近，一口啄在他的手指上。

他眼神柔和，只差呵呵笑起来。

“这种鸟现在可珍稀了，十六年一产卵，五十年可于火焰中重生，再为雏鸟。”

“教头什么时候也懂养鸟了？”

“那是。你这水可不行，快去换点儿泉水过来。”

云敦出门的时候，还听鲁教头在那里对着笼子念叨：“……从今往后，有我和你，可好。”

“骗子！都是骗子！明明说好不重生，给我吃的！”

朱成碧眼含热泪，挥舞着拳头正在抗议。

常青正抱着一大堆药瓶走过，闻言差点直接扔到地上。

“你还吃！也不看你的胃装不装得下！庆余街一路吃到福寿市，连安宁坊都吞了半边！那里是烟花厂啊！”

“嗝！”朱成碧打了个嗝，喷出两三个火星。

常青将药瓶一个个摆放到桌上，一边翻找着，一边继续数落：“那朱雀就那么好吃？连正在重生的都照吃不误——这下可不是烧到了喉咙又吐出来？”

“朱雀就是好吃。”朱成碧瘪了嘴嘟囔，“朱雀蛋更是美味，只可惜只能吃一次，便永远沉淀在血脉中，第二次只要入口一丁点，就能叫人从内而外地烧起来。”

“鲁鹰可是第一次吃，怎么也觉得自己快烧起来？”

“啊，他不一样，我在里面另外还加了……”

“嗯——？”

常青拖长了声调，正待好好盘问她一番，朱成碧却忽然捧住了肚子，露出了苦哈哈的表情：“吃太多了……胃疼……”

“都跟你说了多少次不要吃那么多！啊啊找到了，珠珀消食散！翠烟赶紧取温水来化了！樱桃，去给姑娘找暖手的香炉来捂肚子！”

朱成碧趴在案上，面色铁青，瞧着常青忙前忙后，直急得额上一层薄汗的样子，嘴角越翘越高。

“你笑啥？”

“你说那朱雀，后来为何又肯重生？”

“这个嘛，或许是找到了愿意活下去的理由吧。那朱雀一窝有五个卵，其中四只分别为四人所吃，剩下的那一只呢？”

“是啊。”朱成碧点头，“剩下那只去了哪里呢？”

两人相视，又在同时笑起来。

“没想到被养成了那种憨憨的人类样子。”

“是憨了点儿，倒也挺可爱的。”

“喂！”

朱成碧用袖子掩住嘴：“好啦，虽然在我眼里人类彼此差别不大，不过目前遇到最可爱的人类就是常大人你啦——”

“这，这完，完全不是重点！”

常青恼羞成怒，甩了甩袖子就要掉头走掉，没想到袖子的一角正好被她抓在了手里。

“这次冷冰冰大叔的表现却颇出人意料。叫我也忍不住想，人妖之间相隔犹如天堑，但若有心，纵身一跃，说不定也可相遇……”

常青已经背转身，一时没有答话。身后静了下来，他只听得到自个儿心跳如鼓，最后却还是咬牙开口：“我终究是要走的。到时候，谁来嘱咐你少吃点儿？”

他等了一阵，没有回应，回头一看，朱成碧已经趴在案几上睡着了，手里还拽着他的衣袖。他往回拽了又拽，却被抓得死死的。他垂下眼来，揪着那截衣袖。

唯有一声叹息而已。

大梁崇安七年十月初二，无夏城无故走水，火势不熄，城东南民户五不存一。有怪兽，铜额焰口，起城北，吞起火屋舍十余间，火势瞬时而灭，兽匿，不复现。

第六章 无肠公

·零·

整整五个白天和六个夜晚的鏖战，他们终于捕获了那只饕餮。

东边的天空露出了晨光。这是一支主要由穷奇组成的军队，作为黑麒王军的主力，他们曾经横扫平原和山岭，将人类的村镇焚烧殆尽。如今，他们驱动着胯下白身黑尾的独角驳马，踏过同伴残缺的尸体，正在谨慎地靠近凶兽。

包围的中心，是那只恐怖的凶兽。如果忽略头顶两侧山羊般的长角，她的外形只是个高挑丰满、腰肢纤细的人类女子，正是二十六七岁，容光正盛的时候，半边脸都叫血给污了，露出一道斜飞入鬓的剑眉。她闭了双眼，面色凝固如同雕塑，正单腿跪在地上，身上重重地缠着铁链。为了缠上这铁链，穷奇军付出了数十具无头尸体的代价，也正是靠着这铁链，他们终于将这只凶兽拖垮了。

此刻，她一动不动，骑兵们却仍绕着她一圈圈地踏着，不敢靠近。在后方的首领终于按捺不住，喊起来："黑麒王有令，获饕餮首级者，可食人类万户！"

一名骑兵从队伍中奔了出来，手持九环长柄大刀，直奔那半跪在地的女子，一瞬间，女子细长的眉眼忽然睁开了一条缝，眼波闪动，尽是寒意。

这是那名骑兵所见到的最后一样事物，接着他只觉得自己颈项一凉，便是黑暗降临。

"没用的东西！再来啊！"她催促道。

军阵忽然沉默下来，朝两侧分开。穷奇骑兵的首领打马而出，在离她还有一丈的距离停住了，手中长枪平举。

"将军，我敬你与麒麟王曾为同伴，如今莲灯秃驴大势已去，何不归降？"

"喔？不想要我的首级了吗？不想要人类的鲜嫩血肉了吗？过了淞阳关，便应有尽有了！"她失笑道，手中长刀交错，火星四溅，"真可惜，你们得过得了我！"

"将军拖我精锐在此，留下黑麒王在那无夏城与莲灯秃驴对峙，不过是在等阳澄府十万水兵前来救援。否则以莲灯秃驴一人，再有神通，又如何能敌得过我黑麒王？"首领咧开了嘴，露出一排尖利的牙齿，"但将军有没有想过，如今已经是第六个夜晚，援军何在？阳澄府一群软壳的虾兵蟹将，你以为他们真的会守诺前来？"

他一扬手，抛出一样捆得跟粽子一般的东西。它一路滚到女将军的跟前方才停住，却是个半透明的粉红色水母，四周的触角都痛得抱成了一团。她低头问：“救兵何在？”

那水母挣了挣，从顶端翻出一只偌大的单眼，左右转了转，又紧紧地闭上了眼皮。但它的眼皮是透明的，它还是能看见她：睁着大眼，等着它的答案，身上的血在一滴滴无声地滴落下来。

“奉阳澄府主公之命，报、报与将军。”它结结巴巴地说，“救兵不会来了——”

伴随着鲜血滴落的声音，那饕餮将军的瞳孔忽然间急剧扩大。穷奇首领没有错过她短暂的失神，掷出了手中的长枪，将她整个都贯穿了。

首领慢悠悠地打马过来拾起枪柄，像是很享受这一刻。她咬牙切齿，却仍是在笑，双手握住枪柄生生朝内一拉，再猛地朝前一送，那长枪倒退回去，竟是将穷奇首领也当胸穿透了。

电光石火间，两人同时倒地。那首领从马上被拖了下来，一头摔在地上，面具摔碎了一半，眼见已经断气。

水母在一旁瑟瑟发抖，这便是最后了吧，它正想着，那只落在它身边的手，却开始一点点动起来。它目瞪口呆地望着饕餮将军。

“为……为何不肯死？！竟战到如此境地！”

她伸手在身边草丛中摸索，将水母一把捏在手里：“阳澄府那个大眼睛的信使，你叫什么？”

“八、八重缨。”

“你这眼睛倒还有些用处。”她躺在原地，一手将它高举，“替我看看，淞阳关下，是不是有一座小城？”

八重缨眨了眨眼睛。重重关隘之下，迷雾之中，隐约有一处青瓦连绵。

“那座小城，叫作无夏。有人在那里。”她语气温柔，“他未脱险，我不敢死。告诉我，那城如今可安好？”

“安、安好——”它刚嗫嚅着吐出了这个词，便有万丈佛光从那小城中射出，青瓦上空，浓云聚集，有花瓣从云间散落，隐约有梵乐声，竟是无比的平安喜乐。这幅奇象只维持了几个心跳的时间，那佛光便瞬间收敛了，聚拢出一座佛塔，立于那层层青瓦之上。

八重缨离得太远，只能望见无数细小的黑点正从佛塔旁边逃开，朝向他们所在的淞阳关，铺天盖地地飞过来。领头的是一只通体漆黑的灵鸦，声嘶力竭地喊着：“佛塔已成，通天引绝！”

“黑麒王输了，黑麒王输了！我们回不去了！”

八重缨只听得身后穷奇军大哗，接着便是驳马长嘶、兵士惨叫，想必在彼此践踏，也不知道死伤多少。但它只望着身边的饕餮将军——竟有一行眼泪，从她面颊上缓缓而落，将那半边脸上的血污都冲得花了。她拖着层层铁链，从地上勉强起身，双手合十，朝佛塔恭恭敬敬地拜了三拜。

最后一次叩拜后，她久久没有起身，只将头顶在地上，双肩抽动如在哽咽。等她终于抬头，却双眼放光，犹如燃烧的巨焰。束缚在她身上的铁链，一根接着一根地崩断了。

你们，全部，都要死。

阴影汹涌而出，将日月都吞噬殆尽。

·一·

所谓的酒旗，不过是用整根竹竿挑出来的一块褪色的蓝布，边缘都被洗得破烂了。

年轻的公子停住了脚步，掸动着柳青色直裰边缘的尘土：“承认吧，你分明是已经迷路了。咱们这是第三次绕到同样的酒旗下面了！”他压低了嗓音，无可奈何地朝身旁的人说着。那是个只有十三四岁的小姑娘，梳着双髻，说话间隐隐露出虎牙。

“才、没、有！”她鼓起面颊回答，红润的脸上一层桃毛般的透明绒毛，“天下的酒旗长相都差不多！”

“是吗？也包括这家要倒不倒的破烂酒肆吗？还有旁边吹糖人的老头子？还有那个坐在左边摊子上吃汤圆的老太婆，每次我们看到这旗子的时候她都在，连她碗里的花生馅儿汤圆数量都一模一样？”

话音未落，双髻的姑娘便抓住了他的手腕，所用力道惊人，竟让他的骨节疼痛起来。

她踮起脚，凑在他耳边：“常青，你有没有发现，既然我们已经是第三次看见那老太婆，为何她碗里的汤圆，这么长时间以来，竟全然完整，没有一只是被咬过的？”

他悚然一惊，也学了她的样子，悄悄地打量起他们身边的人来。这是一条青石铺就的街道，跟他们在绕圈子的时候所经过的所有街道一样一尘不染，连脚印和垃圾都见不到。此刻街上除了他俩之外，还有四个人：吹糖人的老头子，两个守在他摊前拍着巴掌的总角孩童，加上那穿着蓝布褂子，盘着雪白的发髻，正端了碗汤圆在吃的老太婆。

不，现在仔细看起来，那老太婆手中的勺子一下一下，只是舀着空气，而吹糖人的老头子，也只是反复将手中那只糖人举起来、再放下。

常青只觉得脊背发寒。

“既然如此，还找什么入口！”小姑娘拽着他便朝那家挂着酒旗的破烂酒肆走去，一脚踢开门板。酒肆内光线昏暗，原本充斥着划拳和交谈声，此刻却都忽然安静了。桌上的碟子里堆满了花生、毛豆，但它们都还是完好的，没有被人剥开过。酒客们齐齐望向他们，只有柜台后面卖酒的伙计背着身，还在费力地擦洗着什么，肩膀一耸一耸的。

小姑娘直接走过去，将手里的包袱朝柜台上一扔，几只罐子从里面滚出来，叫她按住了。

“好久不见了，八重。”她随意地打着招呼。

那伙计缓慢地转过身来。他头顶缠着头巾，身着杂役的衣服，脸颊圆滚滚的，额头朝外凸起，正中却只有一只硕大的眼睛。

小姑娘将包袱里的罐子一只接一只地摆在柜台上：“山西陈醋、湖北嫩姜、平江紫苏。如今，我这里一样样都备齐了。”

她将两手撑在脸下，胳膊肘顶着柜台，虎牙晶莹闪亮。

“去告诉你家主公，我朱成碧又来吃他了。”

·二·

常青曾经以为，人生中最悲惨的事，莫过于欠了某个绝对不能欠的人三百两银子，从此被她呼来喝去。但是现在，当他扛着朱成碧在复杂得如同迷宫般的巷道间奔跑，身后被一群疑似僵尸的人紧追不舍之时，他才意识到自己之前的想法是多么的天真。

短短五日前，他俩还身在一百多里之外的无夏城。按照惯例，一入秋天香楼二楼的圆窗上便早早地挂起了月白色的窗帘。无夏城绝大多数人都只道是朱掌柜为了寻找更新奇的食材，出游去了。只有常青跟贴身的两个婢子知道，她哪里都没有去，就在莲心塔对面，那层月白色的窗帘之后，整个人都瘫在湘妃竹制成的美人榻上，沉沉睡去。

短则数十日，长则一两个月，她迟早会醒来，睁开眼便去寻那佛塔。佛塔能去哪儿呢，还不是就在她的眼皮底下，窗帘外面，静静地立在这一年第一场纷飞的细雪里。

常青初到天香楼的时候，曾经被她这不吃不喝的睡法吓了一跳，后来也慢慢习惯了。既然她一时半会不会醒来，他也乐得清闲，吩咐樱桃跟翠烟两个婢子打扫清理、晾晒被褥，自己却搬了桌子，在朱成碧的榻前摆开了笔墨纸砚，准备画她睡着的模样。

他选了支银毫，蘸了墨，第一笔便勾出她细腰上垂下的腰带，接着是肩膀的曲线，圆润的耳垂。正换了支笔，准备去点眉间的那朵桃花，却听得她在对面说："淞阳关下的枫树，如今又该转红了吧？"

"淞阳关？"常青手里的笔一顿，回忆着，"是那处每隔百年才红一次的枫树林吗？据说那里曾有过一场大战，死了好多妖兽，关下的枫树吸了太多妖兽的墨血，才变成这样的。我想起来了，那是在莲心塔……"

那是在莲心塔成形的那一年。他猛然想到佛塔于她不同寻常，将后半句话咽了回去。

"你在画啥？"朱成碧朝他靠近，他急忙将尚未画完的纸迅速揉成一团，只差没有塞进嘴里咽下去。

“什么都没画！”

“不给看算了。”她哼哼，哪里还有半点睡意，扭开头，“汤包，我带你去吃一样好吃的！”

结果，事情变成了这个样子。

偏偏朱成碧还不肯安分，在常青肩膀上扭来扭去，茸茸的发髻擦着他的脖子。

“这样子好像扛着只猫喔。”

“现在是抱怨的时候吗？”常青七窍生烟，还不能停下脚步，除了酒肆里的那群人，越来越多的元和镇镇民也加入了追赶他们的队伍。表面上看起来，镇民们步伐僵硬、脖颈扭曲，但奔跑的速度居然并不缓慢。

“这样下去不行……”

他左右看了看，寻了处空白的影墙，奔过去将朱成碧朝墙顶一举，回手从袖子里取出支外表普通的画笔来，在墙面上全神贯注地一笔笔地勾画着。

“确实不行。从刚才开始你就在绕圈子。”朱成碧站在墙顶，眺望着远处，“这整座镇子都是按照某种阵法来修建的，似乎是七十二重乾坤挪移？八重这次倒是学聪明了不少，但也未必没有破解之法。”

“这次？”

常青手中的笔飞速地舞动着，为墙上的画添上最后的鬃毛。随着一声嘶鸣，一匹神骏的墨驹踏破影壁冲了出来，背上还生有洁白的双翼。

他将朱成碧拦腰一抱，甩到马背上，自己待要跟上，却被一只指甲尖利的手抓住了肩头。一回头，那酒肆老太婆的脸近在咫尺，正咧着没有牙的嘴乐着。他看也不看将笔横握在手里，朝飞马的屁股上狠狠一戳。飞马顿时惨呼一声，带着朱成碧蹿上天空，扑翅声中，白羽纷纷飘落。

那老太婆眼神呆滞，口中嚯嚯有声，竟有口水流下来，眼看就要落到他身上。常青这下子大惊失色，真正地奋力挣扎起来，忽然胸前一痛，却是那老太婆的爪子，在他胸口留下长长一道血痕。鲜血的味道让攻击他的镇民们动作一滞。

“人类？”

转眼间，老太婆的背后冒出了一只洁白的手，正抓在她皱纹遍布的脸上，另一只手也紧接着过来，按着她的肩膀，也不见怎么用力一扯，那白发的头颅就被生生扯了下来，腔子里的血顿时冲上了天空。瘫倒在地的身体后面，出现了朱成碧的脸。她两只虎牙都露在外面，喉咙里有咆哮低低滚动。

剩下的镇民转身便逃，几个逃得慢的，全叫她踩在背上，一个个地徒手将四肢撕了下来，轻巧得就像在撕纸片。有一个最多不过有四五岁的孩童，常青认得他便是当初守着糖人摊子直拍手的那个，叫朱成碧抓起来直接往地上一摔，瞬间便没了声息。他胸前的银锁也被甩脱了，哐当一声掉落在常青身边。

常青正伸着手，一声“住手”还含在嘴里没有喊出。朱成碧转过脸来看他，面无表情，脸上溅落上去的鲜血在缓缓滴落。对视的瞬间，常青心中一紧，随即翻腾上来莫大的恐惧。幸好她眨了眨眼睛，又对他一笑，依然是平时天真烂漫的样子，朝他伸出一只手来。

她脸颊上的血迹看起来如此碍眼，该为她擦去才好。虽然这样想着，常青的手，却无论如何都抬不起来。他甚至还下意识地朝后侧了侧身，就像是要躲开她。

那只手悬在了半空。

一瞬静默。

朱成碧吸了口气，朝他踏近一步，准备开口。

就在此时，四面半透明的屏障从地面突然升起，将朱成碧困在其中。常青扑过去，在屏障上敲了又敲，那质地犹如琉璃，表面光泽流动。

朱成碧伸了一根手指，正在朝她这一面屏障内侧描画出几个文字——甲叁，丙贰，庚伍，辛柒。

她又在文字下方画了半边月牙，中间还添了几道水纹。

画完这些之后，她张开五指，将一只手贴在了屏障的内侧。屏障的内侧开始弥漫起迷雾，将她一点点地吞噬了。只留下一只掌印，悬在半空，还勾勒着那只手的形状。

常青怔怔地站着，他面前的屏障转眼变成了一般的砖墙。

“‘妙笔生花’，可自空无一物中化形万物。”忽然有女子的声音自背后传来，

“这次饕餮将军请来的帮手，原来是谪仙人……”

“别吵！”常青头也不回地打断了她，抬起手来，也放在那掌印曾经放过的地方。砖墙冰冷，但她手掌的温度仿佛还残留在上面。

他又沉默了一会儿，这才转过头去。眼前的女人长袖垂地，眼眉细长，左侧眼下一颗明显的泪痣，怀中抱着一面两尺来高的铜镜，两只鎏金的虬龙上下盘绕着镜面。她的腰尤其细，简直到了可以一掌盈握的地步，叫人不由得担心会不会有折断的危险。

“你刚才称呼我什么？”

“青莲居士，太白谪仙，怎么，这不是人类对您的称呼吗？”

常青恍然。这细腰女人似妖非妖，却似乎并不知道如今凡间早已改换了天地，还以为跟随朱成碧前来的人是“妙笔生花”的原主人。既然她看起来对李白还颇为尊敬，他决定不去纠正这个错误。

“朱……饕餮将军去了哪里？”他指着屏障，“这一切都是你所为？

女子弯腰行礼：“一切都不瞒谪仙，将军现在在我的镜中，只要你肯一并进入我镜中，便可再与她重逢。”不知何时起，浓雾从四周悄悄包围了过来，将街道两头的建筑都吞噬了，唯有他们此刻所站立的一段还是清晰的。一样东西从空中飞过，常青抬眼望去，却是他当初绘出的那匹飞马。它无处可去，盘旋了几圈，疑惑地甩了甩鬃毛，顷刻间重新融化为一滴墨汁，溅落在地。

“世人皆道，一切都是命中注定。却不知，命途犹如迷雾，实实在在是尚未确定，也不可预知之物。”细腰女子将镜子放在地上，铜制的镜面起初模糊一片，望得久了，竟微微地开始旋转起来。

“我这面镜子，便可拨开迷雾，窥见命运之一角，但这一角，却是即将发生在谪仙身上最可怕的事情。此事原本并非注定，一窥之下，便再无转圜余地。但如今，仙人若还想与将军重逢，便非得如此不可。”

“废话那么多。”常青不耐烦地回答，“入口何在？”

细腰女没有回答，只在那不断旋转的镜面上方摊开了一只邀请的手。

再睁眼时，他已被囚于铁笼之中。

那铁笼极小，仅能容纳一人弯腰。两根细小的铁链穿过脖子上的铁环，让他既无法完全坐下，也直不起腰来。胸口一侧传来剧烈疼痛，他伸手触了触，有血迹隐隐透过衣衫。喉咙中传来铁锈的味道，还有干裂的痛，犹如有砂纸在磨。

有阴影随着脚步接近，投在铁笼之上，他勉强扭头，去看那站在笼外之人。那人身后烧着火把，反而将面目映得模糊，只有那双髻却是熟悉无比。

“哈。”他听见她说，“只因我将这人类在身边带了几年，你们便以为，他对我来说，会与众不同？”

她睨着笼中的他，面无表情，就像她撕裂那些围攻他的人类时一样。

“连我自己也差点要相信，他真的会与众不同。只可惜，终究还是蝼蚁一般的东西。”

她忽然出手，探入笼中，将困住他的两根铁链尽都扯断了，又抓住笼上的铁棍，朝两侧一掰，铁笼吱吱作响，叫她生生掰出一个缺口来。她抓住铁链的断端，将他拖了出来，扔在地上。

“滚吧！从今往后，你我再无瓜葛，那三百两银子，本姑娘只当是打了水漂。”

他欲开口，喉咙剧痛，却是一个字都无法说出口。心口疼痛更甚，只伸手想去抓她的裙边，手指却只顾着颤动，哪里还抬得起来。

“还不快滚？”

“汤包？汤包？”

呼唤声中，他再度睁开了眼睛，第一样所见之物，便是那梳着双髻的毛茸茸的头顶，就顶在他的下巴上。

“做了噩梦吗？你刚刚在哭呢。”朱成碧趴在他的胸口，伸一根手指在他眼角沾了沾。

“这里是哪里？”常青抬起身来，视线所及，俱是山桃，身下芳草鲜美，旁边小溪潺潺，蝴蝶飞舞。而远处却是浓雾——这片桃源，被缓缓旋转着的浓雾包围其中。

“你睡糊涂了吗？不是我说想找一个清静的地方午睡，所以你画出了这处桃源？”

“不对，我们还在镜中。”常青站起来，伸手拽她，“你忘了吗？是你说要带我去寻一样难得的美食，便一路带我去了昆山府的元和镇？你还引得镇民们全都追在我俩后面，你还——”

你还将他们都撕了。你看他们的眼神，便如同他们都是尘土。

朱成碧却缠了上来，继续靠着他嘟囔着：“不要，我要留在这里。汤包也一直很想要这样吧？只有我们两个人，你也一直很想做这样的事情吧？”她越发贴近，在他的唇边吹了吹，翘了嘴笑着，却在同时翻转了手腕，袖中滑出一截细长的利刃，寒光闪烁，直直刺向他的腹部——

千钧一发之际，叫他攥住了手腕。

“不要……用她的脸……说这种话！”常青咬着牙，一个字一个字地说着，将那柄利刃扭转过来，一点点地逼近她的细腰，身后传来碎裂之声，四周的浓雾顿时扭转起来，什么芳草美景尽皆消失了。他们依旧站在那处街道上，那细腰女子背靠着铜镜，正在挣扎。他手中的刀刃已经穿透了她的身体，将她钉在了镜面之上。

常青叹了口气拔出刀，一抬头，却自铜镜中望见了真正的朱成碧。她所在之处，是另一处街道，仍是青砖白墙，根本无从辨识，只知道她正跪在地上，怀中抱着一个人。那人半身都已经血肉模糊、面目不清。而朱成碧正在抽泣，满脸都是泪痕。

自他与她相遇以来，从未见她如此伤心。

就在此刻，却有另一个一模一样的细腰女子，带着右眼下的泪痣从朱成碧身后闪出来，在她身后举起同样的利刃。而她没有回头。

鲜血顿时溅落在铜镜上，镜面所展示的景象瞬间消失了，只有那些血花沿着镜面缓缓滑落，甚至渗入了地面上的砖缝。他蹲下去，用指尖蘸了一些，是真的，而非幻象。

“谪仙没刺要害还真是怜香惜玉。”细腰女在他旁边爬了起来，接下来，她再也无法吐出一个词。常青捏住了她的喉咙。有墨汁自他的衣袖中染出，一只由丝线绣出的浑身雪白的狮子出现在他的胸前，须发贲张，无声地嘶吼着。

“我后悔了。”他简短地说，“我只问你一遍，她在何处？”

·三·

朱成碧置身在迷雾之中。细腰女倒在她的脚边，正在歇斯底里地左右翻滚。

“不过是一对儿双生的蜢子精，竟然嚣张至此。光是为了你刚才让我所见，便该活活捏死你！”她脸上泪痕交错，眼底却隐隐有怒火，她将手中一样软绵绵的东西狠狠一捏，“我且问你，需如何破解？”

细腰女惨叫一声，却还是上气不接下气地笑着：“将军比我清楚……这雾镜所见，皆是命中注定，要成真的事实……更何况，人类的寿命能有几年？将军难道不是早就知道……”

“我原是想，纵有七十年相守也好。”她喃喃，犹如自语，“可刚才那场景，他的头发都还是黑的，看起来尚不足三十岁。人类就算短寿，也不该至此！”

“这便是命运了。逆天转命，便是将军，也是要付出代价的。”细腰女笑得越发放肆了，“奴婢等着那一天！”

朱成碧手中之物终于被她彻底捏爆，汁液四溅，细腰女无声无息地消散了。原本环绕的迷雾也渐渐淡去，露出其后隐藏之物——却是一片半月形的池塘，池水清澈见底，旁边屋舍环绕。背后一轮巨大的金黄色的圆月，占据了大半个天空，连其上宫阙的轮廓都能看得一清二楚。

一个须发皆白的老头正盘腿坐在池边，脊背蜷曲，下巴都快要碰到脚尖，身旁摆有两只酒坛，用红纸扎了口。

酒香无声无息袭来。朱成碧脚下一个趔趄。

“好酒！”她赞扬道。老头缓缓转过头来，细小的黑眼晶亮，头顶两条鲜红触须在空中摇曳，面颊发红，醉得一塌糊涂。

“这么快便到了阵眼？我还以为要跟上次一样，每一次转移都要说出口诀才行。跟我来的那人呢？”

“不、不急，将军你写下的口诀，他会寻到这里来的。不如我们便在这里，一、一边饮酒赏月，一边等那人如何？”老头口齿不清地说。

朱成碧也踱了过去，跟那老头一般盘腿坐在池边，一回手将插在肩胛之间的利刃拔了出来，扔进池塘，那刀带着她的血咕咚一声沉入了水底。她毫不在意地说：“可是千日醉？”

“不错。”

她眯起眼睛，深深吸了口气。

“杜康当日酿成这千日醉，出窑之时，天地变色，风雨大作，山神湖精皆有所感，化为人形前来讨酒。那家伙胆子忒大，竟然真的让他们喝了，结果连神仙也醉倒在他家门口，尽都现出原形来，算是大大地出了一场丑。”

“可惜将军当时身、身在蓬莱仙岛，未及赶到，却是一口也未尝到。”

池水荡漾，将月光一层层映在他们二人身上。

“杜康死后，我曾翻过他的墓，没有找到。我不死心，将他亲朋好友的墓都翻了个底朝天，也未有结果。”

“将军有所不知。”那老头打了个酒嗝，“后来晋朝时有个叫刘伶的人，好饮酒，曾、曾有一次，醉了三年才醒过来。小老儿我听了这个故事，留了个心眼，便去晋朝时候有名的造酒师的墓里寻，共挖了三百六十七座，终、终究叫我找到了。”

他爱惜地拍了拍身边酒坛：“一共两坛，小老儿我已经蒙着眼睛在其中一坛里加入了沾唇即死的毒药，这药无色无味，便是将军也未必能分辨得出。”

“毒药？却也未必对我有用。”

“哪怕能让将军沉睡千年也好。”老头缓缓仰头，头顶触须飘动，“将军上次来时，吞我阳澄府子民八百万。我部族数千名，皆让将军塞入了酒坛。”

“我想起来了，上次确实是做醉虾来着。”朱成碧点着头，“剩了还有些没有吃完的，便放回湖里去了。你是哪一只？竟然醉到如今？”

“这重要吗？”老头儿打着酒嗝，乐呵呵地说，“总算上天有眼，让我等到将军再次前来。这两坛千日醉，小老儿与将军一、一人一坛，如何？”

朱成碧打量了一会儿那两只一模一样的酒坛，忽然翻身站起来。

“无聊。”她转身就要走，“贪心总是不好的，还是一门心思地吃你家主公去……”

她忽然住了口，醉老头已经揭开了其中一坛的封口，诱人的香气团团而至，将她围绕其中。他抱起酒坛，将其中的液体倾倒出来。在青玉琢成的三脚酒樽中，是猫的瞳孔一般幽深的液体，边缘近乎金色。

老头根本看也不看她，只是抬头念道：“星——垂——平——野——阔——月——涌——大——江——流——”

这诗一出，天地之间有风涌动，一时间碎叶起舞，水波荡漾，待诗句停时，却尽都重归寂寥。

“我听闻将军这次来时，身边又跟了个人类？”

“……又如何？”

老头摇了摇头。

“敢问将军，其寿几何？将军在这世上游荡，是有多少年？又有多少人曾与将军相交过？纵酒欢歌，鲜衣怒马，如今，他们却在何方？”醉虾老头拍着酒坛，每拍一次，便念一个名字，“梅东璟何在？段清棠何在？袁锦楣何在？那赐给你姓名，又将你困在无夏城五百余年的莲灯和尚，又在何方？”

“最后还是剩下你一人在此。从今往后，还有无穷无尽的岁月，长夜漫漫，仍将只剩得你一人。”

朱成碧捏紧了拳头。

“须知一切有为法，皆有如梦幻泡影，如梦亦如幻，如露亦如电。将军几百年来浴血奋战，出生入死，却依旧参不透，一错再错。”老头子连连摇头，“痴儿，痴儿！便是为此，是否当满饮此杯？”

他将酒樽朝她举过来，杯中液体荡漾，映着一轮圆月。

“说得好！”朱成碧哈哈大笑起来，捧了另一只没有开封的酒坛，一掌将封口处的纸拍碎了，便凑到唇边。

他们二人都未曾注意到，那原本沉在半月池底的利刃，在他们对话时早已微微颤抖。刃上沾着的朱成碧的血，渐渐地冒出了气泡。此时朱成碧一举起酒坛，池中的水顿时暴涨，气泡翻涌，竟达数层楼之高。气泡升到半空，渐渐消散，一只巨龙显露出身形，自高空中朝她扑过来，将她手中的酒坛撞得粉碎。

“我的酒！”

那巨龙咆哮，银白色的鳞片闪烁，如同成千上万的利剑，将朱成碧层层盘绕，却是护卫的姿态。

"……汤包？"

在依旧翻涌着的池水中央，有短短的一眨眼的时间，显露出另一个人的身影。他朝她伸出手来，像是要牵她一同离去。朱成碧也朝他伸出手去。

他们中间，隔着如此遥远的距离。

那个人的身影渐渐隐去了。朱成碧终于收回手来，抚摸着那环绕着她的巨龙的脖子。巨龙扭转了头，雪白的眼珠中央墨迹宛然。它原本就是由纸张和墨汁构成的形体，如今任务已完成，又沾了水，很快便瘫软在地，重新恢复成一张纸。

朱成碧弯腰，将那只纸做的龙捡了起来。

"好口才。"她点着头，"差一点便叫我忘了，我并非一人在此。"

·四·

那左眼下有泪痣的细腰女叫常青捏住了脖子，勉强作答："我之前……说过……她在……镜中……"

"根本就没有什么能困人在其中的镜子。"常青打断了她，"刚才将军踩亮的阵法，所用符文虽然复杂，但我随她多年，毕竟也能认出一二。那阵名为'移转乾坤'，其作用，也不过是将人从一处转移到另一处画有相同阵法之地。这镜子的作用，只是可以望见她身在何处而已。"

他眼神闪动，想是回忆起了朱成碧受伤的场景。

"那跟你一模一样的女子，想必也用同样的话来诳她，说什么眼前所见，是必定要发生的事实，好乱了她的心神。其实，不过是你们操纵的幻术罢了！"

他还要再说，却愣了一下。眼前似笑非笑的，再度是那双髻少女的脸，大眼红妆，他的手底便是滑腻的洁白脖颈，再下去便是微微隆起的胸脯。

常青不得不松了手。

"果然还是这样。"她吃吃笑着，故意将一条小腿翘起来，裙摆滑下，露出嫩藕般一截晶莹的肌肤，"就算明知奴婢是妖孽，但只要换上这张脸，谪仙便无可奈何。"

她的嘴唇朝两侧咧开，显露出兽脸来："你根本不了解那饕餮的可怕之处！她吞噬了多少怪兽！你所认识的，只是这一张脸而已！"

常青漠然地看了她一眼，转身要走。

"等、等一下，你要去哪里？"

他没有理睬，只过去将那已有裂纹的镜子拾了起来。

"便是寻到了启动之法也没用，这镇中同样的阵法共有七十二处，你如何知道她被转送到何处？"

细腰女话音未落，常青手底下的细纹便重新亮起来，彼此纠结，将他笼罩其中。

"我不需要找到她，只需要找到半月池即可。那里便是阵眼所在，也是我们一直在寻找的入口。"

"你、你怎知道半月池——"

"我不知道。"他一脸无辜，"那家伙画工拙劣，我只是随便一猜，那该是处池塘。可眼下见你如此紧张，可见我猜得不错。"

"就算如此，你也不知启动口诀！"

"口诀吗？"常青微微一笑，朝空中说，"甲叁！"

阵法忽然光芒大盛，旋转起来。常青望着怀中的镜子，镜中的朱成碧正站在半月形状的池塘旁边，面对着个驼背的老头子。他忽然开口："你吃了我吧！"

"哎？"

"这是我对她说的第一句话。那时我困窘潦倒，只求一死，而她，是盘踞在天香楼顶铜额血舌的巨兽。我以为这次必死无疑，她却从楼上下来，给我做了一碗蛋炒饭，管我要了三百两银子。"光芒围绕中，常青的身影渐渐淡去，只留下他说的最后一句话，"若说我只认得她一张脸，未免也太小看我了。"

终究却还是太慢了。

便是掌握了启动的口诀，也无法将转移的时间缩短。常青眼看着镜子里的朱成碧拔下带血的匕首扔进池中，甚至还有只言片语透过镜面传来。

"毒药？"他听见她说，"却也未必对我有用。"

谁曾想她竟如此糊涂，真的自个儿捧了那酒坛凑到嘴边，常青大急，他忽然想起来，之前朱成碧受伤，那血是从镜子另一面透过来的，他还摸过，她的血还残留在他的手上。

这意味着，这镜面是可以穿透的！

常青拔出笔，抵着手上残留的血迹，闭上了眼睛。他手上的血把笔尖润了，融入了笔中，而铜镜的另一边，被扔在池中的匕首，也因为其上血液的沸腾微微颤动起来。

以血为引，妙笔生花！

顷刻间，池中的巨龙拔地而起。眼看着朱成碧手中的酒坛被撞碎了，他才松了一口气，便看见她朝这边望了过来，翦水双眸流光飞转。

“汤包？”

有短暂的一瞬，他忘记了他们彼此身处的险境，也忘记了他们中间所隔着的遥远的距离。他也将一只手放在了镜面上，就好像真的能触到她的手指。

镜子却在同一个瞬间粉碎了。

·五·

皂面白底的布靴踩在卵石铺就的街道上，靴尖上绣着波浪。

靴子的主人有两个，均身着软甲，手里拖着的是一样制式的长枪。但除此之外，他俩可算是毫无相同之处：一个身材瘦高，头顶两根带锯齿的长刺，是一副虾脸；另一个却矮胖至极，鼓着对圆眼，厚厚的嘴唇旁边鳞片密布，生得是胖头鱼的模样。四下里无人，街面上飘浮着若有若无的薄雾。他俩一前一后地走着，矮的那个嘴里不停地念着：“……听得那饕餮要来，早就逃去湖底避祸了，哪儿还有闲人留在镇里？”

“嘘！”高个的将一根指头竖了起来，朝旁边指了指。

就在路的一侧，巷口正透出诡异的光线。不知道是谁启动了转移法阵，如今法阵光线稍减，叫他俩得以看清，一个身着黑衣的人站在阵中，手里拿着面镜子一般的东西。

“谁？”矮个子跳出来喊。

那人受了惊，手中的镜子竟然碎掉了。他转身便跑了起来。虾脸跟胖头鱼兵士追了一阵，眼看着这人逃进了死胡同，便都咧嘴笑起来，将手里的枪举着，慢慢地逼过去。那人背对着他们，面朝着墙，两手都捂着脸。

“转过来！”

那人缓缓转身，放下手，却是长须长刺皆全的一张虾脸，在阳澄府算是相貌普通，只是胸前绣着只雪白的狮子，倒颇为罕见。

虾脸兵士疑惑地嗅了嗅，之前他似乎嗅到一丝人类的味道，如今却不知所终。

“你为何会在此处？”

那黑衣的虾扭了扭头，含糊应道：“吓、吓着了，只顾了逃跑，失了方向……”

虾脸兵士同情地拍了拍他的肩膀：“既是如此，便随我俩一起去湖底暂避吧。亏得是我兄弟俩先发现了你，若是那饕餮先至，还不得将你剥皮抽筋，整个儿吞了？”

胖头鱼一直站在旁边，不作声地听着，此刻也走上前来，打量着那只黑衣的虾：“为何你看起来有些发红？”

那虾颇为不自在地咳了咳。

“近日有些发烧——”

朱成碧迈入了半月形的池塘。

池底的卵石开始滚动，朝她脚踝聚集而来，一层重在一层之上，竟铺满了她的全身，再要动弹，已是不能了。

醉虾老头见状，呵呵笑了起来。

“将军虽入阵眼，但要破这其中的机关，却也得费上一番工夫……”

话音未落，石缝中便射出了根根光线，转眼间竟爆裂了。卵石朝四周如雨般砸下，虾老头不得不以臂遮头，匍匐在地。再抬头时，站在原地的，是个银甲红缨的女将军，身材高挑，手中一双长刀，其上墨迹蜿蜒，像是妖兽的血，还没有来得及擦净。

她朝前一步，用原先那个十三四岁少女娇媚的声音说道：“费心启动机关什么的，简直是——太，麻，烦，了！”

她将长刀举过头顶，忽然间刀光暴涨，两道长刀交错着划下，在池塘正中画出一个巨型的“十”字。

片刻的静寂之后，刀锋划过之处訇然开裂，喷涌出层层巨浪。池边的屋舍纷纷倒塌了，更多的浪头从其后汹涌而出，竟有四五层楼高，瞬间便铺天盖地地罩了下来。

整座元和镇都缓缓沉入了湖底。

震动传来的时候，虾脸和胖头鱼兵士正带着他们在元和镇里发现的那只虾，行走在湖底的一条小路上。湖水波动不已，他们只得牢牢抓住旁边一丛水草。

“莫慌！”虾脸见那黑衣的虾半天不曾开口，以为他被吓到了，劝解道，“那凶兽每隔百年便犯我水府一次，以往都因咱家主公生性仁慈，不与她计较。这次不同往常，有了檀先生的傀儡相助，定能将其击败！”

胖头鱼在旁边咕哝：“虽说如此，但直接用那被封印在湖里的佛珠不是更好？”

“别瞎说！”

“我没瞎说！前几日轮到我在殿上值日，亲耳听到檀先生对主公说，天底下唯有一物能降伏那妖兽，就在阳澄湖底，偏偏主公就是不肯用！”

“你懂什么？”虾脸兵士一面拨开水草前行，一面训道，“那是前朝莲灯和尚留下来的，昼夜放光，湖底十余里外都能望见。周围的封印是主公亲手所布，任何妖物靠近，都会引来天雷，只有死路一条！如此宝物，岂能轻易动用？你说是吧？”

他回身去问，身后却只是空荡荡一片水域。那原本跟随在他们兄弟后面的黑衣虾民，已经不知去向。

自湖底望上去，那轮巨型的圆月便如同一朵由光线组成的莲花。朱成碧抬头看了看月亮，又回过头，吓得她面前的虾兵们纷纷朝后退去。此刻她身在阳澄府的中庭，之前她一路闯进来，凡是胆敢阻挠她的，都让她扔到一旁去了：“我不是什么杂碎都能吃的。快去叫你家主公出来！”

兵士们面面相觑。他们大多年轻，只是从传说中听说过饕餮的存在，此刻壮着胆子开口："要、要见主公，需得从我们身上过！"

"没、没错！"

她叹气，将一柄长刀扛在肩上，另一柄横过胸前来。她身材娇小，叫这长刀一衬，更显得诡异。

"对付你们，一把就够了。"她宣布。

那柔和的白光一直在远处，温煦安详，倒像是一路召唤他前来。

他游得近了，方才看清，原来水底修有六根柱子，其上安放的圆石，分别刻着六字真言中的一个字。围在中央的是一座袖珍的佛塔，制式与莲心塔一模一样。那发光的，是一串盘绕在佛塔顶端的星月菩提，浑圆剔透，共有一百零八颗，末梢挂着只纯银制成的金刚伏魔杵。

他双手合十，朝那佛珠拜了一拜，正要伸手取那佛珠，头上的虾脸却一晃，恢复成原本的人类样子，正是常青。他为自己画了只虾头入得这湖底，但他所画之物均有时限，这会儿虾头消失，他顿时便无法呼吸。偏偏在这个时候，柱子上的圆石转动起来，彼此之间放射出细小的闪电。他心知不妙。此刻若是立刻上浮，冒上湖面透气，或许还有一条生路。但那菩提佛珠近在眼前，是"唯一能制住那饕餮之物"。

他咬咬牙，继续沉了下去，一把抓住那串佛珠，将其从佛塔上取了下来。

几乎便在眨眼间，六道天雷同时击落。

·六·

"这只勉强可以凉拌，这只也可以白灼，这只太瘦了没有鱼子！唉唉唉！"

朱成碧一边嚷嚷着一边前进，她手中长刀如有生命，在水中斩动时，带动波纹，隐隐有萤火自其上飘出。

最后的一次挥动，却叫一柄横过来的枪给接住了，枪身下面眨着只独眼。那矮墩墩的家伙憋红了脸，套着副金色盔甲。

“八重？”她打量他，“如今你是将军了？”

八重缨没有答话，将枪奋力朝前一举，朱成碧卸了刀势，退了一步。

“枪身抖成这个样子。你在害怕，八重，就跟当年一样，你一直都是个胆小的家伙。”

那水母在她面前沉默不语，只是全身发抖。

“为何不逃？为何不干脆让开？”

“八重……当年也曾经问过将军同样的问题。”水母握紧了手中的枪，“八重虽然软弱驽钝，却一直仰慕将军的风骨。如今八重，也有必须要守护的人在背后，所以不能退；主公不曾脱险，八重也不敢死！”

“没想到你这软绵绵的水母，也有这么有骨气的一天。”朱成碧将那长刀的刀背在肩膀上磕着，“好！便让我看看，你的骨气究竟值多少斤两！”

六道天雷同时击落时，朱成碧正慢条斯理地踩在八重肚子上，身边辗转呻吟的虾脸兵将躺了一地。闪电如此耀眼，她跟八重以手遮眼，几乎在同时扭头。

“有人动了封印。”八重在她脚底咧开了嘴角，“那随将军前来的人类，也不知现在何处？可惜了，天雷之下，只怕是要粉身碎骨……”它还要再说，脸上的笑容却叫朱成碧给扇掉了。这一巴掌并不重，随之贴着它的脸颊刺入砖石的长刀才真正叫人魂飞魄散。

朱成碧俯下身来，揪着它的头发，在它耳边轻声说：“上次我做的是橙酿螃蟹，将你家主公的蟹肉、蟹黄、蟹油酿入橙盅，装入小甑，以酒、水、醋蒸熟，用盐拌而食之。这回呢，我又发明了一种新的方法，先将你家主公生生剁碎，以麻油先熬熟，冷却后，并草果、茴香、砂仁、花椒末、水姜、胡椒俱为末，再加葱、盐、醋共十味，拌匀后即时可食。”她得意洋洋，眼底却殊无笑意，“如此方便，便取个名字叫作洗手蟹，如何？”

八重愣愣地听着，大睁着的独眼已是泪眼婆娑，它用手背擦了擦鼻子：“身为臣子，便当尽忠守义，守护主公。如今属下无能，眼睁睁地看着主公受此巨痛羞辱，一个百年，又一个百年，实在是羞惭欲死……”

朱成碧站直了身，居高临下地看着他，一瞬间像是五百年前那个浴血奋战的女将军又回来了，胸口血洞宛然："尽、忠、守、义？别人不知道，你八重还不清楚吗？阳澄府里哪一个有脸在我面前说这四个字？"

突然，庞大的影子破开他们头顶的湖水，正在缓慢地朝他们逼近，貌似人形，却有着好几条手臂。

"檀先生！"八重喊道，"为何来得如此之晚？"

仿佛是为了回应它一般，一条涂着油彩的泥塑粗臂从天而降，将朱成碧牢牢按在掌心，却是一尊三头六臂的怒目金刚塑像，足有四五层楼高，也不知是哪一年沉入湖底的，居然尚未被水泡化。

"啊啊，这巨傀儡还比较像样子。"朱成碧的声音从一侧传来。她坐在宫殿顶的琉璃瓦之上，翘着条腿，"之前怎么不见拿出来过？"

金刚遭此戏弄，缓缓转身。朱成碧高高跃起，落在了另一处屋顶上，开始奔跑起来。那傀儡跟在她身后，六只拳头轮流挥舞，中庭顿时砖石飞溅，被殃及的虾脸兵将们四处闪躲。只有八重缨还留在原地，她觉察到它的视线，忽然咧嘴一笑，朝它跳了过来。

"告诉你件事情吧。"少女的发带在水中起伏，双眼湛湛生光，"这样的傀儡体形过大，跟元和镇中袭击我俩的镇民不同，光用傀儡丝无法驱动，必须要有一个隐藏的操控者，就在……这里！"她举起手中长刀，正指着金刚的脸。

可动作却忽然中断了。眼前的金刚正将两手来来回回地擦着，其上所粘的淤泥纷纷掉落。另外两对手也不闲着，正忙着清理混战中粘上身来的砖石碎末。她啼笑皆非，望着巨傀儡的方向："难道……"

金刚却转过了头，一把将朱成碧捏在了掌中。她奋力挣扎，奈何那手指越捏越紧，到了后来，竟然连骨节寸寸开裂的声音都听得一清二楚。巨傀儡在这个时候出现了异状：剩余的几条手臂，忽然朝抓着朱成碧的这一只伸了过来，一下下地撕扯着，塑像的手臂本就是稻草和泥做成的，如此一来，很快便粉碎了，湖水之中，升腾起道道泥浆。

但那抓着朱成碧的力道，却是丝毫未减，一直到少女的手软软地垂下，手中的长刀在水中飘落，径直掉落到八重缨的身边。

所以这便是最后了吗？八重缨望着那只悬在半空中毫无生气的手，他之前屏了好久的气，此刻终于长长地吐了出来。终于结束了吗？

连那金刚似乎也如此认为。它捧起了掌心中的少女，凑到眼前仔细观察着。朱成碧却忽然睁眼一笑，一拳打碎了金刚的鼻子。

“就知道是你！”她将手伸进了金刚脸上被她制造出来的缺口，一块块地撕开塑像的外壳，将一个人扯了出来。那人被层层银白色的傀儡丝缠绕在其中，正在挣扎，一侧手臂上的傀儡丝已经叫他扯断了，鲜血淋漓。

却是常青。

他像刚浮出水面似的连连咳嗽，好不容易顺过气来，问：“你有没有事情？我没办法控制这玩意儿——”

朱成碧眯了眼，忽然就靠了过来，将他的脖子一搂。这个拥抱如此贴近，常青几乎能听见她的心跳，正以跟他的心脏一样的节拍跳动着。奈何底下成百上千的虾兵，全都睁开了眼睛，一眨不眨地盯着他俩。常青只觉尴尬万分，轻轻地拍了拍她的后背：“你怎知是我？”

“阳澄府里哪来这么洁癖的傀儡？”

“不可能的！”八重在下面喊，“那封印是主公亲手设置的，但凡靠近者，必遭天雷，无一例外——”

“那佛珠的封印，是防范你我这等妖兽的。”一个声音遥遥地叹道，声调苍凉疲惫，却有一丝如释重负，“谁想到将军这次带来的帮手，是个人类。”

还留在废墟般的中庭里的水府兵士们，连同八重在内，齐刷刷地跪了下去。

“主公！”

沿着长路款款走过来的玄衣男人身材颀长，面色铁青，冠冕上彩色珊瑚珠子晃动，是先秦时候的款式。他径直走到朱常二人面前，合袖便拜。

“属下忤逆，竟趁我休眠之时，布下阵法，阻挡将军。但归根结底，是想护我周全。这万般罪孽，也自当由我一人承担，还请将军网开一面，饶过他们。”

“呃，等一下，我这里有一样东西……”

朱成碧完全没有理会常青。她站在已经停止行动的巨型金刚肩膀上，垂头看着那戴冠冕的男人。

“阳澄府无肠公。”她清清楚楚地念道。

“正是。”

“唐贞观年间，你恰逢天劫，将遭大难，由莲灯尊者所救，自此发下心愿，要肝脑涂地以报，是也不是？”

“是。”

“淞阳关一战，原定由你率十万水兵前来支援，你背信弃义，临阵脱逃，致使莲灯尊者以身相殉，方才镇压住了黑麒王，是也不是？”

“是。”

“呃，我说我找到了一样东西……”

“那好！”朱成碧深深吸了一口气，双手一拍，“你这螃蟹倒也好玩，修炼至今，只要不伤你蟹心，便可再生血肉。我这便来掀你的背壳，将蟹膏和蟹肉都掏出来，用加了紫苏叶的水蒸了，蘸着加姜末的香醋，倒也可算一吃！”

她纵身从傀儡的肩膀上跃下，还在半空中，身形便已经膨胀开来，是一整团黏稠的黑色阴影，顶端翻出的兽头，圆睁着冒着火焰的双眼。在她下方，无肠公安静地伏在地上，头顶的冠冕深深地埋在泥里。

“我说我这里有一样东西！你倒是听还是不听？”

常青甩出了一样物件，它在水中散发着乳白色的光芒，旋转着，直直地飞到那张开的血盆巨口之前。是那串星月菩提。

猛然间，佛珠的光芒暴涨，照耀下，那团阴影无所遁形，竟然层层蒸发。待光芒减弱了些，站在无肠公前面的，又是那个梳着双髻的少女了。她伸了手，佛珠如有感应，朝她缓缓降落，终于落入她手中，才将所有光芒尽都敛去。

她抓着佛珠，轻轻地贴到脸颊上，连声调都哽咽起来：“我好想你……”

佛珠像是得了感应，又发着光悬浮在空中。自佛珠所围成的圈内，一个人影慢慢显露出来，身着土黄色七衣，足蹬草鞋，除此之外身无长物，是个外表普通的僧人。

“阳澄府无肠公。”僧人缓缓开口，声音温润平和，颇为安详，“淞阳关一战凶险无比，便是有你水府子民相助，恐也难以扭转战局。贫僧已有觉悟，何必再枉造杀孽？你十万水兵，不发也罢。”

他停了停，却像是有些许踌躇：“贫僧此去，了无牵挂，却有一人，终是放心不下。她原本便肆意妄为，我这一去，留她独自在这世间，又不知道要惹出多少祸事来。”

他伸出一手，空悬在腰间，像是在摩挲谁的头顶。

“便请你，替我看顾于她。”

·七·

“……为何不早日告诉我？”

“尊者仁慈，才言道不必发兵，但无肠对救命恩人见死不救，对将军你言而无信，终究是难辞其咎。”无肠公抬起头来，又再度拜了下去，“将军每百年一次，掀壳取肉，虽剧痛难忍，却是无肠罪有应得。更何况，尊者将将军托付给无肠，无肠何德何能，担此重任，只求将军每一百年来吃上这么一回，终究是对这尘世，还有些许眷恋之处。”

这一番话，居然将朱成碧噎得说不出话来。常青在旁边好笑地看着，又见一个同样身材颀长、面色铁青的妇人奔了过来，跪在了无肠公的旁边。

“将军，求你放过我家主公！”她脸上的脂粉都花了，也全然不顾，只拍着胸口，“妾为母蟹，蟹黄更香，若能以妾身代之，感恩不尽！”

“你这是添的什么乱！“

身边的将士们却都喊了起来。

“对对，吃我吧！”

“吃我，吃我，我更肥些！”

朱成碧在那声浪围攻当中，终究是忍耐不住：“别吵啦！”众目睽睽中，她将头扭向一边，“啧，谁稀罕吃！”

常青听了，止不住地微笑起来。却有一物窸窸窣窣爬过来，扯他的裤脚。他低头一看，是那只穿金甲的独眼水母。它示意常青低头，在他耳边轻声说：“将军这次来，收敛了很多，跟谪仙肯定不无关系。”

“我真不是李白……”常青望着四周，曾经的宫廷楼阁如今已都是残垣断壁，“况且，这叫收敛了很多？”

话还未说完，朱成碧朝这个方向晃过来了，一边的嘴角上挂着笑：“八重，真不愧是水母，好毒的计啊！”

“不是我！”八重被吓得现出了原形，八条触手都抱着常青的腿，“公子救我！”

“确实不是它。”常青道，“我虽未被天雷伤及性命，却还是被震得倒地，一时间不能动弹。是一个半边脸上都戴着檀木面具的家伙将我拖起。我当时昏昏沉沉，只感到有什么在往身上层层包裹，醒来时却已经在那六臂的巨傀儡之中了。”

“那是傀儡丝。你还记得当初我们在无夏城的四璟园中，所见过的冒充鹂语姑娘尸体的人偶吗？跟这类傀儡是一样的东西，有傀儡丝的操纵，它们甚至能开口说话，还能流出鲜血，与真人无异。”

常青恍然想起，被朱成碧撕开的镇民们，在肢体的断端也有这种晶莹的丝闪烁。他诚恳地说：“这次是我的错，不该疑你。”

“喔？难不成你还疑过我？”朱成碧抬起了眉毛。

“没有！”常青迅速答道。朱成碧也不欲与他深究，扭头去问八重，“那戴面具之人何在？”

“不知。檀先生并非我水府人士，只是忽有一天出现在湖底，说得知我处将有大难，能助一臂之力而已。主公见他确有几分本事，便将他留了下来。我刚已经找过，如今已经不知去向了。”

琅琊王赵珩卧在半透明的白纱帐内，他刚刚沐浴完毕，披散着一头如鸦长发，一双桃花眼顾盼生辉。面前的案几上摆着只三头六臂的金刚泥像，琅琊王像是忽然来了兴致，伸出一根手指拨弄着。

“连巨傀儡也是不行么？”他漫不经心地说，手底下一用力，那金刚咔哒一声倒在桌上，生生断成了两截。

帐外跪着的人闻言缓缓抬起了头，半边脸都覆盖在一张檀木制成的面具之下。他抽动了薄薄的嘴角，形成一个微笑：“吾王，汝之心愿，必将达成。”

阳澄湖元和镇，曾邻千墩、锦溪，自唐起为昆山府所辖。水草丰美，民生富庶。有昏暗妖风，每百年一至，浩浩汤汤，卷鱼虾无数，百姓皆苦。一人覆假面、骑青马，曰：吾有解法。遂驱玉峰山南柯寺六臂金刚一座，步入湖底。湖水沸盈，天雷频降。妖风自此匿迹，再不复现。

第七章
双生菇

· 零 ·

他在深夜的森林中奔逃，身后怪物紧紧追赶。

已是深秋，树林中弥漫着树脂和腐烂在枝头的果子的芳香，但这一切都无法盖过自他身后传来、朝他缓缓弥漫过来的脂粉香气。那香气如此熟悉，是他曾经亲手为她买来，又亲手为她涂上的香粉的味道。

他两股战栗，如今已经到了树林边缘，他拼尽力气，纵身一跃——

落地的时候，半只脚却踏入了虚空，只差半分，便要朝无尽的黑暗中坠落下去。他吓得连连后退，忽然，黑暗中，射出了点点光芒。那是些细小的、不计其数的光点，散发着靛紫色的荧光。它们被落石所惊动，在水下四散逃离，却又撞亮了更多的光点。一层层由荧光组成的波浪沿着水面，朝着黑夜深处无边无际地铺展开去。这原是一处隐藏在山林深处的湖泊，犹如藏在匣内的璀璨宝珠，顷刻间叫人打开了匣盖，露出粼粼珠光。

瑶光海。

这个失魂落魄的男人陷入了短暂的失神。这等美景他只在书上读到过，但他只来得及发出一声感叹，便有一只冰冷的手如有吸盘般附上了他的后脑，指尖根根雪白，指甲还用凤仙花染成了红色。

“段郎，”随着它开口，腐烂的脂粉味道萦绕而至，“找得奴家好苦。”他全身僵直，拼命想要闭上眼睛，身体却完全不受控制，只得一寸寸地转过头去。

“你、你不是早就死了，我明明已经把你埋了！”

暴露在瑶光海的光芒之下的，依旧是他记忆中的美人脸，肌如凝脂，唇如樱桃，却只有半张。此刻朝他缓缓转过来的另外半张脸上面，腐烂发黑的肉块正在掉落。他骇得手脚都冰凉了，想要逃走，却已经是不能。只能眼睁睁看着这女人外表的怪物从前额纵裂开一道口子，一条鲜红的长舌从其中弹了出来，舌身上翻卷着层层利齿。

惨叫声持续了很长的时间。

纪海茹猛地睁开了眼睛。

她翻身坐起，不自觉地打了个寒战，寻了件长袄披在肩上，便急忙撑开了窗。窗下是一层浮动的荧光，瑶光海正在用一种让人昏昏欲睡的轻柔拍打着浮鱼客栈的一侧。她没有听错。有人再一次惊动了瑶光海。

纪海茹迅速下了楼，自客栈一楼的柜台后面取出了一盏带灯罩的高枝双缠莲花灯，连鞋都没有顾上穿，便举着它走上了连接浮鱼和陆地的栈桥。

和往常一样，客栈里老迈的昆仑奴蜷缩在桥头，将满是白发的头枕在胳膊上。纪海茹经过的时候，他也不知道梦见了什么吃食，正在不安地嘟囔着："还不够，远远不够。离熟还早得很……"

深夜的薄雾在林间蔓延，纪海茹举着灯，裹紧了身上的长袄，赤裸的脚趾陷在腐烂的树叶当中。她在一处明显的摔倒痕迹旁边停了一阵，判断着，这也应该是一只笨拙而且肥胖的野兽。因为它从泥潭中出来之后,直接逃往了瑶光海的方向。

她沿着泥水痕迹，走向了同样的方向。树木在她的两侧无声退却，她手中的灯光驱散了薄雾，将另一段瑶光海自黑暗之中拽了出来。有一个影子正立在湖水之中，搅动着水花。

吞咽和咀嚼的声音，腐烂的脂粉味道。纪海茹屏住了呼吸，将灯举得更高些。那影子被她的灯光所惊动，猛地转过身来，长发上带着荧光的湖水飞溅，双臂挡在眼前。

一瞬间，她的耳边灌满了呼啸的风声，几乎让她摔掉了手中的灯，但她用尽力气将莲灯朝那影子高举。

风声在瞬间止歇了。

纪海茹再度睁眼的时候，齐腰深的湖水中站着个赤裸少女，有着跟自己一模一样的晶莹大眼。唯一不同寻常的是少女的耳朵，就像两只巴掌大小的蘑菇，边缘是胭脂一般的红色，正在沮丧地微微下垂。

纪海茹眨了眨眼睛，才意识到自己满脸都是泪水。

"八年了，你这是去了哪里，如今才回来？"她开口，声音里满是哽咽，却忽然一下破涕为笑，只顾着脱下身上的长袄，披在少女赤裸的肩上。

"快出来吧，水里凉！"

·一·

谭一鹭离开无夏城，沿着驿路进入苍梧山，是在三日之前。

起初还有商队可以载他一程。他这人相貌儒雅，待人谦和本分，很快便跟商人们称兄道弟起来，连带着听了不少山间特有的乡野传闻。他仔细听着，尤其将其中提到瑶光海的部分牢牢记了下来。

瑶光海是苍梧山中最大的湖泊，瑶光海上的浮鱼客栈，有着方圆百里最漂亮的老板娘。“浮鱼客栈的虹鳟鱼汤是天底下最好喝的，这样寒冷的夜晚，如果能喝上一碗，便是皇帝老儿叫我去坐他的宝座，我也不去。”一个留着山羊胡子的老行商补充。

谭一鹭跟他们一起哄笑起来。

“若在下叫大家说得心动，现在便想去寻那浮鱼客栈呢，可有人愿意带路？”

奇怪的是，这些粗豪的汉子们几乎在同时沉默了下来。“若是之前，我们回无夏城的途中，无论如何也是要去一趟浮鱼的，”老行商嗫嚅，“可如今……”

他在行商们的眼中读到了重重惧怕，但这仍不足以阻挡他继续前行的脚步。离了商队之后，他按照行商们的描述，离开大路，转而沿着苍梧山的山脊走了足足两日，才终于叫他寻到了瑶光海。

若那些行商所言非虚，这瑶光海的湖水到了夜间，受到剧烈搅动，便会开始发光，有时甚至整个湖面都会铺满细小的荧光。这是因为湖中生有一种独特的细藻，它们终日浮游，白日里吞吃了阳光，在夜间吐出来，等光亮熄灭的时候，它们的生命也会随之终止。

而浮鱼客栈，就在这会发出荧光的湖面之上，上下颠簸。它靠着八根鲜红的长绳固定住那原本是一艘双桅的木船，经过改装，在甲板之上又加盖了三层小楼，临瑶光海的一面俱是雕花的木窗。飞檐下面，鲤鱼含珠形状的风铃正在风中打转。

几乎就在同时，投影在瑶光海中的云层发生了变化。谭一鹭皱起眉头，苍梧山的气候总是变化多端，难保不会有突如其来的冰雹和暴雨，他迅速地沿着山坡跑了下去，山风猎猎，沉甸甸的背篓在他身后颠着。他转念一想，将背篓解下来抱在胸前。

这举动非常明智，因为下一个瞬间，豆大的雨点便追着他的脚后跟砸了下来。他用袖子遮着背篓，跑上了栈桥，一个皮肤黝黑的昆仑老奴站在甲板上，雨点同样也砸在了他的身上，但他浑然不觉。

他望着谭一鹭狼狈地朝自己跑过来，嘴角咧开。谭一鹭顾不上跟他寒暄，只抱着背篓，急着去掀客栈门口垂下的棉布门帘。

“还差五个。现在还不熟。”

谭一鹭猛地回头，门帘外是那昆仑老奴意味深长的笑容。谭一鹭觉得自己在哪里见过这个全身黝黑的老头，但无论如何都无法再进一步回想下去。他不准备再继续深究，只转身便进了浮鱼客栈。

客栈内光线昏暗，跟无夏城内大多数客栈一样，一楼是兼供吃食的厅堂，摆了几张八仙桌，中央的方形火塘里烧着明亮的炭火。谭一鹭走进去，首先跳入眼帘的便是地上那团明红的火焰，他一转眼，只见角落中有一张凶恶的兽脸，怒目圆睁，双眼通红。

谭一鹭心中一惊，伸手便去取藏在背篓里的乌鹫刀，眼睛却已经逐渐适应了室内的光线，再看时，坐在角落里的，只是个梳着双髻的少女，着石榴红对襟短袄，杏黄色百鸟翎裙。那件短袄的双袖绣的都是缠枝芙蓉牡丹，却偏偏在当胸绣了张凶兽饕餮的脸，兽眼处镶着一对鸽血红的宝石，湛湛生光。此刻，她已经移开了打量谭一鹭的目光，正跟身边一个年轻俊俏的公子低了头，也不知道在说些什么，后者带着笑望着她，眼神中三分懒散，却有七分温柔。

他松了口气，缓缓放开了刀柄，掌心中竟微微出汗。一回头，一个盘腿坐在火塘旁边的光头大汉正挑衅地盯着他，左手有一下没一下地摸着腰间一柄弯刀。

谭一鹭心中叫苦，赶紧高举双手，抱着他的背篓就想坐到火塘边去。

“嗯？”光头大汉的眉毛竖了起来，将弯刀缓缓抽出，刀背朝前，朝他当胸一送。谭一鹭瞬间明白，这火不是白烤的。他从袖子里摸出十几文来，摆在那刀身上，那刀抖了抖，却只是不撤。

他哭丧着脸，将剩下的十几文慢吞吞地攥在手心里，朝刀身上闭眼一放。大汉这才满意地转过刀身，朝火塘对面点了点下巴：“喏。”

谭一鹭如得大赦，赶紧搬了背篓坐过去，将篓里之物一样样取出来摆在火塘旁边的地上晾晒。他没有忘记自己的行商身份，这一路跟山民换了不少山货，甚至换来了几朵罕见的天白花菇，足有碗口那么大，雪白耀眼，被他珍惜地放在了中央。火塘的温度一烤，顿时鲜香四溢。

那个梳双髻的小姑娘遥遥地“咦”了一声，自语道：“好香的花菇。”

谭一鹭低了头，就当没有听见。无风，火塘里的火苗却忽然蹿了蹿，再平静下来时，那娇媚的少女声音就已经到了他的身后，带着笑缓慢重复：“好香……”

谭一鹭硬着头皮回头，只见她一双大眼映着火光，便如融化的黄金，随之而来的浓郁的芙蓉熏香甚至盖过了花菇的香味。他只得拱手：“见过朱掌柜。”

小姑娘朝一侧歪了歪头：“你认得我？”

“这世上统共就一座天香楼，无夏城中哪个不晓得朱成碧掌柜？”他语调轻松，半是说笑，“朱掌柜厨艺之精，当世罕见。上个月的芙蓉焰，小人蒙朋友相邀，有幸尝过那么一勺，至今犹有余味。那边那位，想必便是常青公子了？”

“我瞧你却面生得很！”

谭一鹭失笑：“谭某一个小小的行脚商人，朱掌柜哪里能记得？”

“行脚商人？”常青却不知何时已经站在了他的背篓旁边，低着头似笑非笑，“带刀的却是少见。”

“带着防身罢了。”谭一鹭叹一口气，将那朵天白花菇小心翼翼地捧起来，“二位想必也知道，最近这苍梧山中，不算太平。无夏城里，这一朵花菇，要卖到五十文了。倒是二位，凑的是什么热闹？”

“跟你一样。”朱成碧蹲在一旁回答。她早将他摆在地上的山货嗅了个七七八八，此刻点头道，“不错不错。唯有这苍梧山顶的花菇，叫夜间的寒冷冻裂了，又在第二日晴朗的阳光中愈合，如此重复上七七四十九个日夜，十朵之中方能成上这一朵天白。不过，却依旧不是我想要的。”

“连朱掌柜都想要的，必定是天上地下独一无二的奇珍了！”他恭维道，“却是何物？”

朱成碧注视他良久，忽然露出虎牙，莞尔一笑：“来早了！没想到等了那么久，却还是不够成熟呢。”她两手一拍，站了起来，“罢了！再待一个晚上便回去罢。”

此刻，从楼上飘下来一阵笑声，犹如银铃相击。

“怎么，姑娘这便要走？不再多住些时日了？”

·二·

带着笑从二楼楼梯上走下来的，正是浮鱼客栈的老板娘纪海茹。

纪老板娘一身素色，挽的是少妇的发髻。弯着对细细的柳叶眉，明眸流转时，却有十分的风情。

照那些行商的说法，八年前，她的双胞胎妹妹纪海蓉，眼看就要出嫁了，却不知怎地溺死在了瑶光海里。纪老爷子悲伤过度，也跟着一起去了，将浮鱼留给了她一个弱女子。那时纪海茹不过只有十八岁，却拿出了男子汉一般的气魄，自梳了头发，立下誓言终身不嫁，并继承了客栈。从此浮鱼便靠她跟一个昆仑老奴撑着，居然没有倒闭，生意反而越发红火，光凭这点，眼前这年轻的老板娘便不容小觑。

眼下她柔若无骨地靠在栏杆上，朝楼下的诸位甩了甩手绢：“可巧我正跟这位渊玄道长说，虽然并非我邀请他前来，但他既然都来了，便当替我看一看这浮鱼的风水，他告诉我，浮鱼的风水可是再好不过了，姑娘不再多住几日吗？”

谭一鹭这才注意到，纪海茹身后还跟了个花白头发的道士，看起来倒也仙风道骨，只可惜前襟却油腻腻的，像是吃完了鸡腿之后，随手便往上抹的结果。

这道士一边下楼，一边忧心忡忡地说：“这风水是好，但也难敌妖鱼作孽啊！这瑶光海中便有吃人的妖鱼，那请我来此的人说得千真万确，说不定，此刻那妖鱼便在浮鱼客栈附近！”

此话一出，厅堂里的客人们都静默了。纪海茹用手绢拍着胸口：“哎呀呀，吓死咯！既是如此，便请道长捉妖如何？”她眼珠转了转，“不过，道长若能捉到，自当有谢礼，若是捉不到妖鱼，可得替我广而告之。否则我这浮鱼的生意，还要不要做了？”

那道士正待开口，一个锦衣的公子哥裹着雨点闯进了客栈，一迭声地喊着阿茹。纪海茹抬了抬眼："柳公子？这么大的雨，你这是——"

这姓柳的公子原本装束精致，此刻却有些狼狈，半边身子都湿淋淋的，但他毫不在意，朝前走了几步，满面欢喜："还不是为了过来见你？"

他这一走，露出原本躲在他身后的另一个人，却是个单薄的女子，眼下乌青，瘦得两颊都凹了下去。她手中拿着把油纸伞，却不知为何，湿得比那公子还要厉害，浑身的水都在往下滴着。

纪海茹赶紧从楼上下来："柳夫人？我的九娘哎，你也来了？这如何使得，一会儿又要咳起来了，赶紧在火边烤烤！"

那女子只是不动，拿眼睛去望柳公子。

"你还是赶紧去烤火吧。"柳公子连忙摆手，"省得一会儿烧起来又来缠我。"

九娘得了这话，哆嗦着凑去火塘旁边。谭一鹭挪开了背篓，好叫她能坐下。柳仲仙立刻凑去纪海茹旁边，将一个层层包裹的小纸袋从怀里取了出来："阿茹，我一收到你的信——"

"嗯？"纪海茹一拖长声音，他立刻改口。

"不，不是，是我自己相思如焚，一刻也不能耽搁，特地给你送无夏城里春熙楼新出的甜嘴儿来。我知你最爱吃这个。"

纪海茹朝纸袋里扫了一眼，道："我近日胃口不太好，这蜜渍乌梅还是给九娘吧。"

柳公子连续遭到拒绝，脸上有些发僵。纪海茹便靠过去，将手绢下的两根手指在他腕上一抹，他的骨头又有些轻了起来，笑眯眯地过去蹲在九娘旁边，将纸袋扔给她。

"吃吗？"

火塘光芒照耀下，纸袋中的乌梅干瘪，颜色犹如凝固的鲜血。

九娘一低头，竟然捂住嘴，跑到窗边干呕起来，柳仲仙不慌不忙地蹲在原地，将那纸袋重新捡了起来，一点点地包好。此刻，他身边只剩谭一鹭跟那光头汉子，便再不肯掩饰面上的嫌恶表情。谭一鹭在旁边，瞧了个一清二楚。

正在这时，九娘却指着窗外的瑶光海喊起来——

"妖怪！水里面有妖怪！"

她只喊了这一声便昏过去了。柳公子好歹还有些为人丈夫的自觉，赶过去接住了她，谭一鹭一听到她喊，拔腿便朝窗边跑，那光头汉子跟他几乎同时到了窗边。两人抬头望去，暮色中一片茫茫水面，却不知妖兽何在。此时忽觉有人踩上了自己肩膀，头顶有衣袖作响，那人朝空中一个飞纵，落向水面，竟然稳稳地站住了。

却是渊玄道长。

水花四溅，波浪翻动，隐约可见真的有一条鱼尾上下翻卷，跟道士斗成一团。

天香楼的那两人此刻也不慌不忙地朝窗边踱了过来。谭一鹭只听得他俩低声交谈。

“水底下必事先埋有木桩，呆会儿他还会抓条鱼回来，说那便是鱼妖。”

“嘘！”常青的声调里带着笑意，“你若不肯好好看戏，岂不是枉费道长一场辛苦。”

这边话音未落，渊玄便自水面上又平平地掠了回来，手里拎了条金红鳞片的虹鳟鱼：“这便是那妖鱼了。它夜晚能化人形，专门吸人精气，最近瑶光海旁边常有山民无故失踪，便是它做的了。”

天香楼的两人都笑而不语。那光头的汉子却信以为真，一面翻检着那鱼，嘴里啧啧有声。纪海茹的脸色不太好，她说请这神棍道人捕妖，原是想要激他一下，没想到对方有备而来。但她见多识广，经验老到，很快便调整了脸色，笑吟吟地迎了过来。

“却是我不识泰山，没瞧出道长果真身怀绝技！黎伯，过来将这鱼收拾收拾，今晚给大家做汤喝！”

·三·

谭一鹭早听说浮鱼的虹鳟鱼汤相当有名，因此心中存了些期待。那昆仑老奴不一会儿便做得了鱼汤，用一只粗糙的青花大碗盛了上来，纪海茹又给在场的人，连同那终于悠悠醒来的九娘，都各自分了一小碗。但见汤色雪白，肉质鲜嫩，除了一把粗盐外，并无别的调料，只浮了两三颗碧绿的香葱。谭一鹭尝了一口，并没觉得特别，但他本就不擅品菜，却知道朱成碧是出了名的刁钻舌头，一般的吃食根本就懒得动筷。因此朝她笑道：“朱掌柜的以为如何？”

“这个嘛……”她将筷子尖在汤里搅了搅，滴在舌头中央，“略烫了些……”她正待要继续说下去，那光头的汉子却沿着二楼的楼梯冲了下来。

“别喝了！”光头大喊。他额上满是冷汗，肩膀微微颤抖，眼中惊惶不定。

“还喝！那道士已经叫妖鱼给杀了！”

谭一鹭在渊玄的尸体一侧蹲了下来。

此刻他终于知道，为何光头这样的粗汉，也能被吓成那个样子，而他又为何要强调是“妖鱼”所为。浮鱼的二楼是成排的客房，渊玄没有死在房内，却是靠在正对着自己房间的走道上，保持着朝前伸出一只手的姿势。谭一鹭赶到的时候，那只手已经干瘪了，手背上密密麻麻，尽是些成对儿的褐色蘑菇。

谭一鹭掀开渊玄的衣服，确认他全身都被这种诡异的蘑菇所覆盖。他甚至还挑起了一片蘑菇，这蘑菇牢牢地附着在皮肤上，无法轻易被摘下来。就在他做这些的时候，渊玄的脸还在继续干瘪下去，而新的蘑菇正从他的两颊间冒出。

一个惊恐万状的表情凝固在他的脸上。

干呕的声音从后面传来。柳仲仙哆嗦着问：“这、这是为何？”

“不知。”谭一鹭站起来，干脆利落地回答，“柳公子，还请你替我们照看一楼的女眷，别让她们上楼来受了惊吓。”

柳仲仙下楼去了，旁边的光头还在跟常青絮絮叨叨地讲着：“我本是想让这道士教我功夫的，可他不肯，只推说要回房梳洗去，谁知道，他忽然撞在门上就退了出来，一面喊着什么都是他的错，一面将怀里的银票拿出来乱撒。我还以为他发了失心疯，岂不正是我捡银票的好机会？谁知道他倒在地上，便成了这个样子。”

“他喊了些什么？”常青听到这里，忽然问。

光头想了想，捏着嗓子学起来：“是我的错！我不知你病得如此严重，只说多拖得几日，可以多赚些银两——都拿去，都拿去！”

他声音嘶哑，却将那惊惶绝望学了个七八分，叫人毛骨悚然。

“难不成，这道士杀了妖鱼，如今湖内还有同伙，找他报仇来了？”

“却也未必。”谭一鹭插话道，“可没有人能够证明你所说的一切。这些银票，也完全可能是你杀死他之后再布置的，然后再将一切都推给妖鱼。”

光头愣了一下，然后暴跳如雷：“你说什么？”他抓起身侧的腰刀，立时便要抽将出来。

常青在旁边长叹一声：“别打了。他额头上有遭啃噬的痕迹，伤口虽小，但足以致命。更何况房间地板上有湿漉漉的水渍——是妖兽所为。”

此话一出，他们三个同时听见了细小的啃噬声，犹如有细小的牙齿，在坚持不懈地啃咬着他们脚下的船板，一时间，却无法分辨究竟是从何处传来。

光头最先忍耐不住，拔腿就跑：“这鬼客栈爷爷不待了！”

谭一鹭跟常青追了过去。厅里的女眷们围着桌子，柳仲仙正在纪海茹身边温言细语地安慰着，见光头跑下楼来，站起来问：“刚才那啃噬声，却是何物？”

光头充耳不闻，只朝门口扑去，那叫作黎伯的昆仑奴也不知道从哪里冒了出来，伸着两只手臂就要拦住他，却被他掀到一边。眼看他推了门，掀开门帘就要往外冲，一脚却踏在了空中。

“小心！”黎伯喊着，一把抓住他的背心，竟如同拎一只小鸡一般，将他拽了回来。光头失魂落魄地坐在地上，跟厅里所有的人一起，望着门外。竟是黑黝黝一片湖面，无边无际。整座浮鱼客栈在不知不觉中，已经离了栈桥，在瑶光海中浮沉。

“怎么会！”纪海茹冲了上来，伸手去摸门外一侧固定的红绳，可握在她手中的只剩红绳的一截，她脚下不稳，差点摔在地上。

“这是被人用利器削断的。”

光头惊觉到众人的注视，大声嚷嚷起来：“还在怀疑我？若是我做的，怎么会将自己也一并困在这有妖鱼的船上？”

“或许你还另有所图，那道士虽为妖兽所杀，也无法完全洗清你的嫌疑。”

光头咬牙切齿：“总之，此事与我无关，今晚谁也不要来烦爷爷，否则刀可不长眼睛！”

谭一鹭望着他跑上楼去，随即传来摔门声。常青之前站得远，等到此刻，才慢条斯理地朝他踱了过来。

“不是他。”他低声说。

“自然不是。这家伙外强中干，真要杀人，也绝想不到这样诡异的法子。”

“既是如此，谭兄又为何要激他？”

“他太吵了。”谭一鹭转身要走，常青却继续说着：“这里有刀能割断绳索的，也不止光头一人。”

谭一鹭失笑：“原来常公子在怀疑在下？”

“无夏城中，认得我的人并不少。”常青面上一点笑意也无，“但见过朱姑娘的，总共不到一二十人，且都叫那芙蓉熏香搅浑了记忆，无法回忆起她的确切相貌。而你，你一眼便认出了她，这是其一。其二，作为一名进山收香菇的行商，眼见同伴离奇死亡，不担心自己的货物，反倒头头是道分析起案情来，常某再驽钝，也该有所察觉。”

谭一鹭伸手入怀，却叫他死死按住了。“我说得可对，羿师大人？”

他俩同时低头，谭一鹭握在手中、尚未掏出来的，却是一枚写着“羿”字的乌木腰牌。

“但凡巡猎司内的羿师，没有我跟掌柜的不熟悉的，但谭兄却真是面生得很，想必是琅琊王麾下的暗羿了？”

“公子果真明察秋毫……”谭一鹭点了点头，“我却也知道，天香楼的常青公子，有一支可以妙笔生花的神笔，兼有白泽精怪图在手，可瞬间唤出上千种妖兽。如今我们一起被困在此，何不画一道桥梁出来，好让大家回到岸边？”

没想到的是，对方露出了尴尬之色：“这个……”

“他的笔叫我玩儿坏了，眼下耳鼠尽都冬眠了，寻不到可供修补的毛。”朱成碧的声音从桌边含糊地传来。她坐在桌上，翘着条腿，嘴里叼着筷子，“你们不吃吗？这鱼汤好不容易凉到这个最佳温度，再凉些就不好吃了。”她见剩下的人都望着她，不解地问。

“既是如此，只好明早再做打算了。”谭一鹭将乌鹭刀握在手里，“今晚我就歇在大堂吧，各位安心。”

那天夜里，谭一鹭做了一个梦。

他梦到自己独自躺在单薄的木板上，在瑶光海上随波漂浮。湖面上挤挤挨挨，尽是骷髅，正在一点点啃食着他身下的木板。每当风起，那些骷髅都会彼此碰撞，下颌骨颤抖着，“砰砰”作响。

惊醒时，窗外鲤鱼形状的风铃还在响着。瑶光海中荧光汹涌，照得他面前一张黝黑脸庞犹如鬼怪般狰狞。谭一鹭吓了一跳，将乌鹫刀举在胸前，才认出是那叫作黎伯的昆仑老奴。

“还差四个。”那老奴低下头，朝他喃喃，“还差四个才会熟。”

·四·

再惊醒时，已经是第二日清晨。

客栈周遭的景象渐渐显露出来，日光中一片波光粼粼，离岸怕是有十几里。人们陆陆续续地下了楼，神色间多少都有些疲惫。纪海茹更是面露愁容，少了平日欢声笑语的样子，眼角竟也显露出皱纹来。

柳仲仙得了这个机会，绕着她大献殷勤，再次拿出了那包蜜渍乌梅。这次纪海茹没有拒绝，将纸包抓在手里只是发愣。九娘缩在一旁角落里，用袖子掩着脸，只露出一只眼睛，死死地盯着她家相公。

谭一鹭一个接一个地看过去，发现唯独缺了光头。

那头脑简单的家伙昨日叫他一吓，不会不敢出房门了吧？谭一鹭正在揣摩，黎伯却出现了，他胳膊上挎了个食盒，站在堂中，浑身筛糠一般地抖着。

“咋了？你倒是说话啊？” 他对纪海茹的问话充耳不闻，只是打开食盒，将里面的粥碗一个接一个地捧出来放在桌上，手抖得粥都叫他撒了一半。谭一鹭一把抓住他的手腕，黎伯抬眼望见是他，便咧嘴一笑，伸出三根手指头来。

只差三个了。

谭一鹭脑子里嗡的一声，拔腿便朝楼上冲去，却在光头的房间门口停住了脚步。其余的人跟在他后面，只见房门大开，屋内空空如也，只有同样湿漉漉的痕迹，沿着走廊一路拖了下去。谭一鹭将乌鹫刀拔了出来，小心地沿着那痕迹开始搜寻。

楼板上原有一处暗门，水渍到了暗门里，便消失了踪迹。谭一鹭朝暗门里望了望，只觉得水汽翻涌，另有一股酒曲暗暗发酵的酸味。问过纪海茹，才知这里原本是船上的舱室，浮鱼建成后，便用来做储藏用，放的都是些酒坛、腌菜、醋坛之类。他又跟她要了火折子来，朝里面扔了一个。火折子掉在中央，照亮了周围，果然尽是些大大小小的坛子，随着火光跳动，将影子投在四面墙上。

“那是谁？”柳仲仙眼尖，率先叫起来。

谭一鹭随之也望见，一人倒在酒坛之间，双臂交叉掩面，大刀落在身旁，双脚还在动弹。正是那光头。

“他还活着！”谭一鹭心中大喜。

此刻，光头身后的墙上却缓缓升起来另一个庞大的影子，似人非人。

谭一鹭一生之中，从未见过这样的怪物。明明是鱼形，却在身体两侧长出了属于少女的雪白的手脚，此刻正用那人形的手脚在酒坛之间爬行着。圆鼓鼓的鱼眼两侧，各生了一只蘑菇形状的耳朵，从边缘起有一半都是胭脂红色。它甩了甩尾巴，一侧的酒坛上顿时出现一道湿漉漉的痕迹。

“师弟，师弟！”光头在一旁颠三倒四地喊着，“我不该诬你偷牛，我只是害怕师傅会将他的绝活儿传给你！但我真不知道你会病死在狱中……”

眼看那怪物越来越近，谭一鹭大急：“快跑！它根本不是你师弟——”

这一声惊动了那怪物。它原本已经裂开了前额，伸出一条两尺多长的鲜红舌头来，要舔光头，被谭一鹭一吓，收回了舌头，却朝他的方向望了过来。刹那间，谭一鹭只觉得呼吸困难，视野边缘所及，全都微微变形，双耳中嗡嗡作响。此刻站在储藏室内的，再不是那相貌可怖的怪鱼，而是那个披散着乌黑如鸦长发的人，一双桃花眼，正朝他微微地笑着。

却是琅琊王。

谭一鹭只觉得冷汗涔涔，视线却像是胶着在那人身上一般。他眼睁睁地看着王爷雪白的前额从中裂开，带利齿的舌头朝自己卷来，却无法移动分毫。

多亏一只手抓住了他的肩膀，将他往后一扯。暗门被迅速地合上，那舌头击打在门上，发出“砰”的一声。光头的惨叫声声传来。在场的人默不作声地听着，只觉得骨头缝里都灌满了寒风。

谭一鹭喘了一阵，低声向出手相救的常青道了谢，勉强站了起来：“得去寻些重物来将这门堵上，别让那怪鱼再爬上来。”

纪海茹苍白着脸，摇头道：“当初改成客栈时需要考虑船身吃重，楼板全都用的是最薄的。这鱼必定已啃出了通道，进入上两层，只怕是朝夕之间了。”

谭一鹭恍然，原来昨夜梦中的啃噬之声，竟是这怪鱼在啃咬楼板。一夜之间，便有两人丧命在妖兽手中，他心中正在愤懑不已，一回头却望见黎伯站在众人背后，双手都揣在袖子里，朝着他嘿嘿地笑着。

谭一鹭只觉得怒火中烧，分开众人，过去一把抓住他的衣襟：“好老头，你笑什么？什么三个四个，究竟是何意？难不成，是你故意放那妖兽进来？”

纪海茹过来劝阻：“谭大人，黎伯是看着我长大的，在浮鱼也有二三十年了，绝不可能……”

“若他真是黎伯，自然不可能。”

娇媚的女声遥遥传来，谭一鹭这才注意到，朱成碧并没有像往常一样，跟常青形影不离，而是直到现在，才从走道的尽头出现。

“你们跟踪地上的水渍之时，我去翻了翻这昆仑奴的住所，瞧我发现了什么？”她举在前面的，是半张檀木制成的面具，用粗糙的手法勉强刻着眉眼。

“这下你有何话好说？檀、先、生？”

那黎伯见了面具，顿时变了脸色：“还……给……我……”他喉咙中嚯嚯作响，身子挣扎，连谭一鹭揪着的衣襟都给扯碎了，露出的半边胸膛却并非血肉，而是同样的檀木质地。这黎伯自脖子以下，竟都是木制的！他一跃而起，双手十指箕张，便朝朱成碧扑了过去。

“来得好！”朱成碧冷笑，双眼间透出熔金般的通红，唇边的虎牙寸寸生长。

“不可！这是在船上！”

常青一喊，她一愣。黎伯却已经扑到了她面前，伸手将面具一夺，翻身朝窗外跃了出去。人们再追过去时，瑶光海上只剩水花四溅，很快便重新归于平静。

·五·

“朱掌柜，可是认得这个叫作檀先生的？”

谭一鹭问出这句话的时候，他们已经回到了浮鱼一楼的厅堂。二楼的暗门已经被严实地堵上了，但门内再无动静传来，也不知道那妖鱼去了何处。没了黎伯照看，火塘里的火尽都熄了，一时间寒意彻骨。谭一鹭打起精神来，去寻了些炭火，将火重新生起来。九娘刚才也上了楼，瞧见了那怪鱼，受了惊吓，在一旁哀哀哭泣，抓着柳仲仙的袖子不放，被柳公子不耐烦地训了，她的哭声才小了些。

朱成碧蹲在火塘旁边，伸出一双小手正在烤，闻言白了他一眼：“怎么？如今连我也疑起来？”

“不敢。只是常公子的笔，坏得也太凑巧了些。”

她鼓起了脸颊：“你不信我。我不告诉你。”

还是常青苦笑着过来解释：“那檀先生之前与我俩有过一面之缘，只知道他是名傀儡师，能驱使机关傀儡。这人一侧面上覆有檀木面具，想来该是容貌有损。除此之外，便再不知其他了。”

“也该是开诚布公的时候了。”谭一鹭点了点头，自腰间将那枚沉甸甸的羿字腰牌取了出来，放在桌面上。他提高音量道：“不瞒诸位，谭某并非普通行商，乃是无夏城中的羿师。任务在身，原本不该揭穿身份，但这妖兽凶险万分，既能化为人形，也能惑人心智，唯有大家同仇敌忾，方能有一条生路。”

他见众人都点头称是，便取了一旁的背篓，从最深处掏出一个包裹来。那是一只骷髅，从头顶到脸颊，都覆盖着密密麻麻的蘑菇。

“今年入秋以来，瑶光海附近便总有人失踪，苍梧山中本来便有猛兽，就算是吃掉几人，也在情理当中。但这些失踪的人，无一例外，都变成了这副模样。这就是路过的商队宁愿绕远路，也不敢再来浮鱼的原因，也是谭某来这里的真正目的。”

他却忽然恍惚起来，忆起自己跪在纱帐之外，帐内人影模糊，垂着长发。那时，他立下了怎样的誓言？他将手放在胸口说，属下定不辱使命，为王爷带回……

带回什么？

他没有来得及想清这个问题，常青已经在对面点头：“如此看来，谭兄要追捕的妖兽，跟如今闯入浮鱼的，是同一只。”

“为何？”纪海茹忽然叫起来，“浮鱼在瑶光海开了二十多年了，从未受过妖兽侵扰，如今却是为何？”

“自然是有人故意安排的。”谭一鹭斩钉截铁，甩出两封信来，“这人故意设计，将诸位聚在一起。渊玄死后，我在他的房间里发现了这封信，刚才追踪光头时，走道里掉落着另外一封信，也叫我捡了起来。这两封信的字迹都是一样的，一封是邀请那神棍前来捉妖，另一封却是跟光头打了个赌，若他能在浮鱼住上一晚，便可赢五十两银子。”

谭一鹭忽然问：“柳公子，你又是为何来到此处？”

“我？”柳仲仙显然是没有料到自己会被点名，偷偷看了看纪海茹，“是阿茹写信约我来——”

“我没有！”

柳仲仙委屈地从怀里取出一张纸：“我都贴身带着，不信我念给你听，天不老，情难绝，心如双丝网，中有千千结……”

纪海茹过去一把给夺了过来，抖着手打开：“这分明不是我的字迹！”她将信纸摊开给其他几人看了看，信纸上笔力遒劲、气势不凡，确实不像是女子所写，倒像是出自男子的手笔。

“会不会是黎……不，是那檀先生所为？他究竟意欲何为？”纪海茹攥着手绢问。

“不知。”谭一鹭在厅中踱着，“可为何是渊玄和光头？为何这檀先生没有选中其他人，偏偏选中了他们？渊玄是个神棍，身上携带银票如此之多，可见没少干坑蒙拐骗之事，光头死前也连喊师弟，想来是害了他师弟的性命。”他忽然停住了脚步：“原来，吸引那妖兽的是——”

“是‘愧疚’啊。”朱成碧拖长了声音，“刚才听汤包形容，那妖兽该是这瑶光海中的横公鱼。

这种鱼善感应人心，可在夜间化为人形，但并不喜伤人，如今却不知道怎么的，叫它尝到了人类所独有的‘愧疚’的美味。”火塘之下，她双眼闪动，两侧眼角都是诡异红妆，“这可真是无法抗拒啊。只要呈现出猎物所愧对之人的相貌，便能有火焰般耀眼的愧疚可吃。”

她将一根指头放在嘴唇上。

“各位，从现在开始可要千万小心，别露出一丝愧疚来。”

此话一出，其余人的神情都发生了微妙的变化。

九娘原本呜呜的哭声停顿了一下，接着为了补偿似的，变得更响亮了些。柳仲仙翻了翻眼睛，望着空无一物的空中。纪海茹盯着桌面，绞着手中的手绢。谭一鹭注意到，甚至连常青的眼神都暗淡了下去，唯有朱成碧仍是兴致勃勃，与他对视。

“我刚才却忘了问，朱掌柜是为何到此，也是收到一封信？”

“之前不是说过吗？我在等一样珍稀的食材慢慢成熟，这样东西，我已经等了很长时间了。”

“可曾等到？”

她露出一对儿虎牙，它们细小闪耀，如同碎掉的琉璃：“快了。”

正在此时，一旁的九娘和柳仲仙却争吵起来。

原来九娘自从淋了雨，便一直断断续续地发着烧，又兼受了惊吓，哭了一阵，却开始说起胡话来，一会儿说听到窗外有人在喊妈妈，一会儿又说那妖鱼要上来吃人。柳仲仙心中正七上八下，听了这些胡言乱语更是恼怒。九娘伸手缠在他腰间，他抓开几次，又都被缠了上来，终于发火道：“总是吊着人不放！也不看看你现在丑成什么模样！”

九娘不敢置信地抬头：“你明明曾夸过我花容月貌……”

“那是在无夏城的平乐坊里，你还是当红歌姬的时候！如今是你自己吃不下、睡不好，半夜里总是惊醒，说有一双婴儿的手在被子里抓你的脚——生生把自己糟践成这个样子！”

“柳仲仙！是你山盟海誓，说要与我白头到老，为了你，我连戏也不唱了，功夫也荒废了，连不满三岁的女儿也……”

“是你自己抛她在乡下不管不顾，只想着要进我柳家的门，她才活活被饿死——便是有饿鬼来索命，也该来找你，与我无关！”

九娘整个人都晃了一晃。她放开了柳仲仙，朝旁边踏了一步，竟然抖了抖袖子，摆出做歌姬时的身法来。人虽已是消瘦不堪，但这一步走得，依旧是袅袅婷婷，如柳如烟。她抬了右手，举着柄不存在的扇子，一点点地弯下腰去，嘴里断断续续，竟是在哼唱。

凄凄复凄凄，嫁娶不需啼。愿得一人心，白首不相离。

有那么短短的一刻，柳仲仙的面上逐渐软了，眼神迷离，像是也忆起了当初。他甚至还朝九娘走了几步，伸出手去，要拉她一把。

谭一鹭的耳朵里响起了嗡嗡声，就像他对视着那条横公鱼的时候一样。愧疚。这两个字在他的脑子里疯狂地盘旋着。朱成碧是怎么说的？对它来说，这可是难以抗拒的美味。

“快躲开！”谭一鹭大喊。

他们脚底的船板轰然开裂。在翘起的木板断端之间，谭一鹭又一次望见了那条生着蘑菇的横公鱼，它看起来比之前的身形更加庞大了。

谭一鹭冲了过去，拔出乌鹫刀，朝着横公鱼的脖子便是狠狠一刀。刀锋撞击在鳞片上，发出清脆响声。

但那横公鱼竟毫发无伤，已经将舌头缠在了柳仲仙的脸上，柳仲仙晃了晃，颓然而倒。

九娘尖叫起来，扑上去，便开始揪他身上正在一层层冒出来的那些蘑菇，全然不顾妖兽的舌头就悬在她的脑后。谭一鹭想将她拖出来，一抬头，站在那里的又是琅琊王了，与平日不同，却是笑嘻嘻的样子。

“你可带回了我想要之物？”琅琊王问，两侧的袖子上血迹斑斑。

完全靠着本能，谭一鹭将握着乌鹫刀的手往自己前额一挡，顿时手上一阵剧痛传来，却是那舌头贯穿了手掌，鲜血滚滚而下。他忍着痛，另一手将九娘托着，回身朝常青跟朱成碧喊：“往楼上退！”

·六·

他们跟着纪海茹，一路跌跌撞撞地进了二楼最大的一间客房。

“这里是我用来存放账本跟银两的。四壁、楼板都特殊加固过，那妖鱼只凭一口牙，断然闯不进这里。”

纪海茹的解说，谭一鹭却一个字都没有听进去，他亲眼看见那横公鱼吃掉柳仲仙之后，耳朵上的胭脂红色又增加了一层，如今只差根部的一小段还是褐色。

“可恶！”他捶在地上，常青过来蹲在他旁边，看着他将衣裳用刀割开，将布条一层层缠在手掌上。

“不如我们就守在此处？”常青将头靠过来，低声言道，“再过几个时辰便要天黑，谭兄的手又受了伤，无法与那妖鱼正面相抗……”

“不可！”谭一鹭忽然激动起来，“虽不便明言，但谭某有非捉住那妖鱼不可的理由！”

常青点了点头：“其实在下也一样，此地如此凶险，不宜久留。”他的声音低了下去，望向一旁。在那个方向，九娘已经昏了过去，朱成碧正蹲在她的身边。

那一眼，透着难以抑制的悲哀温柔。

但他嘴里说出来的话，却与此毫不相干：“既然如此，咱们便来寻个法子，叫那妖鱼自投罗网！”他用手指在地板上画着，一边解说。谭一鹭之前对常青了解不深，只道他全仗着那支笔的神通，才有恃无恐，如今见他身临险境，依旧心思缜密从容不迫，当下心中也有几分敬意，一边听着，一边点着头。听到最后，谭一鹭皱起了眉头。

“计策倒是不错，不过，却是要麻烦常公子做诱饵？”

常青苦笑：“总是要有人做诱饵的，更何况，要论起愧疚来，没人比我更合适了。”

常青原本的计划，是等到天黑，便由他一人留在房中，留一扇窗给那横公鱼，待它从窄窗中钻入，必会变形成他所愧疚的人的样子。这时，谭一鹭便将准备好的重物投入瑶光海中，激起荧光，由纪海茹操纵原本梳妆用的铜镜，将光芒反射到这鱼身上。妖鱼为光芒所耀，一时间分不清白昼黑夜，会下意识地想要变回鱼形。横公鱼刀刺不入，唯有变形却未成形的一刻，是它能被杀死之时。

“那时，便要仰仗谭兄的乌鹭刀了。”

“好说。”谭一鹭将刀举在眼前，刀身如一面镜子，叫他忽然望见，一时无人照管的九娘晃晃悠悠地站在了窗边。

“万万不可！”

已经晚了，九娘刚将窗打开一条缝，一根鲜红的舌头便游蛇般钻了进来，寻着她的额头咬了上去。谭一鹭眼看着九娘伸出双手，像是要将那妖兽抱在怀中。

“乖女儿，妈妈再也不丢下你了……”层层蘑菇疯长出来，盖住了那个欣慰的笑容。

谭一鹭刚冲到窗边，左肩便传来一阵疼痛——一只干枯的手，生生扣入了他的血肉。他一回头，望见黎伯蹲在窗边，衣衫尽都碎了，只剩半边木制的身体。这傀儡力道巨大，竟然将他整个人都拉出了窄窗。

“谭兄！”

“我没事！”他回应着常青，染血的手紧抓着窗边，脚下便是起伏不定的瑶光海。他紧握着手中的乌鹭刀，头顶，传来黎伯嘿嘿的笑声。

常青脚下踉跄，几乎站立不稳。尽管早就知道横公鱼将会变化出的形体，但当对面真的出现了双髻的少女，连眼角的红妆都一模一样的时候，他心中，还是涌上来万般苦楚。

他双耳轰鸣，视野边缘尽都模糊了，却还是听见真正的朱成碧在他身后，冲着纪海茹喊着：“那包蜜渍乌梅呢？柳仲仙给你的那包！”

纪海茹惶恐地回应：“没、没带在身上，想、想是忘在楼下了！”

接着，他便再也听不见任何其他声音了。他的眼中，只有朝自己一步步迈过来的朱成碧，那形体还在隐隐变化，竟然当胸出现了一个血洞。

他心痛如绞，便如那血洞是在自己身上，听她声声质问。

“我是如何待你？你却如此待我？”

少女朝他走得更近了，前额裂开，鲜红的舌头伸出。常青却忽然笑了起来，朝她伸出一只手，想要触摸她的脸颊。

“阿碧……”他低声喃喃。

下一刻，狭小的舱室内顿时灌满了野兽的咆哮，常青身边扬起了炽烈的带着火星的风，他微微闭了眼，再睁开时，已经有另一个朱成碧挡在了自己和横公鱼之间。她自袖中掏出一物，举在那鲜红的舌头前方。

却是两只乌梅。

“刀枪水火皆不入，以乌梅二枚煮之即死！”她双眼灼灼，犹如黄金，正在咬牙切齿，“小小一条横公鱼，如此放肆！”

乌鹭刀从谭一鹭的手中坠入瑶光海中。此刻天光已经完全消失，瑶光海被刀所惊动，顿时发出汹涌的荧光。那干枯的猴子一般的木制傀儡，狠狠地踩在他受伤的手上，顶着黎伯的笑容，朝他低下头来。谭一鹭连连喘息，只道是终不能幸免，不由得闭上了眼睛。

那傀儡却将他嗅了又嗅，嘿嘿一笑。

“主人，”它唤道，“如今还差最后一人，双生菇便可熟了。”

它举在他眼前的，是那只半边的檀木面具。

朱成碧一将乌梅拿出来，鲜红的长舌顿时朝后方倒卷起来，嘶嘶作响。

“纪老板娘！”

一道靛蓝色的荧光穿过了整个房间，直直地照在妖鱼身上，是纪海茹用铜镜将瑶光海的光反射过来。妖鱼用少女的胳膊挡住了眼睛，形体飞速地变化着，渐渐地连半身都开始融化，荧光照耀中，看不真切，只知道那是半边人形，还在继续咆哮。

“姐姐！你还要再杀我一次吗？”

哐当一声，是纪海茹手中的铜镜坠落在地上。她用手绢捂住了嘴：“阿蓉……”

“主人之前曾经说过，此次任务不比往常。横公鱼有读心之能，若叫它察觉主人是为双生菇而来，必定会逃入湖底深处。又兼有那凶兽饕餮在侧，对这双生菇也觊觎已久。所以主人服了药，连自己的真实身份都忘记了。只道自己是个普通羿师。”

那檀木面具就悬在谭一鹭的脸上方。

“主人还说，只要重新看见这面具，戴上它，就能想起一切。不这样，如何能带回王爷想要之物？”

王爷。琅琊王。袖子上的斑斑血迹，桃花眼。即使忘记自己的真实身份，他也没有忘记那个人，他在等他带一样非常非常重要的东西回去，但那是什么？

他心中一片混乱，有一句话却渐渐浮现出来，清晰无比。世间万物都可以背叛摧毁，却唯独只有那个人，是万万不能放弃的。

谭一鹭忽然呵呵大笑，一把抓住那面具，朝脸上狠狠地按了下去。皮肉烧焦的味道弥漫开来时，他也没有放手。

·七·

纪海茹手中的铜镜砸在了地上。

她一步一步，朝着正在地上挣扎的形体走了过去。它的整个下半身都已经融化了，是个赤裸的少女，垂着湿漉漉的长发，两只耳朵都是蘑菇的形状。

“原来如此。”朱成碧抱了胳膊站在一旁，“我说横公鱼怎么会转了性子，却原来是吃了你妹妹的血肉。它袭击浮鱼的客人，恐怕也是在你默许当中的吧？小心你也被她吃了。”

纪海茹充耳不闻，她跪在少女旁边，脱下外衣，披在她身上：“我早知道会有今日，它胃口越吃越大，终有一日，会来吃我。”她将少女湿透的长发一点点拨到脑后，露出跟自己一模一样的一张脸来。

少女的一对乌黑大眼，愣愣地望着她。

“我悔了，阿蓉。可我当年真的不是故意的。我只是气，明明是我先遇到那少年公子，为何要嫁给他的却是你。”纪海茹俯下身去，将前额抵在少女额上，“我推你下海时就悔了……这么些年来，我欠你一句话，却从来没有机会说给你听。姐姐悔了，姐姐真的悔了。”

利器贯穿血肉的声音瞬间响起。

纪海茹的尸体倒向一侧。那少女外表的横公鱼无声地张了张嘴，身躯彻底融化成液体，只有头颅还保持着纪海蓉的样子，面上甚至还带着微笑，发间的一对儿蘑菇，已经通体都是胭脂红色，犹如陈旧的血迹。

朱成碧轻叹一声，上前一步，伸手去拽她的头发，却忽然缩回了手，常青抢过去看她的手背，上面一道细细的血痕。

一根细得几乎看不见的丝线，此刻正弹跳着回到主人手中。瑶光海的光芒中，一个人影出现在窗前，他将脸微微地偏转向一侧，脸上的檀木面具之下，尽是烧灼的痕迹。声调却是无比熟悉。

“朱掌柜的，还请将双生菇递给在下。”

“……原来你才是真正的檀先生。”朱成碧慢吞吞地将那横公鱼的头颅拎了起来，“上次在阳澄府的账还没有算，你便自己找上门来了。没有人告诉过你，从来没有人能从我口中抢食的吗？”

“抢是抢不过，不过，可以拿你家宝贝的账房先生来换。”常青一愣，便听得戴着面具的谭一鹭继续说着，“上次在阳澄府，我抓住他的时候，便在他的背上埋下了一根傀儡丝，如今只要我一个动作，这丝便会朝他脑中爬去，转眼之间，便如那老昆仑奴一般，从此成为我的傀儡。”

“……空口胡言，我却如何信得？”

“朱掌柜的若是不信，尽可以一试。”谭一鹭低沉着声音。他晃了晃手指，常青只觉得脊背中央传来一阵难以忍受的疼痛，不由得叫了一声。那疼痛渐渐向上，竟然真的是朝后脑的方向去了。

朱成碧二话不说，将横公鱼的头颅朝谭一鹭的方向一甩，回身便将常青扯了过来。他还没反应过来，便有更大的痛楚贯穿了后颈，在血肉中搅动，他闷哼了一声，只觉得淋漓的液体沿着双肩淌了下来，眼前一阵发白，昏了过去。

渐渐醒来时，朱成碧跪在他面前，满是鲜血的手中捏着根银白的细丝。

“没事了。”她见他醒过来，急忙说。

“……多谢你。只是叫他逃了。”

“那混蛋！下次别再让我遇上！”朱成碧恨恨地道，“不过，他也没那么称心如意就是了。”她摊开另一只手，掌心中，是一朵胭脂红色的蘑菇。

·八·

朱成碧立在帐外，手中端着只梨花木的案几，上面摆了只绘着彩枫的漆碗，其上蒸汽袅袅。她絮絮叨叨地正在解说：“这双生菇历来只寄生妖兽，需吸取天地灵气，花上六十年，慢慢成熟。那檀先生为了催熟，替横公鱼约来了更多的猎物，反倒帮了我一把。我将它切碎了，加上凤鸟的蛋、蜃贝的肉，炖了四个时辰，十碗汤水浓缩出这一碗。你喝了吧。”

帐内一片沉默。

朱成碧顿了顿，接着温言软语：“这次是我不好，害得你也受了伤，我答应你，下不为例便是了。”

她向来飞扬跋扈，何时这样低声下气过，越想心中越是委屈，不由得伸手抓住床帐。帐内之人相貌模糊，正在叹气。

“上次我俩一起去阳澄府，你在那细腰女的雾镜中，见着了什么，哭得那般伤心？”

“也没有什么。”朱成碧的手指缓缓收紧，“还是汤包你说得对，那不过是些幻象，做不得准的。”她将案几放下，只取了那碗汤端在手里，“来，趁热喝了吧。”

“……你早知道。”

“……”

“从一开始，你就是为了这双生菇而去。你早知道瑶光海中有横公鱼会食人来养蘑菇，你甚至连乌梅都早备下了。”常青一连串地说，“你袖手旁观，等着这菇一点点成熟了，却不肯出手相救。为了确保我也不能阻挠，你甚至还弄坏了我的笔！”

“那些人若不是自己做了亏心事，又怎会被横公鱼给盯上？他们本来就死有余辜！”朱成碧说完，便后悔地咬住了嘴唇。

“说得对。”常青点头，“你从来都是这样性子。人类的性命，在你眼中犹如蝼蚁。我还以为这么些年来，你或许也能稍有改变……”

“可唯你不同——”她急急地说。

“只我一人不同？”

朱成碧语塞起来，只将那床帐在手中越绞越紧。

“那么，还请掌柜的示下，若凡人喝下这汤，会如何？”

“……延寿一甲子。”

“原，来，如，此。”常青慢慢地说，“这二十多条人命，却原来，该着落在常某身上。”朱成碧忽然惶惑起来，他从未用过这种语气跟她说话，就像他虽近在咫尺，却不知道要将去何处。常青在帐内挣扎着起身，郑重其事地跪坐在床上，整了整袖子，朝她拜了下去。

“蒙尊驾厚爱，常某只觉惶恐不已。然区区人类，不足挂念。这碗汤，不饮也罢。”

她气结，望着那汤渐渐凉了，只觉得心底也一片寒凉。半晌才重新开口：“如此一来，七十年后，我又到哪里去寻你？”

许久之后，她依然记得，那一日他的回答。

若还有来世，该相逢时，自然会相逢。

第八章 同心签

·零·

常青只着了件单衣，立在天香楼二楼的圆窗前，望着莲心塔。

初雪时分，莲心塔看起来格外冷清。前些年无夏城走水，虽有饕餮怪兽吞吃了着火的屋舍，但佛塔仍受了波及，到如今一侧塔身还残留着被烟熏黑的痕迹。但即便如此，莲心塔依旧屹立不倒。

常青将两根手指在窗棂上盘绕着的山桃树身上叩着，一面望着佛塔出神。翠烟捧着只盘绕仙鹤和祥云的八角铜手炉进来的时候，望见的就是这副情形。

她抿了嘴，悄悄过去，将手炉递到常青手里。他也不回头，顺手接了。翠烟一转眼，瞧见他后颈仍残留有狰狞的伤痕，不由得心中一恸。

常青像是知道她心中所想，回道："我已经大好了，你们不必担心。"说完后，又去望着莲心塔，也不知道在想些什么。

翠烟终于忍不住："公子，你如今这样子，叫我如何放心得下？不如这次我也跟樱桃一起，陪你回扬州过除夕？"

"便留姑娘一人在此？"

樱桃在这个当口进来，捂着嘴笑道："咱家姑娘那么厉害，连烟花坊也吞得，我看这世上能伤她的人，怕是少之又少。"

常青将手炉磕在身旁的几案上，"砰"的一声："眼下是什么情形，可还是说笑的时候？我不是早告诉过你们，琅琊王赵珩一直在暗中动作，处处针对天香楼。我疑心之前无夏城走水，也是他在背后操作。更何况，还有一个檀先生，只需一根细丝，便可将血肉之躯化为傀儡。上次我与姑娘在浮鱼客栈……"他像是想起上次的凶险来，闭了闭眼，止住了话头。

"我虽疑心这檀先生也跟赵珩有关，但并无确实的证据。偏偏到了年底，扬州那边，小梨还在等我，我是必须要回去的。可无夏城这边，又实在是放心不下。"

翠烟恍然。他之前一直皱着眉头，忧心的却并非自己。她朝前膝行了两步："公子放心，有我在这里，便是拼了性命，也要护得姑娘周全。"

樱桃在后面使劲拽她的袖子，她也不顾，只接着说下去："只是奴婢生性柔弱，怕是力不能及……”

常青点点头，从袖子里滑出支笔来，笔尖在虚空中一划，有墨迹浮现出来：“眼下这个形体，确实不行，你且再靠近些。”

翠烟依言前行，任常青将笔尖点入她的前额，刺入了血肉，却没有感觉到剧烈的疼痛，再睁眼时，却是悬在半空，眼前是公子含笑的眼睛。

“呐，这个样子还差不多。”

翠烟低头，只见一对纤细的龙爪，回身一望，却是条带青绿鳞片的龙尾，想要惊叫出声，喉咙里却只发出咝咝声来。她竟变作了一条两尺来长的三足青螭！

“你素来心细，便藏在姑娘袖子里，替她多留意。她生性鲁莽，不知道又要吃些什么乱七八糟的东西，有你在身边，多管束着些，别又回来胃疼……”

朱成碧却从门口探了只脑袋进来。

“汤包你又开始念叨了！耳朵都要出茧子了！”

她一转眼瞧见悬在空中的小青螭，翠烟依言钻进了她的袖子，盘在她手臂上，听她欢喜地道：“翠烟你这新造型不错！眼见着更像条新割下来的韭菜了！”

因着这句好似“新割下来的韭菜”，翠烟深受打击，直到常青带着樱桃上了回扬州的马车，她才从袖口望着那马车沿着两侧堆满积雪的石板路，渐渐地去远了。

朱成碧也不说话，只站在原地。马车已经连影子都望不见了，她还是一动不动地站着，两侧的肩上薄薄一层雪，想必心里不舍至极。翠烟正揣测着，却见朱成碧双肩抖动，不由得大惊：“姑娘你别难过——”

“哈哈，汤包终于走了！再也没有人念叨我了！可以随便取账房的银子来用了！可以想吞谁就吞谁了！”

“等、等一下！”

翠烟急了，却听得耳畔一阵嘶鸣。两匹通体漆黑的骏马挥舞着前蹄停在她们面前，额头上装饰着明珠和羽毛，身后的马车式样普通，垂着雪白的纱帐。

驾车男子脸庞瘦削，紧紧闭着薄唇，半边脸颊上覆盖着一张木刻的面具。勒停了马匹之后，这人也没有下车，只是朝着朱成碧略一拱手。

“见过朱掌柜。”

有短短的一个瞬间，翠烟察觉到自家姑娘的呼吸略有停顿。朱成碧点点头，算是打了招呼。

“檀先生。”

翠烟觉得自己的心脏都要炸开了，她立刻从朱成碧的袖子里冒了出来，竖起鳞片来咆哮——但下一刻便被朱成碧捏住了脖子，差点翻了白眼。

“赵家小子？这戴面具的家伙果然是你养的。”

“你怎知是我？”纱帐内传来笑声。

“除了你，谁家马车会奢侈到用鲛绡做纱帐？”朱成碧哼哼，“为何来我天香楼？”

“听闻朱掌柜做的糟鹌鹑可谓一绝，再配上小红炉、绿蚁酒，在这初雪天岂不是赏心悦目的美事？”

“连我都不相信！”翠烟一边在朱成碧的手腕上有气无力地抓着，一边默默地喊。

朱成碧眨了眨眼睛，微笑起来，露出了一侧的虎牙：“楼上请。”

·一·

那只戴着半边檀木面具的鬼，自人群中冷冷地望着他。

赵瑗原本正跟着驱傩的游行队伍缓缓前行，这一望不由得停下了脚步。皇城内的诸位班直都戴着假面，扮作了钟馗、判官、城隍、灶神等等，着绣画色衣，执金枪龙旗，跟在他们后面。

道路两旁都是围观的百姓，一年一度的除夕驱傩是云珑城中的大事，每次都是由官家牵头。这队伍浩浩荡荡，彩衣纷呈，有上千人之多。赵瑗素来不喜这类活动，但他作为仅有的两位还在云珑城内的皇子之一，却是不得不参加的。虽然只有十四岁，但他面容老成，眉头紧锁，倒像是有三十岁。

这一回他不仅没有戴那描金画粉的假面，还一身素服，连车辇也没有备。驱傩仪式举行之前，赵瑗曾经向官家上书言道，前线将士在寒冬中缺衣少粮，国库吃紧，这云珑城内的驱傩仪式，不便过分铺张。这番话想来并不顺父皇的意——只需看看此刻游行队伍中最为富丽堂皇的皇家马车便知道了。那是为本次游行特制的，四面的朱红柱子上都雕刻着五爪金龙。

看到那马车的时候，赵瑗苦笑起来。勤恳克俭，以求收复被北狄占领的北方故土——这样的话，官家恐怕并不爱听。若他的年纪再小一点，便如晚了六年才被父皇挑选出来，成为第三子的赵璩弟弟那般无忧无虑，或许会更讨父皇的喜欢?

刚想到这里，赵璩便从自己的车上下来了，怀里抱着用各色织锦碎布拼成的鞠球，耳朵上挂着副猴子面具。他只有八岁，生得粉雕玉琢，异常讨喜。照顾他的女官没有拦住，叫他径直跑到了雕着金龙的车前。

“阿爹！”他声音糯糯的，睁着对晶亮的眼睛，“阿爹的车有龙，好好玩，阿璩也要坐。”

车里的人哈哈大笑起来，伸出手将他抱上了车，直接放到了膝盖上面。

赵瑗只觉得一阵没来由的酸楚，移开了眼。便是在这一刻，叫他望见道路两旁围观的百姓中，站着个戴半边檀木面具的男人，穿的也是装扮成鬼的暗服。

他与赵瑗视线交错，忽然露出个意味不明的微笑来。

一瞬间，赵瑗只觉得浑身汗毛倒竖。那是谁？他忽然意识到，驱傩不允许佩戴真的刀剑，这意味着此刻官家所在的马车周围的诸位班直，没有一个拥有真正的武器。而那明黄色的皇家马车，又是如此招摇的目标，这太危险了，必须要提醒父皇——

但他此刻已经落到了队伍的后面，连原本跟着他的侍从都走散了，只有一辆由雪白的母牛拉着的陌生牛车停在了他的面前。母牛盯着他，晃了晃脖子，为了配合除夕的节日氛围，它的双角上都缠着红绡。

出乎意料的是，车内响起的带笑的男声，赵瑗却再熟悉不过。

“怎么你一人在此？可是要为兄我送你一程？”

赵瑗拘谨地跪坐在牛车内，将手中粗陶质地的茶碗转来转去。

这茶碗看起来制作简陋，但不到片刻，碗沿上竟然盘旋着生了一枝袖珍的翠竹，挑着两枚真正的竹叶。之前他还奇怪，赵珩以往的衣食住行无一不精，连身边的侍女都个个绝色，如何会甘愿待在这样普通的牛车之中，甚至还在自己动手煮茶。

“这可是昆仑山上五百年熟一次的‘醍醐’。”琅琊王赵珩像是察觉到他的疑虑，一面用茶筛抖着茶粉，一面解释道，“‘某人’下围棋输给我的。”

一侧绣着桃花的帘幕之后，有人冷冷地哼了一声，听起来却是个娇媚至极的女子。琅琊王朝赵瑗挑了挑眉毛，懒散地朝凭几上一靠，嘴角含笑。

赵瑗隐约觉得有些脸颊发烫。若要论起容貌来，赵珩绝对是三位皇子中生得最美的一个。自从五年前被封为琅琊王，奉旨离了云珑，去了一处叫作无夏的小城之后，两人再也没有见过面，连书信都少有往来。如今再见，只觉得对方容光更盛，更有一股逼人的气势。他原有满腹的话要问，却竟然一句也说不出来。

还是琅琊王靠了过来，一面将茶汤倒入他的茶碗，一面不经意地问：“为何不问？”

“问什么？”

“五年前，父皇为何会突然派我去无夏，留你一人在云珑？这些年里，为兄都遇到了什么样的人，为何五年来音讯全无，却突然在今年的除夕回来？”他抬起眼睛，直直地望了过来，“既然回来，又为何一次都没有拜访过你？”

“父皇行事，自然有他的道理。”赵瑗垂下眼，规规矩矩地回答道，“珩哥若愿告诉我，自然会说，若不愿，我又何必多问？五年未回云珑，自然有许多人等着珩哥拜访，一时顾不上小弟，也是有的……”

“阿瑗。”琅琊王忽然唤道，“你自小便是如此，明明忧心忡忡，一开口却是满口的大道理。什么时候才肯把心里话说出来？”

赵瑗苦笑起来。他又何尝不羡慕自己这个潇洒自在的大哥。赵珩生得极美，出身却至今都是个谜，大内流传的各种谣言里，最不靠谱的一种是他的生母是只迷惑了圣上的九尾狐妖。但有一点确凿无疑：与自己还有赵璩这种过继过来的儿子不同，他是父皇唯一存活下来的亲生血脉。

虽说如此，没有强大的母家作为后盾，无论如何皇位也不可能落在他的头上。从孩提时代起，赵珩本人便对此心知肚明。在旁人看来，他完全是甘之如饴，从而顺利成长为全大梁最为纨绔的一位王爷，除了华服美姬，赌马斗鹰，再不曾对其他什么东西感过兴趣。

但事实真的是如此吗？赵瑗沉默着，去喝碗里的茶汤。无夏区区一座小城，人口不过几万户，也值得父皇特地派一位儿子前去镇守？

正想着，赵珩却在对面咳嗽起来。赵瑗见他咳得厉害，刚想要站起来，却被他伸手制止了。

“无妨……老毛病而已……”隐约有血丝从他嘴角渗出来，被他若无其事地用袖子擦了，“阿瑗，我们来做个交换吧。我告诉你父皇为何要派我去无夏，我在那里遇到了谁。你就告诉我，你心底最大的秘密。”

牛车轻轻晃动，琅琊王靠过来，将一只手指抵在赵瑗的左肩上。只不过是轻轻的一点，赵瑗的肩膀便滚烫起来。他下意识地伸手揪住衣裳，牙齿咬得发紧。琅琊王好整以暇地看着他，似乎觉得颇为有趣。

“你猜得没有错，无夏有一只非常凶恶的怪兽，最是贪吃，需要为兄前去镇压一下。”

“喂！我可是能听见的！”帘幕后面的女子抗议道。

“我也是到了无夏才知道的，原来这世上，还有诸多超出想象的奇妙之事。”琅琊王完全没有理会她，继续说着，“不过你不用担心。父皇这么做，不过是怕我待在云珑碍你跟老三两个的事，他完全是多虑了。”

他靠过来，还染着血丝的唇就贴在赵瑗耳边：“从小，我便没有与你抢过任何东西，往后也不会。连你想要的东西，为兄也会给你抢过来，这才是兄弟同心。”

一瞬间，赵瑗肩上的疼痛更加强烈了。他屏住了呼吸，差一点，他就要说出那个叫他日夜不安的最大的秘密，却听见赵珩接着说：“但老三仗着有吴贵妃撑腰，是否也这样想，就不一定了。因此为兄虽然从无夏回来了，却没有立刻跑去见你，而是在这游行的必经之路上，做了些安排。”

这话是什么意思？赵瑗遍体生寒，爬过去将一直挡在牛车前面的车帘一掀，恰恰见到一只足有两层楼高的巨熊从天而降，踩着四散的人群，一步一步朝已经无人照管的明黄色马车追了过去。

巨熊的肩上，站着个瘦高的人，半边脸上覆盖着檀木质地的面具。

“我见过他！珩哥！那个戴面具的人！他刚才就站在人群里，扮的是鬼——”

赵瑗的手腕却被扣住了，眼睛也被遮了起来，挡了个严实。

“你看错了。”琅琊王冰冷的吐息就在他的耳后，缓缓重复，“没有人在熊的肩上，只是场意外。你一时眼花，看错了而已。”

赵瑗努力朝明黄色的马车一点点接近。

琅琊王虽然扣住了他的手腕，所用的力道却并不大，他轻轻一挣便脱开了。但眼前的巨熊已经扬起了掌，只轻轻一挥，那四匹拉车的马便成了冒着鲜血的肉块，同时飞出的还有一只裹着衣服的团子。

赵瑗几乎是下意识地认出了那是赵璩，径直朝他扑了过去，但冲力太大，只得将赵璩举在上方，连带自己活生生地滑出去好远。这一下，他只觉得整个脊背都在火辣辣地痛。但他很快清醒过来，望见远处残破的马车，官家正在其中挣扎，试着站起来。

“我的剑呢！”他听到父皇喊，“我的璩儿，我的璩儿！”

远处传来整齐的奔跑声，金甲摇曳，是镇殿军正在赶来，而巨熊并不在马车周围——所以赵瑗一时无法理解父皇喊声中的急切仓皇。但他立刻听到了浓重的喘息，正缓缓从身后逼近。

带腐臭味的唾液滴落在他的肩膀上。

赵璩在他怀里，踢着腿想要挣脱出来。他缓慢地改变了姿势，将弟弟整个护在身体下面。

“嘘。”赵瑗轻声说，“别动，别发出声音。”

他全身都在因为恐惧而颤抖，声音却异常镇定。自视野的边缘，他已经望见官家从镇殿将军腰间抢过了剑，朝着这个方向跑了过来。

“父皇会来救我们的。”他镇定地说。

热气腾腾的血盆大口就悬在他们两个的头顶，那个站在熊的肩膀上戴面具的男人居高临下地注视着他，薄唇紧紧地抿着。视线交错的一瞬间，赵瑗只觉得肩膀上又开始了滚烫，心中越来越难耐，恨不得能立时抓开皮肤，将那下面暗藏之物活生生地扯出来。

但他咬住了牙，更紧地护住了弟弟，重复道：“他一定会来救我们两个的。”

眨眼间，赵瑗被人朝旁边一掀，怀中顿时一空。来人抢过了赵璩，抱在怀里，头也不回地跑走了，一边还急切地喊着："璩儿，我的儿子！快叫御医过来！"

赵瑗傻傻地跪在原地。

他只觉得四肢冰凉，肩膀上原本滚烫的疼痛，竟然完全不知去向。我也是你的儿子。他断断续续地想着，看着父皇的背影。是了，父皇不知道他也在这里，要出声才能叫他知道，我还没有死——

一瞬间，他只觉得荒谬得想笑。自从赵璩被过继为第三子以来，自己有多久没有跟官家共乘过了？当年他独占着那个位子的时候，何尝想过会有今天？早知如此，何必当初？

一柄短剑却被人掷了过来。

"熊还在，阿瑗！"赵珩在远处命令道，"快拔剑！"

赵瑗手指在剑柄上缓缓合拢，又慢慢地松开了。他叹了口气，抬起脸来，整个脖子都暴露在熊口之下，闭上了眼睛。

近在咫尺的咆哮，腥臭的热风喷在脸上。转瞬间，耳畔尽是风声剧烈呼啸，宛如龙吟。没有疼痛，却有无数的木屑碎片溅到脸上来，激得他睁开了眼：头顶悬着条庞然巨龙，利齿正在缓缓咬合，木屑飞溅中，剩余的半个熊身被狠狠甩向一旁。熊皮之下，原来竟然是木制的傀儡。

"翠烟，干得好！"

覆盖着青绿鳞片的龙身还有整整一半陷在牛车当中，撑得牛车都从地上翘了起来。一个梳着双髻的小姑娘笑吟吟地站在旁边，拍着手。她朝他转过了脸，眼角是诡异的红妆，艳得跟要滴下来的血一般。

"哎呀呀，这一世，却原来是个榆木脑袋。"

·二·

赵瑗梦见自己站在大内的庭院当中，看起来只有六岁。身体周围飘浮着白色的云团，叫他明白自己在做梦。

他还记得这一天，那是他作为皇子的候选者，第一次被允许进入大内。那天一大早，他便被人从温暖的床上抱了起来，懵懂地梳洗着。他母亲亲自将他的手掌打开，一根手指一根手指地为他擦洗。她的眼泪如雨，纷纷滴落在他的手指上，可他不明白为什么。

"阿娘，他们说宫里有很多花，我给你摘花去。"

可真的到了宫里，他却被吩咐只许在庭中站着等候，跟他一起并肩站着的还有个小胖子。这一站，便到了午时，大太阳晒得他头昏眼花，他却不敢动弹。正在这时，一只白底黑花的大肥猫也不知道从哪里钻了出来，从他们两人面前大摇大摆地经过。

他饿得早就没了力气理会，倒是那小胖子伸腿朝肥猫一踢，自然没有踢中，反而叫那猫瞪了一眼。

这个动作决定了他们俩的命运。赵瑗很久之后才知道，官家给了小胖子三百两银子让他回了家，却选中了他做自己的第二子。

赵瑗在雪白的云团中飘浮，他看到换上了新礼服的自己在花园中行走，他刚刚作为新的皇子拜见了官家，得到了赏赐，手里还握着只进贡来的用丝绢做成的腊梅。

"瑗儿！"母亲在道路尽头唤他。她身着盛装，面上悲喜交加。六岁的赵瑗朝她跑过去。

"阿娘，花——"

然后他便望见母亲朝他下跪。她的发髻上插着玉制的搔头，颤抖不已。

"拜见二皇子。"

即使出现在梦中，赵瑗也是紧紧闭着眼睛。他不想再看见那个六岁的孩子茫然地停住了脚步，也不想看见他蹲在无人经过的偏僻走廊里，因为饥饿和惶恐而呕吐。那日他从清晨站到了午时，又参加了整整一个下午的仪式，没有人注意到他水米未进。

但这个时候，便是他遇见——

“怎么，这就是今天选出来的二皇子？”

赵瑗睁眼，望见只有十岁的赵珩，嘴里叼着根狗尾巴草，靠在廊柱上。六岁的自己蹲在他面前，只顾着张嘴，下巴都要掉下来一般，然后慢慢地、慢慢地脸红起来。

自那之后，他便养成了这个一见到珩哥就会脸红的没出息的习惯。无论在那之前，还是之后，他都再没有遇见过这般好看的人了，就像是用白玉雕刻出来的塑像一般，从内至外放射着光泽。

这神仙一般的人却挑了挑眉毛，在怀里掏了掏，伸出一只手到他面前，掌心是一块雪白的米糕，被做成了心形：“快吃，我从尚食局偷出来的。”

他蹲在赵瑗身边，满意地看赵瑗狼吞虎咽：“从今往后，你跟我一样，便是独自一人了，害怕吗？”

赵瑗的动作停顿了一下，大颗大颗的泪珠从眼中滚落，掉到心形的米糕上。赵珩叹口气，过来将他的头一搂，靠在自己肩上：“记得，别让任何人看见你的眼泪。不过今天例外，今天有为兄我罩着你。”他拍拍赵瑗的脸，显得心情很好。

“有我一口吃的，就有你一口，这便是兄弟同心。”

六岁的赵瑗点着头，但那个站在一旁的十四岁的赵瑗却看见，自他手上那块心形的米糕被他咬出的缺口中，涌出了活生生的鲜血，正在沿着手肘流淌。而他浑然不觉，还在继续咬下去。

这是梦！赵瑗提醒着自己，周围雪白的云团开始朝他更紧地簇拥过来，他迷糊而欣慰地感觉到自己就快要醒来，甚至能听见两人在头顶交谈。

“或许是你看走了眼，这一世根本不是他。你苦心安排，却不过是耍了场猴戏罢了。”娇媚的女声在说。

什么是“这一世”？赵瑗满腹疑惑，随即听到琅琊王的回应：“或许。不过也算是吓了他一吓，叫他知道当年他入宫后的我心头是什么滋味。他甫一被立为皇子，父皇眼里就再也看不见我。还是当年的我聪明，早就靠一块小小的米糕收服了这傻子的心。”

“我看他身上只着旧衣，连车辇也无，未必有你说的那么得宠。”

琅琊王笑起来，赵瑗能感觉到他轻轻地拍着自己的手背："我出宫这几年，父皇又有了新鲜的玩意儿可玩。那个叫作赵璩的你也看见了，便是我父皇新收的第三子，如今正是宝贝得紧的时候。"他语气淡淡的，尽是嘲讽，"却不知道这一次，又能持续上多久？眼下这傻子也失了宠，岂不是活该？"

那女声冷哼："若真是如此，为何如今他身上盖的，却是你价值连城的九尾狐裘？"

赵瑗便是在此时睁开了眼睛，却未见到那出声的女子，只有琅琊王一个人坐在他的身边，含笑俯身看着他，长发一根根从肩头滑落下来。

"醒了？"

赵瑗刚想要出声回答，便见那戴着檀木面具的鬼，竟然出现在琅琊王的身后，悄无声息地朝琅琊王逼了过来。赵瑗大急，也顾不得自己嗓音嘶哑，抓了琅琊王的衣袖就喊："琦哥，有鬼！"

"哪里来的鬼？"琅琊王失笑。

赵瑗情急之下，一个翻身便从狐裘下站了起来。他原本是想将琦哥推向一侧，谁知狐裘叫他一带，露出一柄镶嵌着玳瑁的短剑，正是琦哥曾经扔给他的那柄。他拾起剑来，回身便要拔出——

霎时间，室内响起了龙吟之声，风声随之呼啸而至，久久不绝，琅琊王的长发都被吹得狂舞不止。但他面色依旧，只紧紧地握着赵瑗拔剑的那只手腕。

已有半尺剑身被抽出，雪亮耀眼。那戴面具的鬼却不知道什么时候跪在了琅琊王身侧。

"这位是檀先生，你哥哥我好不容易收服的暗羿，可操纵机关傀儡，也可控制肉身凡胎，本事可大得很。只不过我让他取的东西，竟然只带回来一半，为兄因此罚他为本王束发而已——哪里来的鬼？"

檀先生微微欠了欠身："见过二皇子。"

赵瑗愤愤地扔下了短剑，跌坐下来，下意识地去捂重新又滚烫起来的肩膀。琅琊王一点点解开他的衣裳，他也没有阻止。但见露出的肌肤上面，竟然都是青色的鳞片，眼看已经从肩头向手臂蔓延。

"这便是你的秘密，有多长时间了？"琅琊王面有肃色。

他咬牙不回答。

“昨日在熊口之下，只因父皇救走了老三，你便不肯拔剑闭目等死，如今你以为檀先生要伤我，便又肯拔剑了？”

赵瑗点了点头，却被琅琊王狠狠一个巴掌甩上脸来，他惊讶地抬头，又被琅琊王掐住了脖子。赵玠居高临下，面上是少见的发狠表情：“赵瑗，你知不知道我有多羡慕你？你亲生父母尚在，无时无刻不牵挂着你。而我自幼无娘，父皇早就视我为无物，这肺痨眼看越发严重，连明年春天的桃花能不能见到都未可知。可这世上美人美酒美食，我赵玠还没有尝够！我还想长命百岁地活下去，你倒好，反倒要放弃了！”

这一番话下来，早就超出了琅琊王能承受的程度，紧跟着又是一阵咳嗽。赵瑗愣着，脸上的巴掌印子渐渐浮现出来。

琅琊王咳了一阵，又过来把赵瑗的头按在自己肩膀上。便如当年在回廊中，安慰那个饥饿的孩子一般。

“阿瑗，你想要什么？不管父皇那老头子想让你成为什么样子，你自己真正想要的是什么？说出来，为兄都可以抢给你！”

他想要什么？他想要收复失地，想要国富民强。但在这一切之下，是他最真实的愿望——他想要有朝一日，能够与眼前之人并肩，就像是两只在苍茫的雪野上奔跑的野狼一样。

唯有你与我，是同一个族群。

但他真正说出来的却是——

“谢皇兄。但若是只为了赵瑗自己，我什么也不想要。”

·三·

围棋的棋盘是由一整块沉香制成的，倒也算不得有多么稀奇，但盘上九处天元，却不偏不倚，恰巧是木料上九处结疤所在。黑子的用料是玛瑙，表面温润如玉，衬得执黑子的琅琊王的手指，越发显得根根晶莹。白子用料俱是象牙，却叫朱成碧毫不珍惜地在手中抛来抛去，只当是泥制的弹丸一般。

眼下一局终了，琅琊王在指间夹了一枚黑子，正凝神算着目数，旁边香炉中缓缓升腾着紫色的烟雾，在空中盘绕成海棠花的样子，很快又飘散了。

朱成碧百无聊赖，端起一旁的茶刚要喝，忽然开口道：“说起来，昨日我去宫里，见你那个官家老爹的时候，听说了一件事情。”

“嗯？”

“赵家老三前些日子参加围猎，得了只鹿制成了肉饼，拿回来献给官家，官家原本是要当场吃的，只是游行时被熊吓了，胃口不佳，便放在了一旁，可巧被两只猎犬闯进帐来偷吃了。你猜如何？”

“如何？”琅琊王头也不抬地问。

“七窍流血而死了。这一下牵涉人数众多，你三弟身边光是畏罪自杀的便不下十数人，他自己却吓得只知道哭。”

“老三是个孩子，懂得什么！是吴贵妃那边有些坐不住了吧？”

朱成碧注视着他，接着往下说：“说来也巧，那猎犬中的毒，却跟你前几日下在我皂儿糕里的毒一样，都是‘鬼蝓’。这一味药极其难得，需得朱砂喂养蝮蛇数年，如今却这么巧，变成随处可见的玩意儿了。”

“是啊。”琅琊王抬眼，桃花眼中尽是笑意，“真是好巧。”

朱成碧哼了一声，接着将杯中的茶一饮而尽。琅琊王在对面望着，手中的黑子越捏越紧。

“‘酴醿’。”朱成碧忽然说，“但分量太少，也是，再多一分，这云顶茶的味道便盖不过药去，必定会被我察觉。但我不明白，这点儿酴醿，就算再加上旁边香炉里的雪棠香，也顶多能让我无法动弹一个时辰。有这样好的机会，何不用见血封喉之物？”

“本王岂是如此粗暴之人？”琅琊王见她虽然神色如常，但身子已经靠向棋盘渐渐无力，面上也露出一丝得意的笑来，“只是想向尊驾求一样东西。”

“是什么？”

“麒麟血。”

这三个字他一个一个地吐出来。朱成碧的脸色顿时就变了，双眼中隐隐放光，犹如燃烧的金焰。她抬起手来，放在胸口，冷笑道："麒麟血便在此处。有本事，过来剖开我的胸膛，便可拿走！"

"走"字一出，却从她的衣领后方，冒出一条身长不到三尺的青绿色螭龙来，朝琅琊王愤怒地张着爪子。一根透明的晶莹丝线叫它咬碎了朝旁边一吐，断为两截。

原来，之前两人围着棋盘说话时，那叫作檀先生的人暗地里从袖子里探出根傀儡丝来，在朱成碧身后伺机而动，只待她被激得失去理智的一刻，便要刺入后脑。

"……这都多少次了，檀先生？却还是不死心？"

檀先生的伎俩叫人当场揭破，脸上却连半点尴尬都没有，只略微欠了欠身："总还是要试上一试的，万一成功了呢。"

"姑娘！"那条螭龙翻身过来，眼泪汪汪地缠住了朱成碧，"你怎么样了？我们不要留在这里了，我带你回无夏——"

"别聒噪了，顶多一个时辰不能动弹而已。"朱成碧挥了挥手，"我还没有吃遍宫里所有的宵夜果子呢，赵家小子跟我学的，都有十般糖、澄沙团、韵果、蜜姜豉、皂儿糕、蜜酥、小鲍螺酥、市糕、五色萁豆、炒槌栗。说好了，我每赢一局，他便让我吃一样的！"

"眼下这局，黑子有246目。你分明已经无物可输，还是将麒麟血……"

"说得也对。"朱成碧勉强抓了螭龙，将它甩在棋盘上，"这个输给你。"

"姑娘你别胡闹了！"螭龙咬着她的袖子，含混不清地抱怨，"我要告诉公子去！"

这场景落在琅琊王眼里，惹得他大笑起来。

"我听说妙笔生花，所画之物无一不是那执笔者心意所化。这些天来，这小护卫将你看守得如此之紧，便如这世间唯一的珍宝一般。檀先生多次偷袭都没能够得手。这番心意，却不知道是谁的？"

朱成碧将脸偏向一侧，咬牙切齿地居然微微有些脸红。

"眼下尊驾无法动弹，还是将麒麟血交出来，否则，我便只能把你交给我那个榆木脑袋的弟弟了。"

短暂的静默中，只听得人声喧哗，越来越近，领头的声音正是赵瑗：“那蛊惑官家的妖女现在何处？！”

眼前的情形颇有些诡异。

琅琊王说着“啊啊，妖女就在这里，为兄已经将她擒住了，就等你来处置”之类的话，便将赵瑗让了进来，甚至还带着檀先生体贴地走开了，顺手还带上了门，让他跟朱成碧两个大眼瞪小眼地独处。

赵瑗如今终于得了机会仔细打量那个娇媚声音的主人，却只是个年岁不到及笈的小姑娘，整个人都懒洋洋地靠在沉香木棋盘上，也不朝他行礼，一副目中无人的样子。

他曾在游行时见过的那条青龙也在，只是袖珍了许多，正护卫一般盘绕在她一侧的胳膊上。

赵瑗又喊了几句妖女，侧耳听了听门外的动静，将腰间的短剑取下来，往朱成碧身前的地上一放。

“情况紧急，那我就开门见山了。玠哥此次回云珑，究竟意欲何为，还望阁下告知。”他极其疲惫地问。

“……你还没有我想得那么笨嘛。”

“木制的傀儡熊只袭击官家的马车，赵璩献上的鹿肉饼内出现了剧毒。这桩桩怪事，都发生在玠哥回云珑之后。赵瑗虽笨，也没有笨到看不出其间关联。”

“既然如此，为何不直接去问他，却来问我？”

赵瑗沉默片刻，竟然开始解自己衣服的腰带。那条青螭瞬间就炸了，全身的鳞片都直竖起来：“你要对我家姑娘做什么？呜呜呜呜——”

朱成碧捏住它的嘴，转手便将其整个塞入了袖中，任它在其中翻滚。赵瑗已经脱下了外衣，又拉开亵衣，露出了肩膀上青色的龙鳞。

“那日游行，曾见过姑娘真身，却是和这鳞片相同颜色的巨龙，因此敢有一问：神龙姑娘可是为我而来？玠哥的怪异行为，跟我肩上之物是否有关？”

“我家姑娘才不是龙。呜呜——”

从朱成碧翻腾不已的袖中传来抗议声，朱成碧却笑着：“你倒是聪明。只不过，我这次却不是为你而来，我是无夏城天香楼的朱掌柜，是你家珩哥邀请我前来云珑，要给官家做一道菜的。”

赵瑗听了却脸色大变，连肩膀都抖起来：“竟是真的，我还只道是传言——那道菜叫作什么？”

“同心签。”

琅琊王靠在窗前，指尖蘸了些剩茶，在桌上画着。长身五爪，鹿角狮鬃，眼看是条乘云直上九霄的龙。

“你说，饕餮若是遇上真龙，会怎样？”他忽然开口问。

“胜负难辨。”檀先生跪在他身后答道。

他回过头来，却是朝他一笑，桃花眼熠熠生辉：“你这次偷袭又没有成功，还不快过来给本王束发？”

檀先生默然，随后膝行过来，伸出十指来，万分轻柔地穿过了他的黑发，又一缕缕地挑起来，珍惜地拢在他头顶。

正在此时，隔壁却传来打斗声，像是有什么东西摔在了地上。

“哎呀，打起来了。”琅琊王拍手笑道。

沉香木制成的棋盘翻倒在地，黑白棋子四处散落。朱成碧发髻散落，仰躺在一旁。赵瑗蹲在她旁边，手中短剑已经抽出来一半，寒刃闪闪，堪堪逼在她咽喉之处。

“妖女！你蛊惑官家，竟然要以人心做菜，简直罪无可恕！”

朱成碧袖中那条螭龙正在左冲右突地要出来，却让她给生生捂住了。

“官家是不是被我一番言语便迷了心窍，要做这道同心签，二皇子你心里比我清楚。”她的脖子叫剑刃割破了一点，流出细细的一道血来。

“眼下武将们日日上书，言辞激愤，都恨不得立即便能出兵收复失地；文臣们却以为北狄势力强大，不可硬拼，不如偏安江南，才是长久之计；贵妃一心只想着扶持她从小养大的赵璩做皇帝，贪官们又想着处处多捞些油水；你当你父皇整日夹在中央，能不瞧得一清二楚？”

赵瑗被她说得无言以对，手中的剑竟缓缓放低了些。

“这偏安的大梁半壁江山，最大的症结，便在于人心不齐。北狄野心不死，日日梦想着‘三秋桂子，十里荷花’的富庶江南，眼看战火难熄。到头来，最终苦的还是黎民百姓。”朱成碧躺在地上，望着雕梁画栋的穹顶，缓缓道，“如今我给了官家一个机会，只要我做得这同心签，从此便可君臣同心、文武同心。甚至于——”

燃烧着金色火焰的眼睛转了过来，堪堪望着赵瑗。

“兄弟同心。”

赵瑗的胸中烧灼不已，只觉得整个人都叫她看透了。他不得不放开了她，站起身来。

“即便如此，也不可鱼肉百姓……”

“谁说我要鱼肉‘百姓’？”她奇怪地反问，“那向你告密、激你前来找我算账的人没有告诉你吗？我向官家要的，是一颗十五岁以下，属于赵家皇子的赤忱之心。”

一瞬间，赵瑗只觉五雷轰顶，眼前浮现出来的却是赵璩粉嘟嘟圆鼓鼓的脸，琅琊王一步一步地离间官家和赵璩，却原来是为了今日。

“这不可能！父皇不可能答应！”

“不可能吗？一个过继来的儿子，换他的江山稳固，你猜你父皇会如何选？”朱成碧抬起一只手，犹如使出了极大的力气，点在他的胸口，“若你觉得你比官家更加英明，我且来问问你：一颗心，与千万颗百姓之心，孰重？”

琅琊王的这场束发，足足花了小半个时辰，等他推门出来的时候，满头的黑发都已经用只束髻小冠拢在头顶，冠上垂满白玉珠。他沿着长廊缓缓前行，却见赵瑗也推门出来，遥遥向他施了一礼，便转身走了。

他腰间还带着赵珩给的短剑，步伐说不出的轻快坚定。

琅琊王忽然觉得有些虚弱，靠在身后的门上问：“……如何？”

“我告诉了他真相。他已经做出了选择。”室内娇媚的女声回答，“你的真龙，将会如约醒来。”

·四·

赵瑗郑重其事，一件一件地穿戴出席盛典的礼服。他披上绣了三爪龙纹的紫袍，在腰间挂上了金银龙鱼和白玉蟒带，又将珩哥送他的短剑藏在了贴身的地方。

这一日是崇安十一年的正月初七。按照往年的习俗，这一日，官家将会召集诸位皇子一同乘坐龙船，在西子湖上泛舟游玩，再率领众人前往明堂祭祀，当晚还会召开犒赏群臣的宴会。菜品的单子都已经宣布了，“同心签”赫然便在其中，是第九道压轴的大菜。

赵瑗穿戴完毕，推开了门。院中却跪满了披甲执锐的将士，俱是浑身素白，是他亲生父亲麾下的亲信。

“李将军，这却是为何？”

“二皇子！二皇子不能去啊！”

“宫中有传言，今晚要用皇子之心做菜……”

“那又如何？你们这是要逼我反吗？”

将士们回以沉默。赵瑗忽然笑了，过去拍了拍李将军的肩：“为我一人，不值。这一腔子血，还是留着洒在抗敌的战场上，如何？”

终究还是上了龙船。

歌舞，宴席，祝酒辞令，都一如往常，并无可疑之处。除了赵璩并没有像往日一般坐在官家身旁，却是叫女官抱着，坐在了赵瑗旁边。即便如此，赵瑗也丝毫不敢大意，他装作喝着手中的酒，又趁人不注意，过去抓阿璩的手。

“阿璩，一会儿要是乱起来，无论如何不要离开二哥身边！”赵璩懵懂点头。琅琊王就在他们对面，都瞧在眼里，却只是朝他俩开玩笑似的举了举酒樽。

此时酒宴已经到了尾声，祝酒的辞令已经说到了第九重，一个雪白头发的老太监站在场中，拖着长声说：“福寿永享——”

这话刚说出口，便有一物呼啸而至，将他生生当胸贯穿，钉在了地上。那是一枚还在兀自颤动着的白羽箭。在舞姬们的尖叫声中，鲜血在甲板上缓缓蔓延。

赵瑗站起身来，望见西子湖边装饰着纱帐的渡口边，聚集了黑压压的一片军队，将士们手中俱是朱弓白羽，沉默不言。率军的是个白发白须、全副武装的老将军，背后一面大旗，写的是个“吴”字。

琅琊王扑哧一声笑出来：“难怪吴贵妃今天抱恙没有出席，果然还是逼得太紧了些。”

“国丈大人，你吴家世代忠烈，今日却是要弑君不成？”官家气得声音都在抖。

“老臣不敢！老臣眼看风烛残年，女儿嫁与圣上多年，却只得璩儿一个外孙。求官家立刻下旨，封我璩儿为太子，老臣便是被圣上千刀万剐，也无怨言！”

琅琊王摇了摇头，做着口型，似是一个“太蠢”。赵瑗见父皇转过身来，双目都布满血丝，目光在人群中搜寻，一下子定在他身边的赵璩身上。

“璩儿。”他父皇眼神疯狂，声调却异常平静，“到阿爹这边来。”

赵瑗想要抓住赵璩，但却被赵璩挣开了。他眼睁睁看着赵璩朝父皇跑过去，叫父皇抱了起来。曾经他也被父皇这样高高举起来过，他如今摔了下来，知道其中的痛楚，但赵璩太小，他对此一无所知。

“这就是你的乖孙儿。”官家将赵璩抱在怀里，他一步步走向船舷，伸直了手臂。赵璩在皇帝手中踢着腿，悬在西子湖的重重波涛之上。

“阿爹！”赵璩喊起来，“我害怕——”

“朕一松手，你吴家便什么都没有了，只剩下满门抄斩——”官家嘿嘿地笑着。

“官家是要用我孙儿的心做菜！我吴家早就什么都没有了！”

“从来没有人要挟过朕。”官家平静地松开了一只手，“今日也不会例外。”

他还要松开另一只手，却叫一人从背后用剑柄击中了后脑，顿时软软地倒了下去，那人眼疾手快，将正要开始下落的赵璩托在手里，回头朝船上还没有反应过来的镇殿军将士们喊：“还不赶紧过来帮忙？”

角落里的琅琊王露出了一丝满意的微笑。

赵瑗将昏过去的官家放回了龙椅上。赵璩受了惊吓，在女官怀里哭着，琅琊王闲闲地在一旁喝酒，谁问都只是摇头，因此镇殿将军只得过来跟这个二皇子商量。

“老吴将军的人马控制了西子湖岸所有的渡口，我们现在无法靠岸。若论人数，也不是他们的对手。但只要皇子一声令下，末将愿与他们拼命——”

“不必了。”赵瑗疲惫地摇手，“对方是弓箭手，我们却连个盾牌都没有，完全是活靶子。”一边说着这样的话，他却站了起来，完全暴露在敌军的视线里。

“老吴将军，若我没有记错，你所率的是当初曾守卫汴京的神策军，其中大都是江北子弟？”

“……又如何？”

“如此，想必每一个人，都有留在故土上的父老乡亲吧？为护我大梁渡河，你们将母亲跟妻子都留在了失地上，不知道她们是否也在翘首以盼，等待着你们回去？”

原本拉满的弓弦放松了下来，弓箭手们开始左顾右盼，却躲避着彼此的眼睛。

铿锵一声，却是他抽出了手中的剑，直指北方，龙吟之声，久久不绝：“大好男儿，不为国捐躯，却要将满腔热血，洒在这内斗之中吗？”

·五·

只差一点点。

对岸弓箭手的阵形已经开始混乱，老吴将军连连驱动着马匹，奔走着试图镇压。赵瑗松了一口气，放下了剑。只差一点点，这场干戈便可消弭于无形，却偏偏在这个时候，叫他望见弓箭阵中半张熟悉的瘦削面孔，上面覆盖着檀木制成的面具。阳光下，晶亮的傀儡丝一闪而过。

一名弓箭手忽然便挺直了身体，手中的弓弦一放，白羽箭瞬间呼啸而至。赵瑗连眨眼都来不及，便有一阵剧烈的痛楚撕裂开来，连同半边身体都麻木了。

世界忽然倾斜，甲板升起来，狠狠地拍打在他背上。血腥味充满了他的喉咙，他耳边响起的是身后镇殿将士们愤怒的呼喝声。

更多的羽箭破空而至。

“真是太可惜了。”青龙对他这样说。

赵瑗赤着脚，站在甲板上。他望了一会儿自己半透明的手掌，又望着脚下那具被珩哥赶过来抱在怀里的，曾经自己的躯体。珩哥的长发垂下来，挡住了面上的神色，只能看清他紧扣的手指，指尖几乎发白。

他曾见过的，从牛车中冲出的那条美丽的青龙盘绕在他身侧，与他一样，它也是半透明的。

在他的身边，正有白羽的箭矢以极其缓慢的速度飞来，插入血肉之中。鲜血以同样缓慢的速度在空中绽开，如同花朵。

“我现在还能做什么？”他茫然地问那条神龙，“我已经一无所有。”

青龙在他身侧蹭了蹭，接着钻入了他的身下，将他驮着，竟飞了起来。他们越飞越高，丝丝流云擦过他的身边，他抓着龙的鬃毛，顺着龙头的方向望去。暮色已经从天边赶了上来，遥远的北方，闪烁着无数细小的火光，犹如由灯火组成的海洋。

那里的每一朵火焰，都代表着一颗百姓的心。

他回头，望着身下的西子湖，湖面上，也有光点在闪烁，其中的一些只晃动了最后一下，便熄灭了。

便在此刻，在与北狄作战的战场上，无数的心火正在一个接着一个地熄灭。为了护佑这片仅有的国土，有的人再也看不到明天的黎明。

“那道‘同心签’，真如你所说，可以令我大梁君臣同心、兄弟同心，可佑我大梁大好河山？”

青龙转过头来，默默地看着他。她眼中是点点星火映上来的光。

赵瑗低头，看着自己心口，是同样的一团火焰，与底下千千万万的心火并无区别。

“既然如此，神龙姑娘，还请你按照当初的约定，来取走我的心。”

垂直的万丈虚空之下，漂在西子湖面的龙船甲板上，被琅琊王紧紧抱在怀中的赵瑗忽然睁大了眼睛。

他挺起了身体，沉默地挣扎着，牙关却紧咬，一点声音也发不出来。就如同正有无形的手探入了他的胸口，活生生地取走了他的心脏一般。

自始至终，琅琊王都紧紧地按着他，没有松手。

“成了。”

朱成碧站在龙船的甲板上，手中只是一只普通的粗陶质地的土碗，却微微地放射着光芒，照得她披散的发丝也根根发起亮来。在她周围，时间犹如静止了一般，连箭矢都悬停在空中。

她端了那碗，一步步地走过来。

“秋葵，苋菜，粳米，不过是最平常的，连寻常百姓都能找到的材料。最最珍贵的，却是这一颗赤子之心。”她停顿了一下，“你若不舍，现在还来得及。”

“……不用。”回答她的，是坐在一旁，抱着赵瑗的琅琊王。

“要成就真龙，哪里有那么容易。我这个兄长于他，只是枷锁而已。”

他们一起抬头，漫天的星光之下，正有一条巨龙在云层中遨游，浑身的鳞片闪耀着光芒，垂下的尾鳍缓缓摆动着。

“跟我们一开始准备好的不同。他应该选择牺牲老三，这样真龙也会觉醒，而且会是更加无情和强大的帝王。”

“但如今觉醒的这只，是兼有仁慈和冷静，非常美丽的真龙呢。”朱成碧感叹道。

“那日我问他，一颗心，和天下千万百姓之心，孰重？而他回答我，他亦是赵家血脉，他也未满十五岁。他对我说，既然如此，便请拿走他的心。”

那条龙似乎注意到他们的存在，自云层中降下了头颅，一双眼中星光闪烁，打量着他们。

“又见面了啊，这一世的真龙。”朱成碧朝前踏了一步，“吾乃这一世的饕餮，吾为你而来。”

鸿蒙初开，尘世和灵界之间还没有断绝之时，有许多妖兽跟人类一起生活在这片神州大陆上。他们中的一些因为喜爱人类，便同他们生下后代，这些后代大多具有人类的形体，并无妖兽的异能。其中有一支，是神龙的血脉。但与其他的妖兽不同，这条神龙，或许是过于热爱人类了，每当神州大陆又要陷入战火之时，他便会借着这子孙的血脉，在其中一位的身上，再度苏醒。

但因为毕竟是人类的身体，虽有神龙的血脉，仍不免会受伤、衰老或者死去，等着下一次再度苏醒的到来。

“这一世的王者，你面对的却是残破的江山，大厦将倾，靠你一人之力，也不知道能撑多久。”朱成碧对那条龙道，“即使如此，你还是要选择苏醒吗？”

龙头靠得更近，将鼻尖凑向了她，闭上了眼睛。她前进一步，将手掌抵在它鼻尖上。

“既然如此，我便告诉你一个秘密吧：这片土地，如今有金翅鸟庇护，你须要记着，金翅鸟不亡，大梁江山不堕。”

“多谢你。”

回答的人，却是坐在一旁的琅琊王。

朱成碧和那龙都转头看他。

“如今我拿走了他的心，却无法拿走你的，你可会觉得不公？”

“……便我一人记得也好。”他嘲讽地笑起来，“更何况，我也记不了多久了。”

“不如我回赠你一个承诺吧。我答应你，等他这一世死去的时候，我会在旁边，在他弥留的最后一刻，我会将他的心还给他，他将会想起你。然后，我会吞噬他，你的弟弟将永远与我同在。”

“……多谢。”

朱成碧站在船舷上，将陶碗中发光的液体朝着西子湖缓缓倾倒下去，直到整个湖面都放出了光芒。与此同时，天空中的巨龙仰天长啸起来。它在龙船上空盘旋几圈，最终呼啸而至，重新灌回了琅琊王所抱着的少年的胸口。

·六·

崇安十一年正月初七，赵瑗跟随官家在西子湖上乘船游玩，官家不慎落水，诸位皇子中，唯有赵瑗奋不顾身跃入水中，将官家救起。醒来后，官家对其大加赞赏，并言道：唯第二子最肖我。当日夜间，大宴群臣之时，官家又特地赐酒给他，离开的时候又允许他与自己共乘同一乘车辇，一时间恩宠无边。

赵瑗本来已经快要登上车辇，却不知为何停了下来，问身边的侍从：“刚才在宴席上，角落里坐了位束白玉珠冠的人，好生眼熟，却是谁？”

“二皇子想是忘了，那是从无夏城回来的琅琊王。也难怪，当初他还在宫中的时候，与您殊无往来，不记得也是应该的。”

赵瑗点了点头，不自觉地去摸自己的肩头，那里有一处浅得几乎看不清的淤青，众人都说，是他跃入湖中，救官家时撞出来的伤。瞧起来，却像是条龙的形状呢。宫人们这样恭维着。

赵瑗登上了父皇的车辇，他的位子就在龙椅旁边，一人之下，万人之上。他一个人独自坐在这里，等待着官家。夜风吹拂，不觉有些凉了起来。

“阿瑗，挺直了腰，别回头。”

他忽然听到有人在身后说。那声音是他曾经极熟悉的，猛地回头时，只见树影憧憧，隐约有一点珠光，不知是否是珠冠上的反光。他张了张嘴，一个名字已经到了嘴边，却忽然失去了踪迹。

于是赵瑗坐了回去。按照那个人的吩咐，他挺直了腰，再也不曾回头。从今以后，他便是雪野上一匹朝前奔跑的孤狼，爪牙锋利，目光沉静，再无挂碍。

万里江山，如今尽在脚下了。

·七·

由雪白的狻猊所拉着的车在月光中静静地飞着，狻猊的耳朵上还系着游行时缠上去的红绡。

翠烟已经恢复了原貌，她这次扮作神龙，得了朱成碧“干得很不错”的表扬，心中欢喜，一面往手炉中添着香一面问着：“姑娘，你说这赵玠为何要这样对他弟弟？表面是各种为难嘲讽，最后却是处处维护？”

“我又如何会知道？”朱成碧打了个呵欠，“我既无兄弟，也不是人类。这些事情，恐怕只有他们自己知道罢了。”

翠烟将手炉给了她，见她手中执一纸素笺，将指尖在其上划来划去，打趣道：“又拿出来看？公子的信，我都要会背了：陌上花开时，可缓缓归矣……”

“偏你贫嘴！”朱成碧作势要打，又想起来另一件事，“这次我在云珑中毒的事情，不许告诉汤包，否则会被他念叨死！”

正在此时，却有唧唧鸟鸣响起。翠烟掀开车窗，一只青鸟便钻了进来。

“公子也真是的，这半日里，便连写了两封信来。”

朱成碧取了那青鸟脚上的卷轴来读着，翠烟还要再说，却见她神色有异，指尖发抖，连那张纸都被带得簌簌作响。

“怎么了？”

“无事。”朱成碧如同惊醒一般回答道，“不是汤包写的，想是鸟儿迷路，送错了人吧。”

她指上燃出了青色的磷火，舔上纸条的边缘。火光中，她只盯着其上的寥寥几行字，便如要刻骨铭心一般。

现已查明，七年前扬州“汤包常”偏房失火，十余人殒命，尸骨难辨。常青与常小梨一夜之间俱已失踪。如今伴君身侧之人，身份不明，居心叵测，望君慎之，慎之！

落款是一个简单的“鹰”字。

磷火漫卷，终究还是将这行字慢慢地吞没了。

崇安十二年，赵瑗封普安郡王，崇安二十二年立为皇太子，六月登基，定年号隆兴，后改元乾道。因其治国有方，在位期间百姓富裕，五谷丰登，太平安乐，史称“乾淳之治”。

第九章
千齑面

·零·

最终唤醒常青的，是一只羽毛如同夜色般黝黑的乌鸦。

他昏睡在一棵枯死的柳树下面，一动不动，宛如死去一般。但这只乌鸦不断地啄着他的前额、脸颊，直到他转动着头，发出含糊的呻吟。

“它们来了！来了！”

在旁人听来，不过是乌鸦几声嘶哑的鸣叫而已。唯有常青知道它在说什么。他抬手捂住了眼睛。这个动作暴露出他的手背上血肉绽开，伤口中混杂着干掉的泥土。他素来有洁癖，谁想过有一日竟狼狈至此。

“有多少，从哪里来？”他问。

“很多！很多！到处都是！”乌鸦转动着头，翅膀不时开合，“腐烂的肉！湿淋淋的黑毛！刀！从树上来！从水里来！好臭！”

“这么说，它们终究还是涉水过了沧河。穷奇向来畏惧流水，还以为能多阻它们一阵子。如今我们该往哪里去？”

乌鸦忽然沉默了，晶亮如同细小的玻璃珠子的眼睛盯着他：“没有退路。”

常青只觉得整个人都在朝一个深不见底的地方坠落。他伸手在身侧摸索，自黑暗中触到了另一只温热的手。在那个方向，朱成碧蜷缩着双腿，犹如婴儿般正在酣睡。她怀中抱着件隐隐生光之物，照得她脸颊莹白如玉。他在她的手背上轻轻地触了一下，接着便如烫着了一般，飞快地收回了手。

“我再问你一遍，穷奇来时，我们该朝哪个方向逃？”

“没有，退路。”乌鸦重复，它张开嘴的方式甚至类似于嘲讽，“后面，悬崖！翅膀，飞！”

常青习惯性地握住了怀中的画轴，又慢慢地松开了。如今，他的力量已经快要到极限了，袖子里的那支生花妙笔，笔尖上还残留着的墨，大概只够他画上一两回。

这仅有的机会，他该用来画什么？

常青将笔从袖子里取了出来，平放在手心里，笔尖上的墨汁像是得了他的心意，朝空中升腾了起来，形成一只不断滚动着的球形墨滴。他微微闭了闭眼睛，墨滴便在瞬间粉碎了，无数细小的墨星尽都洒向了一侧枯死的柳树，没有一滴溅在他的身上。

他长长地出了一口气，朝柳树转过头去。

这棵柳树忽然焕发了生机，枝叶寸寸伸长，一直垂到睡在树下的朱成碧的鼻尖上。她皱了皱鼻子，紧接着睁开眼睛。满眼的碧叶让她稍微愣了一下，但她很快爬起，朝常青的方向望了过来。

"它们就要来了？"她一双兽眼重又变得金红，狭长的眼瞳竖立，一面在空中嗅着。

"是。"常青忍着内心酸楚，回答。

朱成碧扭过脸去，语调也变得不似往常："你走吧。"

"说什么傻——"

"北狄连穷奇都派出来了，想要的，不过是我怀中的金翅鸟。这本来便与你无关，常青，你现在走还来得及。"

"早就来不及了。"他故作轻松地说，"你忘了吗？我还欠你三百两银子呢。"

他们遥遥相望。

万物萧瑟的时节，又正值深夜，山林间连地面上都结着薄冰，唯有他们身后那株在错误的季节里获得了新生的柳树，正在一门心思地生枝发芽，层层涌出清泉一般的绿叶，朝气蓬勃，势不可挡，对呼啸的寒风和险恶的冰雪都一无所知。

就像是人心底里疯狂生长的思慕一般。

此时距离朱成碧站在西子湖上漂泊的龙船之上，面对着刚刚苏醒的赵姓真龙，不过短短几年。那时她还言道，金翅鸟不亡，大梁江山不堕。可谁曾想，局势变幻如此迅疾，如今不仅金翅鸟失去了主人，甚至连他俩也因为救下了金翅鸟，而被穷奇的军队一路追杀，以至于陷入绝境。

到如今，常青心中只是一片苦涩。有诸多话语犹如闷烧的火炭，长久以来在他胸中翻涌，如今再不说，恐怕是再也没有机会说出口。他刚下定了决心，要开口唤她，却在同时听到了细微的咔嚓一声。

那是地上的枯枝被踩断的声响。

一瞬间，乌鸦从常青的头顶振翅而起。常青对面的双髻少女已经不复存在，取而代之的，是一只铜额巨口的野兽，双目血红，只消下一刻，它便要扑出去，直接撞上那群正在朝他们合围过来的穷奇。

它却在半空中被生生地拦住了。

不知何时，新生的柳枝已经甩了过来，缠在它的额头上，它一愣，便有更多的柳枝从身后层层围拢过来，拖着它一步一步，竟然将它捆在了柳树身上。这只兽发起怒来，咬断了好几根柳枝，但每断一根，就有新的一根从原处生长出来。

常青一直等到它被捆得完全不能动弹，才松了一口气，这最后一搏耗尽了他仅剩的力气。

"……蠢货，你做什么！"朱成碧仍旧在那柳枝之间挣扎，他能望见一只少女的手不甘地揪着柳叶。

"以我目前之力，顶多困住你一时，不过也够了。"

他缓慢地坐了下来。那只乌鸦重又飞了回来，停在他头顶，展开翅膀模仿着朱成碧的语气："蠢货！"

"掌柜的，今后无人提醒，你也要记得少吃点儿。就算我……翠烟跟樱桃的形体也还能维持几日，不至于立刻消散。她们知道账本跟治胃痛的药各自放在了哪里。"他想了想，接着嘱咐，"后院里的玉兰树下面埋的是我攒的私房钱，本来想给小梨做嫁妆的……"

"常青，你敢！待我一得自由，就去将你家小梨连同扬州城一并吞了！"

他听出那威胁中带着的哭腔，微微笑了起来："既然如此，就此别过了。"常青维持着坐在地上的姿势，朝她长揖至地，却久久没有等到她的回应。

他诧异地抬头，却听见层层柳枝当中，传来一句几乎令他血液冻结的问话。

"……你究竟是谁？"少女的手指紧紧抠着，柳枝在她手底下发出轻微的断裂声，"崇安四年，扬州'汤包常'家偏房失火，真正的常青和常小梨早就在火灾中失踪，尸骨未见。这么些年来，你每年除夕都要回扬州团聚的'家人'，根本就不存在！"

"如果你一定要去，至少告诉我你究竟是——"

常青摇晃着站了起来，一步步朝她靠近，终于轻轻地握住了她露在外面紧抓着柳枝的那只手。

“嘘。”他一根根抚摸着她用力过度的手指，让它们放松下来，“等我回来，我会告诉你。”

寒夜的山林之中，忽然亮起了光芒。

那光芒如同金色的火团，方圆几里都被它所照亮，光芒中央显露出一只鸟的身形，起初像是只乌鸦，渐渐地却又更像是只凤凰了。

“金翅鸟！”山林摇曳，刀光晃动，更多的声音在呼喊着，“追啊！金翅鸟在那边！”

常青为怀里的乌鸦添上了最后一笔发光的羽毛，便抱着它朝悬崖的方向跑去。

甚至没有回头看上她一眼。

·一·

那浑身披满蓑衣般的黑毛、似牛非牛的妖兽就在他眼前，吞吃着人类士卒的尸体。

姚世荷十二岁便随父亲姚鹏举参军，但这是他第一次在战场上与这样外形的怪物相遇。就在这一天的傍晚，撤回昌城之后，他将从曾在无夏城担任过羿师的弓弩手那里得到它的名字：傲因，食人脑髓的妖兽。

这是崇安十年，北狄单方面撕毁了和约，大举进攻大梁。七月，北狄以马军一万五千余骑，直逼姚家军宣抚司驻地昌城。姚家军派出精锐背嵬、游奕两军应战，双方的骑兵在昌城外的平原上缠战。到了正午，北狄人已经开始节节败退，这种怪物却毫无任何预兆地突然出现在了战场上。

光是它吼叫的声音，便已足够让马匹受惊，而它的攻击是非常有目的性的：只踩踏姚家军中手持麻扎刀、负责斩掉对方马腿的步兵。

姚世荷赶到的时候，这只傲因已经将一支不下二十人的步兵小队尽数踩死了。

他胯下的马霎时便软了前腿，跪倒在地。好在姚世荷临战经验丰富，在马倒下一半时便顺势前滚了一圈，再站起来的时候，他跟那只傲因几乎是面对面了。

他能看清它头顶两只苍白牛角中央，蠕动着的肉瘤，看清它口中如吸管一般的舌头末端滴着的液体。躺在它脚底下的士兵还睁着眼睛，眼瞳灰蒙蒙的。那双眼睛让姚世荷的胸中一热，不禁大喝一声。

这声喊叫成功地引起了傲因的注意。它甩了甩背上犹如破烂蓑衣的黑毛，朝他低下头，前蹄在地面上刨出了坑。

和水牛一样，姚世荷想。傲因猛地一蹬地面，朝他撞了过来，而他将身一侧，紧接着双手握住手中的枪，调转枪头朝傲因头顶的瘤子用尽全力就是一刺。

终究不过是只野兽而已。但这念头才刚刚产生，他就自那对细小的眼睛中望见了嘲笑。

战场上，轻敌者死。不需要再复习父亲的这句教诲了，此刻从枪身上传来的震动已经让他手腕发麻，差点连枪都握不住。那犹如肉瘤的地方，竟坚硬如此！

与此同时，傲因的尾巴却甩了起来，狠狠地砸在了姚世荷的后背上，只听喀哒一声，却是连护心镜都给震裂了。姚世荷朝前踉跄了好几步才稳住，喉咙里涌出一丝带腥味的血来，又叫他生生吞回去了。

傲因在对面嘲笑地喷着鼻息。它缓慢地挪动着脚步，寻找着下一次进攻的方位。姚世荷也认真起来，摊开了手掌，枪身从掌心中缓缓划过，他的铁锥枪重有八十斤，若全力出击，连铁甲都可击穿。若傲因再向前冲来，他准保可将其直接挑在枪尖上。

"姚小将军，我来助你！"伴随着哒哒的马蹄声，一团火红的影子从左侧插了过来，顶着只浓眉大眼，肤色黝黑的男子的头，下面却生着四只马腿。第一眼望去，姚世荷还以为是哪里来的妖怪。那男子将身上的红布一扯，不知道他哪里弄来的旗子，握在那小钵碗般大小的拳头里，猎猎生风。

"来啊，小牛，我来陪你玩儿！"

"张玉虎！你个笨蛋！"姚世荷只得收了枪势，一边提醒着，"要小心——"话音刚落，那傲因便朝握着红布的张玉虎扑了过去，这一跃，竟有一人多高，张玉虎反应不及，整个人都叫傲因从马上扑了下来，压在肚腹下面，被四个碗口大的蹄子一阵乱踢。

姚世荷急了，提枪上前朝着傲因的侧腹便刺，谁知道这妖兽的皮毛光滑无比，枪尖竟无法刺入，他眼见张玉虎被压在下面，只露出一只手，却也渐渐瘫软下来，手指慢慢地伸直了，不由得大喊："虎子！"

他一咬牙，扔下了枪，拔出了腰间的短刃，跳上了傲因的脖子，用尽全身的力气将刀刃捅入了它的眼睛。脆弱的骨头在他手底下嘎吱作响，白色的脑浆沿着他的手腕朝外流淌，但他丝毫没有放松，只将那刀刃朝更深的地方一点一点地按了进去。

披满长毛的怪物颓然而倒，跪在自己激起的尘土当中，粗大的鼻孔翕动着，呼出了最后一口气。

姚世荷抓着张玉虎露在外面的手，将他从傲因的肚子底下拽了出来。这平日里铁塔一般的汉子伸直了手脚躺着，双目紧闭。

姚世荷左右拍打着他的脸："喂！"虎子颤了颤眉毛，又将眼睛闭得更紧了些，一副欠揍的样子。姚世荷连踹向他腰的脚都提了起来，想了想又放下了，转为观察起四周的动静来。他们在一处浅浅的土堆之后，身边围绕着几丛矮小的，灰扑扑的灌木。眼下，外面的平原上面应该正在进行着双方骑兵间的厮杀，此刻却如此安静。

从刚才起，一股不祥感便始终绕在他心头：难道战斗已经停止？但并没有听闻任何一方的欢呼。又或者，有什么驱散了双方的骑兵，令他们不分敌我，统统溃逃了？

"糟糕！虎子，快起来，我们快走——"

已经太迟了。灌木摇摆，暴露出更多的披满黑色长毛的脊背。它们长得跟先前的怪物一模一样，只是更加强壮，竟有十数只之多，从四面八方而来，堵死他们所有的退路。黄豆般细小的眼睛，疯狂翕动的鼻孔。

同伴的血和脑浆的味道想必刺激了它们，因为其中一只忽然发出了嚎叫，听起来就像是濒死的郊狼的哀吼，其余的纷纷应和。

即使是张玉虎，也在那样的嚎叫声中变了脸色，一骨碌便爬了起来。姚世荷往他背后一站，他也迅速反应过来，抽出腰间的横刀握在手里。两人背靠背地站着，眼前是一步步逼近的傲因们，头顶苍白的水牛角间，肉瘤还在颤动不休。

“虎子？虎子！”姚世荷侧过脸，连叫好几声，“等这场仗打完了，你想吃啥？”

“我，我想吃面，我娘亲手做的油泼面。我已经好久没见过我娘了，我娘，我娘……”

他有些说不下去了。连带着姚世荷的眼角也酸起来，他大喊一声：“好！等干光这群怪物，咱就回去吃面去！”

“喝呀——”

背后传来张玉虎的怒吼，几乎在同时，姚世荷猛蹬着地面朝前跃起，手中的铁锥枪犹如出水长龙，直取第一只傲因的眼睛。

在他背后，是一片暴涨的刀光。

怪物的数量还是太多了。

姚世荷不知道自己杀死了多少只，眼前正有一只朝他猛冲过来，冲势未停，竟是将自己生生穿在了枪杆上。姚世荷丢了枪，低头拔刀，脊背上却遭了狠狠一击，转身之时，望见已有三只傲因同时顶向了张玉虎，虎子徒劳地挥着横刀，却只能斩下片片黑毛。

他有心想要相助，却只觉得脊背剧痛，手臂颤抖，竟是连握刀都有困难。抬眼时，先前撞他的那只傲因已经朝他伸出了吸管一般的舌头，堪堪就在眼前。

……到此为止了吗？他却忽然一笑，翻转了手腕，朝那舌头挥刀斩落——

光芒四射。

那耀眼的光芒，犹如落日忽然直接降临在这片平原之上，光焰万丈，横扫过战场上正在厮杀的双方。姚世荷不得不捂住了眼睛，他身侧的傲因纷纷抬头，望向那光芒的源头。几乎在接触到那光芒的瞬间，它们便消融了，只在原地留下一摊带腥臭的黑水。

耳畔响起了众多的欢呼声。

“姚将军！金翅鸟！”

湛蓝的晴空下，夕阳正在缓缓沉向西方。但比夕阳更加耀眼的，是一对火烧云一般金光闪耀的翅膀，以及那翅膀护佑下从昌城中冲出的一队骑兵，他们只有四十个人，却威风凛凛，势不可挡，犹如天神下凡。

为首那人的身后，飘扬着一面“姚”字大旗。

·二·

金翅鸟的出现扭转了整个战局，北狄军没了傲因相助，无心再战，又见姚将军亲临，纷纷望风而逃了。

姚世荷清点了战场损失，他作为军中机宜，需得尽快报与父亲知晓。因此，他只让随军的医官简单处理了一下脊背上的瘀伤，便急匆匆地朝帅帐赶去。

直到今日，他父亲仍是住在临时搭建的帅帐当中。不知道让出府邸的昌城太守是否会因此而感到尴尬，从而在写回云珑的书信中加上些“目中无人”的评价？姚世荷隐约有些担忧，但他也深知，父亲多年的脾性是不会因此有丝毫更改的。

姚世荷边想边走，帅帐的尖顶已经近在眼前，他却忽然停下了脚步。街道中弥漫着一股温暖的香味，像是面汤，却比面汤更加香甜诱人。

他循着那味道找了过去，一路进了原太守府。太守慷慨地让出了这里，也不好意思立刻便搬回去。一来二去，这里便成了军队的伙房。如今也不知道是谁在院中搭起了一座半透明的纱帐，其上绣着朵朵桃花，纱帐的缝隙间正飘出缕缕蒸气。他所闻到的香味正是来自于此。

已经有十多名士卒在院中排队，如今见他来了，纷纷行礼。姚世荷一面回着礼，一面朝前走。但见一对儿双生的婢子立在那纱帐之前，俱是鹅蛋脸、柳叶眉，生得异常讨喜。排在最前面的士卒朝前一步，对那对婢女说道：“姐姐们，小人名叫范小七，乃是蜀地人士。”

穿桃红色褙子的婢女朝帐内侧了侧身，像是听着什么声音，接着便说：“蜀地湿寒，为免面条凉掉，常有小贩将锅炉碗盏一并挑在担子里，沿街叫卖，有客来时立时便能做得，因此叫作担担面。”

她这里正说着，另一个穿翠绿色褙子的婢子却已经掀开了纱帐，从里面接过一只青花的海碗，连同筷子一起端给了范小七，被他惊喜交加地捧在了怀里："多谢姐姐们！"

如此短的时间，怎么来得及煮熟一碗面条？姚世荷疑窦丛生，却叫人在背上大大咧咧地一拍。

"姚小将军！你也来吃面？"

张玉虎端着只大得堪比洗脸木盆的碗，正吸溜着里面的面条。这一下正好拍在姚世荷的伤处，他倒吸一口冷气，又不好发作。毫无知觉的张玉虎已经转身吆喝起来："喂，你！还不赶紧让开，叫姚小将军排前头去！"

姚世荷赶紧一巴掌拍在他后脑勺上："又想让我挨训？"他朝碗里望了望，那面条足有腰带粗。

"这便是油泼面？跟你娘的手艺比起来如何？"

张玉虎一张脸笑得都要开出花来，嘴里还含着面条就开始说："姚小将军，你是不知道，油泼面极有讲究，要的就是……最后用热油这么一浇……我这辈子吃过的，除了我娘，再没有人做得恁地道了！"

姚世荷也跟他一起乐了起来，一转头，那穿桃红色褙子的婢女不知何时已经来到了他身后，细长的媚眼里笑意盈盈，朝他行了个万福。

"姚小将军，我家掌柜的请您帐内说话。"

这桃花帐的内部竟有如此之大，从外面可完全看不出来。

这是姚世荷入帐之后的第一个想法。他身侧俱是乌木架子，或高或低，挂满了粗细不一的面条，色泽从雪白逐渐过渡到金黄。木架之中，围着只斗大的青铜鼎，也未见有柴火痕迹，那鼎中的水却兀自沸腾，叫整个帐内都蒸气弥漫。

他再往前去，只听得头顶一阵咆哮。帐顶的虚空之中，竟有一张猛兽的脸缓缓现形，宽额飞耳，双目如炬。他刚要警戒，却看到它冲自己挤了挤眼睛，接着俯下去，嗅那飘着面香的锅。

这动作叫姚世荷想起了金翅鸟。年幼时，它也时常像这样躲在父亲身后，趁姚世荷不备，猛地张开翅膀扑过来，做出一副要捕猎的样子，其实不过是将头在他的肚子上蹭了又蹭。

他壮了壮胆，伸手去挠那猛兽的下巴，它起初一惊，接着颇为舒服地闭上了眼睛，瞬间消失不见。

“临危不惧，不愧是姚小将军。”

鼎边忽然多了个梳着双髻的少女，背对着他，持了只长柄的木勺，在朝鼎内张望。她整个人还没有鼎高，脚底下还踩了只凳子。

“它毫无杀气，我为何要惧？再说，是你请我来的。”

“是。我这里专门有一碗面，是为姚小将军备下的。”

“我听说你承诺外面的士卒，能为他们每个人都做一碗独一无二的、最适合的面。”姚世荷摸着下巴上的胡茬，“那依你看，什么样的面最适合我？”

少女侧过脸来，朝他短短一瞥：“姚小将军十二岁从军，生活一向从简，虽是将帅之子，却与寻常士兵无异，要我说，一碗用羊肉汤做的河南烩面便可让姚小将军心满意足。但只是如此，却远远不够。”

她背对着他，手中便忽然多了案板和剁刀，只听得笃笃有声，也不知道在切些什么。

“这碗汤虽然简单，却是用后院里的井水煮的；这面，是今年新收割的小麦；野葱是自己种的，露水都还未曾洗掉；切成碎末的，是过年时邻居家腌制的豚肉；最难得的是这菜头腌制的咸菜，是令堂亲手所做，这滋味独一无二，除我之外，恐怕无人能仿……”

她一面念叨一面操作，最后捧出来献在他面前的，却是一碗看起来平淡无奇的面条。姚世荷翘了翘嘴角，拿过筷子来随便尝了一口，忽然便沉默了，手中的筷子举了半天，也不知道放下。

“这滋味，是我娘做的千齑面。”他艰难地说，喉头上下滚动，接着一抱拳，“敢问尊驾究竟是谁？为何而来？”

“我？我是无夏城天香楼的朱成碧。”蒸气缭绕，少女的金色兽眼炯炯生光，“某人被请来为金翅鸟瞧病，我不过是顺便被拉来伙房当差罢了。”

·三·

姚世荷远远地便望见，父亲的贴身卫士守在帅帐之外。

这有些不同寻常。他们几个从未到过如此远的距离警戒。可此时姚世荷捧着那碗跟母亲亲手所做一模一样的千斎面，满心欢喜，想的都是赶紧让父亲也尝一尝，到了帐前一伸手便要掀帘。

卫士们赶紧过来拦他，说是姚帅在休息，不便打搅。

“我知道，可这面条要凉了。”姚世荷朝帘缝里张望，“这不明明是在接待客人吗？”

他父亲的帅帐向来简陋，帐内只摆得有几只书箱、简易床铺，旁边一只作战用的沙盘模型。床榻之上，金翅鸟蜷成一团正在休憩，露在外面的翅膀上羽毛凌乱，光芒看起来比前几日又暗淡了许多。姚世荷正在揪心，却听见一个陌生的男声，毫不客气地正在质问：“……什么契约？！却将金翅鸟活生生拖到如此境地，还要为人类而战，与奴役何异？”

父亲并没有立时回答，姚世荷自己先按捺不住，将面碗朝卫士手里一塞，掀开帘子就闯了进去。

“谁说这是奴役了？！”

先前质问的青年原本站在金翅鸟的床头，如今朝他转过身来。这人面色白净，犹如书生，一身柳青色的直裰，双手揣在袖子里，皱着眉头，并没有立刻回应。倒是一旁的姚将军先开了口：“谁让你进来的？我令所有人在外等候，自然也包括你！”

“孩儿一会儿领罚便是。但他说得不对！金翅鸟被我姚家世世代代奉为守护神灵，助我姚家退敌。父亲自与其定下契约以来，每回浴血奋战，都是同生死、共进退，哪里来的奴役二字！”

姚世荷朝那青年怒目而视，却遭到了父亲的训斥。

“没礼貌！”他父亲拱手致歉，“犬子无礼，还请公子海涵。”

姚世荷有些不解。他极少见到父亲对人如此恭敬过，哪怕是朝廷派来的带着圣旨的官员。那人叹口气，也回礼：“姚小将军说得对，是我唐突了。”

他父亲朝他一瞪眼："还不快过来见过妙笔生花的'常公子'！"

"你便是常青？"姚世荷忽然欢喜起来，上前便长揖道，"之前是我无礼，若你能治好金翅鸟，我姚世荷甘愿任阁下驱使，绝无二话！"

常青苦笑起来，只低头去抚摸金翅鸟，那伤痕累累的翅膀上，凡被他摸过的地方均重又发起光来。金翅鸟抬头，与他视线相接，喉咙里发着轻轻的咕咕声。

"是，我知道，一切都是你心甘情愿。"

"你真能听得懂？"

"在下自幼便能听懂鸟兽之语。幼时，也曾有一只不知名的兽，其毛如雪，与在下朝夕相处，便如金翅鸟与姚将军一般。后来却因在下之故，累其惨死……"他闭了闭眼，似乎是不便多谈，"一时激愤，失礼了。"

这位常青公子的名声，姚世荷早就有所耳闻。据说他有一支生花妙笔，无论绘制何物，都可立时成真。除此之外，他还能听懂飞鸟走兽之言，凡有向其求救者，均不遗余力，倾力相助。

前些日子才听父亲说起过，想请他来为金翅鸟医治。想到这里，姚世荷不由得多打量了他几眼。正好常青也在朝他望过来，黑曜石般的眼里除了严肃，还有一股难掩的沉痛。

"在下又何尝不想治好金翅鸟。"常青又低头去看金翅鸟，"自通天引断绝之后，不知有多少妖兽被阻隔于现世，不能回到灵界。现世灵气不足，它们无法休养生息，更何况，还要与人类争抢食物和山林，死于羿师之手者，不知凡几。在下一己之力，也不过杯水车薪。"

"金翅鸟自与姚家定下契约以来，不断作战，累积之伤无法愈合，能坚持到今日，已是奇迹。"

忽然间，姚世荷明白了那眼中的严肃沉痛从何而来。这个人虽然不是将士，却也见过烈火和死亡，而且不止一次。

他们三个都沉默下来。只有金翅鸟伸长了脖子，用头顶着姚鹏举的手，向他讨要着一个抚摸。见他不理，它索性将脑袋钻到他手下，眨着双大眼睛。

"……果真无能为力？"

"除非能得到麒麟血……"常青喃喃，却忽然如惊醒一般接着说，"不，眼下唯一的法子，是希望姚宣抚能解除契约，释放金翅鸟，如其不再受伤，或许能拖延一些时日，到时，说不定能有再开通天引的希望。”

“我明白了。但如今战事紧急，北狄又忽然派出了傲因，我方除了金翅鸟，没有其他克制之法，现在释放金翅鸟，等于置我十万将士的生命于险地。”

对父亲来说，这是一个艰难的选择，但姚世荷能猜到他选择的结果：父亲在身侧紧握着右拳，这是个拒绝的姿势，但嘴上说的却是：“多谢常公子，请容我再想想。”

姚将军的决定还没有做出，又有新的妖兽出现在战场上。

昌城之战后五日，姚家军进入临颍县，派三百骑兵前哨泗水河，却与北狄的十二万大军劈面相迎。姚世荷得到从前线传来的消息之时，双方已经交战多时。他丢下传令官，四处寻找，终于找到常青——他立在一架由雪白的母牛所拉着的牛车前面，跟车内的人不知道说些什么。车前垂着的帘幕极为眼熟，雪白的纱帐上绣着桃花。

姚世荷跑上前去，二话不说便单膝跪地，朝车内一抱拳。常青吓了一跳，过来扶他，他不肯起，只朝车内喊道：“请尊驾出手相助！”

“……你又怎知我能相助……”

“我三百骑兵，在泗水河遭敌人围困，北狄竟派出前所未见的妖兽，有三丈多高，状若野猪，浑身长刺，可如箭矢般刺出。凡有近者，皆遭刺杀！”姚世荷一边描述，只觉得全身的血都沸了，听得常青在旁边低声道：“该是梼杌，四大凶兽之一。”

“如今金翅鸟伤重，无法应战。之前在桃花帐内曾见过尊驾真身，虽不识，却也是猛兽无疑，因此斗胆，请尊驾相助！”

常青看了看他，朝牛车走了半步，帘内之人却开口言道：“常青，你可是要劝我出手？”

“……是。”

“我非金翅鸟，不曾与任何人类有过契约，也没有为任何人而战的理由。”那女声娇媚，言下之意却冰冷异常，“千百年来，我从未参与过人类的战争，也不曾帮过任何一方。”

她停顿了一下，才道：“这可是你的心愿？”

常青咬了咬牙，像是做出了一个艰难的决定。他一掀衣襟，在姚世荷身侧也跪了下来。

“请掌柜的出手相助。”

“你舍不得让金翅鸟再战，却也舍不得这些人类士卒送死，所以只好让我出马。”女声忽然变得很轻，“我再问一次，这可是你的心愿？”

常青的脊背一僵，但他并未吐出一字。

“也罢……”此刻风向却突然变了，向他们吹来的，是来自战场上的风。连姚世荷都能闻出，风中除了血腥，还有一种特殊的腥臭。就跟那日战场上的傲因化为黑水后的味道一样。

牛车的车帘忽然被掀开了，出现的却并不是姚世荷预料中那个金眼双髻的少女，而是个陌生的戎装女将。一缕红缨从她头顶的盔甲披散下来，垂在脸侧，真真是冰肌雪肤，容光照人，一双剑眉却拧成了个疙瘩，只望着战场的方向：“难道……”

她只说了半句，便朝空中高高跃起，竟忽然失去了踪迹。姚世荷正在瞠目，又见常青连忙站起，从袖子里抽出支外表普通的毛笔，朝那只雪白的母牛脖子上画了几下。落笔处，浓厚的鬃毛披散开来，转眼只见一只狮子般的狻猊站在原地，抖了抖背毛。

常青翻身骑了上去，朝姚世荷拱了拱手，便头也不回地追过去了。

·四·

三百名骑兵，只剩下张玉虎一个还活着。

其余的骑兵都还立在他的身后，他们身上贯穿着数根一丈多长的黑刺，维持着朝梼杌冲锋的姿势，尚未来得及摔倒，鲜血正沿着插入泥土中的黑刺缓缓滴落。他心爱的战马，那匹乌云骢，也倒在他身后不远处，是它及时侧身，用胸口为他挡住了飞来的黑刺，才让他有了继续向前的机会。

他已经离梼杌非常近了，近到可以望见，那妖兽毫无保护的毛茸茸的脖颈。但他却再也无法挪动了。

就在刚才，张玉虎紧握横刀，准备挥下的时候，一根黑刺同样贯穿了他的胸口。他眨了眨眼睛，似乎还不太适应这汹涌而来的剧痛，只伸手抓了抓那黑刺。

他已经前进到离梼杌如此之近的地方，他没有忘记，三百骑兵，是如何一个接一个地中刺为他铺出的路。他步步向前，踩的都是他们的鲜血！

张玉虎伸出一只满是鲜血的手，手指颤动。再往前一点！只要再向前一点，他就可以杀掉这只妖兽了！

他双目充血，忽然大喝一声，也不知道哪里来的力气，抓住那黑刺猛力一折，将其生生折断，再度举起手中的横刀，便要挥刀再砍。

几乎在同时，血肉撕裂之声再度响起，第二根和第三根黑刺贯穿了他的身体，紧接着是第四根。他被牢牢固定在原处，却已经不再觉得痛，只觉得寒冷，觉得身体一阵阵发轻，似乎要向上、向更高的地方飘起来。唯有右手中的横刀还在沉沉地下坠，提醒着他。他手心里都是汗，眼看那刀柄即将滑落，却一再地扣紧手指，死命地将其抓在手中，又再一点点、一点点地抬起来。

却在空中，被另一人接住了。

张玉虎转过头，模糊视线中，分辨不清容貌，只知道是个披甲的将士。他咧嘴一笑。

"姚小将军……这刀给你……冲上去……替我干掉这龟孙子！"

红缨银甲的朱成碧站在最后一名死去的骑兵身前。

她并不记得他的名字，只记得曾为他做过一碗油泼面，他将那碗抱在怀中时，曾有过孩子一般的欢欣。在他身后，所有的骑兵都站立而死，死前面朝北方。

失去的家园，无法归去的故乡。

她握紧了那柄横刀，抬起头来，梼杌的小眼睛打量了她片刻，忽然就露出了惊慌的神色，开始后退。

下一个瞬间，朱成碧高高跃起。梼杌背上的黑刺如暴雨般倾泻而下，她却踩着那些黑刺，跳上了梼杌的颈后。

梼杌惊慌起来，它全身披挂着黑刺，颈项之上却只有茸毛覆盖，不由得连连甩头，发疯般地朝四周射着黑刺。可背上的朱成碧却稳稳地站着，只将手中的横刀调转过来，朝它的后颈一插。

刀光闪耀，紧接着是黑如墨汁的血液喷洒出来。梼杌的动作瞬间僵硬了，如同石山崩塌，轰然而倒。

那血液的腥臭味道让朱成碧皱了皱眉。她朝一旁跳了下来，顺便去寻一路上跟在身后的那只狻猊，一望之下却大惊失色：狻猊四爪腾云地浮在半空，背上却空无一人。

她只朝旁边的树林扫了一眼，便急急地奔了过去，快要靠近的时候，又缓下脚步来。

就在她眼前，原本是柳青色的直裰已经被黑刺整个贯穿，正在缓缓染上血色。她像是完全手足无措了，一时想要拔出那刺，一时又想要去摸那人的脸，急得语调都哽咽着。

"汤包……"

"别哭。"眼前的人虚弱地笑着，抬手抚摸着她的脸颊，"别哭，很快就不会痛了。"

剧痛传来，是她五百年前曾经被整个贯穿过的伤口，分毫不差地，再度被人持尖利的刀刃刺中。她低头，见那只手击碎了胸甲，插入血肉，却还在搅动着，她体内的骨头被寸寸割开，只觉得寒冷彻骨。她想唤他的名字，却只吐出一口血来。

"怎样，不痛的，对不对？现在你可以告诉我了。"青年微笑着，将唇凑在她耳边。

"麒麟血何在？"

同一个时刻，常青正跪在金翅鸟旁边。

他原本是一路驱动狻猊，跟在朱成碧身后的，但行到一处树林时，却望见林间有翅膀形状的光焰。他犹豫片刻，终究还是让狻猊降了下去，果然在河道旁的沙地中，寻到了金翅鸟。姚家父子都守在它的身边，望着它一次一次地想要飞起，却再度摔了下来，光秃的翅膀上沾满沙砾，狼狈至极。常青过去将它捧了起来，仔细检查了一番。

“翅膀断了。”他低声言道，“即使如此，你也还是要再战吗？”

金翅鸟将头靠在他的膝盖上，轻微地“咕”了一声。

“这值得吗？”他发起火来，也不知道是在冲谁嚷嚷，“为了跟你毫不相干的人类、毫不相干的战争？为什么你们一个两个都这么蠢——”

下一刻，他却止住了话头，站起身来茫然四顾。

姚世荷不解地朝他走了两步，就听见他的低语：“你在唤我？”

鲜红的眼纹从那人的前额浮现了出来，如同蘸了朱砂画上去的一般，连将他钉在身后树身上的黑刺都消融了，眼看着变幻形体，跟眼前这人合二为一。

唯有那只插入她身体里的手和手中的利刃，依然如故。

“你这叛徒，身为凶兽，却与人类为伍！若不是你，我辈怎会困在现世，不得归返灵界？”那声音还是常青的，一字字，犹如毒药烧灼，“还不赶紧交出麒麟血？”

他还要再用力，却见朱成碧抬起一只手来，软软地握住了那只手臂。转瞬之间，原本朝外淌的血便被黏稠的阴影所代替。

她低着头，望不清表情，垂下来的额发阵阵颤动，却是在笑：“方才还真真吓了我一跳。好久不见啊。‘仁兽’白泽。”

他再要往后退，脚下一软，竟无法拔出。不知何时，他们身处之处已全部被阴影所覆盖，便如冒着气泡的泥沼，其间还不时有苍白的兽脸翻出，双目之中一片空白。

“我原想，人类的战争，便由得他们自己去罢，没曾想却叫我闻到了熟悉的味道——你猜是什么呢，白泽大人？”朱成碧终于抬起来的脸上，虎牙生出，嘴角开裂，正是凶猛兽相，“相助北狄的妖兽俱是墨汁所绘，那墨中又有你的血，难怪如此腥臭！”

地上的阴影越铺越开，阴影四周却忽然朝空中高高升起，同时朝中央的白泽头顶扑了下来，要将他灭顶。他努力挣扎，却还是被包裹其中，寸寸吞噬了。

朱成碧刚想站起来，面前的阴影便将一张纸条嫌恶地喷了出来。纸条在空中飘落，上面画的唯有一团乌云样的东西，生着四条棍子般的腿。

“啧。”她捂着伤口，缓缓跪了回去，嘴里却在感叹，“好可怕的画工，比汤包差远了。”

·五·

“我们方才所做，是对的吧？”姚世荷与常青并肩而立，轻声问着。

倘若在一个时辰之前，常青还能确凿无疑地答道：是的。在他俩见证之下，姚将军终究还是解除了跟金翅鸟的契约，放它自由。

这是常青第一次亲眼见到，人类与妖兽之间世代相传的契约，外形却只是姚将军小指上盘绕着的一截红绳。它自虚空中缓缓现形，另一头系在金翅鸟的脖颈之上。与人世间流传着的代表姻缘的红绳如此相像，连斩断的方式都如出一辙：只需要一柄毅然挥下的刀。

如今他却有些质疑起当初的决定了。夜幕降临，火把燃烧，负责打扫战场的人在远处唱着哀歌。他要如何跟他们说，姚将军已经放走了金翅鸟，唯一的希望都已经破灭。而敌人究竟拥有多少只妖兽，尚不得而知。明天，才是死亡真正开始降临的时刻。

更何况，他心中的不安还在层层扩大。那个银甲的女将军她去了何处？

常青的拳头在袖中松了又握、握了又松，终究是忍无可忍，朝姚世荷一抱拳：“暂且别过，我得去寻她！”

正在此时，耳听得身后树木摇动作响，他大喜过望，转身便道：“怎么如此晚才回——”

不是她。

站在那里的是一只浑身雪白的美丽的兽，前额正中有一只鲜红的眼睛，全身都散发着银色的光泽，几乎连树林都能照亮。

汝可还记得，当初的承诺？

常青发觉自己在微微地发抖："你，不是死了吗？"

"常公子！"姚世荷朝另一个方向拽他，"朱姑娘回来了，你在看向何处？那里分明什么都没有啊？"

常青这才望见了朱成碧。

之前她都站在火把造成的阴影当中，如今朝前踏了几步，显露出形体。他忽然意识到，饕餮将军其实很少出现在他的面前，只除了有一次，除夕的夜晚，朱成碧饮了些酒，显露过成年的容貌。那时她半开玩笑似的朝他步步逼近，鲜红的唇近在咫尺。

从未存在过的一个吻。

那唇如今却是一片惨白。她身上半边银甲都叫妖兽的墨血给污了，手中持着柄横刀，朝他跟姚世荷举了过来："这是一名骑兵的刀，他死前让我转交给姚小将军。"

她深吸口气，愣愣地接着说："我杀了梼杌，遇到白泽。那梼杌果然是它用自己的血所画。我没留意，叫它捅了一刀。真可惜，差点便能捉住……"

她忽然停顿了，眼看便要摔倒。常青赶过去扶她，却又飞快缩回手来，有大团大团的血块落在他的手心。他顿时心痛如绞，几乎不能呼吸，却叫她反手抱住，十指根根扣在他背上。

"别动，汤包，让我靠一靠，就一会儿。"

常青只得跪了下来，好叫她能躺下。不知道她是如何在黑夜中带着伤，躲过撤退的北狄兵，又在河边走了多远，才赶到他面前，终究却是支撑不住。

"那白泽想要麒麟血，它们都想要麒麟血。"朱成碧在他怀里，眼神涣散，梦呓一般地重复着，"莲心塔不能倒……若黑麒王再出，必定又是血流成河……"

她忽然激愤起来，抓着他的领口："不给！除非我死，麒麟血不能给任何人！"

"好的，好的。"他哄着，"不给任何人。"

她眼神缓缓聚拢，终于重新流露出，他认得的、那个十三四岁的少女天真灿烂的笑容。

常青始终记得那个夜晚。他徒劳无功地捂住她的伤口，想要保护她，便如风雪交加之夜，拼了命地想要护住怀中仅剩的珍贵火种。

星河如瀑。在他们身侧，葬礼的柴堆已经开始燃烧，青烟带着灵魂升上夜空。而她终于在他怀中失去了意识，只来得及跟他说了一句——

还好不是你。

·六·

长夜已尽，天光破晓。

姚世荷等候在兴阳城西的树林之中。雾气缭绕，凝结在他雪白战甲之上。围绕着他的，是整整齐齐的八百名骑兵，均是全副武装，连战马也戴了眼罩，人人凝神屏息，所望的，俱是舞阳桥以南。

两日前，从西南方向飞来的燕子告诉常青，北狄已经拔营，共骑兵三万，步兵十万，直朝兴阳而来。这意味着，姚将军故意放出的“金翅鸟已经离开姚家军”的消息果然起了作用，敌人将其当作绝佳的进攻机会，前来进犯了。

“他们以为我们此刻必定军心动摇，一击即溃。”

星光如瀑的那个夜晚，在父亲将释放金翅鸟的事实告知全军之后，常青也站到了姚家军的将士们面前。

“他们以为，姚家军之所以战到此刻，全是仰仗金翅鸟。如今金翅鸟已去，他们必将倾巢而来，力求毕其功于一役，适才我问过姚将军一个问题，现在我要再问问大家，你们每一个人——可愿降？！”

此问一出，顿时死寂降临，紧接着爆发出无数愤怒呼喊。

“若战，则九死一生；若降，说不定还有一条活路。”

呼喊声中，常青还在轻轻地说。姚世荷站得远，可那一字一句，宛如在耳，每一个人都听得到他的声音：“不过，从今往后，只怕是连家乡的一碗面条，都未必能吃得到了。”

家乡的面条。

忽然之间，姚世荷只觉得自己重又坐在了桃花帐内，眼前是一碗再普通不过的千蓏面，金眼少女正在露出虎牙微笑，下一刻，却已经身在家中，端着那碗的人，换成了母亲，弟妹缠在她的裙边，讨着要从他这个大哥的碗里再多分些到自己碗里，母亲拿了筷子，作势要敲头，在空中悬了半天，终究是没有舍得落下去。

跟那日一样，他红了眼眶。

十万姚家军，多是鄂州子弟，战到今日，无人退过一步。往哪里退？他们身后便是家乡，只消退一步，所珍重的一切便会被北狄的马蹄生生踏碎。他握紧了腰间的横刀，死死地攥在手心里。张玉虎的血似乎还沾在上面，入手滚烫。身边的将士们早已喊了起来。

“不降，宁死不降！”

“愿随姚将军决一死战！决一死战！”

常青明显地松了一口气，紧接着却面露狠绝：“好！既然如此，常某也愿尽微薄之力，助姚将军退敌！”

直到如今，姚世荷仿佛依然能听到那晚的呼喊声，连大地都在微微震动。

不对，地面是真的在震动！

他忽然反应过来，朝身边的骑兵们做了一个保持安静的手势，自己驱动马匹朝前走了两步，自灌木的间隙之中朝外望去——远远地出现在地平线上的，是北狄引以为傲的精英骑兵，那些马三匹一组，被捆绑在一起，披挂着布满朝外尖刺的黝黑铁甲，便如造型可怖的移动堡垒。

姚世荷悄然无声地数着，同时跟身后的骑兵们打着手势：十五组精英骑兵，十组步兵方阵，还有——他的手忽然僵硬了，等恢复过来，却是新的、艰难异常的手势：梼杌，一、二、三，三只。

在树林之外，被北狄所驱赶着的梼杌们已经过了舞阳桥。它们个个犹如披挂满身黑刺的巨象，步伐沉重地缓缓前进着，身体两侧捆绑着粗大的树干，毫无疑问是准备用来攻城的。

姚世荷朝兴阳城楼上望去。自精英骑兵出现的那一刻，城楼上瞭望的士兵便吹响了号角，现在，城墙上已经密密麻麻地，架满了神臂营的弓弩，每只弓弩旁边都有三名弓弩手待命。此时，但见一名士兵高举起手中红边黑底的小旗。姚世荷只听得一片哗啦啦的上弦声。

“准备——”

精英骑兵的马队过了舞阳桥，便改变了阵势，以前后三排的长队左右排开。长途跋涉，本来该给人马休息的机会，但北狄急于求成，很快便敲响了进攻的战鼓。伴随着那鼓点，黝黑的堡垒开始移动，将那几只椿机护在中央，朝兴阳城冲了过来。

“放！”

数百只神臂弩嗖嗖地射入了空中，划出弧线，又如同暴雨冰雹一般急速地坠下。但即使如此，骑兵的整个进攻战线竟然未受影响，仍在朝前扑来。

“放，放，放！”

两三次的弩箭过后，第一排的精英骑兵多有伤亡，却很快被后面第二排的马队补充上来。姚世荷已经能望见黑布包绕中那些血红的眼睛。一向以沉默杀戮著称的精英骑兵终于不再保持沉默，发出战斗的呼号。

姚世荷紧握着手中的铁锥枪。还不是时候，他提醒着自己，现在还不是时候，再靠近一点——

“嘭！”

自兴阳城楼之后，升起一枚闪亮的烟火，拖出条长长的黄色烟雾。正是他等待已久的攻击令！姚世荷举起了手中的枪，朝身后的骑兵们大喊：“愿死战者，随我来！”

“报将军！姚小将军率八百骑兵杀入精英骑兵阵，缠战数十回合，人马尽赤！”

“报将军，敌军以椿机攻城，共十余次，为火球沸油所阻，城门松垮，恐不能久撑！”

帅帐之中，姚将军立在沙盘前，手中是两只袖珍的小旗。前线的消息一个接一个地传了回来，眼见是紧急万分。

“姚将军，尚未到日落时分。还请耐心等待。”

说这话的时候，常青双手合十，注视着面前摊开的画卷——只是一片空白。

姚世荷的战甲早已被鲜血所浸透。他注意到正在猛烈地冲击着城门的那几只梼杌，便一路驱马杀入了梼杌的脚下，沿着它的后腿爬了上去。

他此刻站得高，一转眼却望见了梼杌身边，站着个满头卷曲白发之人，身着长袍，与这战场极不协调。他觉察到姚世荷的视线，也抬眼朝他望来，前额之上，赫然是一只鲜红的眼睛。

那梼杌，俱是这白泽用自己鲜血所画。那夜倒在常青怀中的女将军曾这样说过。

只要杀掉他就能结束这一切。

姚世荷摸向了腰间的横刀，将那雪白的刀刃一寸寸地抽了出来。那一刻，他眼前是张玉虎闭了眼睛、躺在火光当中的样子。他身中五根巨刺，全部是姚世荷一根根亲手拔出。

“虎子，瞧瞧我是怎么替你教训这群龟孙子的！”

他大喊一声，直接从梼杌身上一跃而下，踩在脚底北狄兵的头顶跟肩膀上，手中的横刀挥舞，雪亮光芒形成扇子般的圆弧，就要取那白发人的性命。

那人一直注视着他，却微微笑起来。

姚世荷的刀势不停，直直劈入了他的肩膀，眼看已经活生生将他劈作两半，下一个瞬间沿着刀锋飘落的，却成了一张单薄纸片。他惊愕当中，头部不知道被谁狠狠击中，鲜血顿时流了下来，模糊了视野。

一直端坐不动的常青忽然睁开了眼睛。他抽出怀中的笔，就要朝那空白画卷上落下。画卷之上，忽然放射出了光芒，隐隐有云雾升腾，风声流转，他的发丝在风中狂舞，手腕却稳如泰山，一寸寸地按下去。

笔尖与画卷相接之处，猛然爆裂开来耀眼的光芒。

姚世荷所见之物俱为眼中血色所染。

他望见曾经与他并肩厮杀的同伴倒在血泊之中，他的战马胸口中箭，还在他身边垂死挣扎；他望见城门在梼杌连续不断的冲击之下，终于出现了明显的破口。但他却也望见，已经到了日落时分，西方的天空中正在冉冉升起一团火烧云，是明显的一只鸟儿的形状，它越升越高，愤怒地伸展着光芒四射的翅膀，似乎整个天穹都要叫它击破。

战场上还活着的姚家军将士们全都喊了起来，起初只是一声，渐渐地却汇聚起千百人的声音："金翅鸟！金翅鸟！"

姚世荷望了望身边的北狄士兵，见他们俱是满面疑虑，忽然嘿嘿一笑，用北狄的语言喊了起来："金翅鸟还在！这是个陷阱！我们落入了陷阱！"

兴阳城门霍然洞开，战鼓声声，旌旗摇曳，姚鹏举手中的小旗所代表的姚家军的后备力量——踏白与选锋两军趁着这个时机杀入了战场。喊杀声中，姚世荷杵着横刀站在原地。敌人军心已散，一旦有人开始溃逃，便将一发不可收拾。

"胜负已分。"姚世荷低声问，"虎子，你可满意？"

·七·

崇安十二年七月，兴阳之战大捷，姚鹏举率军一路进军朱仙镇，孤军深入敌后，所向披靡。却因官家连下十二道"金字牌"召回，不得不遗憾退兵。金翅鸟在兴阳之战后不久便飞回。姚将军多次驱赶，也只能让它遥遥地跟在他的马后，不敢靠近，也不飞走。

崇安十二年十二月二十九日夜，姚将军因功高震主，为官家所猜忌，被秘密杀害于大理寺狱中。常青跟朱成碧从无夏城连夜赶过去，终究还是来迟一步。姚将军的尸体旁边，蜷缩着的金翅鸟，已经萎缩到不过巴掌大小，奄奄一息。

他们救下了金翅鸟，却招来了穷奇的一路追杀，直到常青怀抱着还在发光的金翅鸟，站到了悬崖边上。

穷奇们滴落着口水，正以半圆的队形缓缓逼近，他却感到一阵轻松。那么，这便是最后了吧。麒麟血，死而复生的白泽，无法开口告知的真实身份，亲口许下的诺言，只要他纵身一跃，便可全部抛在脑后了。

他半只脚都已经悬在了悬崖之外，却听见了一声熟悉的号角，自雾气中传来。

下一刻，只听得马蹄声哒哒作响，一队全副武装的骑兵从山林中冲了出来，将穷奇们撞得七零八落。领头的穷奇首领还想要抵抗，却叫那领头的少年将军一枪扎在了地上。

那些战马竟然是半透明的，马蹄腾空，飘浮在空中。少年将军头颈之上空无一物，身后一面帅旗虽然破烂，却仍可辨认：铁骨铮铮的一个“姚”字。

赶走穷奇之后，他们仍站在他面前，默默地，不肯离去。常青哑口无言，身后却传来一声少女的叹息：“姚小将军，可是还想要一碗面？”

朱成碧从袖中取出了神农鼎，它迎风长大，冒出缕缕蒸气。

常青一直在旁边，看着她将做得的千斋面用双手捧了，恭敬地献在鬼魂们的脚下。香气缭绕中，那些半透明的鬼魂开始有了颜色和动作，姚世荷的头颅渐渐成形，脸上还是爽朗的笑容。金翅鸟从朱成碧的怀里挣扎着扑出来，飞过去停在他的肩上，将头在他的脸颊上蹭了又蹭。

第一缕晨光穿透了云雾，他们一起消失了。

“金翅鸟已亡，从此之后，大梁江山危矣。”

朱成碧站在常青身边，说出了此刻盘绕在他心头的那句话。他望着眼前的山林，依稀仿佛看见了即将到来的、蔓延不休的战火。而这，都是他的错。如果他能早点拿到麒麟血，打开通天引，将妖兽放回灵界，人类也好，妖兽也罢，就不会有这么多生命白白丧失。

他早该下定决心，哪怕要将这颗心挖出来也——正在这样想着，眼前却一晃：朱成碧朝他伸出了一根晶莹如玉的小指。

“常青，你可愿与我定下契约？”她脸上尽是擦伤，想来是从那柳枝围困中挣脱出来所致，“方才，我以为你……那一刻，当真是撕心裂肺、痛不欲生，我刚刚才明白，对我来说，你的真实身份如何，根本就不重要。重要的是，此刻在我身边的人是你。你可愿与我定下契约？便如金翅鸟和姚将军一般——”

那手指上，隐隐有红绳盘绕出来，与人世间普通的姻缘线如此相像。

他心潮翻涌，恨不得能立时便抓住那只手，但却生生地忍住了，喉咙中一阵阵发苦：签订契约做什么呢，一旦与人类有了牵扯，便不得不听其驱使。他已经累她受过一次伤了，难道还要累她如金翅鸟一般，死在他眼前么？

更何况，还有麒麟血。

他无言地侧了侧身，往后退了一步。朱成碧眼中的希望先是亮如星辰，终于还是一点一点地熄灭了。

第十章 长生肴

·零·

一夜雨疏风骤，到天明时方才渐渐止歇了。

朝露忧心着院中两株嘉州海棠，几乎一夜不曾安眠。这两株海棠乃琅琊王心爱之物，是在王府初建的时候，派人自蜀中移植过来的，与寻常海棠不同，不仅有香，且花朵奇大。初起时，花色如胭脂，待到将要谢时渐渐转淡，有如宿粉。这两日正是它盛极之时，花繁叶茂，灿如云霞，整座王府都沁满了寒香。

她将帘一点点卷了，自窗角偷瞧了一眼——哪里还有昨日的繁花胜景？院中青苔上、阶石上，俱是落花，兼有断枝残叶，漂在积水之中。

朝露呆呆地望了一阵。她穿得单薄，遭院里残留的雨气一侵，不由得打了个寒战。盈袖跟红藕两个本来是宿在外间的，见她醒了，也过来问安。她不敢高声，连忙做着手势，吩咐她俩赶紧命人打扫残花，免得叫王爷见了，又要伤心。

身后的帐内却传出慵懒的男声。

“海棠如何了？”

朝露赶紧回身，不着痕迹地将眼角的泪拭了，又笑道：“还是如昨日一样呢。”

“蠢婢子。”那男声略带笑意，却紧接着带出一阵轻咳，“便是本王聋了一夜，听不见这风雨声，这忽然消失无踪的香气，总是瞒不过本王吧？来，扶我出去。”

院中雨气湿寒，于王爷贵体恐怕有损。但朝露知道自己阻不了他，只得连忙叫人搬了软榻，就放在海棠树下，又设了软垫，用两只兽形的香炉熏起流水云菱的香来。一切都准备妥当之后，由她扶着琅琊王，坐了过去。

眼下并无外人在场，王爷散着一头如鸦长发，只闲散地披了件袍子，略略抬了头，将一朵残在枝头的海棠接在手中，喃喃地也不知道在说些什么。他这一举手，宽大的袍袖便滑了下去，露出的手臂肌肤晶莹，却瘦削得很。朝露不由得心中一阵酸楚。刚刚过去的这个冬季苦寒无比，王爷一连几个月低烧不退，辗转病榻，无法安眠。她跟几个婢子轮流照顾，却还是眼瞧着他一日日地单薄下去，暗地里不知道垂了多少的泪。

好不容易盼到开了春，天气渐渐暖和起来，王爷心爱的海棠花也开了，却遭了风雨摧残。原本怕他看了落花伤心，眼下看起来，他的兴致依然很高，嘴角一直含笑，脸颊上甚至还透出些血色，看起来一点生病的样子都没有了。朝露也跟着欢喜起来，在心里念着菩萨保佑，这次的寒冬总算是熬出头了吧。

“本王这病是不会好的了。”琅琊王忽然说。他朝她直直地望过来，一双眼有如沉到水底的黑石，无悲无喜。

朝露如坠冰窖。整整一个寒冬，这句可怕的话有如不祥的乌鸦，一直在王府上空盘桓不去，连她自己都在心中想过一两回，却没想到被琅琊王自己说出了口。

“怎么会？王爷别说这些不吉利的话——”

她还要强作笑颜，却叫他朝自个儿颊边一伸手，再收回去时，已经沾上了她的眼泪。

“连你都看出来了，不是吗？”

朝露膝盖一软，跪倒在地，爆发出一声压抑许久的抽泣，却赶紧咬着袖子，一声也不敢再发出来。

“为何哭？”

“婢子……婢子只恨自己没用，连日来眼看王爷受苦，恨不得以身代之……”

“喔？”琅琊王却笑了，似乎觉得很有趣的样子，“若眼下正有这样的机会，你可愿为我做出牺牲？”

朝露听了此言，将眼中的泪都擦尽了，端端正正地跪在那里，抬头仰望着心中恋慕之人。他明明如此年轻，又如此美丽，却不得不面临这可怕的命运，先是自幼丧母，又被疾病缠身。自从几年前王妃不幸罹难，王爷身边便再无人陪伴，整日里便只是和一个半边脸上都罩着阴森面具的人出双入对。府中的婢女，有哪个不暗地里怜惜着他、恋慕着他，却自知身份卑微，只得将这一颗滚烫真心生生地嚼碎了，再默默咽回去。

如今眼下却有这样的机会了。

“若为王爷，万死不辞。”她这样回答他。

蒙眬视野中，他朝她伸出一只修长美丽的手，在她腕上轻轻地一握。朝露耳中嗡地一响，双颊立时滚烫起来，再也听不见、看不见其他。那只要命的手还在寸寸向上，朝她袖中更深处探去，肌肤相触，引得朝露一阵阵战栗，恨不得立时便死在此处，好叫那只手永不放开。

常日咳血而显得苍白的唇，如今凑在了她的耳边。朝露只觉得他一出声，便将她整个魂魄都震散了，碎成一片一片，都飘浮在半空，再也拼凑不回来。

“好婢子。”琅琊王在她耳边低喃。他甚至伸出了舌头，舔了舔她的耳尖。

同一个瞬间，那只被抚摸的手臂，似乎被什么东西咬了一口。她还未反应过来，便蔓延成了剧烈的疼痛，那东西生出了千丝万缕，正朝她的血肉之中扎下去——

朝露尖叫起来，伸手进袖中拼命地抓挠着。琅琊王放开了她，朝软垫上一靠，颇为有趣地观赏着眼前的一切——一层层胭脂色的蘑菇撕裂了她的衣衫蓬勃生长，先是占据了那只手臂，紧接着沿着脖颈，爬上了半边脸颊。

到她断气的时候，整个左侧身体都已经彻底枯萎焦黑，全部被这种蘑菇所覆盖，右侧身体却依然是完好的，还睁着只望向天空的眼睛。

“唉唉，看起来，这双生菇缺了一半，还是不行。”

他低头打量，漫不经心地在唇上磕着柄乌黑的纸扇。

“双生菇向来只有寄生妖兽，才有续命之效，你这又是何必？”

一个人回应道。他站得较远，之前都藏身在一侧的廊柱之后，现在才转了出来，紧抿着薄唇。这人半边脸上戴着只雕工粗劣的檀木面具，面具下方俱是烧灼留下的瘢痕。

“还不是因为你少拿回来一半？这些日子来，本王交给你试种的妖兽可还少了？可有成功过一回？”

琅琊王缓慢地整理着之前弄乱的衣袖，轻声道：“本王怕是要等不起了。”

那人立刻跪了下去：“属下无能，连累了王爷！”

琅琊王没有理他，只将一朵还残在枝头上的海棠摘在了手里。那花瓣之中，还积着冰寒的雨水。

“你看，这海棠，眼下虽经受了风雨摧残，可明年还会再开。这无夏城里，王府之外，有多少丑怪畸形之人，便是连看上他们一眼，也嫌污浊了眼睛，可偏偏，他们也能活——本王究竟做错了什么，为何偏偏是本王不能活？”

他将那海棠，一点点地揉碎了，面露凶狠之色。

“若这便是命中注定，凭什么我便要认命？”

“还请王爷再忍耐一时，眼下一切都安置妥当，只待下次月圆，王爷必能得偿所愿！”

琅琊王终于转过头去，注视着戴面具之人。

“昨日你在廊上遇到朝露，跟她擦肩而过，为何要朝她微笑？”他用下巴点着那具半边枯萎的尸体，柔声道，“你可是觉得她很美？”

戴面具之人猛地抬起头来，与他对视。面具之下，竟有着灼热的眼神。

“属下今生，从未见过有一人，能及上王爷半分。”

琅琊王忽然抿嘴一笑，像是被他逗得开心起来。

“既是如此，来，过来再替本王束发吧。”

·一·

徐若虚的手指上停着一只蜂。

那蜂比寻常的蜂要大上几分，胸腹部都覆盖有绒毛，跟他五年前在天香楼外的街道上遇到的那只腰间系有金锣的蜂一样，生着对湛蓝湛蓝的复眼。它安静地歇在他手上，翅膀一动不动，倒像是与他一样，都在凝神听着外面传来的动静。

此刻已经是二更时分，徐若虚所藏身之处，是一处由雪白嶙峋的太湖石堆砌出来的山洞。当初修建这假山之人想必是位风流名士，他在这假山之中，还另外凿出了扇专门临湖赏月的窗户。眼下，湖面上正浮着轮将圆未圆的月亮，一缕缕水纹在洞壁上流动。

波光映照之下，那只蜂从徐若虚手指上飞了起来，开始在空中盘旋起舞。徐若虚数着那圈数。

“……四、五，有五个人？方位呢？都有弩箭？”

蜂在半空悬停了一下，紧接着更改飞行的轨迹，翅膀振动的声音也尖锐起来。

这种特殊的传讯方式，由玄蜂阿零所独创，世上唯有徐若虚一人能懂。那个死脑筋的家伙，坚持认为只有潜伏在暗处，才能更好地保护他。为此，阿零甚至还煞费苦心地从一群蜜蜂那里学会了这套复杂的、原本是展示花丛方位的舞蹈。

虽然徐若虚很不愿意承认，但这方式的确曾有好几次救过他的命，眼下便是活生生的例子。

徐若虚咧嘴一笑。五年前白净稚嫩的小书生，如今褪去了稚气，已经是长身鹤立的青年，眉目间眼波流动，神采飞扬。

“准备好了吗？让我们好好逗他们一场！”

满庭月华，映得湖边的太湖石隐隐生光，便如新下了整整一夜的雪一般。

有四五人正在太湖石间搜寻，俱是以黑纱蒙面，步法轻柔，落地时悄无声息，可见训练有素。前面两人手中平端着弩箭，连箭身也小心地漆成了墨色，为的是在深夜中，不会泄露一丝反光。

唯有那箭头隐隐泛着幽蓝，分明是淬过毒的。

“喂！”

自假山之间，忽然探出个人来，头戴儒巾，满面笑容，还在朝他们挥手，正是那个夜间不知死活地闯入园中来的秀才。首领还未来得及阻止，便只听得弩箭“嗖嗖”破空之声，紧接着一先一后，是两声血肉被刺穿的闷响。两名手持弩箭者晃了晃，一个接着一个地倒在了地上，咽喉处都插着对方射出的箭。

那秀才早已不知去向。他出现的时机和方位都如此凑巧，倒像是对他们各自的动向都一清二楚。

首领心头顿时无名火起，朝剩下的两个做了个隐秘的手势，三人一起缓慢地抽出了腰间的刀，月光之下，刀身明晃晃的，他们也没有再费力去遮掩。

毕竟，一个死人是不会泄露他们的秘密的。

更何况，那自作聪明的秀才已经暴露了他藏身之处——就在湖边一块虎形盘踞着的太湖石后。他们三个以品字形，谨慎地朝他背后一点点接近时，那人还在望着湖心浮动的月色，似乎毫无察觉。

靠得最近的杀手挥起了手中的刀，有短短的一瞬，刀光照亮了太湖石后面的阴暗，紧接着，便是那人的头颅，咕噜噜地朝着首领的方向滚了过来。却不见有一滴血溅出来。

首领心中刚叫不好，就见那头颅立在自己面前，忽然睁开了一双眼睛——是一对儿荧光闪闪的蓝眼，还朝他眨了眨。

“嗡”的一声，那头颅便炸了，散作无数飞舞的巨蜂，个个都有婴儿的拳头大小。饶是首领机灵，立刻交叉双臂，掩了脸面，蜷成一团，耳畔只听得嗡嗡的振翅之声，铺天盖地，似乎无穷无尽，紧接着是两声低沉的闷响，像是装满泥土的袋子被扔到了地上。

“好了，现在只剩下一个了。”

首领满头冷汗。他身上此刻密密麻麻，爬满了巨蜂，却不知道为何，并没有遭到攻击。他尝试着站了起来，却也不敢有太大的动作，怕惊扰了蜂群。不远处躺着他的两名手下，也不知道死活。

那秀才就在他眼前，翘着条腿儿坐在虎形的太湖石顶端。这年轻人面容光洁，姿态高雅，身着方领青衿，儒巾上的带子随风轻舞，倒像是随时能化成仙鹤飞走一般。

“巡猎司的徐秀才。”首领恨恨地道，“你果然会妖法！”

此话刚一出口，便有一样尖锐之物刺入了他的后脑，冰寒无比，只差半寸，就可立时取他性命。他只觉得半身都麻痹了，但始终没有听到有人自身后接近。

“既有如此神通，为何不直接杀我？”

对方睁大了眼睛，看起来年纪更小了。

“自然是有问题要问。不过首先，‘妖法’是怎么回事？”

“阁下年纪轻轻，却博闻善记，未及弱冠便考取秀才，之后短短数年，助巡猎司屡破奇案，即便是逍遥法外多年的凶手，也一样被捉拿归案。所寻到的证据，无一不是匪夷所思。无夏城中早就在传言，徐学士府的小公子有妖法，可驱使鬼影、撒豆成兵——难道不是事实？”

出人意料的是，徐秀才露出了被噎到了的表情。

首领的身后传出一声言简意赅的“噗”。

“连你也取笑我！”徐秀才愤愤不平道，“罢了，还是查案要紧。十日前，渔民自城南护城河中捞出来两只海东青；三日前，城西的树林中，又有数具狌狌的尸首被人发现，这些妖兽俱是半身生满胭脂色的蘑菇，另外半身却是完好无缺——可是尔等所为？”

首领一愣。

“我等只是这园中的普通守卫——”

“这四璟园自从舒巡检擒住了白虎之后，便被周家所弃，荒废至今，却突然需要人守卫起来？更何况，如此精致的弩箭，制作工艺民间罕见，又淬有剧毒，可见你们所为之事绝不能让外人知晓……”

徐秀才露出了思索的表情。首领却只觉得肝胆欲裂，只差一步，他就能探知这园中的秘密——绝不能让他再说下去！

一念及此，首领立刻朝前扑去。身后制住他那人反应迅速，他刚一有动作，后心便传来剧烈疼痛，是那尖锐之物穿透了血肉，生生扎入心脏。但他已经抓住了那书生的一只脚。跟他预想的一样，读书之人，根本手无缚鸡之力，叫他往下一拖，扼住了咽喉，两人一起朝湖中滚去。

最后一眼，他望见无穷无尽的蜂群自四面八方涌了过来，在头顶汇聚成可怕的蜂团，却始终无法靠近水中的他们一步。

“徐若虚！”

徐若虚在水中挣扎。

最后一个蒙面人的胳膊还扼在他的咽喉之上，他数度挣扎，仍不得脱。那人的身体已经渐渐地硬了，拖着他朝更深的地方沉下去。徐若虚一连踢了他好几脚，犹如踢在石头上一般。他胸中的空气已经耗尽，眼前一阵阵地发黑。月光穿透了湖水，粼粼晃动，一道道暗色的血流在朝上涌去。

是那个蒙面人的血。

阿零刺伤了他。虽然徐若虚严禁他伤人。他俩一起摔入湖中之时，阿零似乎叫了一声，但徐若虚听得并不真切——阿零只认得徐若虚这一个人的脸，若他死在这里，阿零该怎么办？

徐若虚狠狠地咬住了牙，所用的力道之大，让他的整个下颌都在咯吱作响。他在水中扭转了身体，蜷起脚来，朝已经死去的蒙面人的身侧踢去。那只扼住他的胳膊传来“咔嚓”一声，自肩胛处扭向一侧。他终于得脱，却已经耗尽了剩余的全部力气，几近昏厥。

自月光射入的方向，传来了入水声。一只手抓住了他的胳膊，所用的力道之大，犹如铁钳，疼得他清醒过来，紧接着另一只胳膊也被人抓住了。

徐若虚心想这下终于得了救，赶紧将四肢都缠了上去，阿零在水底也睁着对儿宝石般的蓝眼，愣愣地望着他。

作为素来畏惧水火的玄蜂，阿零居然学会了游泳，水性还不错，这是令徐若虚倍感自豪的若干成就之一。但作为师傅的徐若虚，自己的水性却只能算是一般，在水底闭气的时间也远不及化为人形后的阿零。之前也不是没有出现过类似的情况，例如查案中遭人误会为盗贼，而不得不在护城河河底躲藏，全靠阿零时不时渡气给他，才免除了徐若虚被活活淹死的可悲命运。

这回徐若虚也照样凑过脸去，却只见阿零飞快地将脸朝一侧扭了开去，动作太快，甚至带起了串串水泡。

竟是在害羞。

……现在是害羞的时候吗？没看见这边已经快要憋死了。啊啊啊啊啊——

然而越来越多的嗡鸣声灌满了他的双耳，随之而来的还有视野边缘的黑雾，它们团团涌出，最终将他整个意识都吞噬殆尽。

黑暗降临。

那些掌印交错重叠，密密麻麻就悬在他眼前。

徐若虚趴在湖边，迷迷糊糊地想。他才刚刚醒过来，晕头转向，只能勉强辨识着四周：粗砺不堪的泥墙，墙面上甚至还残留有锄头挖掘的痕迹，新鲜的泥土味道也佐证了这一点。他眨了眨眼睛，迅速地清醒过来：这么说，阿零带着他浮上水面，却误入了一处地穴？而这地穴的墙上，还印满了雪白的掌印？

成年人的手掌，使用的是白垩。徐若虚如此判断，一面想要从水里爬起来，好接近那掌印看个究竟。但他之前四肢都已脱力，尚未恢复，刚撑起来几寸，又脸朝下摔了回去。这下又呛进去些湖水，开始咳嗽起来。

还未真的咳上几声，他便被人从后面整个抱住了，一只冰冷的手伸过来，捂在他嘴上。徐若虚翻了翻白眼。他知道是阿零，却还在气他在湖水中的见死不救，干脆朝后面顶了几肘，表示抗议。

就他这点儿书呆子的力气，阿零连哼都没有哼上一声地受了下来。但好歹传递出了他眼下的不满，阿零也终于后知后觉地察觉到，略微放松了些。

“嘘。”他在徐若虚的后颈生硬地说。

徐若虚挣了一阵，发现完全挣脱不开，顿时觉得自己悲剧起来。五年里他百般努力，眼看着一点点长高，而阿零，虽说一直保持着当年的外表没有丝毫变化，如今却依然比他高上半个头，更不要提双方体力上的差距。他费尽力气，也只能是勉强转身，戳着对方的胸口质问：“你这是——”

徐若虚忽然住了口。阿零俯在他的上方，望着他身后的某处，蓝眼中是两团跳动的火光。他全身的肌肉都是紧绷着的，犹如一只谨慎的、随时准备决一死战的豹子。

火光！徐若虚忽然反应过来。此刻他们身在地下，这里却光明如同白昼，他居然能看清墙上的掌印，更不要提身后的热浪滚滚——这地穴中央，必有团烈火，此刻正在熊熊燃烧。也难怪阿零如此畏惧，五年前，他的大部分族群都丧生在一场火灾当中，那种惨痛的记忆，虽经过数次更新换代，但想必此刻，仍然令他心有余悸吧。

“那是什么？”

“别转身，别看。”他低声回答，“别吵醒它。”

它？他还未来得及将这疑问吐出来，便见阿零眼中跳跃的火光猛烈暴涨，一瞬间，阿零的瞳孔急剧收缩起来。徐若虚只觉得自己叫人往前一拽，分明是要撞上阿零的胸口，却扑了个空。

他伸出去的手，只能抓到无数正在振翅飞起的巨蜂。它们纷纷展开了翅膀，以徐若虚为中心，急速地旋转起来，形成一个巨大的蜂球。

徐若虚被围在其中，仍觉得周围热浪滚滚。他知道此刻，外层的蜂群正在火焰烧灼之下化为焦炭，自空中跌落，可怕的味道一阵阵传来，他心中剧痛，一时间竟不能言语。

所幸这情景并未持续太久：光焰很快减退下去，包围着他的蜂群也层层散开，终于叫他看清，悬在地穴中央的穹顶之下，被密密麻麻的雪白掌印所包围之物。

徐若虚倒吸了一口凉气。

覆盖着白翳的眼睛大如车轮，就悬在他的头顶，此刻眨了又眨，终于合上了。

“它睡了。”阿零嘶哑的声音响起。

“那是什么？”徐若虚颤抖着问，“它身上燃着的，是火焰吗？世上竟然还有这等妖兽，为何我从未读到过？”

阿零没有回答。刚刚损失的部分蜂群还躺在徐若虚的脚边，它们临死之前传递过来的疼痛依旧在阿零脑中烧灼，犹如白热的光焰。但这是值得的，阿零望着朝自己走过来的徐若虚，见他毫发无损，终于放下心来。

“这便是那首领宁可与我同归于尽，也要保守的秘密了，为何你知道不可惊动它？它究竟是什么？”

徐若虚朝他举起一只手，腕上是串细小的金铃。

“我曾令你不得伤人，更不得牺牲自己护我周全，今夜你接连抗命，非逼得我动用金铃不可了。”

细小的铃铛轻轻晃动，阿零盯着其上黑色的那一枚。蜂王的头颅，来自蜂王的命令。

“主人。”他柔声回答。

“你既然认我为主，现在就回答我，被掌印所包围的，是何物？”

阿零非常缓慢地眨了眨眼睛。告诉他，只会将他卷入更大的危险当中，但这是他的命令。

凡君所命，无有不从。

他终究还是俯身过去，在他耳边说了一个名字。

·二·

“‘伽楼罗’？”

“是。”

“这名字我倒是在佛经上见过，为天龙八部之一，据说是天竺国一种鸟首人身的巨鸟，身携雷电火焰，乃天神毗湿奴的坐骑。”

无夏城巡猎司的总教头鲁鹰此刻正坐在天香楼二楼的雅间里，背靠的还是当初那扇绘着山桃的屏风，只是如今花期已过，花瓣散落一地，枝头上仅剩绿叶而已。天香楼的朱成碧掌柜在他右侧椅子上坐了，一边把玩着手中的轻罗团扇一边解说。那扇柄上镶嵌着七宝璎珞，扇面上除了绘着朵牡丹，还叫人半开玩笑地写了一个大大的“食”字。

见字如睹人，鲁鹰只觉得那字万分碍眼。

“虽说有这样的传言，但伽楼罗鸟本身，却是并不存在。究其起源，大约是有信众见过凤凰或者朱雀、毕方一类的火鸟，因而附会出来，好增加一下佛教故事的趣味罢了。”

“我司的徐学士也是这样说的。想不到朱掌柜的倒也清楚得很？”

“那当然，想当初我在天竺寻了半年，就想找一只来试验一下玫瑰白斩的做法——”

他俩旁边一直立着名姿态娴静、媚眼细长的绿衣婢女，鲁鹰之前曾见过，知道她名唤翠烟，是朱成碧的双生婢女之一。之前她一直都低了头，规规矩矩地为他俩筛着茶粉，此刻却轻轻地咳了一声。

朱成碧娇俏地吐了吐舌头，将后半句咽了回去。

“总之，我说这世上没有伽楼罗鸟，便是没有。再说了，那类火鸟，通常都瘦弱不堪，唯一值得一吃的只有朱雀……”她瞟了鲁鹰一眼，语带笑意，“鲁大人若是想要朱雀，容易得很，又何必上我天香楼？”

鲁鹰还未作答，翠烟已经泡好了茶汤，用两只花神杯盛了，恭恭敬敬地献了上来。鲁鹰还记得他上次上天香楼的待遇，连喝的茶都带着一股子烟尘味儿。这次的茶汤却完全不同，色泽通透，犹如碧玉。他品了一口，立刻有清香入喉，便如凛冽飓风，刮过五脏六腑，自头顶喷薄而出。

“啧，真是好茶。”

朱成碧只是莞尔，并没开口，反倒是翠烟应道：“自然是好茶，这是我家姑娘的‘醍醐’，得来可不容易，平日里绝不肯拿出来待客的。”

“所以今日这是？”

“去年除夕，我跟翠烟去了趟云珑，恰巧在这个时候鲁大人得知了某个重要的消息，不惜青鸟传书，提示于我，这份情谊，难道还值不上一杯‘醍醐’？”

鲁鹰攥紧了手中的牡丹杯。朱成碧一双金眼似笑非笑，就在对面紧盯着他。

“既是如此，我这厢有个不情之请——能否请朱掌柜借《白泽精怪图》一观？说不定，这种被误称为伽楼罗的怪鸟，也在其中。”鲁鹰抱拳，“事关无夏城安危，还请朱掌柜成全。”

他态度严肃，连带得朱成碧也放下了团扇，认真起来：“翠烟，去叫汤包带着白泽图过来一趟，就说是我说的。”

崇安十三年的无夏城，怪事连连。

先是寒潭寺的三亩莲池一夜之间便干涸了，只剩下满池的枯枝败叶。接着是五虹桥莫名其妙地塌了一半，桥墩之下凭空出现一处泥穴，四壁光滑，却空空如也。然后便是那些总在冒出来的妖兽的尸体了。狌狌、猞猁、仙鹤、赤豹……各种各样平日里罕见的珍兽尽皆现身，有时孤零零地躺在护城河边，有时却直接出现在闹市。甚至有外表正常的人类，刚刚还在行走，却走着走着，歪倒在地，显露出妖兽的本相，痛苦地挣扎着死去。

这些尸体无一例外，全都在身体一侧密密麻麻地生长着一种胭脂红色的蘑菇，另一侧却完好无损。

尽管遭到了鲁鹰的反对，徐疏影学士还是抱着大无畏的态度采集了一些，甚至还试着种植。但他所有的努力都归于失败：这种诡异的蘑菇，似乎在摘下来的那一刻便已经枯萎，无法再活。

无夏城中因此开始流行一种传说：这桩桩怪事，都是由一个叫作“半面鬼”的鬼魂的怨念所致。甚至还有人绘声绘色地说，他亲眼在妖兽的尸首旁边见过这只鬼，它的一侧脸都被烧毁了，戴着只可怕的木制面具。

鬼魂之说过于虚无缥缈，鲁鹰向来是不肯相信的。可徐学士的小儿子，那个十四岁便考取秀才，明显是机智得过了头的徐若虚却当了真，一连几个晚上，都偷溜出去寻找这只半面鬼的踪迹。这家伙以为自己做得隐秘，却不知道鲁鹰跟徐学士两个老人家都还醒着，眼睁睁地看他在月亮底下翻墙出去。

“唉唉，儿子大了不中留啊。”徐学士很是感慨。

“没事儿。”鲁鹰劝慰，“这几年来他帮巡猎司破了不少案子，经验积累得差不多了，再说，他又不是一个人。”

徐学士一噎，转头瞪他，鲁鹰双手环抱，望着徐若虚消失的方向：“你当我真瞧不见他手腕上那串金铃？”

刚刚过去的那个晚上，徐若虚直到天明时分才回来，直接出现在鲁鹰的床头。他半边身体都还是湿淋淋的，拖在地上的衣摆上尽是浮萍和泥水，整个人因为寒冷和兴奋微微发抖。

正是他把“伽楼罗”这个名字带给了鲁鹰。

这世间并不存在伽楼罗鸟。在上天香楼之前，鲁鹰便已经跟对各种妖兽了如指掌的徐学士确认过这一点。

但不存在，并不代表不会被人画出来。

倘若一个人拥有一支可以画出世间万物的笔，那么对他来说，画一只只存在于佛经当中的鸟，难道不是轻而易举的事情吗？

“鲁大人，你再捏，我那牡丹杯可就要碎了。这十二只花神杯原是一套，少一只，汤包会活活念死我的。”

鲁鹰一直盯着翠烟，直到她颇不情愿地出了门，连脚步声都渐行渐远，终至消失，这才开口：“他不是常青。”

朱成碧正捧了自己那只石榴杯在喝，闻言只是一乐：“他是不是常青，对我而言，有什么区别吗？”

“你信他？”

“我信。”

鲁鹰朝她靠近了些。这么近的距离，他脸上的刀伤清晰可见，从一侧嘴角一直上挑到眼角，差一点，便能废掉那只眼睛。

“我也曾信过他，这便是结果。”

朱成碧注视着那道狰狞刀疤，接着移开了视线。

“他不是白泽。崇安十二年，我随姚家军在泗水河附近见过真正的白泽，如无意外，他此刻应仍在北狄。”

鲁鹰还要再说，她却扬起一只手，制止了他，连声调也变得异常娇媚：“鲁大人，你可知这‘醍醐’，只生长在昆仑山向阳的山岭之上，普天之下，仅有一株，每五百年里，唯有一个无月之夜，整棵茶树全部的叶子都会转为银白，如此方为成熟。为等这个转瞬即逝的机会，我曾在那树下守了一百多年。”

她双目灼灼，犹如融化的黄金，中央的眼瞳竟然竖立起来。

“而我心中有一个疑问，如今已候了足足八年，眼看答案昭然若揭。鲁大人，我等得起，你可不要等不起了。”

鲁鹰恍然大悟。他还记得，几年前无夏城陷于无法扑灭的朱雀焰之中，曾有饕餮巨兽从天而降，吞食了大部分着火的屋舍，这才保下了剩余的城区。就在它扭转身体，回头准备吞掉曲焰之际，他与那双燃烧着火焰的双眼曾经有过短暂的对视。

“原来是你……”

话刚说到一半，翠烟出去时带上的门，便叫人“砰”的一声，自外面推开了。目前还是暂时被叫作常青的那人怀里抱着幅画卷，站在门口，一侧嘴角懒懒地上翘着。他初到天香楼的时候，还只是个俊俏的少年郎，这么些年跟着朱成碧东奔西跑，竟是越发显得温润从容起来。整个人便如一块璞玉，如今才真正地被打磨成型，只消这样静静地立着，便已是光华自生。

“鲁大人，听翠烟说，你在找一种浑身光裸，无一丝羽毛，巨头盲眼，又能喷火的怪鸟？”

他将画卷在两人面前一展：“可是这个？”

木炭的黑，凝固鲜血的红，蒙在死人双目上的白。

那位不知名的画师，偏偏选了这些颜色，依照出现在黄帝面前的神兽白泽的描述，画出了这只狰狞的怪鸟。它扭曲了脖颈，张着长喙，舌头伸出来一半，似在不甘地嘶鸣。一圈由浓墨勾出，又用鲜红点染的细小火焰包绕着它。鲁鹰只觉得胸口一震：他认得这种鸟，这种鸟是——

“朱雀鬼胎。”

常青念着画上注解的字，接着不解道：“奇怪，这妖兽的分类不在羽部，却是在鬼部？”

“那是自然，因为这并非寻常活物。”朱成碧表情严肃，却不肯再说，只朝鲁鹰望过来，“若果真如此，则事关重大。鲁大人，那将伽楼罗之名告诉你的人可有说过，这鸟现在何处？数量有多少？”

鲁鹰咳了一声。

“事关巡猎司机密，恕我不能直言。”

常青将两手都揣在了袖子里，冷哼了一声。

朱成碧却不以为意，只皱了眉头，将团扇在那鸟身上点了又点，良久才开口问道：“你们可听说过北狄的萨满？”

按朱成碧的说法，这朱雀鬼胎并非天生的妖兽，却是由人类造出来的。

萨满者，又名珊蛮，为北狄的先族——女真族的巫师。女真族久在野地居住，眼见草原辽阔，山川宏大，星河灿烂，以为必有神，遂以族中敏锐者与其沟通，获得预言神谕，用以治病救人、破解迷津。而这些萨满，为了便于与天地神灵相通，常常在身边养有动物外形的灵宠。这类灵宠多以狼、马、熊、山鸡为常见，稍罕见的，也有诸如玄蜂的妖兽。

说到玄蜂二字，朱成碧跟常青交换了一个眼神。鲁鹰只装作没有看见。

“但朱雀鬼胎，与其都不同，虽在灵宠中威力巨大，但数百年来，甚少有萨满敢于使用。若要论其缘由，则是因这鬼胎，是取朱雀卵，孵化到成形却未睁眼之时，便将卵壳尽都碎了。这过程中，常常十只也未必能存活一只。孱弱者自然死去，立刻被碾为肉酱，一点一点喂给那唯一存活下来的一只。待这一只吃着兄弟姐妹的肉，长到羽翼渐丰，则挑选月圆之夜，以白垩掌印布下阵法，再诵经祝祷，斩其头颅。如此重重积怨，灵魂久不散去，可成朱雀鬼胎。”

常青有些惊讶：“我还道你整日里只知道吃——”

“这玩意儿尝起来满是鲜血和痛楚，一点儿都不好吃。”朱成碧干脆地回答。

常青默默地捂住了眼睛。

“朱雀鬼胎威力巨大，但怨气深重，脾气暴躁，稍有不慎，便可从内至外整体爆裂开来。威力如此巨大，被教众们以‘迦楼罗’之名称之，也未必不可能。”

难怪徐若虚能带回伽楼罗这个名字。鲁鹰曾听徐学士说起过，当初将那玄蜂派到无夏城，并令其暗杀徐疏影的，正是北狄的萨满，原因似乎是为了一个“五年后会坏我北狄大事”的预言。如今五年时间已过，无夏城中又出现了朱雀鬼胎——莫非又是北狄所为？

朱雀火焰极难扑灭，若这鬼胎爆炸，火势一旦在无夏城中蔓延开来，后果不堪设想。想到此处，鲁鹰再也坐不住，立刻告辞，要赶回巡猎司。朱成碧跟常青二人将他送到楼下，常青颇为殷勤地替他将马牵了出来，鲁鹰翻身上马，却一弯腰，抓住了常青的胳膊。

“我知道你是谁。”他用唯有他一人能听到的音量在他耳边言道，“就算你改头换面，我也知道你的真面目——白泽！”

常青的嘴角抽了抽，反转了手腕，却是朝鲁鹰的胳膊抓了上来。他盯着鲁鹰脸上伤痕，手中一点点地用力，面上却带着笑。

“是么？”

“若是叫我找到证据，表明你跟这朱雀鬼胎有关……”

“这么些年了，鲁大人从未放弃过我就是白泽这荒诞念头。你可曾想过，若我真是白泽，你又当如何？”

头顶阴云密布。冰冷的雨滴一点一滴从天而降，擦过雕塑般对视的两人的脸颊。堆积如山的尸骸，站在尸骸旁边的男人，雨水从他的刀尖滴落。雪白的卷曲长发，前额上鲜红的眼睛。一阵汹涌的杀意在鲁鹰的胸中涌动，犹如深夜中遥遥传来的狼嚎。

清醒过来时，他已在瞬间将追日弓举在了胸前，一支完全由寒冰凝成，银光闪闪的箭架在其上，箭头正对着常青的前额。常青已退了一步，又恢复了平日坦然的表情，甚至还恭敬地朝他微微欠着身。

一缕被箭头割断的发丝在他们之间缓缓飘落。

“鲁大人，”朱成碧等到此刻方才开口，“提醒你一句，那朱雀鬼胎危险至极，唯有母鸟的歌声可以暂时安抚。这回恐怕还得请你家曲姑娘出马才行。”

“……她忘记了。”鲁鹰面无表情，语调充满苦涩，“重生之后，往事皆如尘烟，她忘记了自己是谁，连我是谁也一并忘记了，更不可能唱歌弹琴了。”

他狠狠瞪了常青一眼，径自打马而去。

·三·

挺拔尖锐的紫毫湖笔蘸了墨，落到纸上，墨色如刃，线条扁平，笔势飞扬。

青青子衿，悠悠我心。

徐若虚准备用飞白体写的，是曹孟德的《短歌行》。最后该写心上那一点，他却犹豫了一下，再落笔时笔势就滞了，毫无理想中的丝发露白。他叹了一声，放下笔来。

若是阿零来写，必定不会如此。

阿零的飞白是他教的。徐若虚自三岁发蒙，未有一日停止过练习，可阿零只学了短短的七日，便大有超越之势。徐若虚自袖中取了张纸条出来，摆在桌上。上面只有八个字，他早已背得滚瓜烂熟。阿零写这字条时用的也是飞白体，可笔力遒劲，丰瘦得宜，若是普通人类，要达到这境界，只怕得是四十年以上的功底。

不仅仅是飞白。除了对人与人相处的各种规则学习起来极其缓慢，和到如今也固执地只认得徐若虚一个人之外，无论是潜水还是武艺，阿零学任何东西都很快。在协助巡猎司查案的过程中，徐若虚更是领教了以蜂群形态存在的阿零的可怕之处——有它们散在人群之中，不仅可以随时探听情报、监视重要人等，还能进入戒备森严之处，钻入狭小的缝隙，从而得到一般人想象不到的证据。

徐若虚觉得自己这个“主人”，当得实在是心虚。

昨晚他也是一时情急，加上之前在水中遭阿零拒绝，不肯渡气给他，才破天荒地用主人的身份压了他一次。得到怪鸟的名字后，他心知事情紧急，又急匆匆地赶去鲁鹰家中，等他终于在天亮时分回到徐府，困倦不堪地想着去阿零的蜂箱所在的花园跟他道个歉，却扑了个空：十六只蜂箱的门全都敞开着，里面却空空荡荡，连一只蜂都没有剩下。与之相反，是园中所有的花草树木，山石路面，全都落满了婴儿拳头大小的巨蜂。

没有振翅声。它们安静地潜伏着，似乎在等着他的到来。无数对黑亮的复眼从四面八方盯着徐若虚。他还未来得及唤阿零的名字，最边缘的蜂便率先飞了起来，身后紧跟着其余的同伴，一只接着一只，犹如刮起了一阵飓风，走得一干二净。

要不是这张字条还在，还有那只个头最大的蓝眼的蜂被留了下来，徐若虚真的要以为阿零离家出走了。

“你说，阿零是不是生气了？”

他问那只蓝眼的蜂。它歇在他的肩头，一动不动。

徐若虚叹口气：“眼下外头下着雨呢，要在往日，他肯定是要回园中休息的嘛，这么一闹，不知道又得弄丢多少只……”

他又将字条放回袖里，心不在焉地接着写他的《短歌行》。接下来的两句，应该是“但为君故，沉吟至今”，谁晓得片刻后定睛一看，白纸黑字，却是一句“纵我不往，子宁不嗣音”。

就算我不去，你也不知道捎个消息过来吗？

徐若虚“哎呀”一声松了手中的紫毫，那笔摔在纸上，将那个“子”字洇出一大团墨来。他立在桌前，望着那句诗直发愣。所幸身边并无旁人，这副窘态，不至于叫人瞧了去。这一刻四下无声，唯有雨声淅淅沥沥，打在一旁的竹帘之上。

蓝眼的蜂却忽然飞了起来，在屋内绕着圈子，振翅声尖锐无比。

“又出现了？还是一样的花香？”

那蜂绕了几圈，径自穿过竹帘之间的缝隙，飞入了雨中。徐若虚紧跟着跑出去，接着又退了回来，将挂在墙上的斗笠扯了下来。

之前所有身披胭脂色蘑菇、莫名死去的妖兽们，身上都有一丝微弱的花香。这是阿零告诉徐若虚的。

只可惜他虽能分辨出是花香，却无从辨识究竟是哪种花朵。蜂的嗅觉比人类敏锐，尤其在追踪花香方面，几乎从不出错。这些日子以来，阿零派出的侦查蜂一直没有停止在无夏城各个角落的搜寻。昨晚他们便是因此寻到了四璟园，却又不小心惊动了园中守卫，误打误撞，叫徐若虚发现了那会喷火的怪鸟。

眼下这蜂又激动起来，可是又有身带花香之人出现吗？

徐若虚头顶斗笠，在雨中奔跑。

蓝眼的蜂在前面，不紧不慢地引着他，一路穿过两旁架设着雨棚的市集，越过架设在护城河道之上的石桥，侧身躲过在泥辙中艰难行进着的马车，最后转入了一条生满青苔的小巷。

徐若虚跟了过去。这是一条连接着闹市区和护城河岸的巷道，由一层层朝下延伸的石板组成。石板尽头便是护城河，徐若虚能望见岸边一捆被人丢弃的破旧草席，河面上一圈圈的涟漪，几艘乌篷船被系在对岸。那只蜂悬停在空中，身侧翅膀舞成模糊光影。

却是警戒姿势。

徐若虚再往前，忽然嗅到了花香。他已经站到了最下一级石板上，终于看清，自那捆草席中央，探出来一团海藻般的黑。

竟是女子的一头长发。

“……这鬼天气！人说梅子雨，愁煞人！都冻成这样了，还得应付这倒霉的差事！”

有两个人站得远远的，正在屋檐下避雨。其中一个胖得犹如一尊弥勒佛，嘴上两撇小胡子，正使劲地嘬着手中的烟杆。另一个明明比他高许多，却故意驼着背，弯了腰，一个劲儿地赔着笑脸：“捕头大人您抽袋烟，消消气！——不过，这桩案子确实透着古怪，之前死的都是妖兽，这次却明明白白，是个女人。否则也不会惊动您……”

“可看清了？确实是个人类？”

“这个……说实话，我也没敢靠近，那蘑菇如此诡异，万一爬到我身上来，这个这个……”

徐若虚听到这里，朝前迈了一步，放声说：“既然如此，在下愿替两位官爷查看这尸首，如何？”

那两人只是在雨中私密说话，没料到身侧会忽然冒出个戴斗笠的人来，一时间简直要吓得魂飞魄散。

“鬼！你可是那……半面鬼？”

徐若虚无奈地摘下斗笠，好让他们看清自己的脸。

“在下乃巡猎司的徐秀才。之前被这蘑菇所染的妖兽尸首，我都有查看过。”

胖捕头上上下下地打量着他，那手下凑到他耳边，隐约说了几个“妖法”之类的词。徐若虚笑得脸都要僵了，终于等到胖捕头点了点头。

“好吧，有何发现，立刻禀告，千万不可走漏风声！”

徐若虚在女人尸首旁边蹲了下来。

花香味越发浓烈了，是跟之前的妖兽尸体所散发出的同样的香味。这是个年轻的女子，半边身体都枯萎成焦黑色，被层层的蘑菇所覆盖，完好的那只手的手指甲里满是泥土。

她曾被埋葬过？徐若虚推测，而现在，是因为雨水冲毁了她的坟墓，将她带入了河中，又被河水推到了岸边？

她的衣着非常普通，也没有佩戴任何饰品。忽然，他的动作停顿了一下：在层层蘑菇的夹缝之间，他探到一样柔软细嫩之物，用两根指头夹住了，一点点地抽了出来。

在他两指之间的，是一朵被揉碎了的花朵，状似海棠，却比寻常的海棠都要大很多。

蓝眼的蜂飞过来，停在那花朵之上。

“是这个。”他喃喃，站起来，“我们找到了，是这个！阿零——”

空荡荡的雨幕当中，并没有声音回应他。第一次，徐若虚感到了前所未有的孤独。

他太仰仗阿零的能力了。悄无声息地潜伏，监听街头巷尾的传言，简直就像同时拥有无数眼睛和耳朵。而眼下，他感到自己已经接近了一直以来努力探寻的可怕的核心，犹如离旋转不已的巨大漩涡仅有一步之遥，却发现，自己只有孤身一人。

“此事非同寻常，从现在开始，我会亲自接手此事。”鲁教头严肃的脸还在眼前晃动，面色铁青，“你就不要再继续下去了。”

徐若虚握紧了手中那朵花。

女子的半张脸就在他脚下，即使被河水泡得青肿，依然可辨出姣好的容貌。她也曾经有过父母宠爱吧？是否也曾含羞带怯地暗自盼望过，有朝一日得遇良人？除了真相，还有什么可以用来祭奠她？

他转过身，喊道：“官爷，我发现了——”

雨幕当中，静寂无声。

两名按检司成员已经倒在了地上，一个瘦高的身影立在他们之间，低着头，此刻被他惊动，正缓缓地朝他转过脸来。

那半张脸上，是一张粗制滥造的木制面具。

半面鬼。

徐若虚暗自咒骂。他早该察觉，如此聒噪的两人，怎么会忽然如此安静。但他太习惯于阿零的保护，以至于丧失了起码的警惕。

“啊，那正是在下所丢失之物。”这只鬼的声音很轻，甚至显得彬彬有礼，“多谢了。”

他越过了地上生死不明的两人，不慌不忙地朝徐若虚走过来。

徐若虚只觉得拿着花的那只手上传来轻微的疼痛，犹如蚊虫叮咬，顿时半边身体都麻痹起来。这时候再想逃走，已是不能，眼睁睁看着对方越走越近，停在面前，伸出一只索要的手。

而自己的整条胳膊却忽然抬了起来，眼看要将那朵海棠交给他。

“怎么回事？！”

他用另一只完好的手去按，却犹如按在石块之上：那只手的肌肉都是僵直的。

这番挣扎显然取悦了对方。他拿走花朵之后，还特地放在了鼻尖，做了一个深嗅的动作，这才大摇大摆地从徐若虚的面前走掉了。

徐若虚僵在原地，等了约有一炷香的时间，才觉得手臂重新活了过来。他一放松，顿觉浑身无力，不由得跪倒在地。之前被他藏在袖中的那只蓝眼的蜂飞了出来，悬停在他眼前。

“接下来就看你的了。那朵海棠如此之香，你可跟得上？”

蜂骄傲地晃了晃肚子。徐若虚的眼睛亮了。

“好孩子！”

“接着呢？你便跟着这半面鬼，一路去了何方？”

“草民跟着他，见他一路潜入了寒潭寺，便失了踪迹。”

徐若虚对面的人听到这里，总算是从棋盘之上抬起头来，将一对光彩夺目的桃花眼转过来看他。不知道是不是徐若虚的错觉，总觉得琅琊王消瘦得相当厉害，眼眶都已凹陷下去。雨已经停了，午后阳光开始暖和起来，他却还是披着冬日的九尾狐裘。但赵珩的心情想必是不错的，他的嘴角一直噙着笑意，就像是含着蜂蜜一般。

“这么说，最后还是失了线索？”

“并没有。草民虽没能跟上那鬼，却在寒潭寺中，寻到另一处地洞，跟之前四璟园中的一模一样，甚至也有一只身披火焰的赤裸怪鸟，被藏在其中。想必寒潭寺之前莲池忽然干涸，便是因为有人挖掘地洞，导致水位下降所致！草民未敢打草惊蛇，便退了出来。”

琅琊王夹着枚黑子，在棋盘边缘磕了磕，接着落了下去：“因此你便来向本王禀报？可是想要搜查那寺庙？”

“不，在来王府之前，草民回了一趟家，取来了这个。”

徐若虚向前一步，将一直握在手中的卷轴缓缓打开。那卷轴的纸张破旧泛黄，边缘碎裂，一看便有些年头。

“这是草民的父亲所收藏的，五百年前，莲心塔初成之时，无夏城的地图。”徐若虚悬空指点着，“王爷可见到莲心塔周围有六处红点，若连起来，圆心正好便是莲心塔？”

“果真如此……又如何？”

“草民又查过无夏城志，莲心塔建成之时，曾在城中埋藏过六处封印，为的是辅助宝塔镇压麒麟王，但却没有明说这六处封印都在何处。若王爷仔细查看那地图，便能发现，这六处封印所在位置，其中两处便是寒潭寺和四璟园！而另有两处，一处是五虹桥，已经坍塌，另一处的明博塔，早在前几年走水之际，便已经毁于烈火。更为要紧的是，连王爷的王府，也正好建在其中一处封印之上！”

徐若虚越说越激动：“那半面鬼杀死这么多只妖兽，必定跟他要埋下这怪鸟有关，如今他竟开始杀死人类，那女尸，极有可能便来自王爷府上！整个琅琊王府，如今也在危险当中，还请王爷立刻彻查！”

琅琊王一拍手，双目晶亮，竟满是笑意。

“好，好，好，果真是忠心耿耿！那照你看来，这半面鬼真正的目的是要——”

“开莲心塔！”

徐若虚喊了出来，接着连自己都被吓了一跳。他之前并未想到这一层，只是想着要尽快提醒琅琊王，如今看来，不仅仅是王府、无夏城，连整个神州大陆，都在危险当中。琅琊王一愣，接着轻轻地眯了眯眼睛。

一瞬间，那眼中有轻微的寒光闪过。

有什么东西被徐若虚忽略了。是什么呢？就在他的眼前，而他却视而不见的某样东西？琅琊王端坐在棋盘旁边，海棠树下，那株海棠已经落尽了花朵，眼下只剩繁盛绿叶。他之前从未见过如此宽大的海棠叶片。

“……王爷府上的海棠好生特别……”他喃喃。

“是啊。这是嘉州海棠，无夏城中，仅此两株，是从蜀中移植过来的。”

蜀中。连阿零也从未遇到过的奇异花香，比寻常的海棠要大上许多的花朵。每一个跟死去妖兽有关的人，身上都沾染有这种香味。阿零之前派出去的蜂几乎搜遍了整个无夏城，却并没有搜过琅琊王府。

“怎么了？怎么忽然不往下说？”

徐若虚惊醒过来：“草民，草民想起来尚有要事，这就告辞——”

但他之前曾麻痹过的半身忽然再度麻痹起来，而且沿着手臂，还在向上寸寸蔓延。袖子中的蓝眼蜂飞了出来，绕着他一圈圈地舞着，振翅声声，都是警告。但他已经无法动弹。琅琊王手中夹了只白子，只望着徐若虚身后某人：“那可不成，如此忠心，必定该赏。你说呢？”

他翻动手腕，掌中赫然是那朵被揉碎了、又被半面鬼抢走的海棠花。

“便将这朵你替朝露收藏过的海棠花赏给你，如何？”

徐若虚连胸口都麻了，哪里顾得上回应，只觉得呼吸困难。那只蜂飞了一阵，见他没有反应，便想逃走，却在半空中不知道被什么无形之物击中，坠落下来，眼看着触角一点点僵直，死在他眼前。

徐若虚又惊又痛，扑过去想抓那蜂，却连带着自己一起摔倒了。袖中的纸条也被带了出来，一路飘到琅琊王的榻前。琅琊王伸手捡了，半带玩笑地念着那上面的八个字。

“稍安勿躁，待吾归来。”

“啧啧。”他摇头，“你真该听这人的话，不是吗？”

·四·

夜空中连一颗孤单的星子也无，仅有一轮只差一点点便能满了的月亮，背着道弓箭一般弯曲的阴影。

常青站在五虹桥下，抬头望着那月亮。他的身后便是垮了一半的桥墩，被这次意外事故所暴露出来的地穴尚未被填上，依然张着黑洞洞的圆口，散发着阵阵带鱼腥味的湿气。

他孤零零一个，又身着墨色深衣，若不是尚有胸前绣着的雪白狮子隐隐泛光，整个人简直顷刻间便要融化在夜色里。

“上个冬天，王爷恐怕不太好过吧？”

他对着说话的，却是河中央那轮晃动浮沉着的月影。

“托你们二位的福，我只带回了一半双生菇，虽多次栽种，仍是不活。”

另一个声音回应。河对岸，尚且完好的桥墩后面走出一个人来，隐约可见身形瘦高。

“难怪丧命的妖兽越来越多。”常青闭了闭眼，“却为何开始殃及人类？”

“你说朝露？”对方失笑，“她是卖身给王府的奴婢，能为王爷尽一份力，是她八辈子也修不来的福分。”

“你这视人命如草芥的语气，跟某人倒是如此相像。”

"什么'某人'？是'她'吧，你还真是念兹在兹，无有一刻或忘。"对方抱起了胳膊，"常兄约我来此，就是为了跟我念你这一番单相思？"

常青忽略了他的嘲讽："那么，这埋在地下，随时可能爆炸的朱雀鬼胎，却又意欲何为？"

"你真不知？"

"……琅琊王想开莲心塔。"常青闭了闭眼，"只要封印尽皆被毁。但若莲心塔开，黑麒麟再出，神州必将大乱，到时候大梁江山难道还能保全？"

"大梁江山？"对岸那人连连摇头，"可惜王爷现在命如风中残烛，自顾不暇，又有谁能想着保全他？"

有那么一小会儿，两人都没有说话。常青盯着河中的月亮，缓慢地变了脸色。

"难道——"

"不错。"

"那不过是个街头巷尾传说的童谣。王爷一世英明，却也相信？"

"对濒死之人来说，即使是童谣，也是救命的稻草。"

月光洒在那人肩上，照亮他薄唇间的微笑，犹如潜伏在草丛之中咝咝作响的一条蛇。

"好一招借刀杀人！"常青感叹，"檀先生，常某佩服。"

"哪里哪里。王爷想开莲心塔，这心愿由来已久，与檀某无关。"

"不过，王爷这回，确实是下了招险棋。那朱雀鬼胎如此难以控制，稍有不慎，无夏城必将毁于一旦。"河中月影波光，随浪起伏，照得常青的面孔阴晴不定，"常某这里倒有一个法子，不用陷无夏于烈火，也可开莲心塔。"

"你有什么法子？"

"麒麟血。"

这三个字甫一成形，立刻便有天罗地网，自常青身侧草丛中汹涌而出。月光之下，是晶莹闪烁的缕缕细丝，如有生命般层层涌动，而他不避不闪，任由手脚俱被缚住。

对面那个一直跟他对话的人形，早已委顿在地，重新化为一堆泥块。那本来就只是个傀儡。真正的檀先生此刻站在常青的身后，手中的细丝绕过他的脖颈，只需要轻轻一动，便能割下他的头来。

“常公子，别以为我真的不知道，你进天香楼真正的目的是什么。”檀先生咬牙，“只可惜那饕餮看守得太紧——你也不想想，若你真能拿到麒麟血，为何这么多年毫无动作？！”

“檀先生，不知你厨艺如何？”

常青握紧了手中的笔，笔尖朝后，正顶在檀先生的小腹上。笔上的墨汁一层一层，眼看穿透了衣裳，朝他的血肉中渗透进去。檀先生大惊，想要抽身，那墨汁却如有灵性，忽然开始倒退，回到笔尖之上。

他惊疑不定，却听得常青道：“这么些年，我在她身边耳濡目染，却也懂了些烹饪的道理。古人云，治大国如烹小鲜。成事与熬汤一样，关键在于火候二字。我蛰伏八年，慢慢地熬着，眼见着这碗汤到了滴水成珠的时候。既然她将麒麟血视作性命，我便给她另外一样东西，甚至比性命更加贵重，只要这样东西在王爷手中，自然便可换得麒麟血，开莲心塔。”

“那是何物？”

常青动了动嘴角，似是想要扯出一个笑意，却最终还是失败了。

“我。”

他松开了手中的笔。

这支生花妙笔，之前在浮鱼客栈抢夺双生菇时，曾被朱成碧故意给弄坏过。之后常青执意不肯吃双生菇，她也不再劝，只是连续数日都不知所踪。最后常青实在是按捺不住，也不顾颈后的伤尚未痊愈，逼着翠烟跟樱桃两个带他去寻。原来那笔须得用耳鼠耳尖上的毛方能修复，一只耳鼠耳朵上，仅有两根白毛可用。时值隆冬，耳鼠尽都冬眠了，也不知道朱成碧从哪里寻来的法子，竟然在大雪封山的苍梧山中下了香饵，布开了猎网。

七个日夜，共捕得三百七十二只耳鼠，修得了这支笔。

檀先生曾嘲讽说，不过是单相思。他心中却有如明镜：寤寐求之，辗转反侧的，从来并非他一人。

然而再珍贵的东西，只要一放手，照样碎如琉璃。

松手之前，笔杆曾在他指尖徐徐转动。这一番柔情缱绻，重若千钧。

但他终究还是放了手。

那笔坠落在地，立刻折了笔头，裂为两段，咕噜噜地滚到草丛中去了。草丛中传出了“吱”的一声，似乎是惊动了出来觅食的老鼠，隐约有晶亮的小黑眼睛一闪而过，很快又恢复了平静。

无夏城的另一端，天香楼的二楼圆窗内，朱成碧在月光下摆开了棋盘，捧着本棋谱，正在自己跟自己演练。

她的这套棋子，与琅琊王那套象牙玛瑙的富贵货不同，所用白子，俱是桃花形状的糯米年糕，中央还点了一点樱桃酱；而黑子，则是豆沙馅儿的芝麻糕。别人下起棋来，说“提子”，到了她这里，那便是实打实地“吃子”——所有失了活气的棋子，无一例外，都叫她提来吃了。之前白子被困，她便一连吃了一长串的糯米年糕，翠烟捧着饕餮形状的香炉过来的时候，她正在打着嗝。

“姑娘倒也勤勉。”翠烟说笑，“下次再遇到琅琊王，总不至于再将我也输给他了吧。”

“赵家小子？他倒是喜欢执黑。如今黑方占尽了优势，白方眼看被逼入险境，翠烟，你可知白子接下来该如何落？”

“姑娘跟我开玩笑吧。我哪里又懂棋？”

朱成碧正要解说，一只脑袋上顶着假发卷的老鼠却顺着案几的腿儿爬了上来。翠烟吓了一跳，又忽然想起来，之前的腊月，曾有驾着木制金刚的鼠王拜访天香楼。因朱姑娘跟常公子帮忙做了腊八粥，鼠王为表感谢，还送了只镯子给常公子。眼前的老鼠戴的假发如此眼熟，倒像是出自鼠王的宫廷。她耐下性子，见姑娘将它捧了。那老鼠只在她耳边，吱吱几声，也不知道说了些什么。

朱姑娘的面色便渐渐凝了，终至面无表情。

“原来……如此……”

她忽然便出了手，将一枚白子生生地挤入了黑子的后盘。

翠烟吓了一跳。她确实不懂棋，却也知道那点四周都已经被黑子所占，四面楚歌，乃是死棋。

“姑娘，围棋不是这么下的……”

她往朱成碧的方向瞧了一眼，立刻住了口。朱姑娘正在微笑，却双目通红，隐隐有泪，额上青筋毕露。

“是这么下的。”她一个字一个字地说，“从来都是这么下的——不入死地，哪里来的生路？”

·五·

月光照耀不到的阴暗角落里，披散着银白长发的女子前后摇晃着身体，断断续续地哼着歌。

每当她摇晃一次，都会传来铁链声声相击。徐若虚因此判断，她跟自己一样，手上都戴着镣铐，铐上还穿了铁链，固定在墙上。

唯一不同的是，这女子不知道在这里被囚了多久，而他，今日才被扔进来。

跟琅琊王的那场对峙，以他胸口麻痹得无法呼吸，最终丢脸地昏过去作为告终。在失去全部意识之前，他甚至还望见那半面鬼居高临下地俯视着自己，薄唇边抿着个满是嘲讽的笑。醒来后，徐若虚便被锁在了一间狭小的囚室当中，窄窗中射入月光，可以望见一轮即将圆满的月亮。

原来已经是夜间了。

这是他恢复意识之后的第一个想法。紧接着，他从地上翻身坐了起来，琅琊王才是背后主使，必须尽快将这个消息传递出去！阿零——

他摊开手掌，掌心中是那只已经僵死多时的蓝眼蜂。最后一刻他用尽力气，还是将它抓在了手里。

“阿零。”徐若虚轻声唤道。

那半面鬼跟琅琊王并没有搜走他腕上的金铃，如果他愿意，还是可以召唤阿零的——无论多远的距离，他都会有所感应。凡君所命，无有不从。

但他依然记得，在地洞之中，面对那名叫伽楼罗的怪鸟的时候，阿零的戒备和僵硬。他明明如此畏惧烈火，却还是拼命想要护着徐若虚周全。这些，他都是记得的。

徐若虚轻轻地拨弄着那些细小的铃铛，一个接着一个，终究还是放开了手。

便在这时，他听见女子的歌声。他循声望去，只见囚室的另一个角落中，赫然还有一人，便是那银白长发的女子。她貌似疯狂，歌声却清越，徐若虚听了几遍，发现她来来回回，只重复着几句："开佛塔者……为麒麟主……"

徐若虚跟着她念了几遍，恍然大悟，放声问道："这位小娘子，你唱的，可是无夏城里的童谣？"

这首童谣徐若虚之前曾听过，共有三十六句，每句四个字。唱的便是当初莲灯和尚如何孤身一人对战黑麒麟，又如何以肉身化塔，镇住了这强大的神兽。每年的上元节，都有灯匠将这首童谣写在走马灯上，灯一圈圈地转着，围观的孩子们拍着手唱——

"开佛塔者，为麒麟主，一统江山，千秋鸿福。"

这几句，说的是黑麒麟在被镇压之前曾许下诺言，谁能再开莲心塔，便是它的主人，它可以助他一统神州，长生不老。徐若虚当初听了，以为不过是附会之词。按故事里所说，那黑麒麟素来桀骜，岂肯甘居人下？

但如今，在这阴森囚室之中，由一个状似疯狂的女人反反复复地唱出来，徐若虚也不由得打了个寒噤。他之前一直不明白，琅琊王赵珩身为皇室贵胄，当以守护无夏为己任才是。若开莲心塔，放出麒麟，只会让整个江南大乱——除了虎视眈眈的北狄，有谁会觉得这是件好事？对他赵珩又有何好处？

"但要是这童谣说的竟然是真的呢？"

他这一问，那女人的歌声顿时中断了。她转过脸来，却连脸上也覆盖有发丝，只露出一只盯着他的眼睛。

"你是谁？"

"呃——"

"是王爷派你来带我出去的吗？王爷终于想起我来了吗？你去告诉王爷，我种出了双生菇，只有我鹤菡，替他种出了双生菇！"她朝他扑了过来，两只手尖细犹如利爪，徐若虚吓得朝后退去。所幸那铁链长度有限，她扑了一半，又被拽回去，终于抓在了地上。

“只有我，只有我是真爱他的！我为他折了翅膀，困在这里好久好久，这里阴暗潮湿，可我身上的蘑菇好欢喜，我也好欢喜！”她将头抵在地上，银色长发如波浪起伏，却忽然抬起头来，“我想起来了，他不要双生菇了，他不要我了，现在他想要黑麒麟，他要的是长生不老……”

她面色凄惶。此刻她身在亮处，叫徐若虚看清，被头发所遮住的半边脸上，密密麻麻，犹如龙鳞。

竟然全是蘑菇。

徐若虚一阵反胃恶寒，又满心怜悯，正不知如何是好，却忽然有另一只柔软的手落到了他的后颈上。他一哆嗦，立刻就要大叫起来，却被人捂住了。一位媚眼细长的姑娘站在他身侧，身着樱桃红的褙子，正将一只手指竖在嘴唇上，做一个噤声的姿势。

“樱、樱桃姐姐！”徐若虚轻声唤道。他之前在天香楼学包胡眼儿蜂的时候，没少受樱桃跟翠烟两个的照顾，知道她俩跟朱掌柜的一样，并非普通凡人。此刻见她无声无息地冒出来，倒也没有太吃惊。

“常公子让我来带你出去。”

她简短地说，便拉了徐若虚的胳膊，竟是要往墙上去，徐若虚叫她一拽，身上的铁链又绷紧了。樱桃皱了眉头，蹲下来将那铁链又拉又扯，但她毕竟只是个姑娘，哪里扯得动。

“常公子……可是妙笔生花的常青公子？”鹤菡问道。见樱桃点头，她端正地跪了下去，“之前曾蒙公子善意提醒，无奈我执迷不悟。若再见到公子，便请替我转告一声：鹤菡后悔当初没有听公子的话，方有如今下场！”

银白的长发在月光之下起伏，渐渐显露出一只翅膀的形状。那只半身都覆盖了蘑菇的仙鹤挣扎着从镣铐中解脱出来，突然扑到徐若虚身边，啄断了他腕上的手铐。

樱桃大喜，顿时朝墙中钻去，整个人竟然渐渐融入墙内，只剩一只手还拽着徐若虚不放。他回头想要道谢，便见重重叠叠的蘑菇冒了出来，顷刻便将那仙鹤吞没了。

接着他被拽入了墙中，犹如被拖入了沉重的帘幕夹缝之间，砖块跟石头暂时变得柔软，在樱桃面前朝两侧退开，又在他们身后合拢。即使如此，徐若虚还是呼吸困难。

“毕竟是活人。再坚持一刻，我带你出王府。”

徐若虚忽然想起来，抓住樱桃：“得赶紧告诉常公子，琅琊王他——”

“公子知道的。”樱桃没有回头，“公子全部知情。他还说，让我送你最后一程，直到他……坚持不住为止……”

樱桃不再言语，恍惚中，她的半边身体都在慢慢融化成墨汁。这是怎么回事？徐若虚要追问，樱桃却忽然站住了。

“公子！他们竟敢……”她声音急切，紧接着抓了徐若虚，朝旁边一推。徐若虚跌跌撞撞，好不容易站稳，定睛一看，竟然已经身在一处流水长亭的花园，再回头，身后只是一堵黑瓦白墙，墙上墨汁淋漓，却再无人形。

一只手从天而降，将他的衣服后领一拎：“好小子，不是叫你不要再插手？”

却是鲁鹰。

徐若虚大喜过望，赶紧一把抓住他的袖子：“鲁大人，眼下我已经探明，琅琊王想开莲心塔，之前丧命的妖兽跟埋在地下的伽楼罗鸟，均是他所指使——”

鲁鹰脸上半点儿惊讶都没有，抓着他后领的那只手也没有要放开的意思：“我叫你不要再插手，自然有我的道理。你们这些小孩子，能不能对老人家稍微有一点儿信心？”

鲁鹰稍加解释，徐若虚便明白过来。

自从前几年无夏城遭朱雀火焰焚烧，琅琊王的海东青却将朱雀逼向了莲心塔，鲁鹰便对琅琊王真正的目的起了疑心。这些年来他一直小心留意，却并没有发现琅琊王有特别明显的动作。直到这天晚上，一直监视着天香楼的羿师回报说，常青罕见地在入夜之后离开了天香楼。他亲自跟踪了一路，将常青跟檀先生在五虹桥边的对话听了个一清二楚。

“赵珩贵为皇家血脉，却如此草菅人命，为一己私欲，置整个无夏于不顾！”鲁鹰摇了摇头，“他却还没有问过我的追日弓，答应不答应！”

“……这句话很帅喔，冷冰冰大叔。”

鲁鹰额上青筋冒起，却忽然侧耳听了一阵，扯了徐若虚便朝旁边的山岩后躲去。这块岩石形状有如盘踞的雄鹰，后面种有一丛月桂，正好垂下来，遮住二人。他们刚藏好，便听得环佩作响，兼有女子笑语，越来越近。徐若虚自岩石的缝隙中望去，但见白衣如雪，黑发间金环闪耀，是琅琊王的两个贴身婢女。

“红藕，你且说说，如今这无夏城中的男子，却是谁生得最美？”

鲁鹰皱了皱眉，像是觉得这话题实在无聊至极。只听另一个婢女回道：“那还用比？自然是我家王爷。不过，盈袖你未曾见到，今晚来访的那位黑衣的年轻公子，倒也……俊俏得很……”

盈袖笑起来：“你初来无夏，还没有来得及听说吧？那一位是天香楼的常公子，这无夏城中，不知有多少姑娘梦着要嫁给他。”

“不过，我听他语气，似乎已有心上人？”

“怎么会？”盈袖急起来，“快、快将你听到的一五一十统统道来！”

“我伺候之时站得远，只听到几句，里面好些个词，都闻所未闻。我记得王爷说：‘她如此宝贝你，若听说你在琅琊王府，只怕连这半个无夏城，也不够她吞的。’我还在想，这个‘吞’字，该不会是我听错？那常公子便苦笑道：‘她之前在战场上被北狄的白泽伤了一回，正好牵动五百年前淞阳关一战未愈之伤，如今的她就算想要化出兽形，只怕也是力不从心。’王爷便乐了，调侃道：‘常公子，你便如此将心上人卖了？’那公子一点反驳的意思都没有，只说了八个字：‘成大事者，不拘小节。’”

盈袖倒吸一口冷气：“这么说，这心上人是真的？”

“还有呢，王爷又问他什么大事，他说，‘我要那跟麒麟一起镇压在塔下的一样东西。’”

“是何物？”

“通天引。”

鲁鹰一路听下来，面色发青，手在山岩上越抓越紧。待听到此处，那岩石本来就松脆，竟真的叫他抓碎了一角，哗啦啦地落了下来。

两个婢女受了惊吓，立刻便要逃走。鲁鹰干脆跃了出去，徐若虚只听得两声沉闷的响声，叫作盈袖的那个便倒在了地上，另一个名叫红藕的，被鲁鹰拖到了岩石后面。

他蹲了下来，一脸冷酷，掏出羿字腰牌来朝那惊惶失措的婢女一举。

“我乃巡猎司教头。你们适才说起的那个常青公子是假的，为白泽所变，乃巡猎司追捕的危险凶犯。他被我一路追捕，这才逃入王府，恐怕会对琅琊王不利。你这婢子，若心中还有王爷，还不赶紧从实招来？”

徐若虚惊讶地瞪着他。这一番话完全是胡说八道信口开河，但叫鲁鹰顶着张万年不变的冷脸说出来，居然颇有说服力。那婢子听了，立刻跪倒在地，一个劲儿地磕头。

“那假的常公子后来去了何处？”

“奴婢真的不知！只是，只是之后忽然又来了个小丫头……”

“可是只有十三四岁的样子，梳着双髻，两侧眼角都画了红妆？”

徐若虚忍不住插嘴。红藕转眼看他，满脸惊讶：“大人如何得知？”

原来常青虽然不知去向，琅琊王的兴致却依然很高，独自在棋盘上布着局，还让那个戴面具的檀先生守在一旁。红藕她们虽然心中嘀咕，但王爷不歇息，她们是万万不敢露出一丝疲态来的。就这么快到三更时分，屋内的灯火忽然同时朝一个方向倾斜了三次，一时间光影摇曳，帷帐起伏，待她回过神来，屋内便多了个梳着双髻的小姑娘。

“说来也怪，明明只是个小姑娘，可她说话的声音、样子，又透着股成年女子的娇媚。满屋子里，都有一种莫名的香味，让人想起春日的芙蓉花，只觉得懒洋洋的。她朝王爷的方向一步步走过来，我们几个婢子想要去拦，哪里还动弹得了……”

“赵家小子，我那不争气的账房现在何处？”那小姑娘问。

“他么，正在我府上做客，恐怕还要再盘桓几日。”琅琊王这样回答。

小姑娘不搭话，只望着地上两根锈迹斑斑的铁链，那是常公子走后，檀先生再来时带来的。上面的血迹还是新鲜的。琅琊王耸了耸肩，将一枚黑子放到了棋盘上。

“他不肯留下，”王爷说，“我让檀先生用这铁链，从他两侧锁骨下面一点点地穿了过去。”小姑娘的神色顿时就变了，那眼睛！从未见过那么可怕的眼睛，像是野兽的眼，整个都在透出金光！

王爷却一点都不害怕，只问：“你可带来了麒麟血？”

小姑娘却俯下身去，伸手触摸留在铁链上的那人的血，表情温柔至极。她说：“王爷这步棋，看似高明，却实在是舍本逐末了。若想要长生不老，何必需那压在塔下之物？又何必伤及佛塔，火烧无夏城？你放了他，我便答应你，给你做一道菜，你吃完后，顷刻便能永保容颜，与天地同寿。”

“什么菜？”

“长生肴。”

琅琊王点了点头：“好计策。你先是骗得我放了他，然后再说，寻找这样的食材需要花上三年，配齐调料又要五载——本王却是等不起了！”

“不必。这些年来，我一直想着要做一回长生肴，因此总留个心眼，四处搜集着材料。如今，鲛人泪、玄蜂毒、龙骨勺，都已经备下，连必备的神农鼎，也在四璟园中叫我纳入囊中。赵家小子，你好好想想，这机会如此难得，这世间，只有我知道这道菜如何做法，也只有我集齐了全部所需之物。这一道足可以惊天地泣鬼神的大菜，原本就只缺主料了。”

“那主料是什么？”

“一只千年妖兽罢了。”她轻飘飘地说，露出两侧的虎牙，“难道不是近在眼前么？”

他们彼此注视着，几乎在同时露出了微笑。连一旁的檀先生都翘起了嘴角。

琅琊王将扇子在手心里一拍：“既是如此，你我就算是达成承诺了。只是尊驾毕竟神通广大，若我前脚放了你家账房，后脚你便发起火来，将整个琅琊王府都给吞了。本王却还是有些害怕。”

“你还要如何？”小姑娘不耐烦地皱起眉头。

琅琊王头也不回，只朝檀先生伸出了一只手，檀先生恭敬地欠了欠身，将一样东西交给了他——

这一番转述，听得徐若虚惊心动魄，不由得开口问道："那是何物？"

红藕像是被他吓了一跳："一、一只带金锁的项圈。"

·六·

野火燎原，随着风势，越燃越烈。

常青闭目站在火焰的包围之中，不动，不听，不看。

无数只苍白的手，自火中伸出来，哀号声声，叫的都是他的名字。

"公子，公子！奴家腹中尚有三千多枚卵，只求能缓我一日！产卵之后，便是立刻就汤镬，也毫无怨言！"大腹便便的妇人，满头珠翠，跪在他的脚下。

"这条道，百十年来，一直是我族南归的路线，今年却不知被何人，沿途布下天罗地网，就为了一个虚无的传说，以为我族能吐出黄金。我漱金雀一族，就此灭绝了！"男人将怀中之物朝他举起来，"公子，我命不久矣，可这世上，仍存一对幼鸟，求你垂怜！"

他的牙越咬越紧，简直连额角都要鼓起来，却还是闭着眼，直到那声音跟影像都渐渐褪了，耳边只剩下火焰燃烧的噼啪声。常青松了口气，再睁眼时，却跟一个满是眼泪的稚童迎面撞上。

"娘，"那孩子额前一根小小的银白犀角，莹莹生光，嘴里却只会说一个字，"娘，娘，娘……"他喊的娘就倒在身后，犀角已经被割，是生生流血而亡。

"够了！我不过只是一个人类，就算有神笔相助，可我势单力薄！为何你们都来找我！"

你能听见，你能听懂。公子慈悲，求你相助！

火焰中，无数对眼睛，兽、鸟、鱼、虫临死前不甘的双眼，一对对都在望着他。

"我能做什么？我能为你们做什么？"他伸出双手，手上皮肤焦黑翻卷，露出血红的肉来，"连我自己，也刚刚死里逃生……"

火焰中，兽群朝两侧分开，一只全身披满雪白长毛的兽从中间走了出来，亲热地舔着他的手掌。在它的前额，睁着一只鲜红的眼睛。常青沉默片刻，终究还是抱住了它的脖子，就像之前无数次做过的一样。

“抱歉，累你惨死，都是为了救我——”

我不会再复活了，但你还能救他们。熟悉的声音在他脑海中响起来：你能救神州大陆上所有的妖兽，他们想要的，不过是回到灵界而已。

火焰消退，他们脚下的大地开始了移动，而他们悬在半空，静静俯瞰着——地平线上，一处青瓦白墙的小城，被护城河环绕其中。

“去无夏城。通天引跟黑麒麟一起，被镇压在莲心塔下。那里有一只可怕的饕餮，所有靠近莲心塔的妖兽，都会被她吞吃殆尽。但唯有她，藏有麒麟血，只需要小小一瓶，便可以令莲心塔倒塌！”

环绕他的火焰又回来了，兽群的眼睛在火焰中躲闪颤抖。可怕的凶兽，他们喃喃：“她吞噬我们，她能吞噬遇到的一切！”

“我不害怕她。除了小梨，我本来就一无所有。”

啊啊，他现在想起来了，就是在那一刻，年轻的他给出了诺言。面对着神州大陆上剩余的妖兽，面对着无数求救的眼睛。

“我会拿到麒麟血，为你们再开通天引！”

常青猛地睁开了眼睛，坐了起来。这个动作带动了他两侧锁骨下的伤口，不由得一阵剧痛，叫他又跌了回去。

“公子！”翠烟吓得扑过来，又赶紧查看他的伤。那两处伤口本就狰狞，这么一动，又流起血来。她忍着哽咽，用手绢拭着，一面恨恨道：“是谁这么狠心，将你伤成这样？”

常青只是苦笑。他被檀先生穿了锁骨，颈上戴了铁环，囚在笼中，本来尚可忍受。待到朱成碧终于现身，却是面若冰霜，见他受伤也无动于衷，只扯断了囚着他的铁链，将他拉出来甩在地上，让他快滚。

就跟他曾在阳澄湖细腰女的雾镜中所见情形一模一样。连他喉咙中带血腥味的剧痛，也一模一样。

他曾最为惧怕之事，还是成了真。

这么一闹，常青肩上的伤口撕裂得更加厉害，好不容易支撑着回到天香楼下，终究还是难忍剧痛，晕了过去。看眼下情形，是翠烟将他救了回来。正在这样想着，翠烟却在他对面跪下了，将一只锦盒高举过头。

“这是……”

“公子走后不久，琅琊王府的人就将公子摔断的笔送了过来。姑娘就给了奴婢这个，让我守着天香楼，等公子回来。”

翠烟打开了盒盖。绣着云纹的乳白色绸缎之上，静静地躺着一只用整块天青石雕刻而成的瓶子。

麒麟血。

那骄傲的兽曾经执着如生命，如今却拱手相让。

或许是失血过多的缘故，常青略微晃了晃。他朝那瓶子伸出了手，却又迟疑起来。

“姑娘她……可还说过什么？”

“她还有一句话，让我转告公子：‘恭喜你，终于得偿所愿。’”

八年的等待，他朝思暮想之物，他亲口给出的承诺。早在金翅鸟消逝的那个清晨，他就已经下定决心，这一路上，无人可以阻挡，即使要把他的心挖出来——如今他已经把自己的心挖出来了，不是吗？离他最终的目标，只差一步，他该欣喜若狂才是——

“翠烟？”他忽然问，“为何你在哭？”

“翠烟不曾哭。”那婢子答道，“翠烟是公子所绘，一举一动，都是由公子心意所生。”

她抬起头来，脸上两行发亮的眼泪，正在簌簌而下。

离天亮还有两个时辰，常青进入了莲心塔。

他上一次进莲心塔，还是初到无夏城不久，算起来到如今，也有八年光阴了。莲灯和尚的故事在无夏城家喻户晓，莲心塔内的佛堂却简陋至极，只有一座面目模糊、雕工拙劣的石像，盘坐在莲花座上，脚下一盏长明的孤灯。唯一的那只蒲团经香客长年跪拜，早就破败不堪了。

常青听人说起过，这尊石像，是在莲心塔成型后的第二日，忽然出现在底层的佛堂之中，连同石像背后的墙上，也叫人画了两句佛偈。用“画”这个字，是因为那字迹潦草至极，至今为止，无人能够认出。

这次，是他第二次进入莲心塔。他在石像面前双手合十，拜了三拜。

“大师，我……”

他忽然望见了那两句佛偈，顿时语塞。

上一次进莲心塔的时候，他已见过，只觉是鬼画符一般，不知所云。但如今，他一眼望去，却字字句句，都逼上心来——

身为塔，心为灯，十方菩提。

生何欢，死何惧，究竟涅槃。

是她的手书。这跟一名江湖行医学来的、开药方用的潦草字体，没少受他的嘲笑。八年里，他见她写在给樱桃采买的物品单子上，写在跟翠烟猜谜作诗的牌令上，甚至写在他因为被她抢走了笔，最终还是没有能够完成的画作上。

本来是不认得的，如今却熟悉至此，犹如肌肤相贴、呼吸相闻，一笔一画，都透入血脉，再也不忘。

这么说来，想必连这石像都是她亲手所雕的。难怪虽眉眼模糊，却惟妙惟肖、神态自若，正是当初在阳澄湖底，菩提佛珠形成的光圈当中站着的那人。

常青拔掉了石瓶的塞子，向前一步，将瓶中黏稠的鲜血倾倒在石像的头顶。血流沿着石像，缓缓而下。

整座莲心塔，都在他的四周开始了摇动。而自那石像的正中，忽然裂开一条发光的裂缝，竟然是将他倾倒出来的麒麟血，一滴不剩地吸了进去。佛塔晃动得更加厉害，连同常青脚下的地面都波动起来，他却咬紧牙关，不管不顾地接着倒下去。

他不能停，否则他就会止不住地去想，这是五百年里，她所珍惜的、想要守护的一切。

如今轮到他，亲手毁去。

下一刻，他忽然屏住了呼吸，紧急地朝一侧退开一步，堪堪避过飞来的箭矢。

那飞箭原本是朝他肩头射来，他一避让，却将手中的石瓶暴露在了飞箭之下，只听见清脆的“锵”的一声，那瓶子脱了他的手，被撞飞了出去。

常青立时便要跟过去抢，但接下来的几箭毫不留情，都射在石瓶周围，竟是将那瓶子围了个严严实实。鲁鹰赶了上来，一拳揍在他肩上，正好击在伤口上，常青顿时痛得眼前发黑，又被第二拳揍在腹部，整个人都弓了起来。

“忘恩负义的东西！八年了，便是块石头，也该捂热了吧？亏她还口口声声地说信你，你却又如何待她？”

鲁鹰一边训斥，一边又是几拳。常青一声不吭，也不反抗，任由他揍，一面却伸手，想去抓那只天青石的瓶子。

“我早告诉她，你不是真正的常青，你是白泽，可她就是不信！”

鲁鹰想起当年白泽所杀的镖师同伴，心头火焰更甚，接着的一拳便使上了十分的力气，直朝着常青的鼻梁而去——

却被他接住了。

“我、不、是、白泽！”

他此刻已经被鲁鹰击倒在地，头发散乱，狼狈不已，却是双眼发光，咬着牙道。

“不是吗？”鲁鹰冷哼了一声，却忽然将常青压在下面，撕起他的衣裳来，“我知道白泽在身侧腰间，还各生有三只眼睛……”

黑色深衣之下，露出的白色单衣上已经渗出了血迹，鲁鹰愣了一下，却还是把单衣也扯了。这一下连原本凝固的血痂也一并扯了下来。常青浑身一抖，却没有反抗。

“……不让你看上一眼，你大概这辈子都是不会死心的了，鲁大人！”

他露出的腰侧，并无眼睛，却只是一片丑陋的疤痕，眼看是火焰烧灼所致。

“这是？”

“我自幼便通兽语，与妖兽相交，总有旁人疑心我不是人类，乃是妖孽。待生母去世，父亲听了继母谗言，竟将我跟小梨都绑了，要活活烧死，这伤便是那时候留下的。”他短促地笑了一声，“他大概没有料到，火势一发不可收拾，延绵到了偏房。我跟小梨得妖兽们相助，趁乱逃了出来。”

“你真的是常青？”

“你说呢？鲁大人……你到底看够了没有？！”

“啧！”

鲁鹰猛地扭过头去，站起身来，将脱下来的外衣甩在了他的脸上。

自他们身后，传来一个颇为迟疑的声音：“鲁大人……常公子……你俩在干啥？”

鲁鹰万年不变的冷酷老脸，居然也一僵。想起此刻常青躺在地上，衣衫不整，简直是失礼至极，不由得尴尬万分。回头一望，来人睁了对无辜大眼，果然是徐若虚。

他这么一分神，常青立刻从地上爬了起来，动作异常迅速，抢过了旁边的石瓶，两步便迈到了莲灯和尚的石像前。那瓶中尚残有一半麒麟血，他竟是准备再倒下去。

“常公子！”徐若虚叫道，“我不知道你有什么苦衷，一定要开这莲心塔。眼下麒麟血就在你手中，无人能阻止你。但此时此刻，我能开莲心塔，鲁大人能开莲心塔，甚至琅琊王也能开莲心塔——唯独你不能开。”

唯你不同。

徐若虚的意思已经很明白了。常青却回应道：“我？我不过是个区区人类，暂时得了她的青睐而已。就算我叛了她，这伤也未必不能愈合。待我死后，她还有千秋万载的寿命。百年也好，千年也罢，她总会忘记我的。”

他手指颤抖，却还是执着麒麟血，一股脑儿地倾倒下去。莲心塔抖得越来越厉害了，鲁鹰跟徐若虚只听得铃铃作响，是飞檐下的铁铃被抖得快要散了架。

“……只怕朱掌柜的，未必还有千秋万载的寿命了。”

此话一出，三人都被惊得退了一步。莲灯和尚的石像一侧，不知道什么时候竟然冒出来个幼童，看年纪不到七八岁，身着玄衣裳的冕服，肩上绣着日月山纹，头戴一顶金光闪闪的冠冕，正在前后甩着两条腿儿。

“她把自己卖了，去换你回来。孤是怕美人你将来后悔，才特地提醒你的。”

幼童一本正经地朝着常青道，嘴里却是口口声声地叫着美人。常青一愣，终究还是认出了那只冠冕。

“……无夏城的……鼠王陛下？”

“还是美人记得孤！也不枉孤这么喜欢你！”鼠王笑眯眯地鼓起了圆脸。上次它带了臣僚，驾着金刚来天香楼请朱成碧做腊八粥的时候，还是只肥得犹如一只老猫，要靠抬才能移动的巨型老鼠，谁知道化为人形，却只是个孩童。

“你刚才说，朱掌柜用什么换的我？”

“她应了那人类王爷，要给他做长生肴。”

“不可能。”常青皱眉反驳，“长生肴的主料需得是存活千年以上的妖兽，这无夏城里，哪里去寻？连整片神州大陆上，也寥寥无几。除非我放出黑麒麟来……”

鼠王缓缓摇头。

“这城里一直都是有着另一只跟黑麒麟一样超过千年的妖兽的。美人你当真不知？”

常青的脸色便渐渐地白了，两侧的肩膀都在发抖，就好像止不住的寒战。这个夜里，他先是遭檀先生重创，刚才又被鲁鹰揍了一顿，此时却是第一次面露惊惶。

“是真的。”徐若虚道。常青猛地扭头盯着他，那眼神如此可怕，教徐若虚不由得退缩了一下，又接着说：“我跟鲁大人抓了个王府的婢子，她亲耳听见朱掌柜对琅琊王说——”

常青只觉得双耳都轰轰作响，犹如雷鸣，是心跳一下一下撞在胸口，几乎要破胸而出。他快要听不清徐若虚在说些什么，却依旧能辨识出他的唇形。

恍惚间，金眼红妆的少女立在他面前，露着小小的虎牙，一字一句，咬牙切齿。

难道不是近在眼前吗？

“……好狠的凶兽……”常青喃喃。

“我曾听阿零说起，常公子在妖兽间颇有令名。凡有求助者，公子均倾力相助，从不推辞。”徐若虚朝他一抱拳，“如今有一只饕餮，重情信诺，五百年间日夜守护莲心塔，从未懈怠。现下她身陷险境，恐有性命之忧。常公子，我便替她向你求救，如何？”

常青没有回答。他将装着最后一点麒麟血的瓶子塞入了袖中，转身立刻便要走，却被鲁鹰拦住了。

“你如今这个样子，又摔坏了笔，如何能进王府救人？还是我去……”

“鲁大人，此事好像与你无关吧？”

“咳。”鲁鹰梗着脖子，颇不自在地望向远处，“冤枉你这么些年，就算是道歉吧。”

常青万万没想到他能说出这种话来，一时间竟被噎得不知如何应对。鼠王却在一旁开了口：“是说那支生花妙笔么，已经叫孤给修好了。”

他伸手自袖中将那支笔取了出来，朝空中高高抛起。

常青大喜，道了谢，正待伸手去抓，鼠王却接了笔杆，拿得远远的，另一只手托了下巴，眯了眼看他：“从这个角度看起来，美人真是越看越好看啊！之前孤送你的镯子，为何不见你戴？害得我又派属下去天香楼取了一趟。”

“朱……她曾说，这镯子是鼠王备给未来王妃的。”

“正是。”

“蒙君厚爱，可在下是男子。”

“没事儿，孤不嫌弃你。”鼠王灿烂地笑着。

“……”

“你可要想好了。跟孤在这里闲磕牙的工夫，那饕餮说不定早就被煮得熟透了。”鼠王慢吞吞地自冕服内取出一物，正是他初次见到常青时送他的那只玉镯，“为孤王妃者，即可号令全城三十六族鼠族。孤为博王妃一笑，便是江山也拱手送得，一支小小的笔，又算得了什么？”

鲁鹰忍到此刻，终于还是开口：“荒唐！世间哪有男子为妃的道理！”

“没错。所以孤让他想好了。”

一瞬间，幼童的脸上，浮现出兽脸狰狞：“好好想想，为了救她回来，你愿意付出多少代价？”

“你这是趁火打劫！”徐若虚抗议，却被常青伸出一只手，挡在他胸前：“我答应你。”

“常公子！那朱掌柜——”

“她么……”

徐若虚站在常青身旁，望见他眉目含情，眼波流转，整张脸都亮了起来。伴着这个“她”字的，是实打实的温柔浅笑。就好像他此刻身边是烟柳环绕、春桃芬芳，而他朝思暮想的那人，笑语晏晏，就在身边。

可他接下来说的话，却是：“她啊，此刻，当是恨我入骨吧？”

墨汁从笔尖滴落下来，积在地面上，却只是不散，一层一层，叠出的是一座六棱七层的袖珍佛塔。紧接着以佛塔为中心，又有六根细细的墨线朝不同的方位延伸开去，如有生命般，分别自动绘出了五虹桥、四璟园、寒潭寺……

“正如徐若虚所说，护着莲心塔的封印共有六个，眼下已有两处被毁，而其余四处，全都教赵珩埋下了朱雀鬼胎。那鬼胎极易爆炸，还得请鲁大人，无论如何要劝说曲焰姑娘，尽力安抚。”

那墨线还在继续朝空白处延伸，一栋又一栋建筑被编织出来，整个无夏城纤毫毕现：七十二坊、一百三十五座石桥、人潮涌动的花市、骡马市，城东最为集中的酒楼食肆，楼前还搭着淡青色的戏棚。接着便是层层叠叠的青瓦白墙，被护城河一分为二……

“琅琊王想要一出大戏，我们就成全他。鼠王陛下，还请全城鼠族多方配合——”

常青的话说到一半，却忽然中断了，手中的笔也掉在地上。

正在成形中的无夏城颤动起来，重新融化为墨汁。他捂住了胸口，衣襟上暗色的血迹在一点点扩大。

徐若虚劝说道：“常公子，你有伤在身，不要勉强……”

鲁鹰抢过去查看：“这又是何时断的肋骨……”

“本来没断的，刚才叫鲁大人揍断了。”常青冷冷回应，回手再去抓那支笔。

“唉唉啊，美人受伤了，孤真是心疼。”鼠王托着下巴在一旁看着，“不过啊，若只是想要画出整个无夏城，美人你手里，不就有一样可瞬间增强功力之物吗？”

常青回头看他，他无辜地努了努嘴。

“喏，那瓶麒麟血。”

·七·

琅琊王面前摆放着一只玲珑剔透的水晶盏。

盏内汤色全然透明，散发着温煦的鲜香，盏的底部，静静地躺着一只少女的小手，犹如一朵被摘下来，又被浸泡在汤内的盛开着的栀子花。

“那饕餮说，这汤底，是她层层过滤，共有三十道工序，确保没有一点杂质，却保持了全部由血肉中熬出来的精华，才有如今的透明。”檀先生立在一旁，欠了身解说，“这只手连骨头都一并酥烂了，却依旧保持形体不散，待会儿是必须连骨带肉，全部吃掉的。”

若换了旁人，如此骇人场景，只怕是要当场吐出来。琅琊王面上却纹丝不动，只举起筷子来，点了点头：“她倒是费心。”

这一道长生肴他吃得慢条斯理，果真连着骨头都嚼烂了咽了下去，最后还端起盏来，将全部的汤都喝得一干二净。待他放下盏来，两侧额角都是薄薄一层细汗，只是闭目不语。

“如何？”檀先生紧张地问。

琅琊王没有答话，凹下去的面颊，眼看着一点点地丰满起来。他欣喜地伸了手，打量着指甲上重新充沛的血色，又取下头上的玉冠，散了满头黑发下来——

“可还有一丝银丝？”

他一面问，一面站了起来，在室内尝试着走了两步，哪里还有病重的样子，只觉得四肢百骸都充满了力量，面上肌肤丰盈，莹莹生光。

“恭喜王爷！”

琅琊王尚未来得及大笑出声，耳边便传来一阵遥远的爆炸声。他跟檀先生站到窗边一望，有火光直刺入夜空，伴随着滚滚烟尘，只消一会儿，便朝四面蔓延开来。紧接着是人声喧哗，竟然连王府内也充满惊惶的喊声。

一个女子的声音在门外哭着：“王爷，寒潭寺跟四璟园忽然被人炸了！整座王府都是老鼠乱窜，还学人行走，嘴里口口声声说什么，麒麟王就要回来了——王爷，王爷，这里住不得了！”

“没错，那混世魔王将要再临。你们还是收拾细软，各自逃命去吧。”

他待得门外没了动静，转头问道：“不是说要等到天亮，明暗相交的那一刻再开塔？”

檀先生面露惶恐：“并非属下所为！”

“罢了。那朱雀鬼胎本来就易爆，提前开便提前开吧。吩咐下去，本王即刻要去莲心塔——”

下一刻，原先被那女子守着哭了一阵的门轰然炸裂。撕碎了门扉，冲进室内，蔓延开来的，竟是些气势汹汹的黏稠阴影，还夹杂着咆哮声：“言而无信！”

檀先生挡在了琅琊王身前，将一只不过手掌大小的木制的饕餮傀儡举了起来。那饕餮是他亲手一点点削制而成的，已经失了一只前臂，脖子上一枚袖珍的黄金质地的项圈闪闪发光。

他揪住了那饕餮傀儡的脖子，朝旁边狠狠一扭。

那阴影犹如海潮，本来已经快要扑到他们眼前，此刻迅速退了下去。朱成碧从阴影中滚了出来，捂着脖子还在咳嗽：“不是说好，不伤无夏城？”

琅琊王站到她身边，俯视着她。他朝檀先生招了招手，后者将饕餮傀儡放在了他的手心里。

“本王只说把你家账房还给你，什么时候说过会不引爆朱雀鬼胎？”

一只优美修长的手按着那傀儡的上半身，另一只手却将整个下半身朝一侧用力翻转着。就好像有同样的无形的巨手也施加在朱成碧身上，她被压在地上，完全无法动弹，整个身体都被翻转成诡异的角度。

“本王这一生，不知道有多少次差点儿病死，日复一日地躺在床上，被喉咙里的血块呛得无法呼吸。总以为下一刻就要死掉，却一次又一次地活了下来。”

琅琊王语调闲适，犹如在话家常。手上的力道却完全没有松懈，只听得手中的傀儡咯吱作响：“每一次，本王自鬼门关上熬过来，都会平白生出些恶意，总想着要找一个旁人，也叫她尝尝我尝过的苦楚。”

只听“咔嚓”一声，他活生生扭断了饕餮傀儡的脊背。朱成碧发出了一声撕心裂肺的惨叫，刚才一直在颤抖不止的双腿忽然一下子软了下来。

“如何？是不是半身都毫无知觉，简直生不如死？”

琅琊王抓起了她的头发，将她扯得不得不仰着头：“你心心念念的那个人，若是见到你狼狈成这个样子，可还会回头看你一眼？”

她没有回答，一双大眼虽然是睁着的，却毫无光泽，只剩空洞，像是已经痛得失去了知觉。

琅琊王顿时觉得无趣，松手站了起来。

“王爷何不直接告诉她，是常青将她给卖了？”檀先生在后方说。

“黑麒麟已经是囊中之物，我又何必多嘴？再说，阿瑗之事本王还欠她一个人情，这下就算还了吧。”

那孩子蜷缩着身体，在包围着自己的火焰当中哭泣着。

她走得越近，就听得越清楚。它在哭着被亮光灼瞎的眼睛，哭着终日不得自由的痛苦，哭着久远的，几乎已经遗忘的梦境——在梦中，它曾被温柔的歌声所环绕。

她揪住身边之人的衣裳后摆，再也不肯朝前一步。那人察觉到她的异样，蹲下身来，好跟她的个头平齐。

“焰儿，我也不忍逼你面对这朱雀鬼胎，但如今整个无夏城危在旦夕，还是请你无论如何得想起来……”

想起什么？她瑟缩了一下，习惯性地将大拇指放到嘴里吮着。他见了这个动作，不由得长叹了一声。

自她重生以来，这人类一直陪在她身边，起初她对他又惊又惧，没少啄他的手指。可他包好了手指，又过来给她换水换药，到她化出人形，又是他带她去买新衣新裙，日日给她梳头。他总盼着她能想起来，可她实在不知道该想起什么。但眼见着他这么愁眉不展，连带着她也要愁起来。

“那孩子在哭。”她把大拇指从口中拔出来，吞吞吐吐地说，“鲁叔叔不喜欢它哭……”

“是的。”他转了头，去望悬在他们头顶的朱雀鬼胎。他表情严肃，整张脸犹如刀刻斧削一般，“真是丧尽天良！”

一个念头犹如雷霆，劈开一直以来包围着她的黑雾：那表情，她之前曾经见过的！忽然间，她发现自己身在半空，正急速坠落，而眼前这人紧跟着扑了下来，紧紧地抱着她，说："但求同死。"

她打了一个寒战。

黑雾重新合拢，刚才的光影犹如清晨的梦境一般消失了。她拼命搜寻着它留下的痕迹——只剩下一段曲调，她曾经为他弹奏过……很多很多次……

"是的，焰儿，是这个，你想起来了？"

他一用力，竟然将她整个都高高举起。他如此欢喜，双眼发光，只看得到她，所以没有能够察觉到，这动作惊扰到了身后的朱雀鬼胎。它睁开了布满白翳的瞎眼，深吸了一口气。

然后开始了剧烈的咆哮。

数道漆黑的剑闪着寒光劈了下来，却在离徐若虚的鼻尖只有一寸的地方堪堪停住。

站在后方的檀先生略微皱了皱眉头。这十二只铁甲傀儡是他的新作，从盔甲到手中所持重剑，均是玄铁所制，他留到最后，原是准备护送琅琊王到莲心塔这一路上，以备不时之需的。谁想到他们一进莲心塔，就发现这胆大包天的徐秀才盘腿坐在莲灯和尚的石像之下，自称已经等候多时。这岂不正是天赐良机，正好用这自王府地牢逃走的嫌犯的血，来给他的铁甲傀儡开刃么？

他驱动了头三具傀儡，它们迈开脚步，铁甲撞击作响，将徐秀才团团围住，却在最后一刻停止了动作，任檀先生如何驱使，都再无反应。他又驱动了三具，竟然也是同样的结果。

徐秀才只是坐在原地不动，一副胸有成竹的样子。

"你果然会点儿妖法，否则怎敢一人在此？"

"什么妖法？"徐若虚扑哧一声，"别蠢了，另外你也说错了，我怎会是一人？"

一只蓝色眼睛的巨蜂从他袖中钻了出来，接着是第二只、第三只，朝铁甲傀儡的关节缝隙之间钻了进去，消失不见。徐若虚举起了右手，腕上金铃兀自闪光。

"阿零！"

自佛堂的各个角落，埋伏多时的蜂群应声而出，先是将他身边六具铁甲傀儡围了个水泄不通，再过一阵，蜂的数量却渐渐减少，竟然全部钻入傀儡之内。这六具铁甲傀儡忽然像有了生命一般，回过身去，高举起手中铁剑，朝檀先生砍去。

檀先生连忙驱动剩下的六具铁甲傀儡抵抗，徐若虚却一闪便失去了踪迹。他有心要将这该死的秀才找出来，却无暇分心，只听得声声对话从后方传来——

“王爷！你被骗了！就算你们炸了全部封印，放出黑麒麟，他也不会认你为主！”徐若虚急急道，“现在收手，还来得及救无夏城！”

琅琊王发出一声嗤笑，却并不理会。

“不瞒王爷，在下一直养有一群玄蜂，可化人形，便是阿零。什么妖法之类，都是因为阿零在暗中助我罢了。这些日子，阿零离了无夏，千里迢迢地去了北狄，探听到了他原来的主人北狄的大萨满跟妖兽白泽的对话。原来那首流传甚广的童谣是由妖兽白泽亲自潜伏进无夏城时散布的。他们不过是想利用你放出黑麒麟，制造混乱，好趁机挥军南下而已！”

檀先生着起急来，索性丢了那些傀儡不顾，想要尽快赶到王爷身边去，可一具傀儡生生挡在了他的跟前，手中铁剑挥来，他不得不跃开躲闪，同时握住了腰间的乌鹭刀。

这刀是他曾经是谭一鹭的时候，由王爷所赠。自他恢复记忆，成为檀先生之后，便再也没有用过。

“是么？”琅琊王的声音遥遥传来，是在问檀先生。

“王爷休得信他！属下对王爷一片赤诚，天地可鉴！”

“好，”琅琊王应道，“我信你。”

但那该死的徐秀才，还在一字一句地说下去：“是么？阿零还亲耳听到那白泽说，为保证此事顺利，他还派出了一名擅长操纵傀儡，又懂得制作朱雀鬼胎的奸细。此人胸前有一只雪白掌印，正与封印那鬼胎所用的掌印一模一样。你可敢让他脱衣核查？”

檀先生所操纵的铁甲傀儡，原本已经将另外六具被蜂群所控的傀儡砍成了几段，可此话一出，他手中铁甲傀儡的动作，都在同一刻出现了停顿。

“……你不是说，那是为修炼功法，走火入魔，不慎弄伤了自己？难怪你要提前开塔……”

琅琊王一步步朝他走过来，说到一半，忽然仰天摔倒，还是檀先生抢过去接住他，才没有让他摔破头。他此刻才察觉到琅琊王身上的异象。他分明是肌肤充盈，内在生光，却四肢僵硬，正在一点一点地冰冷下去。那双桃花眼死死地盯着他。

“你到底，有没有，骗过我？”

“王爷！”

“有没有？”

檀先生咬起牙来：“没有！”

琅琊王长长地出了一口气，朝他伸出手来，似乎要当场掐死他，又似乎是要摘下他脸上的面具。

“我倒宁愿你只是谭一鹭……”

所有的铁甲傀儡忽然在同一个瞬间委顿于地。那个不知道是檀先生还是谭一鹭的人跪在原地，一枚羊脂玉质地的小小人像躺在他怀中，还保持着朝他伸手的姿势。

常青再次见到朱成碧的时候，她已拖着两条腿在地上爬了一阵，衣裙都已磨破，身后的一路上星星点点，都是血迹。可她全然不顾，正撑起上半身来望着窗外。金黄的光焰映照在她脸上，她发髻尽都散了，脸颊薄薄一层冷汗，嘴里却在喃喃：“无夏城在燃烧……不知又要死伤多少人……”

“亏我还一直以为，你对人类的性命，从来不挂在心上。”

常青叹道。她听了他的声音，浑身只是一颤，却并不回头看他。裙摆之下，又有阴影起伏，她形体颤动膨胀，竟是想要勉强化出兽形来。却不知为何，叫颈上的项圈一勒，又退了下去。

常青急了起来，两三步便奔过去拽她：“你如今伤成这个样子，如何能吞得下那朱雀焰？”

“上次只是一处火焰，差点烧掉半个无夏！如今有四处！不能再有更多的朱雀鬼胎爆炸了！”

她挣扎起来，连看也不看他一眼。

“那是假的！”常青按住她，“那是我画出来骗琅琊王，好让他离开王府，去莲心塔的！火焰！爆炸！还有呼救的人群，全都是我画的，我给他画了整整一座假的无夏！鲁鹰眼下去找曲焰安抚那朱雀鬼胎了，你且安心……”

朱成碧略微安静了一点，紧接着又想起来：“你的笔早坏了！”

“鼠王替我修好了！”

“那也不可能，你有伤在身，如此短的时间内，如何能画得出来？”

“所以我喝了你给我的麒麟血！”常青想要掀开她的裙子查看伤势，偏偏她根本不听，还在他怀中胡乱挣扎，他心烦意乱地吼起来，“我全都喝了，一滴不剩！才能在一个时辰之内增强妙笔生花之力。你现在别乱动了！让我看看——”

他忽然哑口无言。

早在他进来的时候，便见她姿势怪异，两条腿都拖在地上，瘫软无力。等他真正看到她双膝，均已鲜血淋漓，眼看是在地上生生磨出来的。

“不痛的。”她见他神色有异，反过来安慰道，“我的脊骨已断，一点都不痛的。”

剧痛骤起。常青只觉得瞬间有利刃刺入胸腹，将自己整个削为两半，只消一低头，便能望见活生生的心脏，就在腔子之外蹦跳。他不由得一阵眩晕，双耳轰鸣，伸手想要抓她的手，落手之处，却只是一只空荡荡的袖子。

“……你用了什么做的长生肴给他？”

如此关键的问题，他应该见到她的第一眼便问的，却非要等到此刻，用这样可怕的方式察觉到真相。他还记得她曾伸向他的那只手，晶莹剔透的小指上，曾有红线缠绕，明明当时只要一伸手就可以握住——

“你用了什么？！”

朱成碧怔怔地望着他，接着却忽然展颜一笑。

之前她在苍梧山中，为了捕捉耳鼠为他修笔，曾在雪中蹲守了七日六夜，不曾动弹过。等他终于寻到她，远远地只望见个雪团子，闪着对金光闪闪的兽眼，见他出现，欢喜得“哎呀”一声便要站起来。可她忘记自己蹲伏太久，腿早就麻了，刚站起来，又没头没脑地摔了下去。等他赶过去把她拎出来，她已经沾了一脸的雪。他絮絮叨叨地替她擦掉雪沫，一点一点地，露出下面明艳动人的一张笑颜，看得他只是一愣。

谁想到如今她的笑容，竟然比那时，还要耀眼，犹如烈日熊熊，不容逼视。

“你回来了。”她轻声道。

·八·

烈焰袭来得如此突然，鲁鹰根本不及躲避，只顾得上将曲焰护在怀中。

他心道，这下要被烤成焦炭，等了许久，却只觉得周身暖洋洋的，睁眼一看，他怀中那个稚嫩的小女孩生出了一对流动着火焰的翅膀，将他犹如雏鸟般护在下面。她抬头望着鬼胎，神色凄惶，接着便开始了歌唱。

是之前曲焰用箜篌弹给他，好让他静心定魂的曲子。他却从未听她用朱雀的歌喉唱过。

她唱着曾经给出过的承诺，唱着永不再来的梦境：睡吧，我的宝贝，妈妈就在这里，我哪里都不去。睡吧，我向你保证，当你醒来，便会破壳而出，你将在阳光中展翅高飞……

曲焰的眼中积满了泪水，但她将这谎言一唱再唱，直到那鬼胎闭上了眼睛，沉沉睡去。它的形体朝中间萎缩下去，终于成为一枚焦黑的，还在冒着青烟的蛋，从封印当中掉落在地上。

“……十卵也未必能造一只鬼胎，北狄却能造出四只来。这么说，我族竟未全灭！”

鲁鹰察觉到她语气的变化，不由得浑身发僵：“你，想起来了吗？”

檀先生的肩膀抖了一阵，忽然停了。他伸了一只手，抠着脸上的那副面具。那面具粘得紧，他发起狠来，竟是将它带着皮肉一并撕了。他鲜血直流的脸转过来朝着徐若虚，说不出的恐怖。

“当初我真不该留你一条命。”他慢条斯理地说，摊开双手，手中空无一物，只是动了动手指。徐若虚之前曾不受控制的那只手臂，立刻便朝空中举了起来，腕上的金铃震动，声声作响。

徐若虚心中大叫不好，一张口，喊出的却不是自己的声音："出来！"

玄蜂群应声而出，在他们之间的地面上团团相聚，最后汇聚成了人形。单膝跪地的异族少年，茫然地睁着一对蓝眼。

正是阿零。

"金铃在我手中，谁是你的主人？"

不，不对，这不是我，不是我要说的话！

徐若虚在心中狂喊，但他如今不仅是一只手臂失去了控制，连双腿都不再是自己的了，带着他一步步走到阿零前面，几乎要将金铃按到他的额上。阿零的眼神澄净无比，映出的只有他。

"是你。"他柔声回应。

"是吗？"檀先生呵呵地笑起来，"让我想想，是命令你杀掉自己的主人——不，这点子还不够好，还是这样更棒一些：听着，你命令他，从现在开始，无论你对他做什么，他都不能反抗，也不能逃开。"

徐若虚重复了他的话。接着，他便眼睁睁地看着那只不受控制的手，从倒下的铁甲傀儡中拆出了一截碎木，又放到长明灯的火焰之上，耐心地等待着，直到火苗沿着碎木舔舐而上，燃成一团耀眼的光焰。

"不！"徐若虚意识到他要强迫自己做什么，猛地喊了出来。

"我听说蜂群无所畏惧，却唯独畏惧烈火。你也来尝尝，此刻我心头烧灼的滋味吧！"

自始至终，阿零都没有逃走。

徐若虚亲手持着那火炬，朝阿零的胸腹之间插了进去。他满脸是泪，哭得上气不接下气，阿零的面色却始终很平静。被火焰烧死的蜂从他体内掉落出来，那副身体之中出现了一个可怕的空洞。

可阿零没有丢下他一人逃走，甚至没有尝试着攻击他，连望着他的眼神都没有发生任何变化。千万人中，他还是只认得徐若虚一人。

"这是不对的，阿零。我们，是兄弟。"

徐若虚艰难地开口，他伸了另一只手，直接抓向那团正烧灼着阿零的烈火。

他听到檀先生在后方痛呼一声，对他的钳制又减轻了一分。

“连我都伤你，连我都叛你——这是不对的！”

他咆哮，紧接着闭了双目，一头撞入火焰当中。

“阿零”这个存在已经残存无几。

来到无夏之后的几个春天才被孵化出来、补充进来的新生玄蜂，全都已经零落在地，一个接着一个地在他的意识当中消失。但另一个声音却强硬了起来：是当他还是刚刚被驯化的野生玄蜂，被捏在北狄萨满手中时的那部分核心，还未受到波及。

怎么了？如此任人宰割？为何我们不反抗？为何我们不杀掉他？

不能杀人。我不再是杀人蜂了。他说的。他向我保证的。

懦夫！你这样根本无法保护他。那声音越来越强、越来越响亮，还是我来吧！从这一刻开始，由我来接手！

一只手挡在了徐若虚和那火炬之间。

他含泪抬头，却被那手用力一扫，整个人飞了起来，摔在地上。阿零拔掉了插在他胸腹之间的火炬，甩在一旁，更多的蜂自隐秘之处飞来，填补了他身体上那个可怕的空洞。他蓝眼闪烁，面无表情，只一瞬便到了那叫檀先生的人身后，漆黑的毒针已经穿过了那人的胸口。

檀先生大叫一声，徐若虚顿时觉得身上的压力全部消失了。阿零那边将毒针抽了出来，却带出不少飞舞在空中的木屑。这个叫作檀先生的人，竟然连自己的身体，也做成了傀儡！阿零跟徐若虚都是一愣，檀先生趁此机会将那羊脂玉的雕像抱在怀中，转身便逃。

徐若虚想要追，却被阿零拦住了。他居高临下地看着徐若虚，缓缓地横过了毒针。

“暗杀任务对象，无夏城的徐若虚。”他机械地吐出这些字句，“你果然坏了我北狄大事，你果真引来了烈火，烧灼我们。我们真该在五年前就杀掉你的。”

常青这一生，做过无数次艰难的决定，却从未悔过。

那雪白的兽待他如友，他便以友敬之；妖兽们向他求救，他便竭力相助；父亲要置他于死地，他便从此断了父子情分，只当那一场大火烧尽前缘，从此重生。

唯有这只饕餮，总是让他乱了方寸。

他原想，待她交出了麒麟血，让自己开了莲心塔，重新打开通天引。他就算是完成了跟妖兽们的承诺，让它们回到灵界，到那时，她发起火来，无论是要将自己千刀万剐，还是活吞下肚，他都毫无怨言。

但他从未想要伤她至此。他原是宁可自己受伤，也舍不得伤她分毫的，如今却是自己的缘故，令她被人折辱至此。如今他才知道悔恨滋味，如同烧灼的木炭如鲠在喉，胸腹之中翻江倒海，仿佛随时都要呕出一口血来。她在他怀中，安静无比，只有那笑容灼人，他只得将她的头朝自己怀里按下去，再不敢直视。

“是我的错。”他反反复复，只有一句，“是我的错。”

她身躯本来就娇小，如今失了一臂，更是轻若无物，似乎随时要从他臂间蒸发消失。

“但你回来了。”

“……是，我回来了。从今往后，我哪里都不去了。”

“可我已经没有麒麟血了。”

“不为麒麟血。只为你。”

他见识过无数妖兽，却未再见有任何一只，能与眼前这一只相比。如此刚烈，如此骄傲，如此任性，却又如此美丽。令他心甘情愿，俯首称臣。

朱成碧退开一点，抬头看他，接着又再靠过去，将头歇在他肩上，满足地、长长地叹息了一声。到此刻，他们两个都是疲惫不堪，伤痕累累，如同风暴过后幸存下来的一对鸳鸯，终于能够心意相通，耳鬓厮磨。

有那么短暂的一瞬，她的唇自他唇上拂过。轻如落花的一个吻。常青之后回想起来，甚至会怀疑这个吻是否真的存在过。但当时，他还在心跳不止，便听得她说：“八年来，我一直在等这个问题的答案，如今已知你心意，死而无憾了。”

死？这个字里包含着的不祥意味让他忽然感到一阵寒冷。谁提到过死？有谁要死？为何她会忽然提到“死”这个字——

“好恶毒的凶兽！”常青一僵，将她护在身后，转身面对忽然出现的檀先生。他半边脸上都是鲜血，面具已经荡然无存。

“你做了什么？！”他手中捧着一尊羊脂玉的小像，朝朱成碧质问道。

朱成碧在常青背后冷笑一声。“这倒是有趣了。看来赵家小子果真有九尾狐的血统，换了常人，到了此刻早该化为石像了！”

“你竟然在长生肴中下毒！解药何在？”

“没有毒。”她两侧眼角越翘越高，发间隐约有角刺破了血肉在生出来，“只是从一只吞噬过无数痛苦哀嚎的妖兽的饕餮身上割下来的血肉而已——你当饕餮的肉，是那么好吃的么！！我跟赵珩这局棋已经尘埃落定，是我赢了！”

“你！”檀先生恨恨咬牙，将那玉像收入怀中，却重又拿出一只木制的饕餮像来，常青忽然意识到，那木制饕餮颈项上所戴的项圈，跟朱成碧此刻所戴的项圈一模一样。

“我再问你一遍，如何解法？”

“哪儿有什么解法？我曾应过他，要让他‘永葆容颜，与天地同寿’，眼下可不正是梦想成真，可喜可贺——”

她忽然止住了声音。檀先生在对面，已经干净利落地拧断了那只饕餮傀儡的脖子。常青猛地回头，朱成碧脖子上的项圈也发起光来，正在朝内紧缩，将她勒得气若游丝。

“快……走……”她反手抓住他的衣领，竟有如此大的力道，将他朝窗外一扔。他身不由己地朝下坠落，却依然死死地望着她的方向，眼睁睁望着那项圈收缩到极限，将少女的颈项完全撕裂开来。

接着便是无穷无尽的黏稠阴影，自那残破身躯之中喷薄而出。

·九·

漆黑的毒针已经刺穿了血肉，针尖之下便是心脏，却不知为何，并没有更进一步。

蜂毒之下，徐若虚只觉得一阵阵的眩晕，不由得瘫软在地。阿零压在他的上方，眼神闪烁，却是在看他腕上那串金铃。

“阿零，对不起，我不该伤你。”徐若虚用尽最后一点力气，狠狠地扯断了系着金铃的细绳，细小的铃铛，连同蜂王的头颅，一齐散落在地，“这样的事情，以后不会再发生了。以后，再没有人是你的主人。这些年来，你从我这里学会的东西已经够多的了。从此……”

他的手本来已经瘫软无力，却硬是要抬起来，放在阿零僵硬的面颊上。

“还你自由。”

该说的都已经说完了，徐若虚以为自己这下可以放心大胆地晕过去了，没想到胸口传来一阵奇异的触感：阿零愣了一阵，竟然虔诚地低了头，轻轻地舔了舔他伤口处流出来的血。

“徐若虚。”他擦了擦嘴角的血，“你还是那么不好吃。”

“早就跟你说过好不好——”徐若虚忽然反应过来，“咦咦咦咦咦咦？你回来了？”

体形庞大的怪兽声声哀嚎着，肆意践踏着无夏城。

跟之前走水时候吞吃着火房屋的怪兽一样，它的身躯是由波动着的黏稠阴影组成的，但此刻，在它身躯前端，并没有头颅，只有一个层层鼓动的畸形巨口。它就像是瞎掉了一般，在无夏城中冲撞，所过之处屋舍倒塌，砖石飞扬。

鲁鹰立在莲心塔前，眼见得这怪兽离天香楼越来越近，终于一口咬在楼上，连那雕着山桃的圆窗都叫它吞下去一半。巨口之中利齿翻动，将所咬之物吞了下去，接着朝向天空，发出充满痛苦的嚎叫。鲁鹰将肩上的追日弓取了下来，放在塔前。弓身上所刻的太阳纹章，忽然发起光来，整个弓身迎风而长，转眼间竟达五丈多长，连其上寒光锐利的箭矢，亦长达三丈。

这柄后羿当年所用，曾射下过烈日金乌的神器，终于显露出全貌。

鲁鹰全心操控着追日弓，待那怪兽逼近，一点一点地拉紧了弓弦，瞄准的是那张贪得无厌的巨口。

“不可伤她！”

“这周遭的无夏城虽是你画的，莲心塔却是真的，难道要任由她践踏？”他并未回头，只是反问出现在背后的常青。

“我第一次见她时，她也是如此，盘踞在天香楼顶。她只是饿得很，也痛得很了，才会如此。”常青抬头望着那怪兽，“给她吃点儿东西，她就能安静下来了。无论如何，请让我一试！”

鲁鹰沉默一阵，终于放松了弓弦：“……好吧，但若她伤及莲心塔，恐有放出黑麒麟的危险，我这一箭，还是非射不可。”

“多谢你。”常青朝他拱手为礼，然后一步步朝着还在撕咬天香楼的怪兽走去。鲁鹰直到最后一刻，才意识到他要做什么。

“事到如今，不晓得你还记不记得我当初跟你说过的第一句话？”常青站在原地，朝它伸出手去。他的衣袂无风自动，脸上是温柔笑意：“呐，你来吃了我吧。”

阴影汹涌，利齿翻滚，瞬间便朝他扑了下来，将他吞入腹。

他独自一人悬在黑暗之中。

环绕着他的，是无数雪白的兽脸，尽都是千百年来，为这饕餮所吞噬的各种妖兽。他在其中一个一个地辨识着、寻找着，却始终没能找到，属于那个双髻少女的脸。

她还在吗？他忽然惶惑起来。在被如此残酷地对待之后，她还存在吗？还是已经永远融入阴影当中，再不复现？

就在此刻，他耳边忽然传来细微的话语声，就像是朝着他的肩膀飘落的一根羽毛。

“你这人类倒也奇怪，却不畏死？”

“这碗蛋炒饭，你当是白做的么？要卖三百两银子呢！”

“我、我只是担心我的钱无人还，才、才不是担心你——”

“谁要跟这个家伙是、是一对儿！”

娇媚的少女之声，越来越响，在他耳边，犹如乐曲交织。他跟随着声音出来的方向，一步步地走向更深的黑暗之中——

光芒刺来，几乎耀瞎他的眼睛，他不得不以手遮面。

“你回来了啊。”最后的语句，在他耳边轻叹。他终于找到了她，她紧闭着双目，飘浮在光芒之中，蜷缩成团，双臂都是完整的，犹如新生的婴儿一般。

就算被折辱、遭背叛，痛不欲生，丧失神志，可她却依旧记得，跟他说过的每一句话。

他一点点抚摸她的脸，终于还是忍不住，落下泪来。

“我回来了。我来带你回家。”

怪兽仰天呼啸，一口咬在莲心塔的顶端。

鲁鹰一咬牙，立刻便要松开手中的弓弦，徐若虚却挥着手冲了上来：“别射别射！那是朱姑娘！”他毫无危机意识地感叹道，“呃，好大一只朱姑娘……”

“别添乱！她现在六亲不认，连常青都给吃了！我非得杀她不可！”

“啥？”徐若虚眨了眨眼，忽然指着怪兽喊起来，“你看它脖子那里，是什么在发光？”

东面的山顶，一轮明日正冉冉而出，将要射出万丈光芒。

然而在鲁鹰和徐若虚面前，是另一团更加耀眼的光焰，它撕裂了那巨兽的喉咙，黏稠的阴影兀自翻滚，却在它面前被层层蒸发，连同它背后，废墟一片的无夏城，也一并被撕裂开来——却是一张被绘在纸上的水墨画，如今重又恢复原样，飘落在地。

光焰落地，渐渐弱了下去，终于叫徐若虚看清站在其中的常青，他一手举着那团火焰，另一手抱着的是——

“朱掌柜！”徐若虚大喜，正要奔过去，却忽然止住了脚步。常青的前额上，正有一团奇异的鲜红纹路，像是要冲破了皮肤凸现出来一般。他惊骇无比，指着他只是说不出话来。

“怎么了？”常青问，不解地摸了摸自己的前额。那纹路却又忽然消失了。

“没、没什么，是我看错了吧。”

常青怀里的少女动了动。她闭了双目，仍是在昏睡，只是喃喃：“莲心塔……不可伤了佛塔……”

“嘘，你且安心睡吧。”

常青抬眼望去，他所绘制的幻境已经消失，真正的无夏城在日光中渐渐显露出来：七十二坊、一百三十五座石桥、花市、骡马市，搭着戏棚的酒楼食肆，护城河边青瓦白墙的民居。楼房之间，一树树桃花悄然盛放。昨夜的种种，就好像是噩梦一场。

“莲心塔安好，你守了五百年的无夏城也安好，这里可是世上唯一一座由饕餮守护的城市啊。”

在他们身后，是完好无损的天香楼，二楼的圆窗外悬挂着的圆形灯笼，正随着风一圈圈地转着。

灯笼上，浓墨重彩的一个“朱”字，熠熠生辉。

·十·

头戴金色冠冕的鼠王甩着两条腿儿，坐在天香楼的楼顶，眼巴巴地望着常青。身旁戴着假发的老鼠见他如此发愁，朝他吱了几声。

“唉唉唉，孤知道，强扭的瓜不甜，美人心里想着别人，就是娶回家来也没有意思。”他朝后一躺，仰天长叹，“谁也别理孤，让孤一只老鼠郁闷一下。啊啊啊啊啊啊啊——”

【终】

后记

文 / 殷羽

得到《饕餮记》即将再版的消息，是在 2019 年的第二天，正好是新旧交替的时候。

对创作者来说，2018 年的冬天异常的寒冷。行走在北京的街头，必须全副武装，把脸藏在口罩里面。即使如此，鼻尖和手指还是会冻得通红。天空阴沉沉的，似乎酝酿着一场久久不曾降落的雪。

可即使如此，我们的心中还是怀抱着希望的，我们依然相信着春天即将来临——虽然并不是眼下，但它一定会在某个地方，以某种方式，悄悄来临。

在第一版的后记里，我曾经跟大家谈起过，自己生平第一次看到朱娘和莲心塔，是在 2014 年的 4 月。第一个故事《鲛人脍》正式在《小说绘》上刊登，则是在 2014 年的 8 月份。我清楚地记得那是第 106 期，淡蓝的封面上描绘着少女和盘绕在她身上的花枝，它们枝繁叶茂，蓬勃生长，仿佛是一个欢欣鼓舞的春天。

接下来，包括大结局《长生肴》在内的头几个故事一并集结成了《饕餮记》的第一本单行本，在 2015 年 9 月出现在大家面前，然后是第二本（2016 年 10 月）、第三本（2017 年 12 月）的面世。而在 2015 年初，《饕餮记》的漫画版（作者是千秋叶工作室）登载在《知音漫客》上。为了让年轻读者更容易理解这个故事，我们改编了脚本，更改了人设，增加了有趣的细节，以彩漫的形式再一次呈现。这个漫画版到如今连载了四年，有不少读者是先看到，并且喜欢上了漫画版，才进而了解到小说版。

令我倍感欣慰的是，在过去的 4 年里，我们的《饕餮记》没有辜负大家的喜爱，从第一部到第三部，在豆瓣的评分一直保持在 8 分以上，第三本甚至高达 9.1 分。尽管不断有新书面世，竞争激烈，可三本《饕餮记》都始终保持在当当青春畅销榜上。

而在 2018 年，《饕餮记》又长出了新的枝叶：8 月，《饕餮记》有声版首先登陆了喜马拉雅 FM，然后又在网易云音乐登陆。有声版由著名的配音演员云天河（为常青配音）和莱兮（为朱娘配音），以及一众优秀的制作者合作完成，效果非常逼真，后期音效几乎达到了电影的效果；而 2018 年 10 月，电视剧版《饕餮记》在横店正式开机，打破次元壁，将真人版的朱娘和常大人呈现给大家。

然后就是现在了。新的 2019 年，又传来了《饕餮记》即将再版的消息。

枝条上，又绽开了更多、更新的花朵。

我是真的觉得，一直以来我和《饕餮记》都非常幸运。这一路行来，虽有艰辛时刻，却一直不断地遇到帮助，遇到从四面八方伸过来慷慨支持的手。从帮《饕餮记》画插画的几位画手大人——山番、阿卫衞、Abi 小怪，画单行本封面的九千坊大人，到各位挥舞着（带刺儿的）鞭子的责编大人，还有总是能凑在一起互相鼓励、吐槽、拖延交稿时间（喂喂）的作者朋友们。

更不要提，在漫画版、有声版、电视剧版诞生的过程中，那些为了让这个系列故事能有更好的呈现而尽心尽力的人们。

是所有的人努力，才让它不断生长、繁盛到现在。

当然也有你，此刻正读着这本书的你，我的读者，也有你的功劳。

是因为有你，这个世界才得以诞生，并且得以完整的。

其实，在 2014 年这个系列故事刚开始连载的时候，我非常地忐忑不安。无论是叙事密度还是叙事风格，《饕餮记》和《漫客小说绘》都并不一致。事实上一开始，我也总是收到诸如“看不懂”这类的反馈。但是渐渐地，我也不断地听到来自读者的声音，你们向我倾诉着对人物和故事的喜欢，你们用 Cosplay、填写歌词、写同人小说、画同人画等各种方式，向我展示着，也提醒着我，这不再是我私藏的一个小小世界——如今它属于我们大家。

如果要问现在的我和2014年的我有什么不同之处，那么答案应该是，我对写作这件事情更加有自信了。

我开始不仅想要宣泄个人内心的情感，而是更多地考虑到这个故事将会给你们带来什么，会对你们造成什么样的影响。与此同时，我也坚信，这故事自有来处，也自有去处。

而这一切，是因为有你们的不离不弃，一直陪伴在我的左右。

写作是由一颗心灵发起的洪流，它将以抵达另一颗心灵并在其中激起颤栗作为结束。

它是为了对抗孤独的世间所燃起来的火焰，为的是让另一个同样的灵魂晓得，自己并不是真正的孤独。正因为如此，这故事必须要被你们听到，这光必须要被你们看到。只有在你们的灵魂上留下印记，它才算是真正存在的。

如果缺少在你们眼中燃起的小小火光，那么《饕餮记》无论如何也不算是完整的。

《饕餮记》是我人生中的第一本书。我很爱朱娘，爱常大人，爱徐若虚和零，也爱冷冰冰的鲁大叔。其中的每一个登场人物，我都尽了最大的努力，希望他们能血肉丰满、活灵活现，也希望他们能得到你们的真心喜爱。

能与诸位相伴，能看着它从小树苗一点点长成大树，开出更多的花来，是多么荣幸的一件事情啊。

希望在将来，它还能继续得你的欢喜，得你的帮助，还能继续生长，到更多的地方，被更多的人所认识，就像一棵在春天里欢欣鼓舞、生机蓬勃的树。

毕竟，无论眼下多么寒冷，春天是一定会到来的。

请和我一起这样相信吧。

饕餮记·壹

作者
殷羽

封面绘图
九千坊

彩色插图&内文插图
九千坊&Abi小怪&阿卫衞

封面设计
杨小娟

内文版式
严岩

图片总监
杨小娟

特约编辑
刘姚　罗长敏

责任发行
周冬梅

出版社
中国致公出版社

总出品
湖北知音动漫有限公司

制作出品
知音动漫图书·漫客小说绘

知音漫客 漫客小说绘

图书在版编目（CIP）数据

饕餮记. 1 / 殷羽著. -- 北京 : 中国致公出版社，2019（2021.06重印）

ISBN 978-7-5145-1309-7

Ⅰ. ①饕… Ⅱ. ①殷… Ⅲ. ①长篇小说－中国－当代 Ⅳ. ①I247.5

中国版本图书馆CIP数据核字(2019)第017153号

饕餮记. 1 / 殷羽 著

出　　版 中国致公出版社
（北京市朝阳区八里庄西里100号住邦2000大厦1号楼西区21层）
出　　品 湖北知音动漫有限公司
（武汉市东湖路179号）
发　　行 中国致公出版社（010-66121708）
作品企划 知音动漫图书・漫客小说绘
责任编辑 尤敏 梁玉刚
特约编辑 刘姚 罗长敏
装帧设计 杨小娟 严岩
印　　刷 崇阳文昌印务股份有限公司
版　　次 2019年8月第2版
印　　次 2024年12月第4次印刷
开　　本 16开
印　　张 20.5
字　　数 340千字
I S B N 978-7-5145-1309-7
定　　价 39.80元